U0717933

杜牧集

罗时进〇注评

凤凰出版社

杜郎俊赏
豆蔻词工

·目录·

文选

·前言·

了。在向晚唐文坛巅峰攀行的过程中，杜牧已经向当代、也向后人宣示了一代文豪舍我其谁的信念。

信念是性格的反映，从一定意义上说，是个性和素养的直接诠释。因此对杜牧的研究不能不联系到他的家世背景和个人经历。在《上李中丞书》中他曾说道：「某世业儒学，自高、曾至于某身，家风不坠，少小孜孜，至今不怠。」这种家族文化自豪感的背后是对世族门望的骄傲。他出身于「城南韦杜，去天尺五」（《辛氏三秦记》）的京兆杜氏豪门，「远祖西延平侯，家于杜陵，绵历千祀」（杜佑《郊居记》），其显贵的门荫可谓源远流长，而似乎愈到唐代愈加煊赫。他的高祖杜崇悫，官右司员外郎、丽正殿学士。曾祖杜希望为玄宗名臣，拜银青光禄大夫、鸿胪卿、恒州刺史、西河郡太守、河西陇右节度使，终加尚书左仆射。祖父杜佑，相杜牧曾在诗作中多次论及李白、杜甫、韩愈、柳宗元，其《冬至日寄小侄阿宜诗》云：「李杜泛浩浩，韩柳摩苍苍。近者四君子，与古争强梁。」《雪晴访赵嘏街西所居三韵》又云：「命代风骚将，谁登李杜坛。少陵鲸海动，翰苑鹤天寒。」尤其值得注意的是《读韩杜集》：「杜诗韩集愁来读，似倩麻姑痒处抓。天外凤凰谁得髓，无人解合续弦胶。」从此诗看，牧之颇有继武前贤、振兴吟坛之意。贺裳《载酒园诗话又编》曾以「隐然自负，未之敢许」四字论之，其实尚未勘透作者的自我发展期待与焦虑。毫无疑问，在杜牧心中，只有李杜与韩柳是唐代诗文发展中应当仰望的高峰，对稍前为天下歆艳的元白，他鄙夷以待，而对与之并世的李商隐更等闲视之。「天外凤凰」既然尚无人「得髓」，那么「命代风骚将，谁登李杜坛」的答案就再清楚不过二十余岁中进士之前的作品，其锦绣文字中的深沉思想和对时局的热情关注，峥嵘擅场，令后代无数人赞叹。《阿房宫赋》在当时为士子传诵，客观上成为他公之于世的「行卷」。唐文宗大和二年（828）杜牧二十六岁应进士试时，礼部侍郎崔郾「大奇之」（王定保《唐摭言》卷六），顺利以第五名登科。当他放吟「东都放榜未花开，三十三人走马回。秦地少年多酿酒，却将春色入关来」（《及第后寄长安故人》）时，是何等兴奋。而当年他又连中贤良方正能直言极谏科，授弘文馆校书郎，成为一时之选，名振京师。他的家世，他的才情，他的名声，汇聚起来在他面前铺展出一条仕途通衢。

然而，「去天尺五」的京兆杜氏到杜牧一代，几乎所有的荫泽都集中到了他的从兄杜悰身上，才华横溢、壮志凌云的杜牧却走着一条入幕从事、台省佐官、史馆继任德宗、顺宗、宪宗三朝宰相，封岐国公。父亲杜从郁，官至职方员外郎，惜早卒。其从兄杜悰，亦官至宰相。京兆杜氏真可谓典型的「一门朱紫，世代公卿」。唐代社会「务以门第为高」的门阀观念仍然相当严重，杜氏家族自然重视这份簪缨世家的精神财富，杜佑的长兄杜信曾亲撰《杜氏家谱》一卷，以彰门第。杜牧在《冬至日寄小侄阿宜诗》中也豪迈地宣称：「我家公相家，剑佩尝丁当。旧第开朱门，长安城中央。第中无一物，万卷书满堂。家集二百编，上下驰皇王。」显然，在杜牧心中，贵族的门荫既是从宦的资源，同时也是精神资源，是攀登文学高峰的心理力量。

杜牧生于唐德宗贞元十九年（803），这位皇城朱门贵胄子弟从青年时代就表现出经世之志和极高的才情。《阿房宫赋》和《感怀诗》是现今可知的杜牧写于历代用兵的策略，重新注释《孙子兵法》十三篇，并且始终注意探讨「治乱兴亡之迹，财赋兵甲之事，地形之险易远近，古人之长短得失」(《上李中丞书》)。在《樊川文集》中，有《上李司徒相公论用兵书》《上李太尉论北边事启》《罪言》《原十六卫》《战论》《守论》等一系列直接或间接表达如何平藩、防御回鹘、加强国防力量的文章。这些论述基于对历史的深刻了解，对兵法的深入把握，具体、可行、有效，表现出政治家和军事家的经纬才略。据此后人认为他「居然具宰相作略」是必然的，也是善意的。但如何良俊云「及观其《罪言》与《原十六卫》诸文，则知牧之盖有志于经略，或不得试，而轻世之意顾托之此耶」(《四友斋丛说》卷二五)，就不能不说是对杜牧的误解了。今天我们重读杜牧上述文章，甚至读包括《燕将录》《窦列女传》《张保皋郑年修撰、外郡刺史的寻常仕途。杜牧难以青云直上的重要原因之一是在那场旷日持久的牛李党争中，李德裕对他知其人而不善任、屡屡排挤。到了宣宗时代，政治态势大为改观，大中二年（848）得宰相周墀援手，杜牧在连守黄州、池州、睦州所谓的「僻左小郡」后，内迁司勋员外郎，四年（850）又转吏部员外郎。接着他主动请求任湖州刺史，而在湖州仅一年，又任考功郎中、知制诰，六年（852）岁中迁升中书舍人。但这已经是他仕途的顶峰，大中末年（859），杜牧以五十七岁之龄卒世。[01]

胡震亨曾指出：「杜牧之门第既高，神颖复隽，感慨时事，条画率中机宜，居然具宰相作略。」（《唐诗谈丛》卷一）在唐代诗人中，杜牧是少见的谙熟兵法和经世之道者，他曾经在曹操注《孙子》的基础上，结合

● *01* • 关于杜牧卒于大中末年之说，详见罗时进《唐诗演进论》第十章第三节《杜牧〈自撰墓志铭〉探微：兼考杜牧卒年》，江苏古籍出版社 2001 年版，第 282 页。

介入的热忱与胆略以及对历史认知的卓异。

在《樊川文集》中有不少诗作是直接面对御边和平藩战争这个政治问题中最集中、最尖锐部分的。如在《感怀诗》的长篇巨制中，作者用直赋其事的手法描绘出「安史乱天下，至肃宗，大难略平，君臣皆幸安，故瓜分河北地，付授叛将，护养孽萌，以成祸根」（《新唐书·藩镇传》）的情景，对唐代宗、德宗、穆宗三朝藩镇割据的混乱局面及其原因进行了剖析，对宪宗任用英才，荡平藩镇，维护国家统一的毅决行为深表崇敬。全诗是青春激扬出的文字，也是一代正义士人的心声。黄河上游及湟水流域一带，自肃宗后为吐蕃所占近一百年，百年中河湟失地一直是士人不能释怀的心结，每有诗作对朝廷不思恢复深表愤恨，杜牧亦有《河湟》诗云：「牧羊驱马虽戎服，白发丹心尽汉臣。唯有传》在内的人物传记，不仅能感知一个古代士人的道义、良心和胆略，还能感到其类似于我们今天所谓的「公共知识分子」那样的对时局的识见、对所处世界的介入热忱和拯救谋略，哪里有什么「轻世之意」？

那么，杜牧既然是「具宰相作略」的经世之才，但为何与仅以「长厚」见称的杜悰「才位不伦」（《旧唐书·杜牧传》）呢？这除了受到前面提及的因党争而受排挤的影响外，与他始终缺少作为政治家的深沉和韬略也不无关系。他过于性情，过于率真，从根本上说，是一个真正的诗人，也更适宜成为一个杰出的诗人。他具有诗人的狂傲和浪漫，奇思和俊气，而他的那份深蕴于心底的拯世热忱和思考认识，也使其诗歌具有了晚唐时代诗人能够达到的深刻境界。如果说杜牧在同时期作家中更具有某些称得上伟大的特质的话，那便是他对时代一个诗人愿为国捐躯而不得的血色呼喊和哀迫苦闷。

对安史之乱的反思是晚唐诗歌创作的重要题材，李商隐、许浑、温庭筠等同时期的诗人，无不在这一重要题材上产生过佳作，杜牧同样注意这一专门题材，而在思考的深刻性上，颇具有那一时代的代表性。《华清宫三十韵》是一首五言排律，写得「铿锵飞动，极叙事之工」（张戒《岁寒堂诗话》）。其「雨露偏金穴，乾坤入醉乡」之景况引得后人不禁感慨「如此天下，焉得不乱」（许彦周《彦周诗话》），而「往事人谁问」，是对历史的诘问，也引发人们透过「尘埃羯鼓」等事件的感性表层，进行深入的理性思索。《过华清宫绝句三首》是晚唐咏史诗中最著名的一组诗。作者先述玄宗不惜历险道蚕丛，快马急送荔枝，以供美人一粲，抒发「褒姬烽火一笑倾周之慨」（俞陛云《诗境浅说续编》），显示凉州歌舞曲，流传天下乐闲人。」末二句的议论是神来之笔，诗人谓凉州歌舞曲虽美妙动听，却徒然为闲散人提供了享乐。轻轻一句将不思恢复、不顾「牧羊驱马」「白发丹心」将士的朝野上下，归入「闲人」一队，词锋何等犀利！作者歌颂了长期受匈奴奴役，始终渴望版图归唐的河湟地区人民，声讨元和以后无心恢复河山的统治者，笔锋斡旋之中可见冷光四射，直刺麻痹已久的人心。另外《东兵长句十韵》激烈声讨刘稹妄图割据称雄，支持朝廷发兵东征，《史将军二首》激情赞颂史将军「取螯弧登垒，以骈邻翼军」，「壮气盖燕赵，耽耽魁杰人」，都充满着对版图统一、国家强盛的渴望。而当他在《闻庆州赵纵使君与党项战中箭身死，辄书长句》中写下「青史文章争点笔，朱门歌舞笑捐躯。谁知我亦轻生者，不得君王丈二殳」的文字时，我们听到了吕氏强梁嗣子柔，我于天性岂恩仇。
南军不袒左边袖，四老安刘是灭刘。

《题商山四皓庙一绝》

细腰宫里露桃新，脉脉无言几度春。
至竟息亡缘底事，可怜金谷坠楼人。

《题桃花夫人庙》

这类作品，自古以来论者都认为是「死案活翻」「标新立异」，称之为「翻案法」，对之激赏者固然有之，但批评者亦代有其人，如赵翼论诗绝句《杜牧诗》云：「诗家欲变故为新，只为词华最忌陈。杜牧好翻前代案，岂知自出句惊人。」《瓯北诗话》卷一一又云：「杜牧之作诗，恐流于平弱，故措辞必拗峭，立意必奇华清宫的荒唐一幕，精警深刻，而后又述兵变发生后，玄宗仍昏庸得浑然不知，派出渔阳探使，竟又被其蒙蔽，仍沉醉太平，享受声色，以至「舞破中原始下来」。面对这类题材，作者总是善为冷峻之笔以讽以刺，感慨殊深，最能震撼人心。

在晚唐诗人笔下，所有的历史题材无不具有强烈的当代观照的现实意义，但每个作家对历史事件的内涵以及与当下的意义关联，都有各自的心证。具有史官意识和实际史官经历的杜牧，其诗集中咏史内容相当丰富，而且史识最为新颖卓异。试读以下几首：

胜败兵家事不期，包羞忍耻是男儿。
江东子弟多才俊，卷土重来未可知。

《题乌江亭》

以赞扬，在晚唐之际，这种以刚烈赴死的道义相激，无疑更有特殊的意义。

在一系列怀古诗中，诗人往往较少直接议论，而将深沉的哲理思考化为鲜明的形象，在哀感顽艳的诗境中，抒发悯时伤今之怀。《登乐游原》云：「长空澹澹孤鸟没，万古销沉向此中。看取汉家何事业，五陵无树起秋风。」广漠的天空中孤鸟远逝，暗示出时空最为无情，古往今来一切都将湮灭其中，永销不复。在《悲吴王城》中他反复驱使典故，叙述吴王沉湎歌舞声色，导致亡国的一段历史，影盖当代，深沉镵刻，颇得风人之旨。《洛阳长句二首》写行宫和园囿荒废，不胜凄凉，透露出时世艰难、国运日蹙的消息。《题宣州开元寺水阁》历来更深受推崇：

辟，多作翻案语，无一平正者。……皆不度时势，徒作异论，以炫人耳，其实非确论也。」这就未免苛责牧之了。与那首著名的绝句《赤壁》一样，《题乌江亭》和《题商山四皓庙一绝》都是通过某种条件的假设，对历史事件的结局提出一种新的可能：如果项羽不是那样刚愎自用，而能包羞忍耻，扛起失败的挫折，则有卷土重来的机会；如果南军不愿效忠刘家朝廷的话，商山四皓扶助太子，与其说是安定刘家天下，还不如说是促其灭亡，则四皓沦为灭刘之罪人。当历史进入一个紊乱无序且缺少信心和价值导向的特定时期，用理想主义的方法去诠释历史故事，启示某种价值信念，试图引导人们走出失败的心理沦陷，虽然过于脱离现实，但其赤子用心殷然可鉴。至于《题桃花夫人庙》否定那种缄默不语的反抗形式，引出一个具有所谓「风节」的女性形象，加勋后方功成身退。反躬自省，无缘建功，有志难逞，不禁无限惆怅。全诗情景融铸，思理含蓄，笔致清绝，俊爽明快，真能「直造老杜门墙」（《一瓢诗话》）。

在晚唐诗人中，杜牧是不多的众体皆擅的一位。他的近三十首古体诗对确立其晚唐诗坛的地位具有非常重要的作用，《感怀诗》、《李甘诗》、《郡斋独酌》（黄州作）都以相当长的篇幅，叙述了自己的家国立场、政治态度、人格理想，情感豪荡激楚，「宜与《罪言》同读」（《石州诗话》卷二）。《杜秋娘诗》和《张好好诗》，分别表现出两位女性的命运，使人不禁联想到他的《窦列女传》，惊叹作者驾驭女性传奇题材的功力。对于《洛中送冀处士东游》《送沈处士赴苏州李中丞招以诗赠行》《池州送孟迟先辈》这种常见的送别题材，作者善于将性情风物熔于一炉，以宏衍流宕、圆快奋急的笔调，表六朝文物草连空，天淡云闲今古同。
鸟去鸟来山色里，人歌人哭水声中。
深秋帘幕千家雨，落日楼台一笛风。
惆怅无因见范蠡，参差烟树五湖东。

作者在开元寺阁凭栏远眺，由眼前六朝的历史文化遗存联想到这里曾经有过的繁华，种种情感，「蕴蓄已久，偶与境会，不禁触绪而来」(《历代诗发》)。一片丛生的秋草掩埋了一个个王朝，同样的天淡云闲，同样的永恒清景，而人世几回劫复，几度沧桑！诗人用「鸟去鸟来」「人歌人哭」形象地叙说王朝代变，风物长存，将今古同斯的哲理表现得极具风调。深秋帘幕千家雨中，落日楼台一笛秋风，在这最能引发幽怀的环境里，他想起当年范蠡辅佐越王勾践灭掉吴国，在为国建立奇致表达出对下杜乡园和三吴山水的眷念心期，透露出作者参透世事的超脱。

相比较而言，杜牧集中的五言律诗稍弱，最为传诵的佳制多为七言律诗和绝句。明宋濂评杜牧诗「沉涵灵运，而句意尚奇」(《答章秀才论诗书》)，胡震亨说「杜牧主才，气俊思活」(《唐音癸签》卷八)，这些特点在七律中有集中表现。除前引《题宣州开元寺水阁》外，《九日齐山登高》「江涵秋影雁初飞，与客携壶上翠微。尘世难逢开口笑，菊花须插满头归」，一气贯注，浑灏流转，通篇给人豪爽真率、挥洒自如之感，让人想见作者旷达的胸襟和俊朗的气度；《登池州九峰楼寄张祜》「谁人得似张公子，千首诗轻万户侯」，铿锵有力而音节浏亮，矫傲恢奇而自然畅达；《早雁》「须知胡骑纷纷在，岂逐春风一一回」，写京师纷扰，达对现实的关切和对魁奇高行人物的特别推敬。而《题池州弄水亭》《大雨行》描写风景物态，或婉丽流美，或豪放骏发，笔下可谓仪态万方。这些古体之作，虽尚欠精审，却充分表现出杜牧高才健笔的恢弘气度，骏马注坡的雄纵气韵，「不卑卑于晚唐之酸楚凑砌」（《瀛奎律髓》卷四）的腾起气象，这些也是杜牧诗歌创作卓然异众的一个重要表征。

就《樊川文集》中的格律诗来看，五排一体相当引人注意。《华清宫三十韵》《东兵长句十韵》《昔事文皇帝三十二韵》，诗中见史，以气驱使，是了解安史之乱以来，特别是甘露之变前朝廷政治生态的生动的诗史。而《朱坡》《许七侍御弃官东归，潇洒江南，颇闻自适，高秋企望，题诗寄赠十韵》《题桐叶》等，则一改涉及历史和时政时惯有的凝重之态，以自由舒卷的笔杜牧诗「风味极不浅，但诗律少严，其属辞比事殊不精致」（《风月堂诗话》卷下）。诚然，如果以诗律谨严为标准，晚唐诗人以许浑、李商隐为胜，杜牧自有所不如，但杜牧诗的沉涵灵运、气俊思活，以及那份奇语拗峭中潜含的自在潇洒，却是同时代诗人所远远不及的，而这样的作品同样有极高的审美价值，能给予读者美的享受。

杜牧的绝句情韵悠远，思致潜涵，具有很高的艺术品位，是晚唐诗乃至全唐诗中的精品。这里先看他的两首哲理性绝句：

无媒径路草萧萧，自古云林远市朝。
公道世间唯白发，贵人头上不曾饶。
《送隐者一绝》

战乱不宁，言外有象，思致镵警，「咏雁诗多矣，终无见逾者」（《唐贤小三昧集续集》）。毫无疑问，牧之七言格律在《樊川文集》中最称风神奇伟，足为晚唐标识。

杜牧诗「气俊思活」的特色还体现在「假对」的创造性使用上。《商山富水驿》颔联云：「当时物议朱云小，后代声华白日悬。」这里「朱云」（人名）与「白日」（天文）利用色彩关系加以对偶，基于充分联想后成为奇巧的「对仗」。吴聿《观林诗话》称：「杜牧之云『杜若芳州翠，严光钓濑喧』，此以『杜』与『严』为人姓相对也。又有『当时物议朱云小，后代声华白日悬』，此乃以『朱云』对『白日』，皆为假对，虽以人姓名偶物，不为偏枯，反为工也。」由此足见作者灵活驱使典故、弹性组织语言的非凡功力。宋代有学者批评之祖」，「自义山、牧之、用晦开用事议论之门，元人尤喜模仿」（《诗薮外编》卷六）。不仅《樊川文集》中许多咏史绝句以精辟独到的议论见长，一些纯粹的生活题材，同样以议论出彩，思理大可玩味，富于启迪意义。

杜牧的写景抒情绝句感情丰赡而俊爽浏亮，英蕤峻颖而饶有风致。他似乎并未在字里词面上下过打磨的工夫，却字字精美，出神入化。以下两首堪称典型：

千里莺啼绿映红，水村山郭酒旗风。
南朝四百八十寺，多少楼台烟雨中。
《江南春绝句》

烟笼寒水月笼沙，夜泊秦淮近酒家。
商女不知亡国恨，隔江犹唱后庭花。
《泊秦淮》

满眼青山未得过，镜中无那鬓丝何。
只言旋老转无事，欲到中年事更多。

《书怀》

作者的笔下流淌着才情，更流淌着思想。阅读他的绝句，总会感到有一个思想的精灵在字里行间与人们对话，那不是高居讲坛的精神导师，而是一个阅历丰富的蔼如长者，一个进入生活的地道凡人。因此他在作品中启示的往往是生活哲理，并不深邃，却道出根本。例如《送隐者一绝》说，在高度世俗化的历史中，有一个普世意义的「公道」，那就是世界永恒而人生有尽，无论穷达贵贱，最后都必然走向衰老和死亡。《书怀》则说，在生命的过程中，存在便「有事」——事业与烦恼，无论中年或老年。胡应麟曾指出杜牧绝句为「宋人议论白云生镜里，明月落阶前」四句，可谓神韵悠然，其精骛八极的奇思妙想，灵心独运的造境艺术，为晚唐诗坛增添了光彩。

需要一提的是，在杜牧绝句中，一组以年轻时代扬州幕府生活为题材的作品最为人关注，争议也最大。这组作品包括《赠别》「娉娉袅袅十三余，豆蔻梢头二月初。春风十里扬州路，卷上珠帘总不如」；《寄扬州韩绰判官》「青山隐隐水迢迢，秋尽江南草木凋。二十四桥明月夜，玉人何处教吹箫」等。这些作品表达的是什么内容？揭秘的似乎正是作者自己。其《遣怀》云：「落魄江南载酒行，楚腰肠断掌中轻。十年一觉扬州梦，赢得青楼薄幸名。」俞陛云《诗境浅说续编》说：「此诗着眼在『薄幸』二字。以扬郡名都，十年久客，纤腰丽质，所见者多矣，而无一真赏者。不怨青楼之萍絮无举佛寺之多，概言当时文物之盛，而今却随历史风尘而湮灭，眼前唯见山郭水村，树绿花红，烟雨飘忽。古今盛衰之感，在《江南春》中表现得极为婉曲蕴藉。而《泊秦淮》寓兴亡之感于夜色歌声之中，构思之巧如有神功。另外《南陵道中》「正是客心孤迥处，谁家红袖凭江楼」之浪漫缱绻，《秋夕》「天阶夜色凉如水，坐看牵牛织女星」之愁心幽怨，《归燕》「长是江楼使君伴，黄昏犹待倚阑干」之见物兴情，《柳绝句》「依依故国樊川恨，半掩村桥半掩溪」之迷思悠宛，《鹭鸶》「惊飞远映碧山去，一树梨花落晚风」之性灵生趣，《寄远》「前山极远碧云合，清夜一声白雪微」之渺远绝俗，都呈现出一种风神独绝的唯美形象，臻于晚唐诗极致的境界。即使是人们较少关注的他的五言写景绝句，也迭有醒目篇章。如《盆池》「凿破苍苔地，偷他一片天。

往会想起他的扬州题材的绝句，可见这些作品不仅在感性认知上，而且在价值体现上都能够代表作者豪迈高华的个性，英爽俊拔的风格，无疑我们应当重视这样的精品。

唐中晚之际朝廷与藩镇的斗争、朝廷南北司的冲突以及朝官内部朋党的矛盾使得官僚体制内部的政治生态变得非常复杂，而杜牧平生在维护国家一统方面所表现出的正义立场、坚定信念、道德责任在同时代士人中是相当鲜明突出的。通读他的作品，可以看到他有着很强的用世之心，对于不能立于朝廷之上执大柄而治天下，实现自己的政治抱负，他苦闷愤悱，抱憾不平。但另一方面，朝廷的水深火热的残酷斗争又使得他时时处于欲进欲出、远祸全身的心理矛盾之中，正如他在《除官赴阙商山道中绝句》中的自白：「我来惆怅不自决，情，而反躬自嗟其薄幸，非特忏除绮障，亦诗人忠厚之旨。」其实此诗还存在一定的真伪问题，自谓「赢得青楼薄幸名」并不完全可信。设若此作不伪，则也应当视为性情旷达的诗人的风流自赏，而这种风流自赏与中唐以后唐代文人游冶风气的形成有关，也与都市畸形繁荣所产生的刺激和影响有关，对唐代新进士阶层来说这是相当普遍的现象。但无论如何，《遣怀》也不应该影响人们对这组「扬州系列绝句」的评价，因为即使其中确实暗示出作者当年青春烂漫或风流逸荡的经历，打上了与歌姬舞女雅会幽欢的戳记，也应该看到诗人在艺术表现时筛滤掉一切庸俗的趣味，提纯出真挚温润的情感，借用最恰当、最精致的艺术形式来表现，体现出一种情味悠长的纯粹诗性，使之具有了进入唐代诗歌精品宝库的永久价值。今天，当人们想起杜牧这位诗人时，就往一个复杂的研究课题。所以我们今天看到的包括杜牧在内的许多古代作家的「全集」，实际上只是他们亲自操作后留给我们的一个「自选本」而已。如果能够读到更多些、更全些的杜牧作品，我们对他以及那个时代的历史风云都会有更为深切的了解。

对于杜牧的「自选作品」，他的外甥裴延翰手编成了《樊川文集》二十卷。历代学者为补辑杜牧作品做了大量工作，形成了《樊川外集》《樊川别集》等，但多不可信据。大量的作品与其他作家重出互见，尤其与他的好友许浑诗歌作品重出达五十六首之多，而研究表明这些所重之诗，绝大部分都是可靠的许浑作品。还有一个特殊的现象是，即使是部分宋代开始出现在杜牧名下的作品如《清明》绝句「清明时节雨纷纷」云云，似乎与他人之作并不重见，但研究者已经考订其并非杜牧之欲去欲住终如何？」在后期他更多地向往三吴烟水，享受心灵的安宁和快乐。「闻流宁叹吒，待俗不亲疏。遇事知裁剪，操心识卷舒」（《自遣》），这种人生历练之后的圆融智慧，为他赢得了较大的生存空间。

杜牧平生风骨、性情和长期的心路历程都在他的诗文作品中留下了印记，他的作品是我们了解、理解、评价杜牧的最直接和最基本的依据。但是我们不能不感到可惜的是，在杜牧生命的后期，他曾经尽搜文章，将千百纸付诸一炬，现在存留的是焚后的作品，只占当时写作总数的十分之二三，可谓「爨余」之集。[01] 中国文化史上这样的自焚作品的现象太多太多，这些焚作者中不少人是诗界大家乃至文化巨擘。他们为什么要大量焚诗毁文，焚毁的又是什么样的作品？在给我们留下了无限遗憾的同时，也留下了一串巨大的问号，留下了

● *01* • 见裴延翰《樊川文集序》，载上海古籍出版社 1978 年出版陈允吉校点本《樊川文集》第 1 页，1978 年出版冯集梧《樊川诗集注》第 5 页。

误注不少，另以个人的研究心得并参酌当今学者的意见补之、正之。学力有限，谬误疏漏亦不能免，祈盼方家不吝赐教。

作。[02] 鉴于这一实际情况，本书以裴延翰手编《樊川文集》为最主要的选取依据，其他来源慎重选入少数与杜牧经历吻合、可靠程度较高、学界极少争议的作品。诗歌的选择大体兼顾内容、题材、体裁、风格诸方面，共选一六二题。杜牧文章历来评价甚高，宋人李朴《送徐行中序》有云：「论唐人文章，下韩退之为柳子厚，下柳子厚为刘梦得，下刘梦得为杜牧。」至于樊川文是否可以居唐文第四尚可讨论，但无疑应当在唐代文学史上占有重要的地位。本书兼顾赋、传、论、记、序、书等不同文体，共选入十二篇。

全书以文体之别分类编排，先诗后文，诗先古体后律体。原作文字以陈允吉先生校点的《樊川文集》为主，有歧疑者参照相关资料酌定，一般不出校记。注释部分参考了清人冯集梧《樊川诗集注》，然冯注缺注、

● *02* • 缪钺、罗时进、陈尚君、谢海林认为《清明》并非唐人作品。参读缪钺《关于杜牧〈清明〉诗的两个问题》，载《文史知识》1983 年第 12 期；罗时进《〈清明〉并非唐人诗》，载 1994 年 10 月 30 日《新民晚报》第 10 版《文史新说》；陈尚君《〈全唐诗〉9403 首，伪诗很多》，载《南方人物周刊》2020 年第 9 期；谢海林《〈清明〉的作者是杜牧吗》，载《光明日报》2022 年 5 月 30 日《文学遗产》版。另胡可先认为《清明》的作者为许浑。参读胡可先《杜牧研究丛稿》第 223 页《〈清明〉诗作者及杏花村地望蠡测》。

诗选

感怀诗

01

高文会隋季，提剑徇天意。02
扶持万代人，步骤三皇地。03
圣云继之神，神仍用文治。04
德泽酌生灵，沉酣薰骨髓。05
旄头骑箕尾，风尘蓟门起。06
胡兵杀汉兵，尸满咸阳市。07

注·释

● *01* · 原有题注："时沧州用兵。"沧州为横海节度使治所。宝历二年（826）四月，横海节度使李全略死，其子李同捷擅领留后，重贿邻道，以求承嗣，完全不受朝命。文宗大和元年（827）八月朝廷下令征讨同捷，经三年方讨平。诗中自称"关西贱男子"，杜牧大和二年春进士登科，此后不当有此自谓，故诗当作于大和元年官兵出征后至及第前。

● *02* · "高文"二句：高、文指唐高祖李渊和唐太宗李世民父子。高祖乃李渊庙号，文皇帝为李世民谥号。徇天意：应从天命。语出《史记·高祖本纪》："吾以布衣提三尺剑取天下，此非天命乎？"

● *03* · 扶持：犹言救助。步骤：冯集梧《樊川诗集注》卷一注引《孝经钩命诀》："三皇步，五帝骤，三王驰。"三皇：神话中上古的三位圣皇，或说是伏羲、神农、燧人。此二句说高祖、太宗灭隋兴唐，拯救生民，功绩可与三皇并论。

● *04* · "圣云"二句：吴兢《贞观政要·论诚信》中太宗尝谓长孙无忌等曰："魏徵劝朕'偃革兴文，布德施惠，中国既安，远人自服'，朕从其语，天下大宁。"此二句中，"圣"指高祖，"神"指太宗。

● *05* · 德：即文德。杜甫《重经昭陵》："翼亮贞文德，丕承戢武威。"酌：酌酒使饮，喻施德于民。薰骨髓：香气侵入骨髓。

● *06* · 旄头：星名，即二十八宿中的昴宿。《史记·天官书》："昴曰髦头，胡星也。"箕、尾：亦为二十八星宿名，分野正当燕地。蓟门：幽燕（今河北一带）之代称。此二句谓安史之乱的战火从幽燕之地燃起。

● *07* · 咸阳：秦朝之都，唐人多用来代称西京长安。安史叛军于天宝十五载（756）六月攻占长安。

宣皇走豪杰，谭笑开中否。08

蟠联两河间，烬萌终不弭。09

号为精兵处，齐蔡燕赵魏。10

合环千里疆，争为一家事。11

逆子嫁虏孙，西邻聘东里。

急热同手足，唱和如宫徵。12

法制自作为，礼文争僭拟。13

压阶螭斗角，画屋龙交尾。

署纸日替名，分财赏称赐。14

● *08* • 宣皇：原注“肃宗也”，其谥号为“文明武德大圣大宣孝皇帝”。谭笑：通“谈笑”。否：《易经》卦名，阻塞不通之象。此二句称赞肃宗从容任用郭子仪等将领，击败叛军，收复长安，转变政局。

● *09* • 蟠联：蟠踞联结。两河：唐河南道和河北道。《新唐书·藩镇传》载安史乱后，降将李宝臣、李怀仙、田承嗣等，被升授节钺，任为河北诸道节度使，竟成连衡叛上的遗患。

● *10* • 齐蔡燕赵魏：当时拥有精兵且最为跋扈的五大藩镇。齐，指淄青节度，治青州（今山东青州）；蔡，指彰义节度，治蔡州（今河南汝南）；燕，指卢龙节度，治幽州（今属北京）；赵，指成德节度，治镇州（今河北正定）；魏，指魏博节度，治魏州（今河北大名）。

● *11* •“合环”二句：谓诸镇踞广袤之地而坐强，结为联盟，对抗朝廷。合环：犹言串通。

● *12* • 逆、虏：互文见意，皆称叛镇。《新唐书·藩镇传》：“李宝臣与薛嵩、田承嗣、李正己、梁崇义相姻嫁，急热为表里。”此四句申说上二句，互通婚娅正是河北诸镇结盟为“一家”的手段之一。急热：亲热状。

● *13* •“法制”二句：谓叛镇自行其是，僭越法制，擅用朝廷礼仪。《旧唐书·田悦传》：“朱滔称翼王，悦称魏王，武俊称赵王，又请李纳称齐王。……筑坛于魏县中，告天受之。滔为盟主，称孤；武俊、悦、纳称寡人。”除此之外，朱滔还将居室称殿，妻曰妃，子为国公，下皆称臣，可见自命天子、另设朝廷之状。

● *14* •“压阶”四句：朝廷之阶方可以石螭头装饰，殿可绘龙，今方镇节度为之，显然僭越法制。另外署文用印玺而废签名，分赏僚属竟然称“赐”，皆属僭拟天子礼仪。替名：不用签名。唐代官员批准公文必须签名，唯皇帝诏书用玉玺而不用签名。

刳隍欿万寻，缭垣叠千雉。15

誓将付孱孙，血绝然方已。16

九庙仗神灵，四海为输委。17

如何七十年，汗赩含羞耻。18

韩彭不再生，英卫皆为鬼。19

凶门爪牙辈，穰穰如儿戏。20

累圣但日吁，阃外将谁寄？21

屯田数十万，堤防常慑惴。22

急征赴军须，厚赋资凶器。23

●*15*・刳隍：挖城。欿（xiān）：贪欲。缭垣：城墙。寻：古代长度单位，雉：古代面积单位。八尺为寻，长三丈高一丈为雉。《春秋公羊传》注："礼，天子千雉。"周代制度，诸侯之城周长不得超过三百雉。

●*16*・"誓将"二句：《旧唐书・李宝臣传》：（宝臣）"与薛嵩、田承嗣、李正己、梁崇义等，连结姻娅，互为表里，意在以土地传付子孙，不禀朝旨，自补官吏，不输王赋。"孱：弱也。血：血脉，意指后代嗣续。

●*17*・九庙：《唐会要》卷一三："太庙九室。"汉代以后帝王立九庙以祭祖成为礼制。此二句说，依靠神灵的庇佑，全国向唐朝廷贡输财货，帝国大厦不坠。

●*18*・七十年：自天宝十四载（755）安史之乱爆发，到大和元年（827）李同捷谋反，沧州用兵，凡约七十年。汗赩（xì）：含羞隐忍状。

●*19*・韩、彭：指韩信、彭越，汉高祖时名将。英、卫：指唐太宗时名将英国公李勣、卫国公李靖，皆一代功臣。此二句谓当世缺少匡复社稷的英才。

●*20*・凶门：北门。爪牙：指武将。古代将军受命出征，凿凶门而出，誓死不返。穰穰：众多貌。儿戏：《史记・绛侯周勃世家》："霸上、棘门军，若儿戏耳，其将固可袭而虏也。"此二句谓当今武臣不堪重任，纷纷出战，却无人平叛，为朝廷建功。

●*21*・累圣：肃宗以后的几位皇帝。阃（kǔn）外：皇城之外。《史记・冯唐列传》有"阃以内者，寡人制之；阃以外者，将军制之"之说。意为现在平藩重任谁堪托付呢？

●*22*・"屯田"二句：表示对边州军镇的忧虑。屯田：古代边防亦兵亦农者。堤防：比喻边防力量。慑惴：忧惧不安貌。

●*23*・军须：即军需，指资粮器械之类。凶器：兵器。此二句批评朝廷，每当征战，必加重赋敛来满足军需和武器装备之用。

因隳画一法，且逐随时利。24
流品极蒙尨，网罗渐离弛。25
夷狄日开张，黎元愈憔悴。26
邈矣远太平，萧然尽烦费。27
至于贞元末，风流恣绮靡。28
艰极泰循来，元和圣天子。29
元和圣天子，英明汤武上。30
茅茨覆宫殿，封章绽帷帐。31
伍旅拔雄儿，梦卜庸真相。32

●24·画一法：良好的定规。《史记·曹相国世家》："萧何为法，构若画一。曹参代之，守而勿失。载其清净，民以宁一。"隳：毁坏。此二句说，为逐一时之利，将萧规曹随的良好法规破坏了。

●25·流品：指百官品级。蒙尨（máng）：庞杂。网罗：喻纪律、规范。

●26·夷狄：外患之谓。开张：嚣张。黎元：百姓。

●27·萧然：骚乱不宁貌。烦费：征敛繁重。《史记·平准书》："江淮之间，萧然烦费矣。"

●28·贞元：唐德宗年号（785—805）。"风流"句：是说到贞元末年，社会风尚已变得奢侈放纵。李肇《唐国史补》卷下："长安风俗，自贞元侈于游宴。"

●29·"艰极"二句：《晋书·吕隆载记》："通塞有时，艰泰相袭。"泰：《周易》卦名，通顺、安宁之意，与"否"相反。元和：唐宪宗年号（806—820）。

●30·汤、武：指商朝开国君主成汤和周朝开国君主周武王姬发。作者认为唐宪宗比汤武还要英明。

●31·"茅茨"二句：谓唐宪宗节俭如唐尧和汉文帝。《说苑》："尧茅茨不剪，采椽不斫，土阶三等，而乐终身者，以其文采之少而质素之多也。"《汉书·东方朔传》："孝文皇帝……集上书囊以为殿帷。"封章：百官奏章上的套囊。绽：缝补。《玉台新咏·古辞艳歌行》："故衣谁为补，新衣谁当绽。"

●32·伍旅：军旅。古代军队编制五人为伍，五百人为旅。梦卜：据《史记·殷本纪》载，武丁夜梦得圣人，便派人到野外寻访，在版筑处得傅说而任用为相。又据《史记·齐太公世家》，周文王占卜，知将得辅佐良臣，后果得垂钓于渭水的姜尚，立为师。此二句分别讲唐宪宗即位后在用人上的两次毅决行事。一是于军旅中提拔高崇文，讨平西川刘辟叛镇；一是任用杜黄裳、武元衡、裴度等人为相，重振了朝廷声威。

勃云走轰霆，河南一平荡。[33]

继于长庆初，燕赵终舁襁。[34]

携妻负子来，北阙争顿颡。[35]

故老抚儿孙："尔生今有望！"

茹鲠喉尚隘，负重力未壮。[36]

坐幄无奇兵，吞舟漏疏网。[37]

骨添蓟垣沙，血涨滹沱浪。[38]

只云徒有征，安能问无状。[39]

●*33*·"勃云"二句：谓宪宗以惊雷震云的强势，一举扫平河南的叛镇。《新唐书·宪宗纪》："元和十二年十月，克蔡州；十三年七月，宣武、魏博、义成、横海军讨李师道；十四年二月，师道伏诛；七月，韩弘以汴、宋、亳、颍四州归于有司。"

●*34*·长庆：唐穆宗年号（821—824）。燕赵：指卢龙节度和成德节度。据《新唐书·穆宗纪》，元和十五年十月，成德军观察支使以所镇四州归顺朝廷；长庆元年，卢龙军节度使刘总以所镇八州归附朝廷。舁襁（yú qiáng）：背负襁褓中的婴儿，意谓随时准备归附。

●*35*·北阙：自汉以来，以北阙为宫禁正门，故用以代称朝廷。顿颡：叩头。颡，额也。

●*36*·"茹鲠"二句：谓穆宗君臣懦弱不振，犹如喉窄难咽鱼骨，力弱不能负重。

●*37*·坐幄：运筹帷幄。《汉书·高帝纪》："运筹帷幄之中，决胜千里之外。"吞舟：指大鱼。《史记·酷吏列传》："网漏于吞舟之鱼。"穆宗朝宰相无谋，将刘总等已归附之叛将放归，致其野心复萌，犹如疏网漏掉吞舟大鱼。

●*38*·"骨添"二句：写长庆元年卢龙军和成德军乱，幽州和正定一带尸骨满地，血流涌河。蓟垣：即蓟丘，卢龙军都知兵马使朱克融囚其节度使张弘靖谋反作乱即在此。滹沱：水名，源出山西繁峙，东南流经河北正定，此为成德军治所。成德军大将王廷凑杀节度使田弘正以反，事见《新唐书·藩镇传》。

●*39*·有征：出征不战而胜。《汉书·严助传》："淮南王安上书曰：'臣闻天子之兵，有征而无战。'"这里借以讽刺，谓今日朝廷徒有兴师征伐叛逆之名，而不能行问罪之实。无状：行为不端，此指叛逆谋反活动。

一日五诸侯，奔亡如鸟往。[40]

取之难梯天，失之易反掌。

苍然太行路，翦翦还榛莽。[41]

关西贱男子，誓肉虏杯羹！[42]

请数系虏事，谁其为我听？[43]

荡荡乾坤大，曈曈日月明。[44]

叱起文武业，可以豁洪溟。[45]

安得封域内，长有扈苗征。[46]

● *40* • 五诸侯：指魏博、横海、昭义、河东、义武五镇节度使。他们于长庆元年八月受命发兵讨伐王廷凑，无一能建功，事见《新唐书·藩镇传》。

● *41* • 太行路：卢龙、成德和魏州俱在太行山以东。至长庆二年史宪诚在魏州叛反，“三镇复为盗据，连兵不息”(《旧唐书·天文志》)。翦翦：狭小貌。

● *42* • 关西：函谷关以西地区，作者为长安人，故得以“关西男子”称。杯羹：《史记·项羽本纪》：“必欲烹而翁，则分我一杯羹。”此二句表示欲斩叛将而烹其肉。

● *43* • 数：陈述。系虏：擒缚叛将。此二句说，请让我来陈述平叛之策，而谁能够倾听我的声音呢？

● *44* • 荡荡：广大貌。曈曈：光明貌。乾坤、日月：喻天地之道和帝王之象。

● *45* • 叱：呼唤。文武业：周文王、周武王的伟业。豁：荡涤。洪溟：宏阔的海涛。此二句作者表示有志奋起，使文武大业重新振起，让茫茫大海充满光明。

● *46* •“安得”二句：谓怎样才能使帝国版图内只要出现地方叛乱，就能被征服呢？有扈与有苗，是古代两个叛乱的部落首领，分别被夏禹和夏启以文德和武力征服。

● 47 ·"七十"二句，意取《孟子·公孙丑上》："以德行仁者王，王不待大。汤以七十里，文王以百里。以力服人者，非心服也，力不赡也；以德服人者，中心悦而诚服也。"

● 48 · 韬舌：缄口默然。叫阍：叩阍，意即向朝廷陈言。

● 49 · 贾生：贾谊，西汉杰出政论家和文学家，世称贾生。少年才俊，二十二岁被汉文帝召为博士，屡献革除时弊之策，颇得文帝采纳，后遭忌被贬。这里作者将其引为同调。

七十里百里，彼亦何常争。[47]
往往念所至，得醉愁苏醒。
韬舌辱壮心，叫阍无助声。[48]
聊书感怀韵，焚之遗贾生。[49]

品·评

这是杜牧现存诗歌写作时间最早的一首，诗中对代宗、德宗、穆宗三朝藩镇割据的混乱局面及其原因进行了剖析，对宪宗任用英才、荡平藩镇、维护国家统一的行为深表崇敬。尽管诗的结尾流露出弘策难被采纳、理想难以实现的无奈，但整个基调却是激愤和轩昂的。这是青春激扬出的文字，是关西男子的雄壮之音，也是一代正义士人的心声。全诗以时间发展为顺序，以空间事件为中心，或叙或议。史笔似其《罪言》之文，实而不滞；诗情如杜甫《北征》长篇，忧患满纸。而用笔质朴，气韵高古，在晚唐诸家同类题材作品中堪称翘楚之作。

杜秋娘诗

并序

杜秋，金陵女也。[01] 年十五，为李锜妾。[02] 后锜叛灭，籍之入宫，[03] 有宠于景陵。[04] 穆宗即位，命秋为皇子傅姆。[05] 皇子壮，封漳王。郑注用事，诬丞相欲去异己者，指王为根。[06] 王被罪废削，秋因赐归故乡。[07] 予过金陵，感其穷且老，为之赋诗。

注·释

● *01* · 杜秋：即杜仲阳，原是京口平民女子，年及笄而作浙西观察使李锜侍妾。后李锜叛乱败亡，杜秋被收入宫中，长达二十七年。文宗朝，杜秋牵涉朝廷纷争，被遣还乡。杜牧大和八年（834）前后在淮南牛僧孺幕任掌书记时，弟杜觊曾入润州李德裕浙西幕为试协律郎，为巡官，牧往来于其间。其时杜秋放归未久，牧闻之有感而发。金陵：即今江苏镇江，汉末孙权治于此，称京城。后迁都建邺，以此为京口镇。赵璘《因话录》："唐人谓京口亦曰金陵。"

● *02* · 李锜：以父荫贞元中任湖、杭二州刺史，迁浙西观察使、诸道盐铁转运使，持积财进奉，得到德宗恩宠。后骄恣无度，恃恩暴踞，并潜为谋叛。顺宗朝为镇海军节度使，宪宗元和二年（807）违抗诏命，起兵谋反，不日而败，被械送京师处死。

● *03* · 籍：按册登录。此谓按名册收取。

● *04* · 景陵：指宪宗，死后葬于景陵。

● *05* · 皇子：指穆宗第六子李凑，文宗之弟，长庆元年封漳王。傅姆：保姆。

● *06* · 郑注：原为文宗朝实力宦官王守澄之亲信，因王举荐而为文宗所用。文宗先用宰相宋申锡谋除宦官，事为郑注所知，注与宦官遂先诬构宋申锡谋逆，欲拥立漳王为帝。文宗不察，远贬申锡。后郑注与李训揣知上意，又合谋剪除宦官，在"甘露之变"中失败被杀。丞相：指宋申锡。根：祸根，谓宋申锡谋逆乃漳王在其后操纵。

● *07* · "王被罪"句：大和五年漳王被废，黜为巢县公。《南部新书》："杜仲阳即杜秋也，始为李锜侍人。锜败，填宫，亦进帛书，后为漳王养母。大和三年，漳王黜，放归浙西，续诏令观院安置，兼加存恤，故杜牧有《杜秋诗》称于时。"一说，杜秋放归事在大和三年，与漳王获罪无涉。

京江水清滑，生女白如脂。08

其间杜秋者，不劳朱粉施。09

老濞即山铸，后庭千双目。10

秋持玉斝醉，与唱《金缕衣》。11

濞既白首叛，秋亦红泪滋。12

吴江落日渡，灞岸绿杨垂。13

联裾见天子，盼眄独依依。14

椒壁悬锦幕，镜奁蟠蛟螭。15

●*08*·京江：京口濒临长江，其江面称京江，亦称荆江。

●*09*·不劳朱粉施：《汉武故事》："诸宫美人，皆自然美丽，不施粉白黛黑。"此谓秋娘天生丽质，不化妆也靓丽动人。

●*10*·"老濞"二句：以汉高祖刘邦宗室刘濞即山铸钱事，喻李锜财货之富，且拥有众多佳丽。《史记·吴王濞列传》："吴有豫章郡铜山，濞则招致天下亡命者盗铸钱，煮海水为盐，以故无赋，国用富饶。"景帝三年，刘濞联合楚、赵发动"七国之乱"，未几，败亡。

●*11*·"秋持"二句：谓秋娘作李锜妾后，常持玉斝侍酒，为之吟唱《金缕衣》曲。玉斝：玉质酒杯。《金缕衣》：乐府曲词。原注："'劝君莫惜金缕衣，劝君惜取少年时。花开堪折直须折，莫待无花空折枝。'李锜长唱此词。"

●*12*·"濞既"句：刘濞叛逆时年六十二，故《史记·吴王濞列传》称其"白头举事"。此以喻李锜。

●*13*·吴江：《旧唐书·齐浣传》："润州北界隔吴江至瓜步沙尾圩汇六十里。"据此知吴江即京江流至扬州一段。灞岸：灞水两岸。此处代指长安。《三辅黄图》："灞水出蓝田谷，西北入渭。"又云："灞桥在长安东，跨水作桥。汉人送客至此桥，折柳赠别。"由吴江经灞水，是秋娘和其他没籍的侍妾被送往京城的路线。

●*14*·联裾：裾者，衣襟。联裾，联袂携手之意。盼眄：顾盼。此二句说，侍妾们联袂次第入宫，宪宗于诸女中独对秋娘眷顾有加。

●*15*·椒壁：即椒房，汉代以来，皇后所居，以椒和泥涂壁，有温香多子、和谐利嗣之寓意。锦幕：锦绣帐帏。蛟螭：龙类。有角曰蛟，无角曰螭。此句谓秋娘的镜匣上有显示皇宫地位的蛟螭状纹饰。

低鬟认新宠，窈袅复融怡。16

月上白壁门，桂影凉参差。17

金阶露新重，闲捻紫箫吹。18

莓苔夹城路，南苑雁初飞。19

红粉羽林仗，独赐辟邪旗。20

归来煮豹胎，餍饫不能饴。21

咸池升日庆，铜雀分香悲。22

雷音后车远，事往落花时。23

● *16* •“低鬟”二句：写新受宠爱时的容态和心理。低鬟：低垂着环形发髻。窈袅：体态美好。融怡：心情愉悦。

● *17* • 壁门：《汉武故事》载，玉堂内殿十二门，阶陛咸以玉为之，三层台椽首榑以璧为之，因名璧门。桂影：月影。《酉阳杂俎》：“月中有桂树，高五百丈。”此句谓月影参差，微透凉意。

● *18* • 金阶：传说中的天门有金阶，此处形容宫殿台阶之金碧豪华。捻：吹奏紫箫的按节动作。紫箫：原注：“《晋书》：盗开凉州张骏冢，得紫玉箫。”

● *19* • 莓苔：青苔之类。夹城：两边城墙相夹的宫内通道。南苑：即芙蓉苑，皇帝游赏的园林。张礼《游城南记》：“芙蓉园在曲江西南，与杏园皆秦宜春下苑地。园内有池，谓之芙蓉池，唐之南苑也。”

● *20* • 红粉：宫中女性。羽林：唐代禁卫军，兼司宫廷仪仗。辟邪：兽名。画有辟邪之旗，为皇帝仪仗之一。此二句说，随皇帝出宫游赏时，列于姬妾宫女的第一队前，受到特别宠幸。

● *21* • 豹胎：豹胎与熊掌在古代并列为佳肴之上品。餍饫：饱食。饴：美味。在宫中饱尝至味，再精美珍稀的食品，也感觉不到美味了。

● *22* •“咸池”二句：谓宪宗去世，穆宗即位。咸池：神话中的地名，太阳升起时沐浴之处。《淮南子·天文训》：“日出于旸谷，浴于咸池，拂于扶桑，是谓晨明。”此喻穆宗皇帝即位。铜雀：铜雀台，曹操建安十五年冬所筑，遗址在今河北省临漳西南，台高十丈，有殿宇百余间，楼顶铸大铜雀，高一丈五尺。分香：传曹操临死前嘱咐姬妾分香卖履，以示眷念难舍。见陆机《吊魏武帝文序》。悲：悲宪宗逝世也。

● *23* • 雷音：帝王出行车驾声。司马相如《长门赋》：“雷隐隐而响起，声象君之车音。”后车：随侍皇帝的副车。此二句谓宪宗逝后，地位下降，往事如花零落，不复盛开。

燕禖得皇子，壮发绿緌緌。24
画堂授傅姆，天人亲捧持。25
虎睛珠络褓，金盘犀镇帷。26
长杨射熊罴，武帐弄哑咿。27
渐抛竹马剧，稍出舞鸡奇。28
崭崭整冠珮，侍宴坐瑶池。29
眉宇俨图画，神秀射朝辉。
一尺桐偶人，江充知自欺。30
王幽茅土削，秋放故乡归。31

●24•燕禖：禖神，上古神祇之一，祭祀用以求子。皇子：即漳王凑。壮发：额前浓密的头发，俗称圭头，帝王之相。《汉书·赵皇后传》："我儿男也，额上有壮发，类孝元皇帝。"緌緌：头发下垂貌。

●25•画堂：饰有彩画之堂，此指皇儿诞生处。《汉书·元后传》："甘露三年，生成帝于甲馆画堂。"天人：天才之人。

●26•"虎睛"二句：谓皇儿襁褓用猫睛石一类的名贵珠宝缀络，帏帐用刻有犀牛的金盘做镇物。

●27•"长杨"二句：谓穆宗钟爱皇儿，常带着他去校猎，休息时在武帐中和他玩耍。长杨：汉宫苑名，汉代皇帝游猎之处。哑咿：幼童学语之声。

●28•"渐抛"二句：谓皇儿李凑长大，不再以骑竹马的游戏为乐，而从斗鸡中寻找奇趣。舞鸡：即驱鸡相斗的游戏，战国时代已有，唐代都市中颇为盛行。

●29•"崭崭"二句：谓李凑穿戴庄严华贵，陪侍母后宴饮。崭崭：耸出之状。瑶池：神话中的西方仙境，为西王母的住处。《穆天子传》卷三："天子觞西王母于瑶池之上。"李商隐《瑶池》："瑶池阿母绮窗开，黄竹歌声动地哀。"

●30•"一尺"二句：引汉武帝时江充诬害戾太子事比郑注陷害李凑。《汉书·江充传》载，江充曾以告发赵王太子丹得到武帝信任，然眼见武帝衰老，担心晏驾后将不容于太子，便使人将桐木偶人预先藏在太子宫中，然后向武帝告发，说他用巫蛊的办法诅咒武帝。后太子被害，武帝知江充欺诈，夷其三族。

●31•"王幽"二句：谓李凑被幽禁，并废除封爵，秋娘从此被放回故乡京口。茅土：代指被封受爵。周天子分封诸侯时，以五色土为坛，用白茅垫着所封国方位的泥土给受封者，此为仪式。

觚棱拂斗极，回首尚迟迟。[32]
四朝三十载，似梦复疑非。[33]
潼关识旧吏，吏发已如丝。[34]
却唤吴江渡，舟人那得知？
归来四邻改，茂苑草菲菲。[35]
清血洒不尽，仰天知问谁。[36]
寒衣一匹素，夜借邻人机。
我昨金陵过，闻之为歔欷。
自古皆一贯，变化安能推！
夏姬灭两国，逃作巫臣姬。[37]
西子下姑苏，一舸逐鸱夷。[38]
织室魏豹俘，作汉太平基。[39]

● *32* • “觚（gū）棱”二句：谓宫殿的觚棱高入北斗，秋娘回首依依难别。觚棱：王观国《学林》：“屋角瓦脊，成方角棱瓣之形，故谓之觚棱。”

● *33* • 四朝：秋娘自元和二年（807）李锜败亡后入宫，至文宗大和七年（833）放归，经历宪、穆、敬、文四帝，凡近三十年。

● *34* • 潼关：在陕西省潼关县，古为桃林塞，关城雄居山腰，下临黄河，东扼长安，素称险要。

● *35* • 茂苑：指李锜节度浙西时草木滋荣的庭苑。

● *36* • 清血：《文选》李陵《答苏武书》注：“血即泪也。”泪尽泣血，极言伤悲。

● *37* • “夏姬”二句：夏姬是春秋时郑穆公的女儿，后嫁陈国大夫夏御叔为妻，生子夏征舒。御叔早死，夏姬与陈灵公、孔宁私通，征舒愤而杀灵公，孔宁等逃楚，请求楚庄王出兵。楚庄王果伐陈，杀征舒，灭陈（后又恢复）。楚庄王将夏姬赐给连尹襄老。襄老战死，夏姬回到郑国。楚大夫巫臣聘夏姬，趁出使之机，携夏姬逃往晋国。《左传》纪其事颇详，但“灭两国”事无征。

● *38* • “西子”二句：谓吴国灭亡之后，西施离开姑苏台，随范蠡泛舟五湖。事见《吴越春秋》《越绝书》。姑苏：苏州之习称。鸱夷：皮囊。《史记·货殖列传》载，范蠡辅佐越王灭吴雪耻后，乃乘扁舟浮于江湖，变名更姓，尝以鸱夷子皮为名，但并无偕西施同游之事。

● *39* • 织室：汉代宫中的织造作坊。魏豹：即魏王豹。他被汉高祖刘邦打败，其侍妾薄姬被俘，被送到织室做工。然高祖看中薄姬很美，便纳入后宫，后生刘恒，即汉文帝。事见《汉书·薄姬传》。

误置代籍中，两朝尊母仪。40

光武绍高祖，本系生唐儿。41

珊瑚破高齐，作婢舂黄糜。42

萧后去扬州，突厥为阏氏。43

女子固不定，士林亦难期。44

● 40 •“误置”二句：谓窦姬被错放于代国名册中，倒成就其两朝母仪的美名。据《汉书·窦皇后传》：吕太后出宫人以赐诸王，窦姬家在河清，愿如赵。请其主遣宦者，必置其籍赵之伍中。后宦者忘之，误置其籍代伍中。至代，代王独幸窦姬，孝惠七年生景帝。代王入立为帝，窦姬为皇后。后景帝立，窦姬为皇太后。两朝：指汉文、景两朝。母仪：为母风裁，堪称典范。

● 41 •“光武”二句：谓光武帝能远承高祖帝业，而其先世却是侍女唐儿所生。光武：即刘秀。他是高祖九世孙，出自景帝子长沙王刘发。

● 42 •“珊瑚”二句：谓冯小怜在北齐惑主生事，终至高氏亡国，自己也成为舂米的婢女。《北史·冯淑妃传》：“妃名小怜，后主惑之。后主至长安，及遇害，以妃赐代王达，甚嬖之。达妃为淑妃所谮，几致于死。隋文帝将赐达妃兄李询，令着布裙配舂，询母逼令自杀。”

● 43 •“萧后”二句：谓隋炀帝萧后离开扬州，到突厥做了王后。《隋书·萧后传》：“炀帝嗣位，立为皇后。帝每游幸，后未尝不从。及幸江都，宇文氏之乱，随车至聊城，化及败，没于窦建德。突厥处罗可汗遣使迎后于洺州，建德不敢留，遂入于虏廷。”阏氏（yān zhī）：汉代匈奴单于的王后，这里借指突厥王后。按史载，萧后并未正式成为突厥可汗之妻。

● 44 • 士林：泛指文士群体，此处指士大夫阶层。

射钩后呼父，钓翁王者师。45

无国要孟子，有人毁仲尼。46

秦因逐客令，柄归丞相斯。47

安知魏齐首，见断箦中尸。48

给丧蹶张辈，廊庙冠峨危。49

●45 •“射钩”二句：谓射中衣带钩的管仲，后来却被齐桓公称为仲父，钓鱼翁太公望，最终成为周文王的太师。《战国策·齐策》载，齐襄公被杀，公子小白与公子纠争为齐君。当时鲍叔牙辅佐小白，管仲辅佐公子纠。管仲以箭射小白，中带钩。后小白立为齐君，杀了公子纠，但经鲍叔牙推荐，知管仲贤能，便任他为相，尊为“仲父”。钓翁：本姓姜，先人封于吕，故又名吕尚。他曾垂钓渭滨，遇周文王，与语大悦，号之曰“太公望”，尊为师。后助武王伐纣，被尊为尚父。

●46 •“无国”二句：谓没有一个国家采用孟子学说，孔子虽贤也有人进行毁谤。《史记·孟子列传》：“孟轲，驺人也。受业子思之门人。道既通，游事齐宣王，宣王不能用。适梁，梁惠王不果所言，则见以为迂远而阔于事情。”《论语·子张》：“叔孙武叔毁仲尼。”

●47 •逐客令：秦王曾下逐客令，要驱逐六国来秦之人，客卿李斯上书谏止，说服了秦王。后多所献计，辅佐秦王一统天下，被任为丞相。事见《史记·李斯列传》。

●48 •魏齐：战国时魏相。他听信大臣须贾之言，认为谋臣范雎私通齐国，使人笞击痛殴范雎，范雎佯死，魏齐叫人用竹席裹尸放进厕所。后范雎得救，逃到秦国，得到重用，任为国相。秦王要替其报仇，要求魏国杀魏齐。魏齐出亡，在赵国自杀。事见《史记·范雎列传》。见断：丧身。箦：竹席。

●49 •“给丧”二句：谓送丧的吹箫人，军中的弓弩手，都成为朝廷的高官。《史记·周勃世家》：绛侯周勃“常为人吹箫给丧事，材官引强”。《史记·申屠嘉列传》：“申屠丞相嘉者，梁人，以材官蹶张从高祖击项籍，迁为队率。”材官：低级官员。蹶张：脚踏强弩使之开张。廊庙：朝廷之代称。峨危：高耸貌。

珥貂七叶贵，何妨戎虏支。[50]
苏武却生返，邓通终死饥。[51]
主张既难测，翻覆亦其宜。[52]
地尽有何物，天外复何之？
指何为而捉，足何为而驰？
耳何为而听，目何为而窥？[53]
己身不自晓，此外何思惟！
因倾一樽酒，题作杜秋诗。
愁来独长咏，聊可以自贻。

● *50* •“珥貂”二句：谓七朝插貂显贵，何妨其为胡虏血脉。据《汉书·金日磾传》，金日磾原系匈奴休屠王太子，国亡降汉。初为养马奴，后得到汉武帝赏识重用，官至车骑将军，封侯，而历经汉武、昭、宣、元、成、哀、平七朝，金家后嗣建功卓著，皆至高位，多为侍中。珥貂：插戴貂尾。汉代侍中冠佩貂尾。戎：一作“我”。

● *51* •“苏武”二句：谓苏武久羁匈奴终得生还，而邓通富极一时竟穷饿而死。苏武：汉武帝时以中郎将持节出使匈奴，被拘留十九年，仗汉节牧羊，啮雪吞毡，艰苦卓绝，昭帝即位后始归。事见《汉书·苏武传》。邓通：汉文帝时幸臣，官至上大夫。文帝赐以铜山，得自铸钱，其富无比。景帝立，罢免其职，籍没其家，穷困不堪，最终寄死人家。事见《史记·佞幸列传》。

● *52* • 主张：主宰。

● *53* •“指何”四句：问人之手拿、足驰、耳听、目窥的目的是什么。

品·评　这是杜牧诗集中最长的一篇。前半部分，作者以同情的笔调叙述杜秋娘为姬妾、为傅姆、为罪妇的起伏隆衰的经历，景况的鲜明对比使一部女性传奇跌宕有致，非常生动，而因事涉宫闱秘闻，且与重大政治事变相关，整个故事读来饶有趣味。后半部分转而发为议论，作者历数女性的命运无常和士大夫的荣辱变幻，这与其说是印证杜秋娘一生的幸与不幸、偶然与必然，倒不如说是在倾诉自己对现实世界难以把握的苦闷。诗的最后表达出对生命所求、所取之目的的强烈质疑，可谓雅人深致。此诗在当时传诵已广，张祜《读池州杜员外杜秋娘诗》云：“年少多情杜牧之，风流仍作杜秋诗。可知不是长门闭，也得相如第一词。”然而诗中獭祭似的用典难免骋才炫博，稍欠凝练，使贺贻孙《诗筏》有“借秋娘以叹贵贱盛衰之倚伏，虽亦感慨淋漓，然终嫌其语意太尽”的批评。

郡斋独酌

01

前年鬓生雪，今年须带霜。
时节序鳞次，02 古今同雁行。03
甘英穷西海，四万到洛阳。04
东南我所见，北可计幽荒。05
中画一万国，角角棋布方。06
地顽压不穴，天迥老不僵。07
屈指百万世，过如霹雳忙。08
人生落其内，何者为彭殇？09
促束自系缚，儒衣宽且长。10
旗亭雪中过，敢问当垆娘。11

注・释

● 01・题下原注“黄州作”，故知本诗作于会昌二年（842）杜牧任黄州刺史时。

● 02・鳞次：如鱼鳞一般次序井然。王维《登楼歌》：“聊上君兮高楼，飞甍鳞次兮在下。”

● 03・雁行：如群雁飞行一样相随有序。

● 04・“甘英”二句：谓天下之大。甘英：东汉和帝时人，曾奉命出使海外，历四万里而还。西海：今波斯湾。

● 05・“东南”二句：东南地域已为我亲见，而北方荒远，更有广袤之地可计。此谓中国之广。幽：指幽州一带，即今河北省北部地区。

● 06・“中画”二句：谓中国划分为众多邦国，犹如棋子，清晰地分布在棋盘四方。一万国：《汉书・地理志》：“昔在黄帝，作舟车以济不通，旁行天下，方制万里，画野分州，得百里之国万区。”角角：原意为雉鸣之声响亮可闻，如王建《凉州词》：“城头山鸡鸣角角，洛阳家家学胡乐。”此处借以形容布局清晰分明。

● 07・“地顽”二句：谓大地坚韧，受压不垮；苍天无际，永远不老。

● 08・“屈指”二句：谓百万年时光只在屈指之间，犹如一道霹雳，闪电即逝。《宋书・乐志》：“人生世间如电过。”

● 09・“人生”二句：人生于世间皆归于死亡，何必论长寿与短寿？彭：彭祖，传说彭祖得八百岁之寿。殇：未成年而夭折者。《庄子・齐物论》：“莫寿乎殇子，而彭祖为夭。”

● 10・“促束”二句：意谓局促不安乃是由于自我约束，其实儒衣原本宽松自在。

● 11・“旗亭”二句：谓雪天经过酒楼，也不敢问话于卖酒女郎。旗亭：立于集市中之高亭，唐宋酒楼之谓。当垆娘：卖酒的年轻女子。

我爱李侍中，　摽摽七尺强。[12]
白羽八扎弓，　髀压绿檀枪。
风前略横阵，　紫髯分两傍。
淮西万虎士，　怒目不敢当。[13]
功成赐宴麟德殿，
猿超鹘掠广球场。[14]
三千宫女侧头看，
相排踏碎双明珰。[15]
旌竿幖幖旗㸌㸌，
意气横鞭归故乡。[16]
我爱朱处士，　三吴当中央。[17]
罢亚百顷稻，[18] 西风吹半黄。

●12・李侍中：李光颜。初从马燧为副将，讨李怀光、杨惠琳叛镇，有战功。宪宗朝讨淮西吴元济时，李光颜为忠武军节度使，挺刃前驱，勇猛无比，功勋卓著。战后加检校司空，穆宗朝加同中书门下平章事兼侍中。事见《旧唐书・李光颜传》。摽摽：高貌。一作“标标”，据《樊川文集》改。

●13・“白羽”六句：写李光颜持弓挟枪，冲击敌阵的无畏气概。白羽：饰有白羽的强弓。八扎：扎，甲叶。八扎弓，是说强弓足以射穿八层铠甲。髀：股也。绿檀枪：长枪漆成绿色，故名。略：通“掠”，攻占掠取。紫髯：颊有紫色长须。三国时孙权，即有“紫髯将军”之称。淮西：唐方镇名，领申、光、蔡三州，治所在蔡州（今河南汝南）。长期为李希烈、吴少诚、吴少阳、吴元济等据为强藩，至元和十二年（817）方平定。

●14・麟德殿：唐大明宫内殿名。猿超鹘掠：如猿之敏捷，似鹘之凶猛。鹘，即隼，一种猛禽。球场：进行蹴鞠活动的广场。

●15・三千宫女：白居易《长恨歌》：“后宫佳丽三千人。”相排：结队前来。双明珰：以明珠制作的女性耳饰。

●16・“旌竿”二句：谓李光颜荣归故乡，阵仗威风。幖幖：翻动貌。㸌㸌：明亮貌。横鞭：执鞭。韦庄《抚州江口雨中作》：“金骝掉尾横鞭望，犹指庐陵半日程。”

●17・朱处士：无考，当是作者早年结交的江南人士。处士，有才德而隐居不仕之人。三吴：《水经注・浙江水》：“一吴也，后分为三，世号三吴，吴兴、吴郡、会稽其一焉。”三吴所指，前人解释不一，亦有称润州、湖州、丹阳为三吴者。

●18・罢亚：原注：“稻名。”

尚可活乡里，岂唯满囷仓？[19]

后岭翠扑扑，前溪碧泱泱。[20]

雾晓起凫雁，日晚下牛羊。

叔舅欲饮我，社瓮尔来尝。[21]

伯姊子欲归，彼亦有壶浆。

西阡下柳坞，东陌绕荷塘。

姻亲骨肉舍，烟火遥相望。

太守政如水，长官贪似狼。

征输一云毕，任尔自存亡。[22]

我昔造其室，羽仪鸾鹤翔。[23]

交横碧流上，竹映琴书床。

出语无近俗，尧舜禹武汤。[24]

●*19*• 囷仓：粮仓，方者曰仓，圆者曰囷。

●*20*• 扑扑：迷蒙一片的样子。泱泱：水面广大的样子。

●*21*• 社瓮：此指祭社神的酒。祭社活动每年春秋各进行一次，曰春社、秋社。

●*22*• 征输：纳税。此谓朱处士交纳赋税以后，不问太守清廉和地方官吏酷贪与否，任其自生自灭。

●*23*•“我昔”二句：谓我以前曾造访其家，看到他仪表堂堂，有鸾鹤脱俗高洁之态。羽仪：《易·渐》：“鸿渐于陆，其羽可用为仪。”孔疏：“其羽可用为物之仪表，可贵可法也。”

●*24*• 尧舜禹武汤：即尧、舜和夏禹、商汤、周武王这三代开国之君，都被后代视为圣君明主。

问今天子少，谁人为栋梁？[25]

我曰天子圣，晋公提纪纲。[26]

联兵数十万，附海正诛沧。[27]

谓言大义小不义，

取易卷席如探囊。[28]

犀甲吴兵斗弓弩，

蛇矛燕戟驰锋铓。[29]

岂知三载几百战，

钩车不得望其墙！[30]

答云此山外，有事同胡羌。[31]

谁将国伐叛，话与钓鱼郎？[32]

●25・今天子：以本诗提到的十三年前（大和三年）与朱处士相见可推知，所谓“今天子”为文宗，其时当二十一岁。栋梁：指宰辅大臣。

●26・晋公：指裴度。宪宗元和十二年，以平定淮西有功，赐爵晋国公。提纪纲：实施法度，推行国策。《旧唐书・敬宗本纪》：“宝历二年二月，以山南西道节度使晋国公裴度守司空，同平章事，复知政事。”

●27・“附海”句：指大和初年至三年讨伐沧州李同捷，将其斩之正法事。事见《旧唐书・裴度传》。附：近也。沧州地近渤海，故云。大义：朝廷诏讨沧州叛镇乃正义之举。

●28・不义：指藩镇抗命朝廷。卷席、探囊：形容轻易之举。

●29・“犀甲”二句：形容讨伐战之激烈。犀甲：以犀牛皮所制之战甲。吴兵：即吴戈。《九歌・国殇》：“操吴戈兮披犀甲。”蛇矛：长可丈八的兵器。燕戟：燕地制造的短兵器。前言吴兵，此相对而举，指精良的武器。

●30・“岂知”二句：谓讨伐之战持久而艰难。自大和元年发兵，至李同捷降，前后历时三载。钩车：攻城所用的有钩梯的战车。

●31・有事：有战争发生。此指藩镇抗命于朝廷，犹如胡羌入侵。胡羌：这里指回鹘等外族。

●32・钓鱼郎：隐士之谓，此代指朱处士。

溪南重回首，　一径出修篁。[33]
尔来十三岁，　斯人未曾忘。
往往自抚己，　泪下神苍茫。
御史诏分洛，[34] 举趾何猖狂！[35]
阙下谏官业，　拜疏无文章。[36]
寻僧解忧梦，　乞酒缓愁肠。
岂为妻子计，　未去山林藏。
平生五色线，　愿补舜衣裳。[37]
弦歌教燕赵，　兰芷浴河湟。[38]
腥膻一扫洒，　凶狠皆披攘。[39]
生人但眠食，　寿域富农桑。[40]

● *33* • 修篁：高高的竹林。

● *34* •“御史”句：大和九年，杜牧以监察御史分司东都洛阳。

● *35* •“举趾”句：谓行为趾高气扬，无所顾忌。

● *36* •“阙下”二句：谓自己在朝廷身为左补阙，却并无拜疏奏章以尽谏官之职。杜牧开成四年任左补阙，此为言官。

● *37* •“平生”二句：谓愿尽平生之力，去辅佐皇帝，使寰宇一统，天下清平。五色线：王嘉《拾遗记》卷二：“因祇之国，其人善织，以五色丝内于口中，手引而结之，则成文锦。”舜衣裳：此喻帝王大业。

● *38* •“弦歌”二句：谓将以弦歌教化燕赵，用兰芷熏陶河湟。弦歌：礼乐教化。燕赵：指河北广大地区。兰芷：芳草名。此亦代指文明传播。河湟：西北少数民族地区。

● *39* •“腥膻”二句：谓要清除一切内忧外患。腥膻：《吕氏春秋》：“水居者腥……草食者膻。”此借指当时以牛羊肉为主要食物的西北少数民族。凶狠：指藩镇割据势力。披攘：扫荡、驱除。

● *40* • 寿域：仁寿之境界，即太平盛世。《汉书·礼乐志》：“驱一世之民，跻之仁寿之域。”

●*41*・拥鼻：《世说新语・雅量》"方作洛生咏"注引宋明帝《文章志》："（谢）安能作洛下书生咏，而少有鼻疾，语音浊。后名流多敩其咏，弗能及，手掩鼻而吟焉。"

●*42*・仁圣天子：指唐武宗。

孤吟志在此，自亦笑荒唐。
江郡雨初霁，刀好截秋光。
池边成独酌，拥鼻菊枝香。[41]
醺酣更唱太平曲，
仁圣天子寿无疆。[42]

品・评　此诗以相当长的篇幅，叙述了自己的人格理想。诗中提到的李光颜和朱处士，是两种身份类型：一是兼济天下，建功立业者；一是隐逸山林，独善其身者。而正是后者所表现出来的不能真正忘怀现实，以及"大义小不义"的态度和对"尧舜禹武汤"清明盛世的向往，激发了他的用世之心。作者表示"平生五色线，愿补舜衣裳"，期望"腥膻一扫洒，凶狠皆披攘"。在平定藩镇，扫荡外患之后，亦将用"弦歌"教化生民，用"兰芷"熏陶远近，在这里诗人的道义情感表现得非常完整。翁方纲《石州诗话》卷二认为此诗和《感怀诗》同一意旨，"宜与《罪言》同读"，极有识见。全诗一韵到底，五言为主，间以七言，情致超迈，酣畅淋漓，其气象格局在晚唐古体诗中相当突出。

张好好诗[01]

并序

牧大和三年，佐故吏部沈公江西幕。[02]好好年十三，始以善歌来乐籍中。[03]后一岁，公移镇宣城，复置好好于宣城籍中。后二岁，[04]为沈著作述师以双鬟纳之。[05]后二岁，于洛阳东城重睹好好，感旧伤怀，故题诗赠之。

注·释

● *01* • 张好好：歌妓名。本诗作于大和九年（835）秋，牧之时任监察御史分司东都。牧之有《赠沈学士张歌人》，张歌人即张好好，故可合读。

● *02* • 吏部沈公：沈传师，字子言，沈既济之子。大和二年（828）十月，以尚书右丞出为洪州刺史、江南西道观察使，召杜牧入幕。后传师转宣州刺史，宣、歙、池观察使，大和九年（835）四月吏部侍郎任上卒。

● *03* • 乐籍：乐部之名籍。这里表示张好好乃官妓身份。

● *04* • 二：冯集梧《樊川诗集注》卷一："一作三。"按，据实推之，当为"后三岁"。

● *05* • 沈著作述师：传师之弟，字子明，时任著作郎。双鬟：本指千金，谓身价之重。此处为侍妾的雅称。韩翃《赠张建》："翠羽双鬟妾，珠帘百尺楼。"

君为豫章姝，十三才有余。06

翠茁凤生尾，丹叶莲含跗。07

高阁倚天半，章江联碧虚。08

此地试君唱，特使华筵铺。09

主人顾四座，始讶来踟蹰。10

吴娃起引赞，低徊映长裾。11

双鬟可高下，才过青罗襦。12

盼盼乍垂袖，一声雏凤呼。13

繁弦迸关纽，塞管裂圆芦。14

众音不能逐，袅袅穿云衢。15

●06·豫章姝：豫章，洪州之旧名，后避代宗李豫名讳改称钟陵，又改称南昌。姝：美女。

●07·“翠茁”二句：谓好好娇嫩如凤尾竹青翠初生，红莲含苞待放。跗：花萼。

●08·高阁：指滕王阁。章江：即赣江。王勃《滕王阁》诗：“滕王高阁临江渚。”碧虚：碧天。

●09·华筵：华美丰盛的宴会，这是作者初见好好的场合。

●10·主人：一作“主公”，即沈传师。踟蹰：迟疑不前，形容羞涩之态。

●11·吴娃：吴地美女，此指好好。引赞：开头问候、称颂的套语。低徊：姿态低抑、徐缓移步的样子。

●12·“双鬟”二句：谓好好施礼下蹲时，双鬟正好垂到青罗短袄那里，高低适宜。襦：短衣，短袄。

●13·盼盼：顾盼生姿。乍垂袖：舞蹈动作。雏凤呼：歌喉之声清脆美妙。雏凤，幼凤。

●14·繁弦：急促的弦乐声。关纽：乐器上调弦的弦纽。塞管：即芦管，一种少数民族管乐器。迸、裂：极言声音高亢清脆。

●15·袅袅：形容歌声悠扬。云衢：云路，即天空。

主人再三叹，谓言天下殊。
赠之天马锦，副以水犀梳。[16]
龙沙看秋浪，明月游东湖。[17]
自此每相见，三日已为疏。
玉质随月满，艳态逐春舒。[18]
绛唇渐轻巧，云步转虚徐。[19]
旌旆忽东下，笙歌随舳舻。[20]
霜凋谢楼树，沙暖句溪蒲。[21]
身外任尘土，樽前极欢娱。
飘然集仙客，讽赋欺相如。[22]

● *16* · 天马锦：绘织上天马图案的锦缎。《史记·大宛列传》："得乌孙马好，名曰天马。及得大宛汗血马，益壮，更名乌孙马曰西极，名大宛马曰天马。"水犀梳：用水犀牛的角制成的梳子。

● *17* · "龙沙"二句：谓沈传师宠爱好好，秋风明月中，携其游玩。龙沙：南昌城北的沙洲，为九月九日登高观览江景的胜地。东湖：在南昌城东，与赣江相通。

● *18* · "玉质"二句：谓好好体态逐渐丰满，娇艳的容姿越来越舒展。

● *19* · "绛唇"二句：谓朱唇更加灵巧动人，步态也越发优雅从容。云步：步态飘举的样子。虚徐：雍容闲雅貌。

● *20* · "旌旆"二句：谓大和四年（830）九月，沈传师由江西观察使调任宣歙观察使，乘船经水路赴任宣城，好好笙歌相随。旌旆：旌旗。舳舻：船头与船尾，此处泛指船只。

● *21* · 谢楼：谢公楼，南齐诗人谢朓任宣城太守时所建，亦称北楼。许浑《寄陵阳处士》："谢公楼上晚花盛，扬子宅前春草深。"句溪：一名东溪，在宣城东三里，因水势曲折而得名。

● *22* · 集仙客：原注："著作尝任集贤校理。"《旧唐书·玄宗纪》：开元十三年"夏四月丁巳，改集仙殿为集贤殿，丽正殿书院改集贤殿书院"。据考，沈述师大和五年任集贤校理。欺：压倒，胜过。相如：汉武帝时著名辞赋家司马相如。

聘之碧瑶珮，载以紫云车。[23]
洞闭水声远，月高蟾影孤。[24]
尔来未几岁，散尽高阳徒。[25]
洛城重相见，婥婥为当垆。[26]
怪我苦何事，少年垂白须？[27]
朋游今在否，落拓更能无？[28]
门馆恸哭后，水云秋景初。[29]
斜日挂衰柳，凉风生座隅。
洒尽满襟泪，短歌聊一书。

●*23*•“聘之”二句：谓沈述师以隆重的礼节迎聘好好。碧瑶珮：碧玉做的佩饰。紫云车：《博物志》卷八：“西王母乘紫云车而至。”此言车之华贵。

●*24*•“洞闭”二句：谓好好为沈述师侍妾后，便如入仙洞，如升蟾宫，孤远寂寞，故人不能与之交往。蟾影：月影。

●*25*•高阳徒：酒友之谓。《史记·郦生列传》：“郦生瞋目案剑叱使者曰：‘走！’复入言沛公：‘吾高阳酒徒也，非儒人也。’”

●*26*•当垆：卖酒也。《史记·司马相如列传》：“相如与俱之临邛，尽卖其车骑，买一酒舍酤酒，而令文君当垆。”婥婥：通“绰绰”，绰约妩媚貌。

●*27*•怪我：对我感到惊奇。

●*28*•落拓：落魄潦倒。

●*29*•门馆：指沈传师幕府。本年四月，沈传师逝世，故作者有不胜悲痛之感。

品·评

这首诗叙述歌妓张好好名入乐籍后先从沈传师，后被沈述师纳为侍妾的经历，以较多的笔墨描写好好曼妙绰约的容貌、步态和歌舞艺能，最后作者流露出落拓困顿的自伤情绪，反衬出对好好的艳美。刘克庄《后村诗话后集》卷二说杜牧“风情不浅”，诚为事实，但将此诗与“青楼薄幸”并论便有失分寸了。值得一提的是，诗人自书此诗的行书真迹尚传世，“气格雄健，与其文章相表里”（《宣和书谱》卷九）。就此看来，这份文化遗产对于研究唐代诗、书和歌妓制度都是难得的实证资料，弥足珍贵。

冬至日寄小侄阿宜诗[01]

小侄名阿宜，　未得三尺长。
头圆筋骨紧，[02] 两脸明且光。
去年学官人，[03] 竹马绕四廊。[04]
指挥群儿辈，　意气何坚刚。
今年始读书，　下口三五行。
随兄旦夕去，　敛手整衣裳。[05]
去岁冬至日，　拜我立我旁。
祝尔愿尔贵，　仍且寿命长。
今年我江外，[06] 今日生一阳。[07]
忆尔不可见，　祝尔倾一觞。
阳德比君子，[08] 初生甚微茫。
排阴出九地，[09] 万物随开张。[10]

注·释

● 01 · 本诗胡可先《杜牧研究丛稿》、吴在庆《杜牧论稿》系于开成五年（840）冬在浔阳作。冯集梧《樊川诗集注》卷一云：按唐杜氏世系表，牧之无亲兄，从兄弟愉之子为承照，羔之子为宗之，悰之子为裔休、述休、孺休。牧之亲弟颛，其子为无逸，而《太平广记》引《南楚新闻》则云：杜悰长子无逸。考牧之作颛墓志却云：一男麟师，年十岁。语各不合。岂麟师者，未及长成，而悰以己子继之与？若此之阿宜，则又不可知为何兄之子也。

● 02 · 紧：健壮结实。

● 03 · 官人：官府中人，通常指有官职者。

● 04 · 竹马：儿童以竹竿当马骑的游戏。顾况《悼稚》："稚子比来骑竹马，犹疑只在屋东西。"

● 05 · 敛手：拱手示敬。白居易《王夫子》："男儿口读古人书，束带敛手来从事。"

● 06 · 江外：江南。《资治通鉴》卷一七六（陈）祯明二年"遍喻江外"注："中原以江南为江外。"按，牧之前一年在京任左补阙，开成五年为膳部、比部员外郎，冬乞假往浔阳探视弟颛眼疾。浔阳，在今江西省九江市。

● 07 · 生一阳：《史记·律书》："日冬至则一阴下藏，一阳上舒。"也就是说，自此阴气敛而阳气动，白天渐长。故冬至也称一阳生。

● 08 · 阳德：阳气，喻君子。韩愈《送惠师》："大哉阳德盛，荣茂恒留春。"

● 09 · 阴：喻小人。《周易·系辞下》："阳一君而二民，君子之道也；阴二君而一民，小人之道也。"九地：地下最深层。

● 10 · 开张：逐渐蓬勃生长。此句云"阴气"排出之后的效果，亦暗示要做君子，远小人。

一似小儿学，日就复月将。[11]

勤勤不自已，二十能文章。

仕宦至公相，[12]致君作尧汤。[13]

我家公相家，[14]剑佩尝丁当。[15]

旧第开朱门，长安城中央。[16]

第中无一物，万卷书满堂。

家集二百编，上下驰皇王。[17]

多是抚州写，[18]今来五纪强。[19]

尚可与尔读，助尔为贤良。

经书括根本，史书阅兴亡。

高摘屈宋艳，[20]浓薰班马香。[21]

●*11*・日就月将：形容日日勤勉，月有所进。《诗经・周颂・敬之》："日就月将，学有缉熙于光明。"

●*12*・公相：三公、宰相，乃阶级最高者。

●*13*・尧汤：传说中的古帝陶唐氏和商王朝建立者成汤，是圣明和有为之君。

●*14*・公相家：牧之曾祖父杜希望为玄宗名臣，拜银青光禄大夫、鸿胪卿、恒州刺史、西河郡太守、河西陇右节度使，终加尚书左仆射。祖父杜佑，相继任德宗、顺宗、宪宗三朝宰相，封岐国公。

●*15*・剑佩：剑与佩饰，身份与地位的表征。丁当，同叮当，象声词。

●*16*・"旧第"二句：自诩祖居豪华显贵，位于长安城中心。《长安志》："万年县所领朱雀门街之东安仁门，太保致仕岐国公杜佑宅。"朱门，将大门漆成红色，以显示贵族身份。

●*17*・"家集"二句：指杜佑所著的《通典》二百卷，为现存最早专门论述典章制度的通史性著作。《旧唐书・杜佑传》："其书大传于时，礼乐刑政之源，千载如指诸掌，大为士君子所称。"

●*18*・抚州：今属江西。杜佑于德宗朝曾任抚州刺史，在此间撰写《通典》。

●*19*・五纪强：每纪十二年，此概言六十多年。强，有余。

●*20*・屈宋：屈原、宋玉，其创作开骚赋文体之先河。

●*21*・班马：班固、司马迁，以史传文学著称。

李杜泛浩浩，[22] 韩柳摩苍苍。[23]
近者四君子，[24] 与古争强梁。[25]
愿尔一祝后，[26] 读书日日忙。
一日读十纸，　一月读一箱。
朝廷用文治，　大开官职场。[27]
愿尔出门去，　取官如驱羊。[28]
吾兄苦好古，　学问不可量。
昼居府中治，　夜归书满床。
后贵有金玉，　必不为汝藏。
崔昭生崔芸，[29] 李兼生窟郎。[30]
堆钱一百屋，　破散何披猖。[31]

● *22* · 李杜：李白、杜甫。泛浩浩：宽广浩瀚之势。

● *23* · 韩柳：韩愈、柳宗元。摩苍苍：指向高远。苍苍，天空。蔡琰《胡笳十八拍》十六："泣血仰头兮诉苍苍，生我兮独罹此殃。"

● *24* · 四君子：即上述李、杜、韩、柳四位诗人。

● *25* · 强梁：强悍果决，有霸主之气。

● *26* · 祝：以言告神，祈祷福祉。这里指正式读书前的祈祝仪式。

● *27* · 文治：以文教施政治民，这是唐代开国以来的既定政策。此云朝廷用文治，大开官职场，意在激励阿宜走科举之路，由进士入仕。

● *28* · 驱羊：喻驾驭之术。《淮南子·要略》："诚明其意，进退左右无所失击危，乘势以为资，清静以为常，避实就虚，若驱群羊，此所以言兵者也。"

● *29* · 崔昭：唐代宗时人，曾任京兆尹等职，为人厚殖财货，亦多行贿之举。参见《唐国史补》卷中。

● *30* · 李兼：唐德宗时人。曾任鄂岳沔都团练使、江西观察使，卒国子祭酒任。《旧唐书·食货志上》载："其后诸贼既平，朝廷无事，常赋之外，进奉不息。韦皋剑南有日进，李兼江西有月进……竟为进奉，以固恩泽。贡入之奏，皆曰臣于正税外方圆，亦曰'羡余'。节度使或托言密旨，乘此盗贸官物。"

● *31* · 披猖：分散、飞扬。李山甫《寒食二首》（其二）："风烟放荡花披猖，秋千女儿飞短墙。"此处喻钱物用尽。

今虽未即死，饿冻几欲僵。[32]

参军与县尉，[33]尘土惊劻勷。[34]

一语不中治，[35]笞箠身满疮。[36]

官罢得丝发，[37]好买百树桑。

税钱未输足，得米不敢尝。

愿尔闻我语，欢喜入心肠。

大明帝宫阙，[38]杜曲我池塘。[39]

我若自潦倒，看汝争翱翔。

总语诸小道，此诗不可忘。

●32•“今虽”二句：是说崔昭、李兼，厚殖财货，后人不能守业，下场非常悲惨，这实际上也是对其父不道德行为的报应。

●33•参军：州刺史之属官，品秩在从七品至从九品之间。县尉：掌一县之治安与军事，品秩为从九品下，通常为进士出身者的初任之官。

●34•劻勷：急迫不安貌。韩愈《刘统军碑》：“新师不牢，劻勷将逋。”劻，音匡。勷，音穰。

●35•中治：合乎治理要求，亦含合乎上司心愿之意。

●36•笞箠：用竹板打人。以上四句劝说阿宜不要甘于终老参军、县尉一类官职。这样的官职品低秩微，且任凭上司驱使，戒慎恐惧，稍有不当，便不免笞挞惩罚。

●37•丝发：犹言丝毫，极少之意。

●38•大明：唐宫殿名。《长安志》：“东内大明宫，在禁苑之东南，南接京城之北面，西接宫城之东北隅。”

●39•杜曲：地名，在今西安市西南郊，唐时为杜氏聚居之处，亦即樊川别墅所在。权德舆《奉和于司空二十五丈新卜城南郊居》：“沟塍连杜曲，茅土盛于门。”

品·评

这是一篇用诗笔写成的“杜氏家训”。作者从“家史”“读书”“文学”“入仕”“德行”“财货”各个方面劝导和鼓励小侄勤勉奋发，明辨笃行，青云直上。行文中将史实、教训和人生感受熔冶一炉，娓娓道来，情寓理中，而作者善于运笔，使全诗抑扬有致。其中写阿宜的童稚体态神貌，形象生动。从“竹马绕四廊”到“敛手整衣裳”，人物成长变化，最多意趣。“我家公相家，剑佩尝丁当。旧第开朱门，长安城中央”云云，描述家世，可见其高傲情怀和豪迈性格。在概述古今文史时，以屈、宋、班、马和李、杜、韩、柳来树立标格，祈向鲜明，这对研究牧之的文艺观亦有参考价值。

洛中送冀处士东游[01]

处士有儒术，[02] 走可挟车辀。[03]
坛宇宽帖帖，[04] 符彩高酋酋。[05]
不爱事耕稼，不乐干王侯。
四十余年中，超超为浪游。[06]
元和五六岁，客于幽魏州。[07]
幽魏多壮士，意气相淹留。[08]

注·释

● *01* • 冀处士名不详。据“我作八品吏，洛中如系囚”句，本诗作于开成元年（836），时牧之任监察御史分司东都。东游，往江南游历。

● *02* • 儒术：儒家学术。《后汉书·荀爽传论》：“荀爽、郑玄、申屠蟠俱以儒行为处士，累征并谢病不诣。”

● *03* • 挟车辀：以手挟持车辕。《左传·隐公十一年》：“公孙阏与颍考叔争车，颍考叔挟辀以走，子都拔棘以逐之，及大逵，弗及，子都怒。”这里比喻冀处士有果敢性格、豪荡气度。

● *04* •“坛宇”句：谓冀处士讨论问题宏阔从容。坛宇：范围，界域。《荀子·儒效》：“君子言有坛宇，行有防表，道有一隆。”清王念孙《读书杂志》卷一〇：“言有坛宇，犹曰言有界域。”帖帖：安静貌。李商隐《海上谣》：“云孙帖帖卧秋烟，上元细字如蚕眠。”韩偓《雨中》：“独自上西楼，风襟寒帖帖。”

● *05* • 符彩：玉的纹理光彩。杜甫《同豆卢峰知字韵》：“符彩高无敌，聪明达所为。”酋酋：高貌。这里形容冀处士外貌堂皇，神采焕发。

● *06* • 超超：超逸不群。《世说新语·言语》：“（王衍曰）我与王安丰说延陵、子房，亦超超玄箸。”储光羲《哥舒大夫颂德》：“超超渭滨器，落落山西名。”浪游：四处漫游。

● *07* • 客：客游。幽魏州：幽州、魏州，为河北重镇，治所分别在今北京西南和河北大名东北。

● *08* •“幽魏”句：谓幽燕北地，多雄风侠骨、慷慨意气之士。陈子昂《感遇》：“自言幽燕客，结发事远游。赤丸杀公吏，白刃报私仇。”李白《代赠远》称“狂夫幽燕客”乃“渴饮易水波，由来多感激”。淹留：滞留、停留。

刘济愿跪履，[09] 田兴请建筹。[10]
处士拱两手，笑之但掉头。
自此南走越，寻山入罗浮。[11]
愿学不死药，粗知其来由。
却于童顶上，[12] 萧萧玄发抽。[13]
我作八品吏，[14] 洛中如系囚。[15]
忽遭冀处士，豁若登高楼。
拂榻与之坐，十日语不休。
论今星璨璨，[16] 考古寒飕飕。[17]
治乱掘根本，[18] 蔓延相牵钩。[19]

●*09*·刘济：《旧唐书·刘济传》："贞元五年，迁左仆射，充幽州节度使。……及诏讨王承宗，诸军未进，济独率先前军击破之，生擒三百余人，斩首千余级，献逆将于阙，优诏褒之。"跪履：跪而进履，用西汉张良事。《史记·留侯世家》："良尝间从容步游下邳圯上，有一老父，衣褐，至良所，直堕其履圯下，顾谓良曰：'孺子，下取履！'良鄂然，欲殴之。为其老，强忍，下取履。父曰：'履我！'良业为取履，因长跪履之。父以足受，笑而去。"

●*10*·田兴：即田弘正。《新唐书·田弘正传》："弘正幼通兵法，善骑射，承嗣爱之，以为必兴吾宗，名之曰兴。"元和中为魏博节度使。建筹：谋划、进策。

●*11*·罗浮：山名，在广东省增城、博罗、河源等地间，为粤中名山。相传晋葛洪在此得仙术。李白《当涂赵炎少府粉图山水歌》："峨眉高出西极天，罗浮直与南溟连。"

●*12*·童顶：头顶发疏如儿童。

●*13*·玄发抽：长出黑发。

●*14*·八品吏：《唐六典》：监察御史，正八品下。

●*15*·如系囚：谓以监察御史分司之职，在东都心情逼仄，郁闷落寞。

●*16*·星璨璨：形容对当今之事议论风发，见解灿然。

●*17*·寒飕飕：形容考证古典，不辞冷僻，探赜幽深。

●*18*·掘根本：谓讨论纷乱的问题，能提纲挈领，切入根本。

●*19*·蔓延、牵钩：古代的两种杂戏。谓展开思路能旁征博引，相互对证，丝丝相扣。张衡《西京赋》："巨兽百寻，是为蔓延。"《隋书·地理志》："南郡襄阳，有牵钩之戏。"

武事何骏壮，　文理何优柔。
颜回捧俎豆，[20] 项羽横戈矛。[21]
祥云绕毛发，[22] 高浪开咽喉。
但可感神鬼，　安能为献酬。[23]
好入天子梦，[24] 刻像来尔求。
胡为去吴会，[25] 欲浮沧海舟。
赠以蜀马箠，[26] 副之胡罽裘。[27]
饯酒载三斗，　东郊黄叶稠。
我感有泪下，　君唱高歌酬。
嵩山高万尺，[28] 洛水流千秋。

● *20* • 颜回：鲁人，字子渊，又称颜渊，孔子的得意弟子，以德行著称。孔子曾感叹："贤哉回也！一箪食，一瓢饮，居陋巷，人不堪其忧，而回不改其乐，贤哉回也！"俎豆：古代礼器。《孔子世家》："孔子为儿嬉戏，常陈俎豆为礼容。"此句以"颜回知礼"对应前所谓"文理优柔"。

● *21* • 项羽：名籍，羽为其字。与刘邦为楚汉相争的领袖人物，失败后自刎于乌江。事迹见《史记·项羽本纪》。此句以"项羽善战"对应前所谓"武事骏壮"。

● *22* • 祥云：瑞云。潘孟阳《元日和布泽》："北阙祥云回，东方嘉气繁。"

● *23* • 献酬：饮酒相酬劝。《诗经·小雅·楚茨》："为宾为客，献酬交错。"韩愈《送刘师服》："草草具盘馔，不待酒献酬。""祥云"以下四句，意思是说你周游辩说有祥瑞征兆，高浪也为你的雄辩助力！这样的高行可以感动天地鬼神，绝非只是饮酒酬劝之用而已。

● *24* • 天子梦：用殷高宗武丁因为梦兆而寻得傅说为贤相事。贯休《寿春节进》："梦中逢傅说，殿上见辛毗。"

● *25* • 吴会：指苏州，其为江南一大都会。亦泛指三吴之地。张文规《吴兴三绝》："吴兴三绝不可舍，劝子强为吴会行。"

● *26* • 蜀马箠：蜀马鞭，为唐代马鞭名品。许浑《谢人赠鞭》："蜀国名鞭见惠稀，驽骀从此长光辉。"

● *27* • 副之：再加上。胡罽（jì）裘：西域产的一种毛织裘衣。《汉书·西域传上》："（罽宾）其民巧，雕文刻镂，治宫室，织罽，刺文绣。"

● *28* • 嵩山：五岳之一，在今河南登封市北，古称外方，因其山形高大，又名嵩高。

●29·四百年：两汉四百多年，四百年举其成数。炎汉：即汉代。汉自称以火德王，故称炎汉，又称炎刘。

●30·宗周：周为诸侯所宗仰，故称王都所在为宗周。武王所营的镐京（今陕西西安），平王所居的洛邑（今河南洛阳），俱可称宗周。

●31·遗堵：古洛城城墙残存。

●32·高丘：当亦指洛阳古城遗迹。

●33·歌阕：歌罢。《礼记·文王世子》："有司告以乐阕。"注："阕，终也。"解携：分手，离别。

●34·非吾辈流：谓冀处士有古心高义，超逸于我辈群伦。

往事不可问，天地空悠悠。
四百年炎汉，[29] 三十代宗周。[30]
二三里遗堵，[31] 八九所高丘。[32]
人生一世内，何必多悲愁。
歌阕解携去，[33] 信非吾辈流。[34]

品·评 本诗对冀处士的外貌、性格、才华、高行等进行了多方面的表现，突出了一个集纵横家、儒士、处士特征于一身的思想者、言说者的形象。作者善于作典型刻画："刘济愿跪履，田兴请建筹。处士拱两手，笑之但掉头"，写其心性豪荡果决；"论今星璨璨，考古寒飕飕。治乱掘根本，蔓延相牵钩"，论其学识丰富深刻；"但可感神鬼，安能为献酬"，表达其义行境界；而嵩山、洛水、炎汉、宗周的自然与历史的描写，更衬托出冀处士其人的坚定和崇高。全诗豁若登楼，豪纵驰放，能体现出作者高朗俊逸的气质和诗风。

池州送孟迟先辈[01]

昔子来陵阳，[02] 时当苦炎热。
我虽在金台，[03] 头角长垂折。[04]
奉披尘意惊，立语平生豁。[05]
寺楼最骞轩，[06] 坐送飞鸟没。
一樽中夜酒，半破前峰月。
烟院松飘萧，[07] 风廊竹交戛。[08]
时步郭西南，缭径苔圆折。[09]
好鸟响丁丁，小溪光汃汃。[10]
篱落见娉婷，[11] 机丝弄哑轧。[12]
烟湿树姿娇，雨余山态活。
仲秋往历阳，同上牛矶歇。[13]
大江吞天去，一练横坤抹。

注·释

● *01* · 本诗作于会昌五年、六年之间（845—846），时杜牧任池州刺史。池州，又名池阳郡，治所在秋浦县（今安徽池州）。孟迟：《唐才子传》卷七：“迟，字迟之，平昌人。会昌五年易重榜进士。有诗名，尤工绝句，风流妩媚，皆宫商金石之声。”先辈：李肇《唐国史补》卷下：“进士为时所尚久矣……互相推敬，谓之先辈。”

● *02* · 陵阳：山名，在宣城。

● *03* · 金台：黄金台。战国时燕昭王招贤之所。此处黄金台代指宣歙幕府，时杜牧受辟其幕中。

● *04* · “头角”句：说自己常常不得意。头角：意气，实力，多指年轻人的才华气度。垂折：失意貌。

● *05* · “奉披”二句：谓当时敬览你的文章，使我从世俗之见中惊醒，一席话就让我平生豁然开朗。

● *06* · 骞轩：飞举貌。此处形容寺楼檐角飞耸，如鸟翅展飞。

● *07* · 飘萧：飘动貌。

● *08* · 交戛：摇曳貌。

● *09* · “缭径”句：谓曲折的小路上铺满青苔。圆折：苔绒既多且长貌。

● *10* · 丁丁：鸟鸣声。汃汃（pà）：水流声。

● *11* · 篱落：篱笆。娉婷：姿态姣好貌。此处代指美丽的农家女子。

● *12* · 哑轧：纺织机声。

● *13* · “仲秋”二句：为回忆当年与孟迟一起秋游。历阳：郡名，即和州，在今安徽和县。牛矶：牛渚矶，即采石矶。据本诗中所提到的人事，杜牧与孟迟宣州交游在开成三年。

千帆美满风，晓日殷鲜血。
历阳裴太守，[14] 襟韵苦超越。
鞔鼓画麒麟，[15] 看君击狂节。
离袖飐应劳，恨粉啼还咽。[16]
明年忝谏官，[17] 绿树秦川阔。
子提健笔来，势若夸父渴。[18]
九衢林马挝，千门织车辙。[19]
秦台破心胆，黥阵惊毛发。[20]
子既屈一鸣，[21] 余固宜三刖。[22]
慵忧长者来，病怯长街喝。[23]

● *14* • 裴太守：裴俦，字次之，乃杜牧姐夫，时任和州刺史。

● *15* •“鞔鼓”句：谓皮革制成的鼓面上画着麒麟图案。鞔：用皮革制的鼓面。《岭表录异》：“蜈蚣大者，其皮可以鞔鼓。”

● *16* •“离袖”二句：谓二人依依告别，挥手劳劳。飐：因风舞动。

● *17* •“明年”句：叙说开成四年杜牧赴京任左补阙、史馆修撰。左补阙乃谏官之属。

● *18* •“子提”二句：谓孟迟赴京参加科举考试，才思丰满，意志坚定。夸父：神话中人物。夸父追日，道渴而死，弃其杖，化为邓林。

● *19* •“九衢”二句：谓孟迟走遍京城，马挝如林，车辙如织。马挝：马鞭。

● *20* •“秦台”二句：谓孟迟意气风发，议论纵横，如秦镜照透人心，如黥阵惊人毛发。秦台：即秦镜。《西京杂记》记载，秦有方镜，“表里有明，人直来照之，影则倒见，以手扪心而来，则见肠胃五脏，历然无碍。人有疾病在内，则掩心而照之，则知病之所在。又女子有邪心，则胆张心动”。黥阵：汉将黥布，以善于布阵闻名。

● *21* • 屈一鸣：谓孟迟当年科举落第，未能一鸣惊人。《史记·滑稽列传》：“此鸟不飞则已，一飞冲天；不鸣则已，一鸣惊人。”

● *22* • 三刖：多次遭受刖刑。刖，断足，古代酷刑之一。据《韩非子·和氏》载，春秋楚人和氏得玉璞，先后献给厉王、武王，皆不识而以为诳，接连加以刖刑。和氏遂抱玉哭于荆山之下。楚王闻之，使人理璞，终得宝玉，名之为和氏璧。此说自己在台省同样谏议难用，意气不伸。

● *23* •“慵忧”二句：谓自己慵懒，不肯攀附权贵，以身体病弱为托词，不愿意为他人喝道。这里表明不附朋党的态度。

僧炉风雪夜，相对眠一褐。[24]

暖灰重拥瓶，晓粥还分钵。[25]

青云马生角，黄州使持节。[26]

秦岭望樊川，[27]只得回头别。

商山四皓祠，心与樗蒲说。[28]

大泽蒹葭风，孤城狐兔窟。[29]

且复考诗书，无因见簪笏。[30]

古训屹如山，[31]古风冷刮骨。

周鼎列瓶罂，荆璧横抛掷。[32]

力尽不可取，忽忽狂歌发。

●24·“僧炉”二句：谓二人曾在风雪之夜，僧寺中围炉而眠，共拥一褐。褐：粗布衣，此指简陋的被子。

●25·瓶、钵：皆僧人用物。

●26·“青云”二句：谓仕途上突然转了好运，出任黄州刺史。马生角：喻难成之事得以实现。《史记·刺客列传》云：“太史公曰：世言荆轲，其称太子丹之命，‘天雨粟，马生角’也，太过。”使持节：唐代刺史加号“使持节都督诸军事”，须铜鱼符作为一种荣誉。

●27·“秦岭”句：写故乡地望。秦岭：即终南山。樊川：长安城南水名。

●28·“商山”二句：谓自己在黄州如隐逸之士，常以樗蒲之戏自娱。四皓：秦末隐于商山的东园公、甪里先生、绮里季、夏黄公四位老者，皆八十余岁，须眉皓白，时称商山四皓，后人为立祠庙。樗蒲：古博戏，传为老子所创，掷五木观其色彩以角胜负，亦可验运程。说：通“悦”。

●29·“大泽”二句：谓黄州为大泽僻壤，州治黄冈乃狐兔出没之处。大泽：云梦泽。

●30·“且复”二句：谓虽然无缘参与朝会，但可以在此研读《诗》《书》。簪笏：古代朝见，插笔于冠，以备记事，此称为簪。朝见时所执之手板为笏，有事则书于上，以备遗忘。

●31·古训：《诗》《书》中的经典教义。

●32·“周鼎”二句：谓宝鼎与普通瓶器并列，玉璧被随意弃毁。周鼎：周代宝鼎。荆璧：和氏璧。抛掷：抛散。

三年未为苦，　两郡非不达。[33]
秋浦倚吴江，[34] 去楫飞青鹘。[35]
溪山好画图，　洞壑深闺闼。[36]
竹冈森羽林，[37] 花坞团宫缬。[38]
景物非不佳，　独坐如鞲绁。[39]
丹鹊东飞来，　喃喃送君札。
呼儿旋供衫，　走门空踏袜。[40]
手把一枝物，　桂花香带雪。
喜极至无言，　笑余翻不悦。
人生直作百岁翁，
亦是万古一瞬中。

●33・两郡：指杜牧先后出任刺史的黄州和池州。

●34・吴江：长江。池州古为吴国之地，故谓之。

●35・鹘：鸷鸟。这里指船头刻有青鹘的船只。

●36・闺闼：犹言闺房。此以闺房在庭院深处，来形容池州一带洞壑深邃。

●37・羽林：羽林军，此处用羽林军矛戟林立，形容竹林茂密。

●38・宫缬：宫中染花的丝织品。

●39・鞲绁（gōu xiè）：鹰马之羁绊。鞲，革制的袖套，用来立鹰。绁，缰绳。

●40・“呼儿”二句：形容孟迟来访时匆忙呼唤侍儿取衣，来不及穿鞋便走出迎候的情景。

●41• 龙伯翁：神话人物。《河图玉版》："龙伯国人长三十丈，生万八千岁而死。"《列子·汤问》："龙伯之国有大人，举足不盈数步而暨五山之所，一钓而连六鳌。"

●42• 蓬莱：传说中仙人所居之神山。斡：旋转。

●43• 跳丸相趁：喻时光迅疾。跳丸：日月。趁：追逐。《礼记·月令·正义》："先师以为日似弹丸，或以为月亦似弹丸。"

我欲东召龙伯翁，[41]
上天揭取北斗柄。
蓬莱顶上斡海水，[42]
水尽到底看海空。
月于何处去，日于何处来？
跳丸相趁走不住，[43]
尧舜禹汤文武周孔皆为灰。
酌此一杯酒，与君狂且歌。
离别岂足更关意，
衰老相随可奈何！

品·评

此诗叙述了与友人孟迟在宣州、京师和池州的三次交往，既写相互的友情，也写共同的不遇之感，深挚感人。一系列细节描写，不但使二人情谊表现得血肉丰满，亲切生动，而且使全诗充满趣味。"慵忧长者来，病怯长街喝"二句，道出在复杂的朝廷人事环境中对独立人格的坚持，颇可品味。通篇气雄笔健，圆快奋急，结尾以浪漫神奇的想象表达离别之情，有昌黎之气势，长吉之奇诡，亦依稀可见太白遗韵。

题宣州开元寺[01]

南朝谢朓城，[02] 东吴最深处。[03]
亡国去如鸿，遗寺藏烟坞。[04]
楼飞九十尺，廊环四百柱。
高高下下中，风绕松桂树。
青苔照朱阁，白鸟两相语。
溪声入僧梦，[05] 月色晖粉堵。[06]
阅景无旦夕，凭阑有今古。
留我酒一樽，前山看春雨。

注·释

● *01* · 原注：“寺置于东晋时。”冯集梧《樊川诗集注》卷一引《名胜志》：“宣城县，城中景德寺，晋名永安，唐名开元，兰若中之最胜者。”本诗作于开成三年春，时应宣歙观察使崔郸之辟，任宣州团练判官、殿中侍御史内供奉。牧之自扬州携弟顗赴任，此前有《将赴宣州留题扬州禅智寺》诗。

● *02* · 谢朓城：即宣城，南齐谢朓曾在此任太守，故称。

● *03* · 东吴：三国孙吴地处江东，故称江南属地为东吴。

● *04* · “亡国”二句：谓南齐已亡，如鸿飞杳远，唯有古寺尚遗。烟坞：烟霭弥漫的山坞。

● *05* · 溪声：宛溪水流声。宛溪：即宣州东溪，源出东南峄山，流绕城东，开元寺即在该溪边。

● *06* · 粉堵：粉墙。粉墙黛瓦为江南建筑特色。

品·评

此诗花较多的笔墨描写春雨中开元寺的幽古静谧的风景，意到笔随，无意精雕，但“亡国去如鸿，遗寺藏烟坞”，“阅景无旦夕，凭阑有今古”四句，深粹凝练，甚为醒目。由此知诗人生当晚唐，心中常有感慨，即景落笔，纸上总有历史的风云。

大雨行

01

东垠黑风驾海水，02
海底卷上天中央。
三吴六月忽凄惨，03
晚后点滴来苍茫。
铮栈雷车轴辙壮，04
矫躩蛟龙爪尾长。05
神鞭鬼驭载阴帝，06
来往喷洒何颠狂。
四面崩腾玉京仗，07
万里横亘羽林枪。08
云缠风束乱敲磕，09
黄帝未胜蚩尤强。10
百川气势苦豪俊，
坤关密锁愁开张。11

注·释

● *01* • 题下原注："开成三年宣州开元寺作。"开成三年（838）自六月至八月，南部大雨持续。《旧唐书·文宗纪下》："大河而南，幅员千里，楚泽之北，连亘数州。以水潦暴至，堤防溃溢，既坏庐舍，复损田苗。"

● *02* • 东垠：东方天际。

● *03* • 三吴：《元和郡县志》卷二五："吴郡与吴兴、丹阳，号为三吴。"

● *04* • 铮栈：发出铮纵之声的车子。栈，竹木制成的车，不张皮革，为士所乘。参《周礼·春官·巾车》。雷车：雷神之车。《搜神后记》卷五："向一更中，闻外有小心唤阿香声，女应诺。寻云：'官唤汝推雷车。'女乃辞行，云：'今有事当去。'夜遂大雷雨。"顾云《天威行》："轰轰砢砢雷车转，霹雳一声天地战。"

● *05* • 矫躩：夭矫跳跃，形容闪电在天空频繁惊现，跳动不停之状。

● *06* • 神鞭：《三秦记》："秦始皇作石桥，欲过海看日出处，有神人能趋石下海，石去不速，神辄鞭之，皆血流。"阴帝：女娲。《淮南子·览冥》高诱注："女娲阴帝，佐伏羲治者也。"

● *07* • 玉京：天阙。李白《凤吹笙曲》："仙人十五爱吹笙，学得昆丘彩凤鸣。始闻炼气餐金液，复道朝天赴玉京。"仗：仪仗。

● *08* • 横亘：纵横交错貌。

● *09* • 敲磕：敲叩，击打。

● *10* • 蚩尤：传说古代九黎族部落酋长。《山海经》云："黄帝令应龙攻蚩尤。蚩尤请风伯、雨师以从，大风雨。黄帝乃下天女曰'魃'，以止雨。雨止，遂杀蚩尤。"

● *11* • 坤关：地轴。晋张华《博物志》卷一："地有三千六百轴，互相牵制。"杜甫《三川观水涨二十韵》："乘陵破山门，回斡裂地轴。交洛赴洪河，及关岂信宿。"

大和六年亦如此，[12]
我时壮气神洋洋。
东楼耸首看不足，
恨无羽翼高飞翔。
尽召邑中豪健者，
阔展朱盘开酒场。
奔觥槌鼓助声势，
眼底不顾纤腰娘。
今年阘茸鬓已白，[13]
奇游壮观唯深藏。
景物不尽人自老，
谁知前事堪悲伤。

● *12* · 大和六年：即832年。《旧唐书·文宗纪下》记载，大和五年起淮南、浙江东西道、荆襄、鄂岳、剑南东川并水灾害稼。六年春仍“逾月雨雪，寒风尤甚，颇伤于和”。其时牧之三十岁，在沈传师宣歙观察使幕府。

● *13* · 阘茸：卑弱，颓靡。徐铉《月真歌》：“我惭阘茸何为者，长感余光每相假。”

品·评 这首诗典型地表现出杜牧诗歌豪放雄奇的一面。起笔写黑风驾海水，海底卷上天，大气磅礴。接着以铮栈雷车，矫躩蛟龙，神鞭鬼驭，仪仗崩腾，枪戟纵横，云缠风束，蚩尤强暴等一系列的比喻描写雨势，奇思如注，沛然莫御，天上、地下、音声、心感，一一摹现于目前。对于大和六年宣州雨中情景的回忆，以及与眼下阘茸鬓白心态的对比，使本诗在豪放之外更多一层浪漫和感伤的色彩。

自宣州赴官入京，路逢裴坦判官归宣州，因题赠[01]

敬亭山下百顷竹，[02]
中有诗人小谢城。[03]
城高跨楼满金碧，
下听一溪寒水声。[04]
梅花落径香缭绕，
雪白玉珰花下行。[05]
萦风酒旆挂朱阁，
半醉游人闻弄笙。
我初到此未三十，
头脑钐利筋骨轻。[06]
画堂檀板秋拍碎，[07]
一引有时联十觥。[08]

注·释

● *01* · 本诗作于开成四年（839）春。杜牧去年冬迁左补阙、史馆修撰，本年春自宣城赴京。裴坦，字知进，大和八年（834）进士及第，后为沈传师宣歙观察使幕吏，官累至中书侍郎同中书门下平章事。《新唐书》卷一八二有传。判官，观察使之属官。

● *02* · 敬亭山：《元和郡县志》卷二八：敬亭山在宣州宣城"州县北十二里，即谢朓赋诗之所"。李白《登敬亭山南望怀古赠窦主薄》："敬亭一回首，目尽天南端。"《独坐敬亭山》："众鸟高飞尽，孤云独去闲。相看两不厌，只有敬亭山。"

● *03* · 小谢城：即宣城。南齐谢朓与刘宋谢灵运同族而年辈稍晚，世人称作"小谢"，曾任宣城太守。

● *04* · 一溪：指宛溪。《江南通志》："宛溪在宁国府东，水至清澈。"李白《题宛溪馆》："吾怜宛溪好，百尺照心明。"

● *05* · 玉珰：玉制耳饰。雪白玉珰，代指仕女。

● *06* · 钐利：钐，镰也。钐利，爽利，锋利，此形容头脑敏捷。

● *07* · 檀板：檀木拍板。檀木数片，以绳串联，演奏时打拍子用。

● *08* · 引：奉壶进酒。淘潜《归去来兮辞》："引壶觞以自酌。"觥：以兕角制成的酒器。

老闲腰下丈二组，
尘土高悬千载名。[09]
重游鬓白事皆改，
唯见东流春水平。
对酒不敢起， 逢君还眼明。
云罍看人捧，[10] 波脸任他横。[11]
一醉六十日， 古来闻阮生。[12]
是非离别际， 始见醉中情。
今日送君话前事，
高歌引剑还一倾。[13]
江湖酒伴如相问，
终老烟波不计程。[14]

● *09* ·“老闲”二句：谓愈至老愈淡薄官宦，唯愿留清名于千古。丈二组：拴于印上之长丝带，此代指官印。尘土：尘世。

● *10* · 云罍：画有云雷纹的大酒罇。

● *11* · 波脸：即波眼，眼中漾着秋波。任他横：不为之动心也。此用阮籍在邻妇旁醉卧而无非礼之行来形容与裴坦酣饮尽情。

● *12* ·“一醉”句：《晋书·阮籍传》：“文帝初欲为武帝求婚于籍，籍醉六十日，不得言而止。钟会数以时事问之，欲因其可否而致之罪，皆以酣罪获免。”

● *13* · 一倾：倾杯而尽。

● *14* · 烟波：江湖之烟波也。《新唐书·张志和传》：“居江湖，自称烟波钓徒。”末二句表达归隐之意。

品·评　杜牧在即将离任宣州之际，恰与老友重逢，故诗中既有数年宣州生活的回忆，也有与友人曾经酣饮大醉情景的追想。用歌行体进行叙述，情辞高华，流丽激荡，体现了牧之诗铜丸走坂、骏马注坡的风格。“一醉六十日，古来闻阮生。是非离别际，始见醉中情”，语言利落，情亦深厚。

长安送友人游湖南 [01]

子性剧弘和，[02] 愚衷深褊狷。[03]
相舍嚣浇中，[04] 吾过何由鲜。[05]
楚南饶风烟，[06] 湘岸苦萦宛。[07]
山密夕阳多， 人稀芳草远。[08]
青梅繁枝低， 斑笋新梢短。[09]
莫哭葬鱼人，[10] 酒醒且眠饭。

注·释

● *01* · 题一作长安送人。湖南：方镇名，时设观察使，管潭州、衡州、郴州、永州、连州、道州、邵州等七州，治所在潭州。

● *02* · 弘和：性格大器而平和。

● *03* · 愚衷：我的内心。愚，自谦之词。褊狷：气量狭隘而耿直孤僻。

● *04* · 相舍：相别。项斯《巴中逢故人》："以分难相舍，将行且暂留。"嚣浇：喧哗吵闹。

● *05* · 吾过：《北齐书·崔瞻传》："皇建元年，除给事黄门侍郎。与赵郡李概为莫逆之友。概将东还，瞻遗之书曰：'仗气使酒，我之常弊，诋诃指切，在卿尤甚。足下告归，吾于何闻过也？'"

● *06* · 风烟：风尘。谢朓《和王著作八公山》："风烟四时犯，霜露朝夜沐。"

● *07* · 萦宛：宛转回旋。

● *08* · 芳草：屈原《离骚》："何所独无芳草兮，尔何怀乎故宇。"

● *09* · 斑笋：斑竹笋。张华《博物志》卷八："尧之二女，舜之二妃，曰湘夫人。舜崩，二妃啼，以涕挥竹，竹尽斑。"

● *10* · 葬鱼人：指屈原。《史记·屈原列传》：屈原至于湘江滨，被发行吟泽畔。答渔父之问曰："举世混浊而我独清，众人皆醉而我独醒，是以见放。……人又谁能以身之察察，受物之汶汶者乎！宁赴常流而葬乎江鱼腹中耳，又安能以皓皓之白而蒙世俗之温蠖乎！"于是怀石自沉汨罗而死。

品·评

全诗分三解。前解写惜别。分述"子"与"愚"不同性格特征，形成对照。作者称自己个性褊狷，从此无人诋诃指切，故尤其难舍难分也。中解写友人赴湘行程。"山密夕阳多，人稀芳草远"，是景语，亦是情语。后解写嘱咐。湖湘乃文人伤心地，诗人劝友人"莫哭葬鱼人，酒醒且眠饭"，叮咛亲切，而"莫哭"二字，含有无限"当哭"话头，幽微之意，可以玩味。

过骊山作 01

始皇东游出周鼎，[02]

刘项纵观皆引颈。[03]

削平天下实辛勤，

却为道傍穷百姓。[04]

注·释

● *01* · 骊山在陕西省临潼县东南，秦始皇墓葬在此。其坟高五十余丈，周回五里余。《史记·秦始皇本纪》："九月，葬始皇郦山。始皇初即位，穿治郦山，及并天下，天下徒送诣七十余万人，穿三泉，下铜而致椁，宫观百官奇器珍怪徙臧满之。令匠作机弩矢，有所穿近者辄射之。以水银为百川江河大海，机相灌输，上具天文，下具地理。以人鱼膏为烛，度不灭者久之。"

● *02* · 始皇东游：《史记·秦始皇本纪》：秦始皇二十八年东游，"还，过彭城，斋戒祷祠，欲出周鼎泗水。使千人没水求之，弗得"。周鼎：周朝邦国重器，国家权力之象征。李商隐《送千牛李将军赴阙五十韵》："纵未移周鼎，何辞免赵坑。"

● *03* · 刘项纵观：纵观，恣意观看。语出《史记·高祖本纪》："高祖常繇咸阳，纵观，观秦皇帝，喟然太息曰：'嗟乎，大丈夫当如此也！'"《史记·项羽本纪》："秦始皇帝游会稽，渡浙江，梁与籍俱观。籍曰：'彼可取而代也。'"此谓在秦始皇东游时，已经存在被颠覆的危机。

● *04* · "削平"二句：说秦始皇平定天下，统一版图诚非易事，但长期战争的结果却是使道旁百姓更加穷愁困顿。道傍：《汉书·黄霸传》："甚苦，食于道旁，乃为乌所盗肉。"柳宗元《跂乌词》："无乃饥啼走道旁，贪鲜攫肉人所伤。"穷：使穷。

黔首不愚尔益愚，[05]
千里函关囚独夫。[06]
牧童火入九泉底，
烧作灰时犹未枯。[07]

● *05* • 黔首：庶民、平民。秦令百姓以黑巾缠头，遂称之为黔首。《史记·秦始皇本纪》："分天下以为三十六郡，郡置守、尉、监。更名民曰'黔首'。"尔：指秦始皇。

● *06* • 函关：函谷关，乃亡秦之重要地方。《元和郡县志》卷五："秦函谷关在今陕州灵宝县西南十二里，以其道险隘，其形如函，故曰函谷。项羽坑秦降卒于新安，即此地。"独夫：众叛亲离的统治者，此指秦始皇。杜甫《行次昭陵》："旧俗疲庸主，群雄问独夫。"

● *07* • "牧童"二句：是民间流行的牧羊儿入秦始皇墓，引起火灾的传说。见《汉书·刘向传》："秦始皇帝葬于骊山之阿，下锢三泉，上崇山坟……项籍燔其宫室营宇，往者咸见发掘。其后牧儿亡羊，羊入其凿，牧者持火照求羊，失火烧其臧椁。自古至今，葬未有盛如始皇者也，数年之间，外被项籍之灾，内离牧竖之祸，岂不哀哉！"

品·评 本诗是对秦朝灭亡这一重大历史事件的评说。论其功，秦始皇平定天下，一统中国，功业甚巨。然长期战争不能与民休息，骄奢纵逸，更使百姓穷困，必然揭竿而起，取而代之。"黔首不愚尔益愚"，道出至理。诗末"牧童火入九泉底"传说的引用，与"始皇东游出周鼎"之情景形成强烈对照，加强了作品的讽刺效果，对晚唐最高统治者当是殷鉴。

独酌

长空碧杳杳，[01] 万古一飞鸟。[02]
生前酒伴闲，[03] 愁醉闲多少。
烟深隋家寺，[04] 殷叶暗相照。
独佩一壶游，[05] 秋毫泰山小。[06]

注·释

● *01* · 碧杳杳：形容碧蓝的天空深邈广大。

● *02* · 飞鸟：张协《杂诗十首》其二："大火流坤维，白日驰西陆。人生瀛海内，忽如鸟过目。"

● *03* · 生前：有生之年。杜甫《醉时歌》："不须闻此意惨怆，生前相遇且衔杯。"

● *04* · 隋家寺：冯集梧《樊川诗集注》卷一注引《长安志》谓隋家寺当指长安靖善坊大兴善寺，认为"隋于所移都，所建寺，谅不可悉数，而大兴善寺则其最先而最大者。《酉阳杂俎》谓寺取大兴城两字，坊名一字为名，兹云以其本封名焉，知当时容有隋寺之目"。此诗写作的时间、地点未详，不能肯定为长安所作，故隋家寺只能解读为隋代寺庙。

● *05* · 一壶游：晋人刘伶，"常乘鹿车，携一壶酒，使人荷锸而随之"。见《晋书·刘伶传》。

● *06* · "秋毫"句：出自《庄子·齐物论》："天下莫大于秋毫之末，而泰山为小。"

品·评

一切事物都是相对的，秋毫之于更小之物，其为大矣；而泰山较之更大之物，其为小矣。以此而论，一代王朝，不可一世，在万古时空中，也只是忽而过目的飞鸟。因此诗人将"生前酒伴闲"看成一种现世自适的最好方式，而"闲"就是一种上乘境界了。

惜春

注·释

● *01*·“春半”二句：谓春天最好的光景已经过去，年节也已过完，其余的时光就显得意味不足了。强为：不自觉或没有充分理由的行为、情感表现。李白《送梁四归东平》：“玉壶挈美酒，送别强为欢。”

● *02*·醉花：韦应物《沣上醉题寄涤武》：“芳园知夕燕，西郊已独还。谁言不同赏，俱是醉花间。”

● *03*·腊酒：腊月酿制的酒。

● *04*·扫花：刘孝绰妹诗：“落花扫更合，从兰摘复生。”

春半年已除，　其余强为有。[01]
即此醉残花，[02]便同尝腊酒。[03]
怅望送春杯，　殷勤扫花帚。[04]
谁为驻东流，　年年长在手。

品·评

诗人在仲春时节已生暮春之感，其实这里与其说是在抒发对节候的感受，倒不如说是在诉说生命过程中“不遇”的体验。还在春光中，已经怅望送春，殷勤扫花了。如何消遣残春的并非美好的时光呢？年年长在手的仍然是那酒杯，只有它能使愁心暂空，时间停驻。诗人借景抒怀，悠闲的趣味中有淡淡的哀伤。

题安州浮云寺楼寄湖州张郎中[01]

注·释

● *01*·本诗作于会昌二年（842），时杜牧出任黄州刺史，途经安州。安州：《旧唐书·地理志》："安州中都督府：隋安陆郡。武德四年，平王世充，改为安州。"州治在今湖北安陆市。张郎中：张文规曾任吏部员外郎，开成三年出为安州刺史，会昌元年七月转任湖州刺史。父弘靖，子彦远，俱为名臣。新、旧《唐书》有传。

● *02*·倚栏：刘禹锡《同乐天登栖灵寺塔》："步步相携不觉难，九层云外倚栏干。"

● *03*·楚岸：从安陆浮云寺楼眺望，其视野中的长江岸边。

去夏疏雨余，　同倚朱栏语。[02]
当时楼下水，　今日到何处？
恨如春草多，　事与孤鸿去。
楚岸柳何穷，[03]别愁纷若絮。

品·评

这是一首怀友诗。疏雨中同倚朱栏的情景写出作者与张文规的亲切感情。"当时楼下水，今日到何处？"无疑而问，尤见情致。接着以"春草"写离恨，以"孤鸿"写往事，也别出心裁。诗末复以"楚岸"与"柳絮"言别愁，让读者的思绪随着诗人的视野而延伸，岸柳无穷，诗亦余味不尽。

村行[01]

注·释

- *01* · 本诗作于开成四年（839）杜牧赴京任左补阙、史馆修撰经南阳途中。
- *02* · 南阳：在今河南省南阳市。
- *03* · 村坞：村落。
- *04* · 袅袅：一作“娉娉”，柔美飘逸貌。
- *05* · 回塘：蜿蜒曲折的池塘。
- *06* · 蒨：草名，同茜。多年生，根为红色，可作染料。蒨裙：即蒨红色染料染成的裙子。
- *07* · 征衫：行旅途中所穿衣衫。
- *08* · 馈：以食物待客。鸡黍：《论语·微子》：“止子路宿，杀鸡为黍而食之。”

春半南阳西，[02] 柔桑过村坞。[03]
袅袅垂柳风，[04] 点点回塘雨。[05]
蓑唱牧牛儿，篱窥蒨裙女。[06]
半湿解征衫，[07] 主人馈鸡黍。[08]

品·评

杜牧初春辞别宣州，赴京任职，春半时行至南阳，这时已是柔桑条条，垂柳娉娉了。展现在诗人面前的是清新美丽的村景和淳厚朴实的人情。“袅袅垂柳风，点点回塘雨”勾勒物态有声有色，尤其“点点回塘雨”五字，字字有味，而戴着蓑笠的“牧牛儿”唱着歌谣，篱笆边的“蒨裙女”窥看来客的情态，更天真活泼。最后“馈鸡黍”一笔写出主人的热情和厚道。如此自然、纯朴、有趣的乡村图画，在杜牧作品中并不多见，此诗足备一格。

史将军二首

01

长钲周都尉，[02] 闲如秋岭云。[03]
取蝥弧登垒，[04] 以骈邻翼军。[05]
百战百胜价，　河南河北闻。
今遇太平日，　老去谁怜君。

注·释

●*01*·本诗从内容看，当作于大中三年（849）河湟收复之前。史将军，其人未详。

●*02*·长钲：汉代武官名。西汉周灶曾以长钲都尉随刘邦攻打项羽，建功封侯。事见《汉书·高惠高后文功臣表》。此处以周灶比喻史将军。

●*03*·秋岭云：喻史将军闲散之状，犹如秋云在山岭飘逸。

●*04*·蝥弧：旗名。春秋鲁隐公十一年，郑国颍考叔在伐许国都城的战役中，取郑伯之旗蝥弧率先登城。见《左传·隐公十一年》。垒：军垒，城堡。此句赞美史将军当年之威勇善战。

●*05*·骈邻：比邻，此述汉代许盎从战事。《汉书·高惠高后文功臣表》："柏至靖侯许盎以骈邻从起昌邑。"师古注："二马曰骈。骈邻，谓并两骑为军翼也。"

壮气盖燕赵，[06] 耽耽魁杰人。[07]
弯弧五百步，[08] 长戟八十斤。
河湟非内地，[09] 安史有遗尘。[10]
何日武台坐，[11] 兵符授虎臣。[12]

● *06* · 燕赵：战国国名，一般代指黄河以北地区，是安史之乱后藩镇割据、严重动乱的地区。其地自古多慷慨悲歌之士。钱起《逢侠者》："燕赵悲歌士，相逢剧孟家。寸心言不尽，前路日将斜。"

● *07* · 耽耽：威严逼视的样子，所谓"虎视眈眈"是也。耽，通"眈"。

● *08* · 弯弧：弯弓。李端《度关山》："拂剑金星出，弯弧玉羽鸣。"

● *09* · 河湟：指黄河上游及湟水流域一带，自肃宗后为吐蕃所占近一百年。《新唐书·吐蕃传上》："世举谓西戎地曰河湟。""吐蕃本西羌属，盖百有五十种，散处河、湟、江、岷间。"

● *10* · 遗尘：安史旧部。安史之乱后，唐王朝对降将授以重要政治、军事权力的姑息养奸的做法，导致"河北藩镇，自此强傲不可制矣"(《通鉴胡注》)。

● *11* · 武台：汉未央宫殿名，汉武帝曾于天汉二年在此召见征伐匈奴的将领李陵。事见《汉书·李陵传》。

● *12* · 兵符：朝廷所授调遣兵将的凭证。虎臣：威猛如虎之将。《诗经·鲁颂·泮水》："矫矫虎臣。"

品·评

这两首诗是一个整体。第一首重在写史将军当年如何取蝥弧之战旗而跃登城垒，翼护军队而致全胜，以百战百胜的战绩声震河南河北，但如今却被朝廷闲置不用。第二首转而写现在，史将军仍然壮气冲天，弯弓挥戟，无愧眈眈豪杰。作者接着发问：河湟沦陷百年，河北藩镇未平，何时才能征召如史将军之虎臣，授其兵符，令其建功呢？前首"今遇太平日，老去谁怜君"与后首"河湟非内地，安史有遗尘"合而读之，尤见讽刺之意。

华清宫三十韵

01

绣岭明珠殿，[02] 层峦下缭墙。[03]
仰窥雕槛影，[04] 犹想赭袍光。[05]
昔帝登封后，[06] 中原自古强。
一千年际会，[07] 三万里农桑。
几席延尧舜，[08] 轩墀接禹汤。[09]
雷霆驰号令，星斗焕文章。[10]
钓筑乘时用，[11] 芝兰在处芳。[12]
北扉闲木索，[13] 南面富循良。[14]

注·释

● 01 · 本诗温庭筠有和诗，题为《华清宫和杜舍人》，故知此诗当为牧之大中六年（852）自考功郎中、知制诰迁中书舍人以后作。华清宫：唐行宫，贞观始建，在今陕西西安骊山。

● 02 · 绣岭：骊山峰岭名。明何景明《雍大记》："东绣岭在骊山右，西绣岭在骊山左。唐玄宗时植林木花卉如锦绣，故名。"明珠殿：绣岭映照使珠殿生辉。珠殿，华美的宫殿。

● 03 · 缭墙：围绕宫殿的墙垣。

● 04 · 雕槛：雕有纹饰的栏杆。

● 05 · 赭袍：赤黄色袍，为帝王之服。此处代指唐玄宗。

● 06 · 昔帝登封：指开元十三年唐玄宗封禅泰山事。

● 07 · 一千年际会：极言开元盛世为有史以来罕见之际遇。

● 08 · "几席"句：谓玄宗皇帝德近尧舜。几席：祭祀之位。

● 09 · "轩墀"句：谓朝臣辅佐国是功及禹汤。轩墀：朝廷殿堂前台阶。

● 10 · 星斗：《晋书·天文志》："东壁二星，主文章，天下图书之秘府也。星明，王者兴，道术行，国多君子。"此处文章，泛指礼乐文化和文学。

● 11 · 钓筑：姜尚与傅说。姜尚七十而钓于渭水之滨，后为周文王太师；傅说举于版筑之间，后为商王武丁相国。乘时用：因时代所需而发挥作用。

● 12 · 芝兰：芳草名。屈原《离骚》："昔三后之纯粹兮，固众芳之所在。"

● 13 · 北扉：东汉时囚禁罪人于北寺，因代指牢狱。木索：刑具，用以束缚手脚。

● 14 · 南面：唐代中央官署统称南衙或南司，由宰相负责。因地处宫城之南，故称之。宦官居北，称北衙或北司。循良：即循吏，奉公勤政的好官。

至道思玄圃，[15] 平居厌未央。[16]
钩陈裹岩谷，[17] 文陛压青苍。[18]
歌吹千秋节，[19] 楼台八月凉。
神仙高缥缈，[20] 环珮碎丁当。
泉暖涵窗镜，云娇惹粉囊。
嫩岚滋翠葆，[21] 清渭照红妆。
帖泰生灵寿，欢娱岁序长。[22]
月闻仙曲调，霓作舞衣裳。[23]
雨露偏金穴，[24] 乾坤入醉乡。[25]

● *15* • 至道：原意为最高道德境界。此处代指玄宗皇帝，其尊号为“至道大圣大明孝皇帝”。玄圃：传为昆仑山上神仙所居之处。

● *16* • 未央：汉宫殿名。此处以之代指唐长安宫殿。

● *17* •“钩陈”句：谓华清宫被峻岭崇山所包围。钩陈：星名，主后宫，此处代称华清宫，暗指其为杨贵妃日常出入之地。

● *18* • 文陛：雕镂花纹的殿阶。青苍：深青色。

● *19* • 千秋节：玄宗生日。《旧唐书·玄宗纪上》：“开元十七年八月癸亥，上以降诞日，宴百僚于花萼楼下。百僚表请以每年八月五日为千秋节，王公已下献镜及承露囊，天下诸州咸令宴乐，休暇三日，仍编为令。从之。”

● *20* • 神仙：华清宫里舞女翩翩，游若神仙。

● *21* • 翠葆：用翠羽装饰的车盖。

● *22* •“帖泰”二句：谓玄宗以为国家安定了，百姓生活已经满足，自己便可以在欢娱之中日久天长。帖泰：安宁和顺。

● *23* •“月闻”二句：谓玄宗迷恋于仙曲般的霓裳羽衣舞曲。相传唐玄宗与道士罗公远中秋游月宫，见素娥数百，舞于广庭。玄宗暗记其曲，回宫后即制霓裳羽衣舞曲。一说开元中河西节度使杨敬述献霓裳羽衣舞曲十二遍。见《通鉴》胡注及《云笈七签》卷一一三上。又《韵语阳秋》说：明皇每用杨太真舞，故《长恨歌》云：“风吹仙袂飘飘举，犹似霓裳羽衣舞。”

● *24* •“雨露”句：谓玄宗偏厚杨家兄妹。雨露：喻指皇上的恩泽。金穴：《后汉书·郭皇后纪》：“（后弟）况迁大鸿胪。帝数幸其第，会公卿诸侯亲家饮燕，赏赐金钱缣帛，丰盛莫比，京师号况家为金穴。”

● *25* • 乾坤：天地。入醉乡：进入奢侈享乐、忘乎所以的昏庸状态。

玩兵师汉武，[26] 回手倒干将。[27]
鲸鬣掀东海，[28] 胡牙揭上阳。[29]
喧呼马嵬血，[30] 零落羽林枪。[31]
倾国留无路，[32] 还魂怨有香。[33]
蜀峰横惨澹，秦树远微茫。
鼎重山难转，[34] 天扶业更昌。
望贤余故老，[35] 花萼旧池塘。[36]
往事人谁问，幽襟泪独伤。
碧檐斜送日，殷叶半凋霜。

● 26 •“玩兵”句：谓玄宗后期效仿汉武帝，穷兵黩武，轻启战争。

● 27 • 倒干将：反戈相向。即利用朝廷赋予的兵权来攻击朝廷，指安禄山举兵反叛。干将：宝剑名，传为春秋时吴人干将所铸。

● 28 •“鲸鬣”句：谓安史之乱势如巨鲸在东海卷起狂涛恶浪。鬣，鱼颔旁之鬐。

● 29 • 胡牙：指安禄山叛军的牙旗。上阳：宫名。在东都洛阳。天宝十四载十一月，安禄山发所部兵十五万众，反于范阳，十二月攻陷洛阳。

● 30 • 马嵬血：指玄宗仓皇幸蜀，行至马嵬坡，六军哗变，玄宗不得已将杨贵妃赐死事。

● 31 • 羽林：羽林军，为护卫皇帝之禁卫军。

● 32 • 倾国：美女，指杨贵妃。

● 33 • 还魂香：香名。《述异记》：“聚窟洲有神鸟山，山上有返魂树。伐其木根心，于玉釜中煮成汁，煎成丸，名月惊精香，或名震灵丸、返生香、却死香。死者在地，闻香气即活。”

● 34 • 鼎重：喻国家政权有牢固的根基，不易动摇。

● 35 • 望贤：驿站名。天宝十五载六月，玄宗奔蜀，曾于咸阳望贤驿置顿。

● 36 • 花萼：花萼相辉楼，在兴庆宫内，唐玄宗时所建。

●37・瑶砌：玉石砌成之宫殿台阶。

●38・疏风：不时兴起的风。罅：原意为裂缝，此用作动词，与上句“倾瑶砌”之“倾”相对。

●39・羯鼓：边域民族乐器。其形如漆桶，下以小牙床承之。表演者双手各持一仗击之，声音急促而高烈。史载玄宗好羯鼓。

●40・荔枝：《新唐书・后妃传上》：“妃嗜荔支，必欲生致之，乃置骑传送，走数千里，味未变已至京师。”

●41・泰陵：唐玄宗陵寝，在今陕西蒲城县东北。

迸水倾瑶砌，[37] 疏风罅玉房。[38]
尘埃羯鼓索，[39] 片段荔枝筐。[40]
鸟啄摧寒木，　蜗涎蠹画梁。
孤烟知客恨，　遥起泰陵傍。[41]

品・评

“华清宫”是晚唐诗人每每涉笔的题材，而这首五言排律格局尤大，写得“铿锵飞动，极叙事之工”（张戒《岁寒堂诗话》）。“绣岭明珠殿，层峦下缭墙”，先交代华清宫的地理形势，继而以“颂”的笔调写开、天之治，为其后安史之乱出现作对比性的铺垫。自“至道思玄圃，平居厌未央”始笔锋一转，描写玄宗后期不理政事，穷奢极欲，与杨贵妃极尽欢娱。其“雨露偏金穴，乾坤入醉乡”之景况引得后人不禁感慨“如此天下，焉得不乱？”（许彦周《彦周诗话》）“玩兵师汉武，回手倒干将”以下写叛军起兵，“鲸鬣掀东海”五字将恶浪卷天之势绘于目前，生动可感。而杨贵妃被迫缢死一节，诗人连用惊魂哀语，笔下一片惨淡微茫。“往事人谁问”，是对历史的诘问，也引发读者透过“尘埃羯鼓”、“片段荔枝”等事件的感性表层，进行深入的理性思索。

许七侍御弃官东归，潇洒江南，颇闻自适，高秋企望，题诗寄赠十韵 [01]

天子绣衣吏，[02] 东吴美退居。[03]
有园同庾信，[04] 避事学相如。[05]
兰畹晴香嫩，　筠溪翠影疏。[06]
江山九秋后，[07] 风月六朝余。
锦帙开诗轴，　青囊结道书。[08]
霜岩红薜荔，　露沼白芙蕖。[09]

注·释

● 01 · 本诗为会昌四年（844）秋作，时杜牧已由黄州刺史移任池州刺史。许七侍御：许浑，排行七，润州丹阳人，曾于会昌与大中年间两莅察院。会昌三年，许浑任监察御史，刚方苛严，不肯阿附权贵，以至婴鳞人主，难以见容于朝廷，托病辞职，东归江南，责授润州司马。因州司马在中唐以后为冗员闲职，“唯员与俸在”（白居易《江州司马厅记》），故其间许浑游历于京口及田园山水之间，安闲自适。企望：想望。

● 02 · 绣衣吏：指御史。《汉书·百官公卿表》：“侍御史有绣衣直指，出讨奸猾，治大狱。”许浑《题慧山寺》：“借问绣衣车马客，几时林下脱儒冠。”

● 03 · 东吴：京口三国时为东吴属地。

● 04 · 庾信：梁朝诗人，曾作《小园赋》云：“余有数亩敝庐，寂寞人外。”

● 05 · 避事：《汉书·严助传》：“相如常称疾避事。”许浑此行东归所作《宣城赠萧兵曹》诗有“客道耻摇尾，皇恩宽犯鳞”“紫陌罢双辙，碧潭穷一纶”句，知其退居实因触忤当道。

● 06 ·“兰畹”二句：谓许浑退居后的田园山水生活闲适潇洒。许浑《夜归丁卯桥村舍》：“紫蒲低水槛，红叶半江船。自有还家计，南湖二顷田。”

● 07 · 九秋：农历九月。

● 08 · 青囊：《晋书·郭璞传》：“有郭公者，客居河东，精于卜筮，璞从之受业。公以《青囊中书》九卷与之，由是遂洞五行、天文、卜筮之术，禳灾转祸，通致无方，虽京房、管辂不能过也。”此句谓退居后许浑信道论玄。许浑《游茅山》：“石面迸出水，松头穿破云。道人星月下，相次礼茅君。”

● 09 ·“霜岩”二句：谓许浑生活脱俗，精神高洁。薜荔：一种香草，缘木而生。白芙蕖：即白莲。

睡雨高梧密，　棋灯小阁虚。

冻醪元亮秫，[10] 寒鲙季鹰鱼。[11]

尘意迷今古，　云情识卷舒。

他年雪中棹，[12] 阳羡访吾庐。[13]

●10 · 元亮秫：陶潜，字元亮，颖脱不羁，任真自得。曾任彭泽令，在县时悉令公田种秫谷，曰："令吾常醉于酒足矣。"秫，稷之黏者。

●11 · 季鹰鱼：张翰，字季鹰，西晋吴郡人。雅有清才，善属文，纵任不拘。齐王冏辟为大司马东曹掾，知冏将败，又因见秋风起，思吴中菰菜、莼羹、鲈脍，曰："人生贵得适志，何能羁宦数千里以要名爵乎？"遂命驾而归。事见《晋书·张翰传》。

●12 · 雪中棹：晋王子猷居山阴，夜大雪，忽忆友人戴安道。时戴在剡，即便夜乘小船就之。经宿方至，造门不前而返。人问其故，答曰："乘兴而来，兴尽而返，何必见戴！"事见《世说新语·任诞》。

●13 · "阳羡"句：原注："于义兴县，近有水榭。"阳羡为汉县名，唐称义兴，在今江苏省宜兴市。牧之《李侍郎于阳羡里富有泉石，牧亦于阳羡粗有薄产，叙旧述怀，因献长句四韵》云："终南山下抛泉洞，阳羡溪中买钓船。"又《正初奉酬歙州刺史邢群》云："一壑风烟阳羡里，解龟休去路非赊。"

品·评

这首诗充满了对友人退居东吴、潇洒江南的赞美，而这种赞美是建立在对其人格、节操的企羡基础上的。前四句叙事甚为简约，但"避事学相如"一语已透露出许浑独立不移、不与权贵同流合污的信息。"兰畹晴香嫩，筠溪翠影疏"，"霜岩红薜荔，露沼白芙蕖"，是景语，也是情语，表现出许浑心志的脱俗、高洁。"尘意迷今古，云情识卷舒"二句，反省古今执迷于尘境俗途造成的精神失落，引导出与世变化、自由舒卷的人生境界，其中哲思，颇耐寻味。

昔事文皇帝三十二韵 01

昔事文皇帝，　叨官在谏垣。02
奏章为得地，03 齰齿负明恩。04
金虎知难动，05 毛厘亦耻言。06
撩头虽欲吐，07 到口却成吞。08
照胆常悬镜，09 窥天自戴盆。10

注·释

● 01 · 文皇帝：唐文宗。冯集梧注云："此诗牧之在睦州时作，盖为李中敏等发也。"《旧唐书·李中敏传》云："李中敏，陇西人。父婴。中敏元和末登进士第，性刚褊敢言。与进士杜牧、李甘相善，文章趣向，大率相类。"

● 02 · 叨官：忝任其官。叨，叨蒙，谦辞。谏垣：谏官官署。刘得仁《寄姚谏议》："鸣鞭静路尘，籍籍谏垣臣。"此指牧之文宗开成四年自宣州除左补阙。

● 03 · 得地：得到适当之地。钱起《县中池竹言怀》："卑栖且得地，荣耀不关身。"

● 04 · 齰齿：咬牙，犹言齰舌也，谓忍气吞声。李贺《出城别张又新酬李汉》："没没暗齰舌，涕血不敢论。"陆龟蒙《江南秋怀寄华阳山人》："齰舌无劳话，宽心岂可盛？"

● 05 · 金虎：喻邪恶小人。《文选》卷三《东京赋》："卒于金虎。"李善引《汉官仪》注："不制之臣，相与比周。比周者，官邻金虎。官邻金虎言小人在位，比周相进，与君为邻，贪求之德坚若金，谗谤之言恶若虎也。"

● 06 · 毛厘：喻极其微小。

● 07 · 撩头：承担风险，揭露问题。撩：掀、拨之意。陆龟蒙《短歌行》："爪牙在胸中，剑戟无所畏。人言畏猛虎，谁是撩头弊。"这句表示要履行补阙进言的责任。

● 08 · 到口成吞：欲言又止，不敢出声。语出《后汉书·曹节传》："群公卿士，杜口吞声，莫敢有言。"

● 09 · 照胆：《西京杂记》卷三记载，秦有方镜，"表里有明，人直来照之，影则倒见，以手扪心而来，则见肠胃五脏，历然无硋。人有疾病在内，掩心而照之，则知病之所在。又女子有邪心，则胆张心动"。这里借以说明自己光明忠正，经得起明镜透照。

● 10 · 戴盆：司马迁《报任安书》："仆以为戴盆何以望天。"焦延寿《易林·小过》："戴盆望天，不见星辰。"此处借喻临事而畏缩自固。

周钟既窕槬，[11] 黥阵亦瘢痕。[12]

凤阙觚棱影，[13] 仙盘晓日暾。[14]

雨晴文石滑，[15] 风暖戟衣翻。[16]

每虑号无告，长忧骇不存。[17]

随行唯跼蹐，[18] 出语但寒暄。[19]

●*11*•周钟窕槬：喻礼制失度，朝纲紊乱。《左传·昭公二十一年》：春，周景王将铸无射钟，泠州鸠讽谏说："天子省风以作乐，器以钟之，舆以行之。小者不窕，大者不槬，则和于物，物和则嘉成。故和声入于耳而藏于心，心亿则乐。窕则不咸，槬则不容，心是以感，感实生疾。今钟槬矣，王心弗堪，其能久乎？"窕：纤细。槬：宽大。

●*12*•黥阵：西汉英布所安排的战阵。英布曾犯法受黥面之刑，故称黥布。《汉书·黥布列传》："布兵精甚，上乃壁庸城，望布军置陈如项籍军。"瘢痕：疤痕，喻破绽。汉赵壹《刺世疾邪赋》："所恶则洗垢求其瘢痕。"

●*13*•凤阙：皇宫。觚棱：王观国《学林》："屋角瓦脊，成方角棱瓣之形，故谓之觚稜。"

●*14*• 仙盘：即汉建章宫金铜仙人承露之盘。见《三辅黄图》卷三。日暾：日初出。屈原《九歌·东君》："暾将出兮东方，照吾槛兮扶桑。"

●*15*•文石：《晋书·石季龙载记上》："太武殿基高二丈八尺，以文石綷之。"此处代指宫殿台阶。

●*16*•戟衣：护戟之衣。

●*17*•骇不存：惊恐于危险发生。《史记·司马相如列传》："遇轶材之兽，骇不存之地。"

●*18*•跼蹐：曲身弯腰，小心行走。杨於陵《郡斋有紫薇双本自朱明接于徂暑其花芳馥》："省躬既跼蹐，结思多烦纡。"

●*19*•寒暄：问候起居冷暖，说些无关痛痒的话虚于应酬。

宫省咽喉任，[20] 戈矛羽卫屯。
光尘皆影附，[21] 车马定西奔。[22]
亿万持衡价，锱铢挟契论。[23]
堆时过北斗，[24] 积处满西园。[25]
接棹隋河溢，连蹄蜀栈刓。[26]
漉空沧海水，搜尽卓王孙。[27]

●20· 官省：皇宫内台省官署。咽喉任：承担皇帝喉舌之职。这里强调朝廷文官官员有建言责任，与下句言武官有保卫安全之责相对而言。

●21· 光尘皆影附：喻不立异见，不论是非，一律附和。《老子》："和其光，同其尘。"王弼注："无所特显，则物无所偏争也；无所特贱，则物无所偏耻也。"《旧唐书·李训传》："训愈承恩顾，每别殿奏对，他宰相莫不顺成其言。"

●22· 车马定西奔：此句是形容宦官王守澄等威势熏天，李训、郑注由王守澄引进，一时掌握朝廷重权，百官争相趋附。《旧唐书·郑注传》："守澄入知枢密，当长庆、宝历之际，国政多专于守澄。注昼伏夜动，交通赂遗。初则谗邪奸巧之徒附之以图进取；数年之后，达僚权臣，争凑其门。"《旧唐书·李训传》："训本以纤达，门庭趋附之士，率皆狂怪险异之流。"

●23·"亿万"二句：谓李训、郑注手握决定朝廷重大事情的权力，而如锱铢之区区小事也要裁夺由己。

●24· 堆时：谓堆积财货高过北斗星。白居易《劝酒》诗有"身后堆金拄北斗"句，冯集梧注云，此"盖时人常语也"。

●25· 西园：东汉园林名。大宦官张让以朝廷修建南宫为名，在此聚敛财货。"凡诏所征求，皆令西园驺密约敕，号曰'中使'，恐动州郡，多受赇赂。""又造万金堂于西园，引司农金钱缯帛，仞积其中。"见《后汉书·张让传》。

●26·"接棹"二句：谓各地输送财货的情景。从水路运送的，船只连接挤撞，隋河的水随之漫溢；从山路来的，马队争道前进，蜀中的栈道也因之损坏。刓：磨损。

●27·"漉空"二句：谓一时赋敛严重，即便沧海水也要被抽空，富如卓王孙者，也要被搜括殆尽。卓王孙：西汉临邛富户，仅家僮就有八百人。见《史记·司马相如列传》。

斗巧猴雕刺，[28] 夸趫索挂跟。[29]

狐威假白额，[30] 枭啸得黄昏。[31]

馥馥芝兰圃，[32] 森森枳棘藩。[33]

吠声嗾国猘，[34] 公议怯膺门。[35]

窜逐诸丞相，苍茫远帝阍。[36]

一名为吉士，[37] 谁免吊湘魂。[38]

●28 •“斗巧”句：《韩非子·外储说左上》记载寓言，说宋人有能为燕王以刺棘之端刻母猴者，后燕王审察其妄，将其杀之。这里借喻李训、郑注等以编造谎言之术来骗取信任。

●29 •“夸趫”句：讽刺李训、郑注自夸身手矫健，本领过人。语出张衡《西京赋》：“将乍往而未半，怵悼慄而怂兢，非都卢之轻趫，孰能超而究升？”“突倒投而跟絓，譬陨绝而复联。”

●30 •“狐威”句：用《战国策·楚策》“狐假虎威”的典故，讽刺李训、郑注借皇上权威为自己张目。白额：老虎。

●31 •“枭啸”句：鹏鸟黄昏鸣叫，其声甚恶。

●32 • 芝兰：即芷与兰，皆为香草。屈原《离骚》：“扈江离与辟芷兮，纫秋兰以为佩。”

●33 • 枳棘：多刺之恶木。杜甫《入衡州》：“隐忍枳棘刺，迁延胝趼疮。”这里说芝兰圃为枳棘所圈围，可见环境之险恶。

●34 • 嗾：用口作声指挥狗。刘禹锡《连州腊日观莫徭猎西山》：“张罗依道口，嗾犬上山腰。”这里比喻唆使人做坏事，谗害贤良。猘：疯狗。

●35 • 膺门：东汉李膺在朝政日乱，纲纪废弛时独持风裁，反对宦官专权，纠发奸佞弊政，声名甚高。士人能为李膺所接纳，时人称之为“登龙门”。见《后汉书·李膺传》。许浑《晚登龙门驿楼》：“心感膺门身过此，晚山秋树独徘徊。”

●36 •“窜逐”二句：李训位至宰相后，“天子倾意任之”，李宗闵、李德裕等皆被贬出朝廷，远离京城。帝阍：指朝廷，语出屈原《离骚》：“吾令帝阍开关兮，倚阊阖而望予。”

●37 • 吉士：正人。《汉书·元帝纪》：“是故壬人在位，而吉士雍蔽。”

●38 • 吊湘魂：西汉才士贾谊中谗而被贬逐，途经湘水，作《吊屈原赋》。见《史记·贾生列传》。此处以“吊湘魂”代指被贬谪的命运。

间世英明主，[39] 中兴道德尊。
昆冈怜积火，[40] 河汉注清源。[41]
川口堤防决，　阴车鬼怪掀。[42]
重云开朗照，　九地雪幽冤。[43]
我实刚肠者，[44] 形甘短褐髡。[45]

●39·间世：隔代。英明主：指唐武宗，武宗朝在抑制宦官势力方面有一定作为，“政由阍寺”的局面有所改观，同时在“继元和戡乱之功”方面亦有振作气象。见《旧唐书·武宗本纪》。

●40·昆冈：昆仑山。语出《尚书·胤征》：“火炎昆冈，玉石俱焚。天吏逸德，烈于猛火。”怜积火：比喻神山焕发了生命力。

●41·河汉：银河。清源：张衡《思玄赋》：“旦余沐于清源兮，晞余发于朝阳。”注清源，比喻天河注入了活力。

●42·“川口”二句：谓人心向背终究会表现出来，恶贯满盈毕竟要自食其果。前者以《国语·周语上》“防民之口，甚于防川”的语典来印证；后者则以载鬼太多，阴车也要翻覆的比喻来说明。《周易》“睽”卦上：“见豕负途，载鬼一车。”

●43·“重云”二句：对李中敏等人得到昭雪表示欣慰。《旧唐书·李中敏传》：“及训、注诛，竟雪申锡，召中敏为司勋员外郎。寻迁刑部郎中，知台杂。其年，拜谏议大夫，充理匦使……寻拜给事中。”九地：九泉。

●44·刚肠：刚正忠直。刘叉《答孟东野》：“唯有刚肠铁，百炼不柔亏。”

●45·“形甘”句，谓自己已经做好了接受惩罚的准备。短褐，既短且窄的粗布衣，如此着装则削职为民也。髡：受剃发之刑。

曾经触虿尾，[46] 犹得凭熊轩。[47]
杜若芳洲翠，[48] 严光钓濑喧。[49]
溪山侵越角，[50] 封壤尽吴根。[51]
客恨萦春细，乡愁压思繁。
祝尧千万寿，[52] 再拜揖余樽。

● *46* • 触虿尾：触毒蝎之尾。语出《庄子·天运篇》："其智憯于蛎虿之尾。"参《除官归京睦州雨霁》"误曾公触尾"句注。

● *47* • 凭熊轩：说虽昔有触忤之祸，今犹得任刺史一职。熊轩：汉制，公与列侯所乘之车以伏熊为轼。见《后汉书·舆服志上》。唐人多以之喻郡守，如张说《奉和圣制赐诸州刺史应制以题坐右》："犀节同分命，熊轩各外临。"

● *48* • 杜若：香草名。屈原《九歌·湘君》："采芳洲兮杜若，将以遗兮下女。"

● *49* • 严光：即严子陵。《后汉书·严光传》："严光字子陵，一名遵，会稽余姚人也。少有高名，与光武同游学。及光武即位，乃变名姓，隐身不见。帝思其贤，乃令以物色访之。……除为谏议大夫，不屈，乃耕于富春山，后人名其钓处为严陵濑焉。"

● *50* • 越角：春秋时越国的边地。

● *51* • 吴根：春秋时与吴国接壤的地方。

● *52* • 祝尧：语出《庄子·天地》："尧观乎华。华封人曰：'嘻，圣人！请祝圣人。''使圣人寿。'"

品·评

冯集梧《樊川诗集注》卷二云："中敏因旱上言郑注之奸，而李甘以沮注入相，卒于贬所。又有李款、高元裕等，俱以取怒李训、郑注，为所斥逐。训、注既诛而中敏等先后进用，故为追数往事，以庆目前之遭。诗首言同为谏官，每怀嫉恶之心，继极言训、注之恶，有言者俱得罪以去，既遇英主昭雪，而己则仍滞外郡，语固引分自慰，意实久抑求伸。"此说颇能切中本诗意旨。诗中借一系列典故反复描写李训、郑注主持朝政时百官或趋附奔竞，或欲吐成吞的图景，是了解甘露之变前朝廷政治生态的生动史料见证。"重云开朗照，九地雪幽冤"云云所表现出的欣喜，反映出作者进入武宗朝的时政态度和心理期待。在艺术表现方面，全诗以气驱使，或用散句，间杂骈语，使情感得到充分抒发。在晚唐排律诗中，当称佳制。

东兵长句十韵

01

上党争为天下脊，02

邯郸四十万秦坑。03

狂童何者欲专地，04

圣主无私岂玩兵。05

玄象森罗摇北落，06

诗人章句咏东征。07

注·释

● *01* · 本诗为会昌三年（843）作，其时牧之在黄州刺史任上。缪钺《杜牧年谱》云："此咏讨泽潞事也。据《新唐书·武宗纪》，泽潞平在会昌四年八月，此诗有'凯歌应是新年唱，便逐春风浩浩声'之句，盖作于会昌三年岁末，望次年春初泽潞可平也。"本年四月昭义节度使刘从谏卒，其侄刘稹为兵马留后，抗拒朝命。八月，朝廷诏征河中、河阳、太原等五道兵讨伐，次年八月刘稹被斩。东兵：向东发兵征伐。长句：唐人称七言句为"长句"。

● *02* ·"上党"句：谓上党居于称为天下之脊的太行山最高处。上党：郡名，即潞州，治所在今山西省长治市。冯集梧《樊川诗集注》卷二注引《河图括地象》："太行，天下之脊。"

● *03* · 邯郸：战国时期赵国国都。据《史记·赵世家》，秦军与赵括战于长平，赵括带军降秦，结果四十余万赵兵皆为秦坑杀，此谓"长平之祸"。

● *04* ·"狂童"句：谓图谋乱国的恶人（刘稹）正在把泽潞变成割据之地。韩愈《送张道士》："臣有平贼策，狂童不难治！"专地：《公羊传》："有天子存，则诸侯不得专地也。"

● *05* ·"圣主"句：谓皇帝征讨上党，是为了正朝纲，惩逆贼，不是穷兵黩武。

● *06* ·"玄象"句：谓根据星辰便知有非常之象，必当用兵。玄象：日月星辰，在天成象。森罗：罗列森然。北落：星名，主兵事。

● *07* · 诗人章句：即指《诗经·豳风·破斧》等有关周公东征的诗篇。《破斧》："既破我斧，又缺我斨。周公东征，四国是皇。"皇，通惶，恐慌也。

雄如马武皆弹剑，08

少似终军亦请缨。09

屈指庙堂无失策，10

垂衣尧舜待升平。11

羽林东下雷霆怒，12

楚甲南来组练明。13

即墨龙文光照曜，14

常山蛇阵势纵横。15

●*08*·马武：东汉光武帝时中兴二十八将之一，封捕虏将军、杨虚侯。《后汉书·吴盖陈臧列传论》："山西既定，威临天下，戎羯丧其精胆，群帅贾其余壮，斯诚雄心尚武之几，先志玩兵之日。臧宫、马武之徒，抚鸣剑而抵掌，志驰于伊吾之北矣。"

●*09*·终军：西汉才士，年少有为，曾请缨系囚南越王。死时年二十余，世称终童。

●*10*·"屈指"句：谓朝廷的运筹指挥都稳妥正确。屈指：弯曲手指在心中盘算计划。语见《三国志·吴书·顾谭传》。此句有赞颂当时宰相李德裕之意。

●*11*·"垂衣"句：谓讨平泽潞则天下安定。垂衣：垂衣而治。古代认为是安定升平的象征。

●*12*·羽林：羽林军，唐代禁军名。

●*13*·楚甲：楚国军士，此指朝廷征召的诸道兵力。组练：即组甲、被练，为军士衣甲装备。

●*14*·即墨：战国时齐邑，汉置县。以城在墨水边，故称"即墨"。齐国田单曾在此智战燕兵。据《史记·田单列传》：燕兵围即墨，田单激发士卒和城中人士气，全力保卫。并在城中收得千余头牛，被绛缯衣，画以五彩龙文，束兵刃于其角，而灌脂束苇于尾，烧其端。然后凿城数十穴，夜纵牛奔。牛尾灼热，怒而奔燕军，燕军夜大惊。牛尾炬火光明炫耀，燕军视之皆龙文，所触尽死伤。与此同时，城中鼓噪配合，老弱皆击铜器为声，声动天地。燕军异常惊骇，败走。

●*15*·常山蛇阵：古代用兵阵法，见《孙子·九地》："故善用兵者，譬如'率然'。'率然'者，常山蛇也。击其首则尾至，击其尾则首至，击其中则首尾俱至。"

落雕都尉万人敌，16

黑槊将军一鸟轻。17

渐见长围云欲合，18

可怜穷垒带犹萦。19

凯歌应是新年唱，20

便逐春风浩浩声。

●*16*·落雕都尉：指北齐射雕英雄斛律光。《北齐书·斛律光传》："尝从世宗于洹桥校猎，见一大鸟，云表飞飏，光引弓射之，正中其颈。此鸟形如车轮，旋转而下，至地，乃大雕也。世宗取而观之，深壮异焉。丞相属邢子高见而叹曰：'此射雕手也。'当时传号'落雕都督'。"万人敌：比喻力敌万人的用兵才略和勇力。语出《史记·项羽本纪》："项籍少时，学书不成，去学剑，又不成。项梁怒之。籍曰：'书足以记名姓而已。剑一人敌，不足学，学万人敌。'于是项梁乃教籍兵法。"

●*17*·黑槊将军：指北魏于栗磾。于栗磾武艺过人，能左右驰射。因好用黑槊（按：槊，长矛类兵器），刘裕致书称其为"黑槊公麾下"，魏明帝遂授予他"黑槊将军"的名号。一鸟轻：杜甫《送蔡希曾都尉还陇右因寄高三十五书记》："身轻一鸟过，枪急万人呼。"

●*18*·"渐见"句：谓逐渐看出全面围攻已经形成如云汇合的形势。长围：冯集梧《樊川诗集注》卷二注引《宋书·臧质传》："筑长围，一夜便合。"

●*19*·"可怜"句：上句说进攻，本句说守卫。作者对战场用于守卫的战垒军壁都已经完善表达肯定之意。穷垒：形容军壁既深且远，与上句"长围"对应而言。带犹萦：《后汉书·张衡传》："弦高以牛饩退敌，墨翟以萦带全城。"

●*20*·新年：作者预见至会昌四年初，征讨将士就可以高奏凯歌了。

品·评

前五韵写在泽潞这一古战场，刘稹妄图割据称雄，于是朝廷发兵东征，此为致天下太平之举。后五韵写征伐形势，遥想战斗场面，军威、军领、军阵、军壁、军甲，一一数来，俨然亲历其中。最后激情洋溢地预祝东征全胜，将士凯旋。全诗格局开敞，波澜壮阔，一波未平，一波又起，既大气磅礴，又时见开阖转折，令人目接神往，心旌摇荡。层出难穷的征讨和军事典故，显示出作者的深厚腹笥和兵法修养，也形成了独具特色的叙述话语和抒情结构。

题桐叶[01]

去年桐落故溪上，
把叶偶题归燕诗。[02]
江楼今日送归燕，
正是去年题叶时。
叶落燕归真可惜，
东流玄发且无期。[03]
笑筵歌席反惆怅，
明月清风怆别离。
庄叟彭殇同在梦，[04]
陶潜身世两相遗。[05]
一丸五色成虚语，[06]
石烂松薪更莫疑。[07]

注·释

● *01*·本诗为大中五年（851）作，时杜牧任湖州刺史。

● *02*·把叶：一作“把笔”。归燕诗：曹丕《燕歌行》：“群燕辞归鹄南翔，念君客游思断肠。”

● *03*·玄发：黑发。谢惠连《秋怀》：“颓魄不再圆，倾羲无两旦。金石终消毁，丹青暂雕焕。各勉玄发欢，无贻白首叹。”

● *04*·庄叟：庄子。王维《济州过赵叟家宴》：“虽与人境接，闭门成隐居。道言庄叟事，儒行鲁人余。”彭：彭祖。传说彭祖得八百岁之寿。殇：未成年而夭折者。《庄子·齐物论》：“莫寿乎殇子，而彭祖为夭。”

● *05*·陶潜：晋朝著名诗人。其《归去来兮辞》云：“归去来兮，请息交以绝游，世与我而相遗，复驾言兮焉求！”

● *06*·一丸五色：一丸，指仙药。曹丕《折杨柳行》：“上有两仙童，不饮亦不食。与我一丸药，光耀有五色。服药四五日，身体生羽翼。”

● *07*·石烂松薪：石头被煮烂，松柏变柴薪，喻人间万物都将泯灭于时空。李白《秋浦歌》（之七）：“醉上山公马，寒歌宁戚牛。空吟白石烂，泪满黑貂裘。”

哆侈不劳文似锦，[08]
进趋何必利如锥。[09]
钱神任尔知无敌，[10]
酒圣于吾亦庶几。[11]
江畔秋光蟾阁镜，[12]
槛前山翠茂陵眉。[13]
樽香轻泛数枝菊，
檐影斜侵半局棋。
休指宦游论巧拙，[14]
只将愚直祷神祇。
三吴烟水平生念，[15]
宁向闲人道所之。

● *08* ·“哆侈”句：谓世多谗言。《诗经·小雅·巷伯》：“萋兮斐兮，成是贝锦。彼谮人者，亦已大甚！哆兮侈兮，成是南箕。彼谮人者，谁适与谋。”哆：大貌。

● *09* ·进趋：奔走钻营。《旧唐书·朱敬则传》：“刻薄可施于进趋，变诈可陈于攻战。”利如锥：《晋书·祖纳传》：“汝颍之士利如锥，幽冀之士钝如槌。”

● *10* ·钱神：金钱。晋鲁褒曾作刺世文《钱神论》，讽刺“失之则贫弱，得之则富强。无翼而飞，无足而走……钱多者处前，钱少者居后”的社会庸俗现象。

● *11* ·酒圣：《魏志·徐邈传》：“醉客谓清者为圣人，浊者为贤人。”庶几：差不多。

● *12* ·蟾阁镜：此谓照妖镜。《洞冥记》：“望蟾阁十二丈，上有金镜，广四尺。元封中，有祇国献此镜，照魑魅不获隐行。”

● *13* ·茂陵眉：茂陵，汉武帝陵，后司马相如病时，家居于此。《西京杂记》卷二谓：卓文君“姣好，眉色如望远山”。

● *14* ·巧拙：白居易《咏拙》：“所禀有巧拙，不可改者性。所赋有厚薄，不可移者命。我性拙且蠢，我命薄且屯。问我何以知，所知良有因。”

● *15* ·三吴：三吴所指，众说不一。有吴郡、丹阳、吴兴说，有吴郡、吴兴、义兴说，有吴郡、吴兴、会稽说等。诸说中有包括湖州者。

品·评

此为抒发人生感慨之歌，有几许饱经沧桑的沉重，又有几许参透世事的超脱。叶落燕归的循环，玄发无期的感伤，是本诗的基调。彭殇齐一，而陶潜可追；仙丹虚无，而顽石亦烂。既然如此，何必尔虞我诈，钻营进趋。最后诗人提出坚持“拙”“愚”的人生态度，愿意在“三吴烟水”中宁静心志，以摆脱人间的烦恼。全诗叠用典故，但一气贯注，并无滞重之感，这正是牧之诗的一贯特色。

自遣

01

四十已云老，况逢忧窘余。[02]
且抽持板手，[03] 却展小年书。[04]
嗜酒狂嫌阮，[05] 知非晚笑蘧。[06]
闻流宁叹吒，[07] 待俗不亲疏。[08]
遇事知裁剪，[09] 操心识卷舒。[10]
还称二千石，[11] 于我意何如。

注·释

● *01* · 本诗作于会昌二年（842）杜牧任黄州刺史时。自遣：自我排遣也。

● *02* · 忧窘：忧伤穷窘，不通达之谓。

● *03* · 持板：《隋书·礼仪志》："笏，晋宋以来谓之手板。"古代上朝者在君前持笏，为吏者持簿，皆为备忘而记事。诗云"且抽持板手"，即放下公务。

● *04* · 小年书：内容浅显的书。《庄子·逍遥游》："小知不及大知，小年不及大年。奚以知其然也？朝菌不知晦朔，惠蛄不知春秋，此小年也。"则所谓小年者，短浅之物也。

● *05* · 狂嫌阮：意即"嫌阮狂"。阮，魏晋之际名士阮籍。其时司马氏正阴谋夺取政权，时局黑暗而险恶，名士少有全身者，所以他便借酒佯狂避祸。《晋书·阮籍传》："文帝初欲为武帝求婚于籍，籍醉六十日，不得言而止。"

● *06* · 晚笑蘧：意即"笑蘧晚"。蘧，春秋时卫国大夫蘧伯玉。《淮南子·原道》："故蘧伯玉年五十，而知四十九年非。"

● *07* · "闻流"句：谓听多了流言哪里会感到惊叹。《礼记·儒行》："闻流言而不信。"叹吒：惊吒，讶异。

● *08* · "待俗"句：谓世俗中应酬采取不亲不疏、不即不离的态度。

● *09* · 裁剪：斟酌取舍，意即妥善处理应对。

● *10* · 卷舒：屈伸进退。意即随俗俯仰。《淮南子·俶真》："盈缩卷舒，与时变化。"韩愈《遣兴联句》："蘧宁知卷舒，孔彦识行藏。"

● *11* · 二千石：汉代郡守的年俸为二千石，后常用以代指郡守、刺史。杜牧时任黄州刺史，故以之自称。

品·评

《石园诗话》说"史称杜牧之自负才略，喜论兵事，拟致位公辅，以时无右援者，怏怏不平而终"。明乎此，便可知此诗乃在用看似通脱超然的态度排遣心中的郁闷，抒发"还称二千石"的不平之感和"四十已云老"的生命焦虑。诗中那些人生历练以后的圆融智慧的展示，正是作者忧窘之际进退出处的心理对话。

早春寄岳州李使君，李善棋爱酒，情地闲雅[01]

城高倚峭巘，[02] 地胜足楼台。[03]
朔漠暖鸿去，[04] 潇湘春水来。
萦盈几多思，[05] 掩抑若为裁。[06]
返照三声角，寒香一树梅。
乌林芳草远，[07] 赤壁健帆开。[08]
往事空遗恨，东流岂不回。

注·释

● *01*・岳州：本巴陵郡，隋开皇九年始改为岳州，治所在巴陵（今湖南岳阳）。李使君：李远。据郁贤皓《唐刺史考》，其任岳州刺史约在大中初年（847）。使君，汉代对地方郡守的尊称。善棋爱酒：这是李远颇有影响的情趣爱好。《唐才子传》卷七载："宣宗时，宰相令狐绹进奏拟远杭州刺史，上曰：朕闻远诗有'青山不厌千杯酒，白日唯销一局棋'，是疏放如此，岂可临郡理人？绹曰：诗人托此以写高兴耳，未必实然。上曰：且令往观之。至，果有治声。"

● *02*・峭巘：陡峭的山峰。

● *03*・楼台：岳阳楼，在湖南岳阳城西门，下瞰洞庭湖，为著名风景胜地。李白《与夏十二登岳阳楼》："楼观岳阳尽，川迥洞庭开。"杜甫《登岳阳楼》："昔闻洞庭水，今上岳阳楼。"

● *04*・朔漠：北方沙漠。

● *05*・萦盈：旋回充满。李群玉《赠回雪》："回雪舞萦盈，萦盈若回雪。"

● *06*・掩抑：低沉。若为：如何。孟郊《古离别》："愁结填心胸，茫茫若为说。"裁：节制、掌控。《国语·吴》："救其不足，裁其有余，使贫富皆利之。"

● *07*・乌林：地名。在湖北嘉鱼县西，长江北岸，与赤壁山隔江相对。

● *08*・赤壁：赤壁山，三国时古战场。冯集梧《樊川诗集注》卷二注：《通典》谓："岳州理巴陵县，有巴邱湖。《检地志》云：巴邱湖中有曹田洲，即曹公为孙权所败烧船处，在今县南四十里。""今鄂州蒲圻县有赤壁山，即曹公败处。"冯集梧按："以上皆杜氏说。牧之于《寄岳州诗》，举乌林、赤壁，正用乃祖说，而于《齐安晚秋》又以赤壁争雄为言，则仍是俗说。"

分符颍川政，[09] 吊屈洛阳才。[10]
拂匣调珠柱，[11] 磨铅勘玉杯。[12]
棋翻小窟势， 垆拨冻醪醅。[13]
此兴予非薄， 何时得奉陪。

●*09*·分符：指任州郡长官。《汉书·文帝纪》："三年九月，初与郡守为铜虎符、竹使符。"冯注：师古云："与郡守为符者，谓各分其半，右留京师，左以与之。"颍川政：言汉代黄霸为颍川太守，堪为循吏。《汉书·黄霸传》："霸以外宽内明得吏民心，户口岁增，治为天下第一。"颍川：汉郡名，治所在今安徽阜阳。

●*10*·洛阳才：指西汉贾谊。潘岳《西征赋》："贾生洛阳之才子。"吊屈：贾谊谪为长沙王太傅，过湘水，作赋哀悼屈原。

●*11*·"拂匣"句：谓打开琴匣调好琴音。柱：琴上以珠为饰的枕弦木。庾信《小园赋》有"琴号珠柱，书名玉杯"句，则"珠柱"古已为琴之代称。

●*12*·"磨铅"句：谓将铅粉笔磨尖以便校勘《玉杯》。铅：古人以铅写字，谓之铅笔。玉杯：汉董仲舒《春秋繁露》中篇名。此处以借其中"君子知在位者不能以恶服人也，是故简六艺以赡养之"的内容，称赞李远德艺双美。

●*13*·"棋翻"二句：谓下棋从被动中扭转局面，拨一下垆火将春酒温热。这两句棋酒对言，是对李远"人事三杯酒，流年一局棋"之类诗句的酬应。小窟：走棋中的小漏洞、失误，亦指暂时的僵局。冻醪：原注："诗云'为此春酒，以介眉寿'。注云冻醪。"醅：未滤的酒。

品·评

首写岳阳山城倚傍峭峰，这地理形胜为古老楼台增添风景，而暖鸿传信，春水送情，使诗人顿生无限思念，不能遏抑。"返照"以下是诗人对李远的遥想：在夕阳下的角声中，使君正在一树寒梅旁远眺沉思，乌林、赤壁激发起悠悠怀古之情。继而进一步表现李远政声才艺之美，棋酒情趣之雅，为结尾写奉陪之意铺垫。全诗感情丰沛，对友人思念中有面对历史时空的潮卷心动，而颍川、洛阳等典故的使用，也使其对友人的夸赞有内涵意蕴，不平俗肤浅，善棋爱酒的具象描写，更将彼此结合得天然无间，是表达友情的妙笔。

春末题池州弄水亭 [01]

使君四十四，[02] 两佩左铜鱼。[03]
为吏非循吏，论书读底书？[04]
晚花红艳静，高树绿阴初。
亭宇清无比，溪山画不如。
嘉宾能啸咏，[05] 官妓巧妆梳。[06]
逐日愁皆碎，随时醉有余。
偃须求五鼎，[07] 陶只爱吾庐。[08]
趣向人皆异，贤豪莫笑渠。[09]

注·释

● *01* · 本诗作于会昌六年（846），时杜牧任池州刺史。弄水亭：曹学佺《名胜志》："池州府通远门外，有弄水亭，在旧桥之西，杜牧所建，取太白'饮弄水中月'之句也。"除此诗外，杜牧还作有《题池州弄水亭》诗。

● *02* · 使君：州郡长官之尊称，此为作者自谓。

● *03* · 铜鱼：隋唐时朝廷颁发的铜制鱼形之符信。《隋书·高祖纪》："开皇十五年丁亥，制京官五品已上，佩铜鱼符。"程大昌《演繁露》卷六："唐世所用以贮鱼符者，是之谓袋。袋中实有符契，即右一而与左二合者也。凡有召或使令，即从中出半契，合验以防诈伪。"牧之接连任刺史于黄州和池州，故云"两佩"。

● *04* ·"为吏"二句：作者自省：作为从宦者，并不能称为循吏；作为读书人，又读了些什么书？循吏：奉法循理之吏。

● *05* · 嘉宾：《诗经·小雅·鹿鸣》："我有嘉宾，鼓瑟吹笙。"

● *06* · 官妓：唐宋时州府中入官籍的妓女，在官场酬应会宴中专事侍候。张祜《陪范宣城北楼夜宴》："华轩敞碧流，官妓拥诸侯。"官，一作"宫"。

● *07* ·"偃须"句：谓西汉名臣主父偃热衷功名利禄。五鼎：古代祭礼，大夫用五鼎盛祭品，后多用来形容贵族生活之豪华奢侈。

● *08* · 爱吾庐：陶渊明曾任彭泽令，不愿为五斗米折腰，解绶去职，退归田园。有《归去来兮辞》。又《读山海经》云："众鸟欣有托，吾亦爱吾庐。"

● *09* · 莫笑渠：莫笑他。

品·评

全诗首写为官心情。年过不惑，只两守僻郡，笔底颇见牢骚。"为吏非循吏，论书读底书"更属自嘲。"晚花红艳静，高树绿阴初"以下四句将池州风光、弄水亭景色描摹如画。嘉宾啸咏，官妓巧妆，可见诗酒流连、美女侍侧之风流。最后诗人表示不慕荣华富贵，不求功名利禄，但愿趋步陶潜，挂冠去职，归隐田园。

除官归京睦州雨霁[01]

秋半吴天霁，[02] 清凝万里光。
水声侵笑语，　岚翠扑衣裳。[03]
远树疑罗帐，　孤云认粉囊。
溪山侵两越，[04] 时节到重阳。
顾我能甘贱，[05] 无由得自强。
误曾公触尾，[06] 不敢夜循墙。[07]

注·释

● *01* · 本诗作于大中二年（848）重阳，其时杜牧即将由睦州刺史赴京任司勋员外郎。

● *02* · 吴天：睦州春秋时属吴，故此称“吴天”。

● *03* · 岚翠：山霭呈现的翠色。白居易《早春题少室东岩》：“三十六峰晴，雪销岚翠生。”

● *04* · 两越：肃宗时以钱塘江为界，将江南东道分置东西二路，江以南称“浙东”，江以北称“浙西”。两越或即两浙之谓。

● *05* · 顾我：顾，视也。甘贱：甘于贫贱。

● *06* · 触尾：触蛇蝎之尾。《庄子·天运篇》：“其智憯于蛎虿之尾，鲜规之兽，莫得安其性命之情者，而犹自以为圣人，不可耻乎？其无耻也！”

● *07* · 夜循墙：循着墙角走。喻指胆怯畏缩。《庄子·列御寇》：“正考父一命而伛，再命而偻，三命而俯，循墙而走，孰敢不轨！”唐成玄英疏：“伛曲循墙，并敬容极恭，卑退若此，谁敢将不轨之事而侮之也。”正考父乃孔子祖先。

●08·锦帐郎：代指尚书省郎官。汉代郎官入直，官方供给新青缣白绫被或锦被、帏帐、通中枕、旃蓐等，冬夏随时改易。见《后汉书·钟离意传》注引《汉官仪》。

●09·傅燮：东汉末人，字南容。官拜议郎，忠耿敢言，素疾宦官，为赵忠深恨。"然惮其名，不敢害。权贵亦多疾之，是以不得留，出为汉阳太守。"事见《后汉书·傅燮传》。

●10·黄香：东汉人，字文强。少年时即博学经典，究精道术，能文章，京师号曰"天下无双江夏黄童"。"初除郎中，元和元年，肃宗诏香诣东观，读所未尝见书。"事见《后汉书·文苑传》。按，"书旧识黄香"句下原注："曾在史馆四年。"

●11·姹女：少女、美女。此处代指歌妓。虚语：虚妄之语。这里当是针对有流言说自己离开睦州时将携带歌女之事加以澄清：并无美女相随，只有饥儿同行。

●12·揭厉：《诗经·邶风·匏有苦叶》："匏有苦叶，济有深涉。深则厉，浅则揭。"揭，提起衣裳涉水；厉，连衣涉水。

●13·张纲：东汉人，字文纪。深恶宦官乱朝，刚直敢言，终为梁冀所排挤。《后汉书·张纲传》："纲常感激，慨然叹曰：'秽恶满朝，不能奋身出命扫国家之难，虽生，吾不愿也。'"其刚正形象于此可见。参《新定途中》"无端偶效张文纪"句注。

岂意笼飞鸟，　还为锦帐郎。08
网今开傅燮，09 书旧识黄香。10
姹女真虚语，11 饥儿欲一行。
浅深须揭厉，12 休更学张纲。13

品·评

这首五言排律前四韵切题中"睦州雨霁"四字而写，清新活泼，风神秀朗。中三韵写"我"之性情，"误曾公触尾，不敢夜循墙"道出昔日在台省触忤权贵的经历，感慨无限。后三韵表达"除官归京"的心理。诗中特别提到"傅燮""张纲"，可知牧之所谓"触尾"，当与宦官专权相关。"姹女真虚语，饥儿欲一行"这样的"辩白"在其他作品中极少见到，对认识一个真实的牧之形象，真不可多得。

新转南曹，未叙朝散，初秋暑退，出守吴兴，书此篇以自见志 01

捧诏汀洲去，02 全家羽翼飞。03

喜抛新锦帐，04 荣借旧朱衣。05

且免材为累，06 何妨拙有机。07

注·释

● 01 • 本诗作于大中四年（850）初秋。牧之于大中二年（848）十二月由睦州刺史任内擢尚书司勋员外郎，次年即求外任杭州，未允。四年夏转吏部员外郎未久，再上书宰相，乞守湖州得准，而写此作。南曹，官署别名，即吏部选补官吏的选院。朝散，朝散大夫，唐文阶官之称号，从五品下。唐代官员，除官职外，尚有官阶，是等级身份的标志。杜牧任吏部员外郎，叙阶可加朝散大夫。因其“新转”，尚未及叙阶。吴兴，郡名，即湖州。

● 02 • 汀洲：此指湖州，有白蘋洲在其境，文人多写及。柳恽《江南春》：“汀洲采白蘋，日落江南春。”

● 03 • 全家羽翼：《上宰相求杭州启》：“其于妻儿，固宜穷饿。是作刺史，则一家骨肉，四处安泰。”

● 04 • 新锦帐：指新授吏部员外郎。锦帐：锦被帏帐。汉制尚书郎入值台中，官供锦被和帏帐，冬夏随时改易。

● 05 • 旧朱衣：指刺史之职。唐制，官员依品阶各有不同颜色之公服。三品以上着紫，五品以上着绯（即朱色、红色）。文官朝散大夫以上方可服绯，刺史虽未及朝散，特许着绯者，谓之“借绯”。此云“借旧朱衣”，是因前已三守外郡之故。

● 06 • 材为累：因为有才（材）而为所累。《庄子·山木篇》：“弟子问于庄子曰：‘昨日山中之木，以不材得终其天年，今主人之雁，以不材死；先生将何处？’庄子笑曰：‘周将处乎材与不材之间。材与不材之间，似之而非也，故未免乎累。’”

● 07 • 有机：有智巧善变之心，与本分守拙相对。《庄子·天地篇》：“吾闻之吾师，有机械者必有机事，有机事者必有机心。机心存于胸中，则纯白不备；纯白不备，则神生不定；神生不定者，道之所不载也。”

宋株聊自守，[08] 鲁酒怕旁围。[09]
清尚宁无素，[10] 光阴亦未晞。[11]
一杯宽幕席，[12] 五字弄珠玑。[13]
越浦黄柑嫩，[14] 吴溪紫蟹肥。[15]
平生江海志，[16] 佩得左鱼归。[17]

● *08* · 宋株：《韩非子·五蠹》："宋人有耕田者，田中有株，兔走，触株折颈而死，因释其耒而守株，冀复得兔，兔不可复得，而身为宋国笑。"

● *09* · 鲁酒：喻无妄之灾。《庄子·胠箧》："鲁酒薄而邯郸围。"对此典故历来解释不同。一说楚宣王大会诸侯，鲁恭王后至而所献酒薄，楚王怒，恰鲁王不告而别，楚王于是带兵攻鲁。魏国一直想攻打赵国，担心楚国发兵救赵，楚国和鲁国交兵，魏国于是趁机兵围赵都邯郸。一说楚王大会诸侯，赵与鲁俱献酒，鲁酒味薄而赵酒味浓。楚王之酒吏向赵国索酒而赵不与，酒吏怀恨，故意易换赵、鲁之酒，于是楚王以酒薄的缘故兵围邯郸。

● *10* · 清尚：清雅。无素：无旧交。此句谓原本就有清雅闲适志趣。

● *11* · 未晞：晞，明也。此处谓时间未晚。《诗经·齐风·东方未明》："东方未晞，颠倒裳衣。"

● *12* · 宽幕席：刘伶《酒德颂》："幕天席地，纵意所如。"

● *13* · 五字：五言诗，泛指诗歌。珠玑：珠宝，形容文辞优美。

● *14* · 黄柑：《风土记》称其为柑橘之属，滋味甜美。

● *15* · 紫蟹：即螃蟹。殷尧藩《九日病起》："紫蟹霜肥秋纵好，绿醅蚁滑晚慵斟。"

● *16* · 江海志：隐逸江湖之愿。

● *17* · 左鱼：左铜鱼，任职刺史的凭证。唐制以铜鱼符作为外任官员凭信之证，左右各一，右鱼长藏郡库，而刺史到任后，以所佩左鱼与右鱼合契为信。

品·评

这首诗是作者心志的真实表现。前四句叙述赴任湖州的欢悦和出守的心理。一个"飞"字，透露出其对于出守的何等期待！不愿因材而累，却在拙中藏机，这不妨看作作者的一种生存智慧。之所以如此，无非是忧惧随时可能发生的无妄之灾。后四句写甘于清雅闲适生活的心态。湖州正得吴越之天赐物利，黄柑紫蟹，诗酒流连，是何等潇洒！

河湟 [01]

元载相公曾借箸，[02]
宪宗皇帝亦留神。[03]
旋见衣冠就东市，[04]
忽遗弓剑不西巡。[05]

注·释

● *01*·河湟：指黄河上游及湟水流域一带，自肃宗后为吐蕃所占近一百年。《新唐书·吐蕃传上》："世举谓西戎地曰河湟。"

● *02*·元载相公：代宗朝宰相元载，曾为收复河湟失地献计献策。事见《旧唐书·元载传》。借箸：借用筷子作为筹谋指画之具。事见《汉书·张良传》。

● *03*·"宪宗"句：谓宪宗也曾有意收复河湟。《新唐书·吐蕃传下》："宪宗常览天下土图，见河湟旧封，赫然思经略之，未暇也。"

● *04*·东市：汉长安街口名，为处决犯人之处。《汉书·晁错传》载，汉景帝时御史大夫晁错被"衣朝衣，斩东市"。又据《新唐书·元载传》，大历十二年（777），元载因罪入狱，后诏赐自尽。故此处借谓"衣冠就东市"。

● *05*·忽遗弓剑：谓宪宗去世。元和十五年（820），宪宗为宦官陈宏志所杀，年四十三。宫中隐讳其事，称服食丹药，药发暴死。《新唐书·吐蕃传》："宪宗尝念河湟，业未就而陨落。"《水经注·河水注》："阳周县桥山上有黄帝冢，帝崩，唯弓剑存焉，故世称黄帝仙矣。"不西巡：即不能谋划西征，收复河湟。

●06·“牧羊”句：谓河湟一带人民长期受吐蕃奴役，以牧羊驱马为生计，改穿胡服。《新唐书·吐蕃传下》：“州人皆胡服臣虏，每岁时祀父祖，衣中国之服，号恸而藏之。”

●07·白发丹心：苏武出使匈奴被扣留十九年，“卧啮雪与旃毛并咽之”，“杖汉节牧羊，卧起操持，节旄尽落”，“始以强壮出，及还，须发尽白”。

●08·凉州：唐代时属河湟地境，州治在今甘肃武威。歌舞曲：以凉州命名的乐曲。《新唐书·礼乐志》：“天宝乐曲，皆以边地名，若《凉州》《伊州》《甘州》之类。后又诏道调、法曲与胡部新声合作。明年，安禄山反，凉州、伊州、甘州皆陷吐蕃。”

牧羊驱马虽戎服，06
白发丹心尽汉臣。07
唯有凉州歌舞曲，08
流传天下乐闲人。

品·评　河湟地区指黄河上游及湟水流域一带，自肃宗后为吐蕃所占近一百年，宣宗大中三年（849）二月，唐宣宗趁吐蕃内乱方收复。百年中河湟失地一直是士人不能释怀的心结，每有诗作对朝廷不思恢复深表愤恨。司空图《河湟有感》：“一自萧关起战尘，河湟隔断异乡春。汉儿尽作胡儿语，却向城头骂汉人。”张乔有《河湟旧卒》：“少年随将讨河湟，头白时清返故乡。十万汉军零落尽，独吹边曲向残阳。”而杜牧诗同样写到“凉州曲”，却用出人意料之笔写“唯有凉州歌舞曲，流传天下乐闲人”，谓凉州歌舞曲虽美妙动听，却徒然为闲散人提供了享乐。轻轻一句将不思恢复，不顾“牧羊驱马”“白发丹心”将士的朝野上下归入“闲人”一队，词锋何等犀利！全诗歌颂长期受匈奴奴役，始终渴望版图归唐的河湟地区人民，声讨元和以后无心恢复河山的统治者，笔锋斡旋之中可见冷光四射，直刺麻痹已久的人心。

李给事二首 01

一章缄拜皂囊中，02

懔懔朝廷有古风。03

元礼去归纶氏学，04

江充来见犬台宫。05

注·释

●01·本诗约为开成末年作。李给事，李中敏，字藏之，陇西人。元和末登进士第，曾与杜牧同在沈传师幕府任判官，二人相善，文章趣向亦大率相类。给事：给事中，掌陪侍左右，分判门下省事。

●02·一章：指李中敏上的奏章。皂囊：汉制，通常上奏章表，皆不封口，如有机密，则封于黑色囊袋中。

●03·懔懔：严正貌。一作“慄慄”。有古风：《晋书·刘曜载纪》：“曜大悦，下书曰：‘二侍中恳恳有古人之风烈矣。’”

●04·“元礼”句：原注：“李膺退罢，归纶氏，教授生徒。给事论郑注，告满归颍阳。”元礼：即东汉名臣李膺。《后汉书·党锢列传》载，李膺颍川襄城人，性简亢，为青州刺史时，守令畏威明，不法者多望风弃官。后被免官，还居颍川纶氏，教授生徒常达千人，受人敬慕。复出后，任司隶校尉，坚持气节，不畏权贵，执法如山，宦官奸佞俱畏之，以所谓朋党，禁锢其终生。此处以李膺比拟李中敏。

●05·“江充”句：原注：“郑注对于浴室。”浴室即浴堂，在大明宫内。《旧唐书·郑注传》载：文宗曾“召注对浴堂门，赐锦彩”。江充：西汉人，字次倩，是汉武帝时佞臣。“初，充召见犬台宫，自请愿以所常被服冠见上。”后得武帝宠幸，曾以巫蛊罪陷害太子刘据，为太子所杀。事见《汉书·江充传》。犬台宫：在长安城西二十八里上林苑。

纷纭白昼惊千古，[06]

铁锁朱殷几一空。[07]

曲突徙薪人不会，

海边今作钓鱼翁。[08]

● *06* •“纷纭”句：谓甘露之变突然发生，成为千古以来惊天惨剧。《旧唐书·文宗纪下》：大和九年十一月，李训、郑注根据事先设计，诈言金吾仗舍石榴树有甘露，请文宗观看，想借此一举诛灭宦官，事败，“（仇）士良率兵诛宰相王涯、贾悚、舒元舆、李训，新除太原节度王璠，郭行余、郑注、罗立言、李孝本、韩约等十余家，皆族诛”。

● *07* •铁锁：行刑之具。铁，斧也。朱殷：鲜红的血。《旧唐书·文宗纪下》：大和九年十一月壬戌“流血涂地。京师大骇”。几一空：谓朝官忠良几被杀尽。《新唐书·文宗纪》：“甘露之事，祸及忠良，不胜冤愤，饮恨而已。”

● *08* •“曲突”二句：谓敏锐地提出防患未然之策者，无人理解，至今仍被冷落在海边作个钓鱼人。曲突徙薪：喻事先采取有效措施，防止危险发生。曲突，将烟囱改为弯曲的。语出《汉书·霍光传》。

晚发闷还梳，　忆君秋醉余。

可怜刘校尉，　曾讼石中书。[09]

消长虽殊事，　仁贤每自如。

因看鲁褒论，[10] 何处是吾庐。

● 09 •“可怜”二句：原注：“给事因忤仇军容，弃官东归。”《旧唐书·李中敏传》：“仇士良以开府阶荫其子，中敏曰：‘内谒者监安得有子？’士良惭恚。繇是（中敏）复弃官去。”此二句谓李中敏忤犯仇士良，就好像汉代刘向，因反对宦官石显而遭遇不幸。刘校尉：刘向，字子政，初名更生，高祖弟楚元王交玄孙。曾任中垒校尉。《汉书·刘向传》：“（向）患苦外戚许、史在位放纵，而中书宦官弘恭、石显弄权。（萧）望之、（周）堪、（刘）更生议，欲白罢退之。未白而语泄，遂为许、史及恭、显所谮诉，堪、更生下狱，及望之皆免官。”石中书：即石显，曾任中书令。

● 10 • 鲁褒论：鲁褒为西晋人，尝感慨于纲纪不彰，贪鄙风行，遂隐姓名著《钱神论》以刺世。

品·评　在甘露之变之际，朝廷内部政治状况非常复杂，除了南司与北司的冲突外，还有各自内部的抵牾，也有少数朝官与宦官的勾结，更有唐文宗自身国家利益与一己之利的矛盾。郑注正是企图以其奸险在这种复杂的政治环境中渔利，相形之下李中敏既敢于触忤宦官，又能对朝官内部的危害保持清醒的认识，刚直不阿，古风凛然，显得尤其可贵。诗人以李膺和刘向相比而誉之，表达出向慕之情，其云“曲突徙薪人不会，海边今作钓鱼翁”，是同情，更是不平之鸣。

闻庆州赵纵使君与党项战中箭身死，辄书长句 01

将军独乘铁骢马，02
榆溪战中金仆姑。03
死绥却是古来有，04
骁将自惊今日无。05

注·释

● 01 · 本诗约作于大中五年（851）。庆州，州治在今甘肃庆阳。赵纵，未详其人，据此诗可知他曾任庆州刺史，郁贤皓《唐刺史考》卷一二据此以“大中四、五年间党项为边患”将其任庆州刺史事系于大中四、五年间。党项，唐代西北少数民族，属羌族。杜牧《贺平党项表》：“（党羌）本在河外，生西北之劲俗，禀天地之戾气。”《旧唐书·党项传》：“党项有六府部落，曰野利越诗、野利龙儿、野利厥律、儿黄、野海、野窣等。居庆州者号为东山部落，居夏州者号为平夏部落。永泰、大历已后，居石州，依水草。”党项是中晚唐最严重的边患之一，大中五年，宰相白敏中为招讨使，曾破党项九千余帐，遂奏平复。其实直到大中六年党项仍复扰边。参见《资治通鉴》卷二四九。

● 02 · 铁骢马：披着铁甲衣的战马。骢，青白色毛相杂之马。张柬之《出塞》：“侠客重恩光，骢马饰金装。瞥闻传羽檄，驰突救边荒。”

● 03 · 榆溪：榆溪塞，又名榆林塞，在今内蒙古自治区黄河北岸。金仆姑：古代箭名。卢纶《和张仆射塞下曲》：“鹫翎金仆姑，燕尾绣蝥弧。”

● 04 · 死绥：古称战场退军曰绥，《三国志·魏书·武帝纪》：“司马法：将军死绥。”即军队败退，将军当死。

● 05 · 骁将：骁雄勇悍之将。许浑《破北虏太和公主归宫阙》：“定是庙谟倾种落，必知边寇畏骁雄。”

● *06* • 捐躯：李白《东海有勇妇》："捐躯报夫仇，万死不顾生。"

● *07* • 轻生：不畏死。孟郊《游侠行》："壮士性刚决，火中见石裂。杀人不回头，轻生如暂别。"

● *08* • 丈二殳（shū）：上古兵器。《诗经·卫风·伯兮》："伯也执殳。"传曰："殳，长丈二而无刃。"

青史文章争点笔，
朱门歌舞笑捐躯。[06]
谁知我亦轻生者，[07]
不得君王丈二殳。[08]

品·评 由于赵纵唐史未见记载，故本诗所描写的其为国捐躯的英勇事迹便弥足珍贵了。"独乘铁骢马""战中金仆姑"两句中，一位跃马前驱、不畏生死的将军形象跃然纸上。"死绥""骁将"一联，颂其勇悍，陈义极高。青史点笔当永垂不朽，而权门歌舞间反笑捐躯。诗人用对比之笔，揭示出朝廷内一批尸位素餐、久安逸乐者的昏庸无耻。他们骄纵偷生，不能效命疆场，反而讥论英勇将士。诗末云：有谁知道我亦是勇于赴难者，却不得君王征召授钺，扬鞭长驱。沉郁顿挫，感慨系之。

李侍郎于阳羡里富有泉石，牧亦于阳羡粗有薄产，叙旧述怀，因献长句四韵 [01]

冥鸿不下非无意，[02]

塞马归来是偶然。[03]

紫绶公卿今放旷，[04]

白头郎吏尚留连。[05]

注·释

● *01* · 本诗为大中三年（849）杜牧在京任司勋员外郎时作。据陶敏《樊川诗人名笺补》，李侍郎为李褒。大中三年李褒任礼部侍郎知贡举。阳羡，在今江苏省宜兴市。薄产：杜牧于阳羡建有水榭。

● *02* · 冥鸿：高高飞入苍冥的大雁。扬雄《法言·问明》："鸿飞冥冥，弋人何篡焉。"用以比喻遁世隐逸者。这里借以表示自己深怀遁隐之心，只是暂时寄迹官场而已。

● *03* · "塞马"句：谓此次由郡守任上回到京城乃属偶然。上年末牧之因宰相周墀援引之力由睦州刺史内擢为司勋员外郎、史馆修撰，结束了受排挤出京，连任黄州、池州、睦州刺史的经历。塞马：即塞翁失马之事。语出《淮南子·人间训》。

● *04* · 紫绶公卿：谓李褒侍郎身份高崇。紫绶：为唐代二品、三品官员所佩绶带。《旧唐书·舆服志》载，诸珮绶者，皆双绶。一品绿綟绶，二品、三品紫绶，四品青绶，五品黑绶。有绶者则有纷，皆长六尺四寸，广二尺四分，各随绶色。大中三年李褒任礼部侍郎，其阶为正四品下，以实而论，不得紫绶。然唐人对于舆服，往往借上一层次以夸美。公卿：三公九卿，也泛指朝廷高级官员。放旷：旷达不拘礼俗。

● *05* · 白头郎吏：《汉书·文宗纪》："冯唐白首，居于郎署。"郎吏，郎官。按，牧之大和九年时方三十三岁，所作《张好好诗》即云好好与其重见，"怪我苦何事，少年垂白须"。大中三年牧之已四十七岁矣，以"白头郎吏"自称亦宜。

● *06* • 终南山：在长安南，隐居胜地。李褒或有旧业在此。

● *07* • 阳羡溪：即荆溪。《方舆胜览》卷四："荆溪，在宜兴南二十步。"严维《荆溪馆呈丘义兴》："失路荆溪上，依人忽暝投。长桥今夜月，阳羡古时州。"

● *08* • 明公：对长官的尊称。操履杖：表示追随之意。《礼记·曲礼上》："谋于长者，必操几杖以从之。"

终南山下抛泉洞，[06]
阳羡溪中买钓船。[07]
欲与明公操履杖，[08]
愿闻休去是何年。

品·评 诗中用冯唐自比，对境遇自然有许多不满，但作者表示要追随李褒侍郎，隐居阳羡，则有更深刻的远离长安政治中心，在山水泉石中放旷身心的企愿。诗人一开始便用"冥鸿不下，并非无意；塞马归来，纯是偶然"进行含蓄委婉的解释，最后更言将随时跟从明公，操持履杖，徜徉南山荆溪。从内容上看，本诗意在明志，通体高逸，而首联工对（用偷春格），尾联则以流水对收结，格律相当严整，显示出晚唐诗人近体诗的圆熟程度。

送国棋王逢 [01]

玉子纹楸一路饶，[02]
最宜檐雨竹萧萧。
羸形暗去春泉长，
拔势横来野火烧。[03]
守道还如周柱史，[04]
鏖兵不羡霍嫖姚。[05]
浮生七十更万日，
与子期于局上销。[06]

注·释

● *01* · 本诗作于会昌四年（844）前后。诗有“浮生七十更万日”句，约略推算，其时盖四十二三岁。国棋，围棋国手。裴说《棋》：“人心无算处，国手有输时。”齐己《寄欧阳侍郎》：“棋轻国手知难敌，诗是天才肯易酬。”王逢，未详其人。此作之后，牧之又作《重送绝句》云：“绝艺如君天下少，闲人似我世间无。别后竹窗风雪夜，一灯明暗覆吴图。”可见二人有一定交往。

● *02* · 玉子纹楸：棋子与棋盘。楸枰为纹，则成棋格之状。温庭筠《观棋》：“闲对楸枰倾一壶，黄华坪上几成卢。”饶：让棋。

● *03* · “羸形”二句：宋人马永卿《懒真子卷》卷五：“棋贪必败，怯又无功。‘羸形暗去’，则不贪也；‘拔势横来’，则不怯也。……故曰高棋诗也。”

● *04* · 周柱史：柱下史，先秦之官名，传老子在周朝曾任此职务。《文心雕龙·时序》：“诗必柱下之旨归，赋乃漆园之义疏。”柱史，一作“伏柱”。

● *05* · 鏖兵：激战。不羡：不以之为羡慕对象，意谓应当超越。霍嫖姚：即汉初名将霍去病，年十八任嫖姚校尉，曾多次率军征讨匈奴，建功卓著，封骠骑将军。

● *06* · “浮生”二句：曾国藩《求阙斋读书录》卷九：“‘浮生七十更万日’，牧之是时年四十二三，若得至七十，犹有万日。”浮生，一作“得年”。局上销：在棋枰上对阵消磨时光。

品·评

诗论棋道，如论军事。作者说当棋阵貌似弱势时，其实已在潜蓄力量，一如春泉在暗涌；而当布局全部就绪，则可横来反攻，野火猛烧，赢得战利。棋道至境在于守静，当取老子以柔克刚之道，但一味守而不攻，又无可建树。因此要抓住适当时机，以更胜于霍去病的勇猛，长驱直入，短兵相接，一举夺胜。牧之乃深谙兵法者，故坐隐手谈之论，亦能不同凡响。

洛阳长句二首 01

草色人心相与闲，
是非名利有无间。02
桥横落照虹堪画，03
树锁千门鸟自还。
芝盖不来云杳杳，04
仙舟何处水潺潺。05
君王谦让泥金事，06
苍翠空高万岁山。07

注·释

● *01* · 本诗为开成元年（836）杜牧以监察御史分司东都洛阳时作。长句，七言句之谓。

● *02* ·“草色”二句：写自己心如草色闲旷，是非名利都不在意。此前一年，杜牧在监察御史任上，其友人李甘因反对郑注、李训等，被贬为封州司马，杜牧也称疾而分司东都，故心情散淡。相与：与共。有无：若有若无。王维《汉江临眺》：“江流天地外，山色有无中。”

● *03* · 桥横：洛桥横跨洛河。《旧唐书·地理志》：“虹梁跨谷，行幸往来。”

● *04* ·“芝盖”句：写仙人不来，云霭幽邈。《列仙传》：“王子乔，周灵王太子晋也。好吹笙，作凤鸣。浮丘公接上嵩山，三十余年，仙去。”芝盖：车盖。其盖形如灵芝，故称芝盖。此处代称王子乔的车驾。杳杳：幽深貌。

● *05* · 仙舟：即李膺舟。东汉时，名士郭泰游洛阳，其人博通坟典，善谈论，美音制，河南尹李膺奇之，遂相友善。郭泰返里时，二人同舟而济，众宾望之，以为神仙。纪昀《纪文达公遗集》卷一一评以上四句：“近丁卯，寓盛衰之感。”

● *06* · 泥金事：古代帝王举行封禅典礼之事，借指帝王巡幸。《通典》：“大唐贞观十一年，左仆射房玄龄等议封禅制，玉牒、玉检、玉册；又议金匮形制，如今之表函，缠以金绳，封以金泥，印以受命玺。”泥金：即金泥，用水银与金粉相和而成。

● *07* · 万岁山：即嵩山。《汉书·武帝本纪》：“帝登嵩高，御史乘属及庙旁史卒，咸闻呼万岁者三。”

天汉东穿白玉京，[08]

日华浮动翠光生。

桥边游女珮环委，

波底上阳金碧明。[09]

月锁名园孤鹤唳，[10]

川酣秋梦凿龙声。[11]

连昌绣岭行宫在，[12]

玉辇何时父老迎？[13]

● *08* · 天汉：洛河，流贯洛阳城。白玉京：天帝所居之处，此代指东都洛阳。

● *09* ·“桥边”二句：谓游女在洛河桥边游玩，环珮委地；上阳宫金碧辉煌，清晰地映在波底。上阳：即上阳宫，在洛水北岸，高宗上元间兴建。

● *10* ·“月锁”句：谓月光凄清，名园紧闭，唯闻孤鹤哀鸣。唐代贞观、开元间，公卿贵戚在东都洛阳开馆列第甚多，官园私邸遍城。晚唐五季之际，国运日蹙，园圃渐废。

● *11* · 凿龙：洛阳市南有伊阙，又名龙门山，传说龙门乃大禹所凿。《水经注·伊水》：“伊水又北入伊阙，昔大禹疏以通水。”

● *12* · 连昌：行宫名，在唐河南府寿安县（今河南宜阳）西十九里，唐高宗显庆三年建。绣岭：行宫名，高宗显庆三年置于陕州（今河南三门峡陕州区南）。

● *13* · 玉辇：皇帝的车驾。《晋书·潘岳传》：“天子乃御玉辇。”

品·评　唐贞观、开元时，东都阛阓阒列，名园遍城，帝王不时巡幸行宫，公卿贵戚亦争相开馆。时至中晚之际，洛阳已不复当年繁华。杜牧此诗写行宫、园圃荒废，不胜凄凉，透露出时世艰难、国运日蹙的消息。“桥横落照虹堪画，树锁千门鸟自还”“月锁名园孤鹤唳，川酣秋梦凿龙声”，是锻炼得相当精细的佳句。树蔽千门，客不见而鸟自还；月照名园，人无声而孤鹤唳，着墨不多，衰败没落的气象毕现。“连昌绣岭行宫在，玉辇何时父老迎”二句，言东都父老欲迎天子而不得，抒发盛衰之感，“伤久不见天宝承平时事也”（《瀛奎律髓汇评》录陆敕先语），极为形象，能感动激发人心。

故洛阳城有感

01

一片宫墙当道危，02

行人为尔去迟迟。03

筚圭苑里秋风后，04

平乐馆前斜日时。05

锢党岂能留汉鼎，06

清谈空解识胡儿。07

注·释

● 01 · 本诗为开成元年（836）杜牧以监察御史分司东都洛阳时所作。故洛阳城，指汉、魏时洛阳故城，在今洛阳市东洛水北岸。

● 02 · 危：耸立。

● 03 · 迟迟：犹豫不决貌。《后汉书·邓彪传》："昔人明慎于所受之分，迟迟于岐路之间也。"

● 04 · 筚圭苑：汉宫苑名。筚圭苑有东西二苑，均在洛阳宣平门外。

● 05 · 平乐馆：汉宫苑名，在洛阳故城西。筚圭、平乐，皆汉灵帝游佚之所。

● 06 · "锢党"句：谓禁锢党人岂能延长东汉国祚。《后汉书·党锢列传》载，东汉桓帝时，宦官主政，李膺、陈蕃等和太学生三万余人猛烈抨击宦官集团，延熹九年宦官诬告李膺等人结交诸郡生徒，共为部党，于是桓帝下令逮捕党人，后放归田里，禁锢终身。对此史称"党锢之祸"。汉鼎：汉政权。鼎为帝王传国重器，是古代政权的象征。

● 07 · "清谈"句：谓清谈无补国是。崇尚老庄，大谈玄理，在魏晋间蔚为风气。晋王衍即颇好清谈，《晋书·王衍传》："出补元城令，终日清谈，而县务亦理。"曾见羯族人石勒行贩于洛阳，倚啸上东门，王衍顾谓左右曰："向者胡雏，吾观其声，视有奇志，恐将为天下之患。"又《新唐书·张九龄传》云："安禄山初以范阳偏校入奏，气骄蹇，九龄谓裴光庭曰：'乱幽州者，此胡雏也。'及讨奚、契丹败，张守珪执如京师，九龄署其状曰：'穰苴出师而诛庄贾，孙武习战犹戮宫嫔，守珪法行于军，禄山不容免死。'帝不许，赦之。九龄曰：'禄山狼子野心，有逆相，宜即事诛之，以绝后患。'帝曰：'卿无以王衍知石勒而害忠良。'卒不用。"

● *08* · 千烧万战：谓洛阳自魏晋以来经受战乱之频繁。坤灵：地神。韦庄《北原闲眺》："千年王气浮清洛，万古坤灵镇碧嵩。"

● *09* · 惨惨：昏暗貌。惨，通"黪"。王粲《登楼赋》："风萧瑟而并兴兮，天惨惨而无色。"李白《远别离》："日惨惨兮云冥冥，猩猩啼烟兮鬼啸雨。"

千烧万战坤灵死，[08]

惨惨终年鸟雀悲。[09]

品·评

这是一首怀古诗。作者从"宫墙"起兴，汉魏故宫只残留"一片"当道危立，怎不让人伤怀，"为尔去迟迟"！毕圭苑、平乐馆遗址尚在，然而在秋风、斜阳下也显得况味惨淡。前四句意在写汉灵帝游佚懈政，而党锢之祸是恒帝、灵帝听信谗言而致国乱。至晋崇尚清谈，王衍虽能预见胡儿之患亦无补于败亡。诗人在洛阳故城抚迹咏叹，用典使事在东汉、魏晋，而笔锋所指则在当代。诗题所谓"有感"，乃感于盛唐人主佚放，无意于国是，而使"胡儿"安禄山得以叛乱起事，其时虽有洞识之见，亦不为人主采纳。坤灵已死，白日黪黪，诗人之心不胜凄恻。

润州二首 [01]

向吴亭东千里秋，[02]
放歌曾作昔年游。[03]
青苔寺里无马迹，
绿水桥边多酒楼。
大抵南朝皆旷达，
可怜东晋最风流。
月明更想桓伊在，
一笛闻吹出塞愁。[04]

注·释

● *01* · 润州：在今江苏省镇江市，为唐代镇海军节度使治所。

● *02* · 向吴亭：一作“句吴亭”。胡震亨《唐音癸签》卷一六引《孔氏杂记》“向吴亭在润州官舍”，认为此处原当作“向吴亭”，后刻书者“改为句吴亭，失之矣”。陆龟蒙有《润州送人往长洲》诗云：“秋来频上向吴亭，每上思归意剩生。”

● *03* · 昔年游：润州与扬州一江之隔，牧之大和八年（834）前后在淮南牛僧孺幕任掌书记时，弟杜颉入润州李德裕浙西幕为试协律郎，为巡官，牧之往来于其间。

● *04* · 桓伊：字子野，晋右将军，性格放旷任诞，其吹笛事见《世说新语·任诞》。出塞：汉横吹曲名。

谢朓诗中佳丽地，[05]
夫差传里水犀军。[06]
城高铁瓮横强弩，[07]
柳暗朱楼多梦云。[08]
画角爱飘江北去，
钓歌长向月中闻。[09]
扬州尘土试回首，[10]
不惜千金借与君。

●*05*·谢朓：南朝齐著名诗人，谢灵运之族侄，世称“小谢”，为“竟陵八友”之一。有《入朝曲》云：“江南佳丽地，金陵帝王州。逶迤带绿水，迢递起朱楼。”

●*06*·夫差：春秋吴国末代国君，吴王阖闾之子。后为越王勾践所败，自杀，吴国遂亡。水犀军：即披水犀甲的军士。《国语·越语上》：“今夫差衣水犀之甲者亿有三千。”

●*07*·“城高”句：原注：“润州城孙权筑，号为铁瓮。”

●*08*·梦云：梦云行雨之谓。宋玉《高唐赋》：“昔者先王尝游高唐，怠而昼寝，梦见一妇人。曰：妾，巫山之女也，为高唐之客。闻君游高唐，愿荐枕席。王因幸之。去而辞曰：妾在巫山之阳，高丘之阻，旦为朝云，暮为行雨，朝朝暮暮，阳台之下。”

●*09*·钓歌：渔歌。钱起《江行无题》：“钓歌无远近，应喜罢艨艟。”

●*10*·扬州尘土：扬州歌楼妓馆寻游行乐的生活。

品·评　亭东一望，千里秋色。由此起兴，诗人将昔日潇洒于京口与扬州间的生活再现于纸端。前首侧重表现旷达，月明笛声是一个典型情景；后首侧重表现风流，以柳暗朱楼作为回忆背景。两首诗意气闲逸，一如其人。“南朝”“东晋”一联，“神理融成一片”（《山满楼笺注唐诗七言律》），成为点睛之笔，从全诗气度看，也确乎能得晋人风味。

西江怀古 01

上吞巴汉控潇湘，
怒似连山净镜光。02
魏帝缝囊真戏剧，03
苻坚投箠更荒唐。04
千秋钓艇歌明月，
万里沙鸥弄夕阳。
范蠡清尘何寂寞，05
好风唯属往来商。

注·释

● *01* · 本诗作于会昌五年（845）至六年（846）杜牧任池州刺史时。西江：曾国藩《求阙斋读书录》卷九："注家谓'楚人指蜀江为西江，谓从西而下也'。国藩按：诗中'魏帝''苻坚'等语，殊不似指蜀中者。六朝隋唐皆以金陵为江东，历阳为江西，厥后豫章郡夺江西之名，而历阳等处不甚称江西矣。此西江或指历阳、乌江言之。"杜牧《题池州贵池亭》有"蜀江雪浪西江满，强半春寒去却来"之句，说明"蜀江"与"西江"并非一处，结合本诗"上吞巴汉"语，知"西江"在长江下游。又杜牧《贵池亭》有"倚云轩槛夏疑秋，下视西江一带流"句，自贵池往长江下游展望，即历阳、乌江一带了。曾国藩之说当能成立。

● *02* ·"上吞"二句：谓蜀江经潇湘向江州、贵池往长江下游奔走的水情山势。

● *03* · 魏帝缝囊：三国时，步骘曾上表孙权，说他听说魏帝将盛沙于布囊，以塞断江水，进攻荆州，望有所防备。后吕范、诸葛恪闻之失笑曰："此江与开辟俱生，宁有可以沙囊塞埋也！"事见《三国志·吴书·步骘传》注引《吴录》。戏剧：开玩笑。

● *04* · 苻坚投箠：箠，马鞭也。据《晋书·苻坚载记》，前秦苻坚率师进攻东晋之前，引群臣会议，多以为晋未可图。坚曰："仲谋泽洽全吴，孙皓因三代之业，龙骧一呼，君臣面缚，虽有长江，其能固乎？以吾之众旅，投鞭于江，足断其流。"

● *05* · 范蠡：春秋时越国大夫，辅佐越王勾践灭掉吴国，知难容于勾践，便功成身退，"乃乘扁舟，出三江，入五湖，人莫知其所适"。见《史记·越世家》。清尘：犹言清举。

品·评

首写长江下游水情山势，既见江流险峻，又见山水清美。这是开天辟地以来最奇伟的造化，相比之下，"魏帝缝囊"与"苻坚投箠"显得多么可笑和荒唐。在浩瀚长江上，曾留下多少故事，如今一切都已经消失在岁月流逝中，只有往来的商贾真正得其舟楫之便。全诗重在怀古，故累用故实，然写景亦有佳句，"千秋钓艇歌明月，万里沙鸥弄夕阳"，笔致潇洒。这是作者的情感世界中的西江之美的艺术呈现，最可吟赏。

题宣州开元寺水阁 01

六朝文物草连空，02
天淡云闲今古同。03
鸟去鸟来山色里，
人歌人哭水声中。04
深秋帘幕千家雨，
落日楼台一笛风。
惆怅无因见范蠡，
参差烟树五湖东。05

注·释

● *01* · 本诗作于开成三年（838）秋。题注："阁下宛溪，夹溪居人。"宛溪，参前《题宣州开元寺》诗注释。

● *02* · 文物：此指文化遗存。宣州开元寺始兴建于东晋，故称"六朝文物"。

● *03* · 今古同：《唐诗绎》："此诗言人事有变易，而清景则今古不变易。'古今同'三字，诗旨点眼，全身提笔。"

● *04* · 人歌人哭：《礼记·檀弓下》："晋献文子成室，晋大夫发焉。张老曰：'美哉轮焉，美哉奂焉！歌于斯，哭于斯，聚国族于斯。'"

● *05* · 无因见：是说自己羞于不能像范蠡那样，在为国建立功勋后退隐于烟树掩遮的五湖之上。范蠡：春秋时越国大夫，辅佐越王勾践灭掉吴国，知难容于勾践，便功成身退，"乃乘扁舟，出三江，入五湖，人莫知其所适"。五湖：太湖。《后汉书·冯衍传》注引虞翻言："太湖有五道，故谓之五湖。"

品·评

作者在开元寺阁凭栏远眺，由眼前六朝历史文化遗存联想到这里曾经有过的繁华，种种情感，"蕴蓄已久，偶与境会，不禁触绪而来"（《历代诗发》）。一片丛生的秋草掩埋了一个个王朝，同样的天淡云闲，同样的永恒清景，而人世几回劫复，几度沧桑！诗人用"鸟去鸟来""人歌人哭"形象地叙说王朝代变，风物长存，将今古同斯的哲理表现得极具风调。"深秋帘幕千家雨，落日楼台一笛风"，后人对此联以"自具通神"大加称赏。而在这最能引发幽怀的环境中，他想起当年范蠡辅佐越王勾践灭掉吴国，在为国建立奇勋后方功成身退。反思自身，无缘建功，有志难伸，不禁无限惆怅。全诗情景融铸，思理含蓄，笔致清绝，俊爽明快。

宣州送裴坦判官往舒州，时牧欲赴官归京 01

日暖泥融雪半销，
行人芳草马声骄。02
九华山路云遮寺，03
清弋江村柳拂桥。04
君意如鸿高的的，05
我心悬旆正摇摇。06
同来不得同归去，
故国逢春一寂寥。07

注·释

● 01 · 本诗为开成四年（839）作。裴坦，见《自宣州赴官入京，路逢裴坦判官归宣州，因题赠》题注。舒州，今安徽省舒城县。

● 02 · 马声骄：马鸣欢快，情绪昂奋。

● 03 · 九华山：在安徽省青阳县西南二十里。顾野王《舆地志》：“其山上有九峰，千仞壁立，周围二百里，高一千丈，出碧鸡之类。”李白《望九华山赠青阳韦仲堪》：“昔在九江上，遥望九华峰。天河挂绿水，秀出九芙蓉。”

● 04 · 清弋江：即青弋江，源出安徽泾县，北流至芜湖入长江。

● 05 · 的的：分明貌。《淮南子·说林》：“的的者获。”注：“的的，明也，为众所见，故获。”

● 06 · 悬旆：旌旗悬挂。《史记·苏秦传》：“心摇摇然如悬旌，而无所终薄。”

● 07 · 故国：指自己独往之京城长安，此亦牧之故乡。

品·评

杜牧与裴坦昔日同来宣州为幕府僚属，今则一归京城，而一往舒州，“同来不得同归去”。裴氏向池州，过奇峰竞秀之九华山，经杨柳垂岸之青弋江而达舒州，这一路景况作者全用暖色笔调渲染，而“君意如鸿”更表现出裴氏自适的神采，与“我心悬旆”的摇落寂寞的心境形成对比。作者料想归京之日，长安正是春光明媚时节，但旧友不在，自己沉溺于俗务，将不堪孤独和寂寞。诗末抒情，突现出与裴氏契分甚厚。此作写离别之情，“格调既高，语皆隽拔”（《唐宋诗举要》），别有一种风采。

自宣城赴官上京 01

潇洒江湖十过秋，
酒杯无日不迟留。02
谢公城畔溪惊梦，03
苏小门前柳拂头。04
千里云山何处好，
几人襟韵一生休。05
尘冠挂却知闲事，06
终拟蹉跎访旧游。

注·释

● *01* · 本诗作于开成四年（839）初春，时杜牧离开宣城晋京赴任左补阙、史馆修撰。上京：京城。

● *02* ·“潇洒”二句：谓宣州宦游已过十载，如在江湖，流连酒场，意态清逸。杜牧于大和二年（828）十月入沈传师江西幕，后历佐宣歙、淮南幕，内擢监察御史，复入宣州，至开成四年已阅十一年。言“十过秋”，约举整数。迟留：沉湎、流连之意。

● *03* · 谢公城：即宣城。南齐著名诗人谢朓曾任宣城太守，故称。溪：指宛溪。李白《赠宣城宇文太守兼呈崔侍御》：“或弄宛溪月，虚舟信洄沿。”

● *04* · 苏小：《乐府诗集·苏小小歌序》：“苏小小，钱塘名娼也，南齐时人。”李绅《真娘墓诗序》称其为“吴妓”，此处为歌妓之代称。

● *05* ·“千里”二句：谓云山胜景莫过宣城，襟韵之高唯我独得。金圣叹《贯华堂选批唐才子诗》：“‘何处好’，言独宣城好也；‘一生休’，言除宣城人更无有人也。”襟韵：指风度情怀，此处自诩有高情旷致。

● *06* · 尘冠挂却：辞去世俗官职，典出《后汉书·逄萌传》：“逄萌字子康，北海都昌人也。家贫，给事县为亭长。……遂去之长安学，通春秋经。时王莽杀其子宇，萌谓友人曰：‘三纲绝矣！不去，祸将及人。’即解冠挂东都城门。归，将家属浮海，客于辽东。”知闲事：即问闲事。

品·评

由方镇幕僚而内擢上京，要告别清逸潇洒、高情旷致的生活，将为官情羁绊，诗人不免失落。挂却尘冠，一适心志，当下尚不能遂愿，便期许最终走出名利场，回归旧日云山，以与老友蹉跎岁月，共享清乐。“潇洒”二字是全诗所要极力表现的内容。淹留酒杯，溪声惊梦，苏小门前，杨柳拂头，都是潇洒，至“几人襟韵一生休”对潇洒境界作一归结。如此，末二句便有一片徘徊恋慕之意了。

登池州九峰楼寄张祜 01

百感中来不自由，02
角声孤起夕阳楼。03
碧山终日思无尽，
芳草何年恨即休。04

注·释

● *01* · 本诗作于会昌五年（845），杜牧时任池州刺史。九峰楼，在池州城东南隅，登其上可见千里。李方玄任刺史时建。见杜牧《唐故处州刺史李君墓志铭》。张祜，字承吉。郡望清河（今属河北），生于苏州。屡举进士不第，终生为处士。有诗名，与时流多有唱和。关于本诗的写作缘起，范摅《云溪友议》卷四记之甚详，录以备考："致仕尚书白舍人，初到钱塘，令访牡丹花，独开元寺僧惠澄近于京师得此花栽，始植于庭，栏围甚密，他处未之有也。时春景方深，僧设油幕覆其上，牡丹自此东越分而种之也。会稽徐凝，自富春来，未识白公，先题诗曰：'唯有数苞红幞在，含芳只待舍人来。'白寻到寺看花，乃命徐生同醉而归。时张祜榜舟而至，甚若疏诞，然张、徐二生未之习稔，各希首荐焉。中舍曰：'二君胜负，在于一战也。'遂试《长剑倚天外》赋、《余霞散成绮》诗。试讫解送，以凝为先，祜其次耳。……祜遂行歌而返，凝亦鼓枻而归。自此二生终生偃仰，不随乡试矣。先是李补阙林宗、杜殿中牧与白公辇下较文，具言元白诗体舛杂，而为清苦者见嗤，因兹有恨。……后杜舍人之守秋浦，与张生为诗酒之交，亦知钱塘之岁，白有是非之论，怀不平之色，为诗二首以高之曰：'谁人得似张公子，千首诗轻万户侯。'又曰：'如何故国三千里，虚唱新辞满六宫。'"

● *02* · 中：一作"衷"，内心。不自由：不由自禁。

● *03* · 角声孤起：一阵画角之声响起。孤起：形容此时唯有角声。白居易《江州赴忠州至江陵已来舟中示舍弟五十韵》："夏口烟孤起，湘川雨半晴。"

● *04* · "碧山"二句：谓遥望碧山，引起终日无尽思念；面对芳草，心中不平之恨何年能消？芳草：屈原《九章·思美人》："惜吾不及古人兮，吾谁与玩此芳草。"

●*05*·"睫在"句:《史记·越王勾践世家》:"齐使者曰:'幸也越之不亡也!吾不贵其用智之如目,见豪毛而不见其睫也。今王知晋之失计,而不自知越之过,是目论也。'"此对白居易而言,为张祜不平。

●*06*·"道非"句:《孟子·离娄上》:"道在迩而求诸远,事在易而求诸难。"

●*07*·"千首"句:谓张祜以诗足以傲世,官高爵显者都可蔑视。辛文房《唐才子传》卷六《张祜传》:"祜能以处士自终其身,声华不借钟鼎,而高视当代,至今称之。"

睫在眼前长不见,[05]
道非身外更何求。[06]
谁人得似张公子,
千首诗轻万户侯。[07]

品·评

全诗从"百感"二字写起,"角声孤起"于夕照下的高楼,更渲染出登高望远,触兴感怀,情不由己之况。"碧山终日思无尽,芳草何年恨即休"一联对偶精雅,情词委婉,既有对张祜的思念,也有无限不平之感。后四句则进一步展开不平之鸣,挑战钱塘定案。"谁人得似张公子,千首诗轻万户侯"十四字,铿锵有力而音节浏亮,矫傲恢奇而自然畅达,是对诗友最高的肯定和最好的慰藉。

登九峰楼

01

注·释

●*01*·本诗选自《樊川外集》。诗作于会昌五年（845）任池州刺史时。

●*02*·滟滟：水光浮动貌。韦应物《秋夕西斋与僧神静游》："漠漠山犹隐，滟滟川始分。"

●*03*·鹙梁：《诗经·小雅·白华》："有鹙在梁，有鹤在林。"鹙，水鸟名，状似鹤而大，青苍色，长颈赤目，又名秃鹙。梁，坝，拦水捕鱼的堤。

●*04*·泥酒：长饮酒，沉湎其中。郑谷《渼陂》："潸然四顾难消遣，只有佯狂泥酒杯。"

●*05*·杜陵：在长安城南，杜牧家乡即在杜陵朱坡樊川。

●*06*·搔杀：不停挠头，有所深思。

●*07*·轧鸦：象声词，此处形容划桨声。

晴江滟滟含浅沙，02
高低绕郭滞秋花。
牛歌鱼笛山月上，
鹭渚鹙梁溪日斜。03
为郡异乡徒泥酒，04
杜陵芳草岂无家。05
白头搔杀倚柱遍，06
归棹何时闻轧鸦。07

品·评

前二韵写池州风景。清丽的山村景象在滟滟晴江映照下，充满诗情画意。牛歌、鱼笛、山月，鹭渚、鹙梁、溪日，一系列意象组合得尤其熨帖自然。后二韵触景生情，抒发家园之思。虽为郡守，客处他乡，沉湎酒杯也难解作者对杜陵芳草的思念，"归棹何时"的自问流露出心声。本诗以登楼所见兴感，将客居心理、思乡之情表现得婉曲委备，深挚感人。

齐安郡晚秋 [01]

注·释

● *01* · 本诗作于会昌元年（841）至四年（844）杜牧任黄州刺史时。齐安郡即黄州。

● *02* · 使君：东汉时对太守、刺史之称呼，这里用来自谓。野人：村野之人，即农夫。

● *03* · 啸志歌怀：啸歌，《诗经·召南·江有汜》："之子归，不我过。不我过，其啸也歌。"啸，撮口作声。

● *04* · 赤壁：指黄州城外长江滨赤鼻矶。此并非当年三国鏖兵处，然作者和宋代苏轼在黄州时都借以抒发历史感慨。

● *05* · 蓑翁：穿蓑衣之渔翁。

柳岸风来影渐疏，
使君家似野人居。[02]
云容水态还堪赏，
啸志歌怀亦自如。[03]
雨暗残灯棋散后，
酒醒孤枕雁来初。
可怜赤壁争雄渡，[04]
唯有蓑翁坐钓鱼。[05]

品·评

作者颇有效国热志和军事才略，而会昌年间任黄州刺史实属投闲置散。本诗以大部分篇幅渲染自己如"野人"的生活：流连云容水态，啸歌吟志散怀，雨中棋枰消闲，醉饮孤枕独眠。然而这一切并不能真正泯灭他的理想，不能消磨他对英雄事业的向往。诗人最后对当年"赤壁争雄渡"处但有"蓑翁坐钓鱼"的情景发出一声浩叹，正可见其内心之不平，进取之心仍在跳跃、激荡。

九日齐山登高 01

江涵秋影雁初飞，
与客携壶上翠微。02
尘世难逢开口笑，
菊花须插满头归。
但将酩酊酬佳节，03
不用登临叹落晖。04
古往今来只如此，
牛山何必泪沾衣。05

注·释

● *01* · 本诗作于会昌五年（845），杜牧时任池州刺史。齐山，原作齐安，据《全唐诗》校语改。九日，即重阳节，古俗此日当登高饮菊花酒，并以绛囊盛茱萸系臂，作驱邪之用。齐山，在今安徽省池州市。会昌五年秋，张祜来池州，与作者同游齐山。魏泰《临汉隐居诗话》记曰："池州齐山有刺史杜牧、处士张祜题名。"

● *02* · 江涵秋影：秋色倒映于江中。客：张祜。翠微：山色淡青，此代指齐山。

● *03* · 酩酊：大醉貌。《晋书·山简传》："童儿歌曰：'山公出何许，往至高阳池。日夕倒载归，酩酊无所知。'"

● *04* · 叹：一作"怨"，一作"恨"。

● *05* · "牛山"句：谓何必像当年齐景公那样感念生死而落泪呢？牛山：在今山东省临淄市东。《晏子春秋·内篇·谏上》："（齐）景公游于牛山，北临其国城而流涕曰：'若何滂滂去此而死乎？'艾孔、梁丘据皆从而泣。"其事亦见《韩诗外传》："齐景公游于牛山之上，而北望齐曰：'美哉国乎！郁郁泰山。使古而无死者，则寡人将去此而何之？'俯而泣沾襟。"泪：一作"独"。

品·评

此诗曾得前人"感慨苍茫，小杜最佳之作"（《唐宋诗举要》卷五引）的好评。首句尤受激赏，《唐诗鼓吹笺注》卷六曰："江涵秋影，俯有所思也；新雁初飞，仰有所见也。此七字中已具无限神理，无限感慨。"而既然尘世难逢开口笑，又何不菊花插得满头归呢？诗人将无限抑郁的情思化成名士登高的清狂和笑看古往今来的体悟，给人器大韵高、豪爽真率之感，让人想见作者旷达的胸襟和俊朗的气度。

即事（黄州作）[01]

因思上党三年战，[02]
闲咏周公七月诗。[03]
竹帛未闻书死节，[04]
丹青空见画灵旗。[05]

注·释

● *01* · 本诗为会昌四年（844）任黄州刺史时作。缪钺《杜牧年谱》云："诗有'因思上党三年战'句，又有'莫笑一麾东下计，满江秋浪碧参差'句，盖作于泽潞平后，将移池州时也。"《旧唐书·武宗本纪》：会昌四年"八月戊戌，王宰传稹首与大将郭谊等一百五十人，露布献于京师，上御安福门受俘，百僚楼前称贺"。诗当作于此后不久。

● *02* · 上党三年战：指会昌三年朝廷发兵征讨昭义割据势力刘稹的战斗。参《东兵长句十韵》注。

● *03* · 周公七月诗：指《诗经·豳风·七月》。《毛诗序》云："《七月》，陈王业也。周公遭变，故陈后稷先公风化之所由，致王业之艰难也。"

● *04* · 竹帛：竹简和绢帛，都是上古用以书写文字的载体。死节：为节义而赴死。臣为国死曰节，为道死称义。

● *05* ·"丹青"句：含蓄表示河北藩镇的危机仍然存在，征讨并不能说取得彻底胜利。丹青：丹砂和青雘，两种可制颜料的矿石，古人用来泛称绘画用的颜料，言"画"则往往连类及丹青。岑参《刘相公中书江山画障》："始知丹青笔，能夺造化功。"灵旗：古代画有招摇星（北斗第七星）的军旗，寓托灵以迅速平定叛乱之意。

● *06* · 井邑：乡村和城镇。鱼尾：典出《诗经·周南·汝坟》："鲂鱼赪尾，王室如毁。"汉毛亨传云："鱼劳则尾赤。"比喻人民不堪劳顿和虐政。

● *07* · 虎皮：比喻战争。《史记·乐书》："车甲弢而藏之府库而弗复用；倒载干戈，苞之以虎皮；将率……然后天下知武王之不复用兵也。"《集解》引郑玄曰"包干戈以虎皮，明能以武服兵也"。此句表示人们已经久耐战争，视为常事了。

● *08* · 一麾：指挥用的旌麾，古有将太守称为"把麾"者，《三国志》亦有"拥麾守郡"说，故后人往往谓出任州刺史为"一麾"。颜延之《五君咏·阮始平》："屡荐不入官，一麾乃出守。"东下：指即将转任池州刺史事。

萧条井邑如鱼尾，[06]
早晚干戈识虎皮。[07]
莫笑一麾东下计，[08]
满江秋浪碧参差。

品·评　如果说上年的《东兵长句十韵》以临纸勃发的关心国是、反对割据的志士情怀和报国热忱使人感动的话，征讨结束后，诗人回顾这一问题时对战争旷日持久给民生带来的痛苦和灾难的思考，则更富于理性的启示。"萧条井邑如鱼尾，早晚干戈识虎皮"两句所表现的对国难的忧患感，可谓披肝沥胆。诗末自嘲一麾东下，出守黄州，久处江城，远离了战争的氛围，语调似开朗旷达，意味却深厚沉重。

寄李起居四韵 01

楚女梅簪白雪姿，02
前溪碧水冻醪时。03
云罍心凸知难捧，04
凤管簧寒不受吹。05
南国剑眸能盼眄，06
侍臣香袖爱僛垂。07
自怜穷律穷途客，08
正劫孤灯一局棋。09

注·释

● *01* • 李起居，未详何人。冯集梧《樊川诗集注》卷三谓李起居当是李郢，缪钺《杜牧年谱》已辨其误。《年谱》系此诗于大中四年（850），时牧之在湖州刺史任。起居，起居郎或起居舍人之省称，从六品上。

● *02* • 楚女：美女。典出宋玉《登徒子好色赋》。

● *03* • 前溪：在浙西湖州武康县西南。刘长卿《苕溪酬梁耿别后见寄》："白云千里万里，明月前溪后溪。"其前溪即此地。

● *04* • 云罍：刻有云纹图案的盛酒器。心：罍顶盖。

● *05* • 凤管：即笙。卢照邻《辛法司宅观妓》："长裾随凤管，促柱送鸾杯。"

● *06* • 南国：南方美女。剑眸：清眸顾盼，如剑刺人。韩愈《感春三首》（其三）："艳姬蹋筵舞，清眸刺剑戟。"

● *07* • 侍臣：当指李起居。僛垂：下垂而摇摆状。《诗经·小雅·宾之初筵》："乱我笾豆，屡舞僛僛。"《集解》：僛僛，倾侧之状。

● *08* • 穷律：古乐之调有十二律，"穷律"者，十二调尽，无调可奏也。又，古人以律与历附会，以十二律指十二月，唐人多如此。本诗前云"白雪冻醪"，又云"凤管簧寒"，则知此处"穷律"乃取其时间与乐调之复义。穷途：喻处境困窘，心情悲怆。《三国志·魏书·王粲传》注引《魏氏春秋》："（阮籍）旷达不羁……时率意独驾，不由径路，车迹所穷，辄恸哭而返。"

● *09* • 劫：劫棋，围棋打劫时互攻互应，来回提子的战局。《周书·乐逊传》："譬犹棋劫相持，争行先后。若一行非当，或成彼利。"

品·评

前二韵写时地与心境。时值冬末，梅簪白雪，若眉翠肌白之楚女玉立。然冻醪不能饮，凤管难成声，无欢可言，究其因乃"心凸""簧寒"。此四字正是诗人心情的暗喻。后二韵先转过一笔写李起居。其有南国美女与之共舞，香袖飘飘，不胜风流。继而回到自我描写。穷律穷途，写其凄悲之情；孤灯劫棋，喻其孤寂惶惑。整首诗前后呼应，语语相扣，在一系列比照托寓中，将孤独凄惶的形象表现得淋漓尽致。

八月十二日得替后移居霅溪馆，因题长句四韵[01]

万家相庆喜秋成，
处处楼台歌板声。[02]
千岁鹤归犹有恨，[03]
一年人住岂无情。
夜凉溪馆留僧话，
风定苏潭看月生。[04]
景物登临闲始见，
愿为闲客此闲行。

注·释

● *01* · 本诗作于大中五年（851）。大中四年秋牧之出任湖州刺史，五年秋内擢考功郎中、知制诰。八月十二日与新任刺史郭勤交接后，由官署移居霅溪馆驿，因有此作。《太平寰宇记》卷九十四："湖州乌程县霅溪馆。霅溪在县东南一里，凡四水合为一溪：自浮玉山曰苕溪；自铜岘山曰前溪；自天目山曰余不溪，自德清县前北流至州南兴国寺曰霅溪；东北流四十里合太湖。"得替：得以交替。

● *02* · 歌板：歌者用以打拍子的一种乐器，又称檀板。崔珏《和人听歌》："红脸初分翠黛愁，锦筵歌板拍清秋。"

● *03* · 千岁鹤归：《搜神后记》卷一："丁令威，本辽东人，学道于灵虚山。后化鹤归辽，集城门华表柱。时有少年，举弓欲射之。鹤乃飞，徘徊空中而言曰：'有鸟有鸟丁令威，去家千年今始归，城郭如故人民非，何不学仙冢累累。'遂高上冲天。"杜牧将要回故乡长安，因用此典。

● *04* · 苏潭：即苏公潭，在浙江湖州。传唐开元初许国公苏颋任乌程尉时，曾误坠此溪水间，因名之。见曹学佺《大明一统名胜志·湖州府名胜》卷五。

品·评

起句"万家相庆喜秋成"意思平泛，措语浅俗，至"千岁鹤归"一联方稍入佳境。夜凉留僧话，风定看月生，见闲逸心态和高士情怀，颇见从往昔羁宦生涯解脱出来的轻松与欣悦。尾联连用三个"闲"字，并不嫌冗赘，反突显出诗人的情感追求，同时表现出其特有的随意洒脱的诗风。

柳长句

注·释

●*01*·西复东：《逸周书》："天道尚右，日月西移；地道尚左，水道东流。"

●*02*·何穷：无穷。

●*03*·巫娥庙：即巫山神女庙。传说中的巫山神女名瑶姬，未嫁而亡，封于巫山之阳，后人为她立庙，题名"朝云"。低含雨：参《润州二首》"梦云"注。

●*04*·宋玉宅：唐余知己《渚宫故事》："宋玉旧宅，在江陵城北三里。"参《送刘秀才归江陵》"宋玉亭"注。斜带风：宋玉《风赋》："楚襄王游于兰台之宫，宋玉、景差侍。有风飒然而至，王乃披襟而当之，曰：'快哉此风！寡人所与庶人共者邪？'宋玉对曰：'此独大王之风耳，庶人安得而共之！'"

日落水流西复东，*01*

春光不尽柳何穷。*02*

巫娥庙里低含雨，*03*

宋玉宅前斜带风。*04*

● *05* • 不嫌：一作“莫将”。

● *06* • 深感杏花：一作“深与桃花”。

● *07* • 灞上：长安灞水上。《水经注·渭水篇》：“渭水东过霸陵县北，霸水从西北流注之。霸者，水上地名也。”《三辅黄图》卷六：“霸桥在长安东，跨水作桥。汉人送客至此桥，折柳赠别。”汉南：汉水之南。庾信《枯树赋》：“桓大司马闻而叹曰：昔年种柳，依依汉南。今看摇落，凄怆江潭。树犹如此，人何以堪！”

● *08* • 游宦：离家在外做官。陆机《为顾彦先赠妇》（其二）：“游宦久不归，山川修且阔。”

不嫌榆荚共争翠，[05]
深感杏花相映红。[06]
灞上汉南千万树，[07]
几人游宦别离中。[08]

品·评

在杜牧数首写柳诗中，本诗在情韵表现上颇有特色。诗人将“柳”置于春天、黄昏、水边这一特定的时空中，涵衍深远。“日落水流西复东”用韵造语皆为古崛，“春光不尽柳何穷”则相当流丽。“含雨”“带风”，写“柳”的风韵与器度，形神俱备。继而从侧面写其可与榆荚共争翠色，能将粉杏相映更红。最后叠用典故，将全诗意度转入深沉感慨，也使“柳”的形象和蕴涵表现得更为丰满。金圣叹《选批唐诗》卷五下用法眼看本诗云：“此诗乃先生以长一净眼，看尽一切众生于生死海中，头出头没，浩无尽止，故借柳以发之也。春光不尽，言世界无有了期；柳何穷，言便是烦恼无有了期也；巫娥庙里、宋玉宅前，言一切众生，牛猪狗猴，无数场戏；低含雨、斜带风，言一切众生，恩怨哭笑，无数丑态也。此后解乃忽作微语以切讽之，犹言一切世间，则我知之矣。”这一诠释别具只眼，相当新异独特，但未免有过度臆解之嫌，姑录之以备参考。

早雁

01

金河秋半虏弦开，[02]

云外惊飞四散哀。[03]

仙掌月明孤影过，

长门灯暗数声来。[04]

须知胡骑纷纷在，

岂逐春风一一回。

莫厌潇湘少人处，[05]

水多菰米岸莓苔。[06]

注·释

● *01* · 本诗作于会昌二年（842）八月，时杜牧在黄州刺史任上。《旧唐书·武宗纪》：本年“八月，回鹘乌介可汗过天德，至杷头烽北，俘掠云、朔北川，诏刘沔出师，守雁门诸关”。诗人感时而作。

● *02* · 金河：唐单于大都护府县名，在今内蒙古自治区呼和浩特市南。虏弦开：回鹘人开弓射猎。此暗喻回鹘犯边掳掠。《资治通鉴》卷二四六：回鹘乌介“可汗帅众过杷头烽南，突入大同川，驱掠河东杂虏牛马数万，转斗至云州城门”。

● *03* · 云外：唐人常以之指极远之地。许浑《秋夜与友人宿》：“云外山川归梦远，天涯岐路客愁长。”

● *04* · 仙掌：西汉京城长安建章宫内建有铜铸仙人，上有承露盘，仙人舒掌捧铜盘玉杯，以承云表之露。见《三辅黄图》卷三。长门：汉宫名，汉武帝陈皇后失宠后幽居之地。此二句暗示京师也已经受到纷扰。

● *05* · 潇湘：二水名，此代指湖南，衡山在焉。山有七十二峰，回雁峰是其一。相传雁至此峰不过，因称“回雁峰”。

● *06* · 菰米：又名雕胡米，生浅水中，可食。

品·评

题为“早雁”，最有深意。雁当深秋时节南飞，然八月秋半，轻凉初生，为何已早早飞离北方呢？这里作者用一个“早”字，将虏弦所开胡骑犯边的时事轻轻揭出。接着写京师纷扰，战乱不宁，亦借雁诉说，伤感之情，表达得含蓄委婉。结句半是劝导，半是慰抚，言外有象，思致奇警。此诗历来深受赞赏，《唐诗近体》称其“前半写雁之来，后半挽雁之去，立格用意，犹有老杜风骨”，《唐贤小三昧集续集》认为历来“咏雁诗多矣，终无见逾者”。

送刘秀才归江陵

01

彩服鲜华觐渚宫，02
鲈鱼新熟别江东。03
刘郎浦夜侵船月，04
宋玉亭春弄袖风。05

注·释

● *01* • 本诗为会昌五年（845）杜牧作于池州刺史任上。刘秀才，陶敏《樊川诗人名笺补》考为刘韬。张祜有《送刘韬秀才江陵归宁》诗，牧之又有《见刘秀才与池州妓别》，皆为同时之作。

● *02* •“彩服”句：说刘秀才怀着与老莱子一样孝敬的心情回家省亲。据《艺文类聚》卷二十引《列女传》，春秋时老莱子行年七十，常穿五色斑斓之衣，为父母取饮时，上堂跌仆，恐伤父母之心，便卧在地上，装小儿啼哭，以博二亲一笑。渚宫：春秋时楚国的别宫，故址在今湖北江陵。此作刘秀才家乡江陵的代称。

● *03* •“鲈鱼”句：谓秋风起时刘秀才在江东告别。鲈鱼，用张翰归乡事。

● *04* • 刘郎浦：在江陵府石首县（今属湖北）沙步，乃刘备纳娶吴主之女处。参杜甫《发刘郎浦》题注及《资治通鉴》卷二七六胡三省注。

● *05* • 宋玉亭：即指江陵城北三里之宋玉故宅。宋姚宽《西溪丛语》：“唐余知己《渚宫故事》曰：庾信因侯景乱自建康遁归江陵，居宋玉故宅。宅在城北三里，故《哀江南赋》云‘诛茅宋玉之宅，穿径临江之府’。”

●*06*·落落：高超不凡貌。庾信《谢赵王示新诗启》："落落词高，飘飘意远。"

●*07*·金口：喻言语珍贵如金。《晋书·夏侯湛传》："今乃金口玉音，漠然沉默。"《广弘明集》卷二十二《宝台经藏愿文》："前佛后佛，谅同金口。"

●*08*·荐雄：用汉扬雄受到荐举的典故，希望有人向朝廷推荐刘韶。扬雄《甘泉赋》："孝成帝时，客有荐雄文似相如者。上方郊祀甘泉，泰畤汾阴后土，以求继嗣，召雄待诏承明之庭。"

落落精神终有立，[06]
飘飘才思杳无穷。
谁人世上为金口，[07]
借取明时一荐雄。[08]

品·评

前二韵说刘秀才因何事，归何处。"彩服鲜华"一语道出一片孝心，而"鲈鱼新熟"则巧妙交代出时地，词清意婉。"刘郎""宋玉"的比喻切合秀才姓氏、江陵地望，极涵濡风雅，使向后解过渡浑然无迹。后二韵说刘秀才超群不凡，才华横溢，必当有所成就，并倡请有声望地位者将其推荐于朝廷，如扬雄被荐于汉帝。张祜《送刘韶秀才江陵归宁》诗有"出告游方是素辞""学礼三余已学诗""樽酒惜离文举坐，郡斋谁覆仲宣棋"句，知刘韶秀才此次池州之行，除向牧之问求诗学、切磋诗艺之外，也希望像祢衡见知于孔融（文举）那样，得到其延誉、推介，而本诗结尾"谁人世上为金口，借取明时一荐雄"，正是对之亲切的回应。

湖南正初招李郢秀才 01

行乐及时时已晚，02
对酒当歌歌不成。03
千里暮山重叠翠，
一溪寒水浅深清。

注·释

● *01* · 本诗作于大中四年（850）冬春之际，时杜牧任湖州刺史。诗题中“湖南”二字，冯集梧《樊川诗集注》卷三认为当是“湖州”之误：“李郢有《和湖州杜员外冬至日白蘋洲见忆诗》云：‘白蘋洲上一阳生，谢朓新裁锦绣成。千嶂雪消溪影绿，几家梅绽海波清。已知鸥鸟长来狎，可许汀洲独有名。多愧龙门重招引，即抛田舍棹舟行。’与杜牧此诗用韵并同，唯李题诗云冬至，而此云新正，然两诗语意相直，兼杜用白蘋，亦是湖州故事，知此题‘湖南’当是‘湖州’之误。”今人多附和此论。按，冯说未确。既然李郢诗题云“冬至日”，诗中又云“一阳生”，则与杜牧这首“正初”之作没有唱和关系，杜牧当曾另作有一首《冬至日白蘋洲忆李郢秀才》诗。大中六年，杜牧曾“尽搜文章，阅千百纸，掷焚之”（裴延翰《樊川文集序》），其《忆李郢秀才》与《招李郢秀才》诗内容或有所重复，故只留后作。李郢，字楚望，大中十年（856）进士及第。大中四年（850）冬至期间，李郢正在余杭，有《冬至后西湖泛舟看断冰偶成长句》。大中五年（851）三月，随杜牧入茶山，有《茶山贡焙歌》云：“使君爱客情无已，客在金台价无比。春风三月贡茶时，尽逐红旗到山里。”其“使君”即指杜牧。正初，正月初一。

● *02* · 行乐及时：《古诗十九首·生年不满百》：“生年不满百，常怀千岁忧。昼短夜苦长，何不秉烛游。为乐当及时，何能待来兹？”

● *03* · 对酒当歌：曹操《短歌行》：“对酒当歌，人生几何。譬如朝露，去日苦多。”

● *04* · 高人：高雅脱俗之人。以饮为忙事，此正见杜牧招饮之意。

● *05* · 浮世：阮籍《大人先生传》："逍遥浮世与道成。"强名：虚名。独孤及《题玉潭》："碧玉徒强名，冰壶难比德。唯当寂照心，可并瀹沦色。"

● *06* · 白蘋：水生植物，五月开花，色白，故谓之白蘋。《吴兴志》卷五："白蘋洲，在湖州府霅溪东南。梁太守柳恽《江南曲》：'汀洲采白蘋，日暮江南村。'后人因以名洲。"

● *07* · 雪舟：用王子猷雪中访戴事。《世说新语 · 任诞》："王子猷居山阴，夜大雪……忽忆戴安道。时戴在剡，即便夜乘小船就之。"

高人以饮为忙事，*04*
浮世除诗尽强名。*05*
看著白蘋芽欲吐，*06*
雪舟相访胜闲行。*07*

品·评 此诗为招饮而作，抒发与李郢秀才的相契之情，也表现出历经世事、洞悉人情后的晚年心态。在艺术表现上，全诗六句对仗，很有特点。首联"行乐及时"与"对酒当歌"相值极称；而"时已晚"与"歌不成"不仅意义相对，而且形成顶真格，语感更为流畅。颔联"千里暮山"与"一溪寒水"，俯仰远近，山暮水寒，相映生趣。颈联诗酒对偶，熟中生新，"高人"之于"浮世"的乐趣，以及作者的性格情操，都在字里行间显现。

怀钟陵旧游[01]

（四首选二）

滕阁中春绮席开，[02]
柘枝蛮鼓殷晴雷。[03]
垂楼万幕青云合，
破浪千帆阵马来。[04]
未掘双龙牛斗气，[05]
高悬一榻栋梁材。[06]
连巴控越知何事，[07]
珠翠沉檀处处堆。[08]

注·释

● *01* · 钟陵：《元和郡县志》卷二八：江南西道洪州南昌县，“汉置，隋平陈，改为豫章县。宝应元年六月改为钟陵县，十二月改为南昌县”。作者26岁时入江西沈传师幕府，所谓“怀旧游”，即回顾当年在江西的生活。

● *02* · 滕阁：滕王阁，在今江西南昌，唐初滕王李元婴为洪州都督时所建。王勃《滕王阁序》：“豫章故郡，洪都新府。星分翼轸，地接衡庐。”绮席：豪华筵席。

● *03* · 柘枝：郭茂倩《乐府诗集》引《乐府杂录》云：“健舞曲有柘枝，软舞曲有屈柘。”又《乐苑》曰：“羽调有柘枝曲，商调有屈柘枝。”舞、曲皆有柘枝，实际上舞乃因曲得名。蛮鼓：少数民族乐器。殷：低沉的雷声。

● *04* · 阵马：战马。

● *05* · 双龙：双剑。《晋书·张华传》云，平定吴国之前，斗牛之间常有紫气，道术者皆以吴方强盛，未可图谋，唯张华以为不然。后来张华、雷焕在豫章丰城掘狱屋基，入地四丈余，得一石函，光气非常，中有双剑，并刻题，一曰龙泉，一曰太阿。其夕，斗牛间气不复见焉。

● *06* · 高悬一榻：据《后汉书·徐稚传》云，东汉名士陈蕃为豫章太守，在郡不接宾客，唯徐稚来访时，方设一睡榻，徐稚去后又悬置起来。徐稚，世称徐孺子，东汉豫章南昌人，当时的隐士。

● *07* · 连巴控越：王勃《滕王阁序》：“襟三江而带五湖，控蛮荆而引瓯越。”

● *08* · 沉檀：沉香与檀木。

● *09* • 兰芷：兰草和白芷，两种香草。屈原《离骚》："扈江离与辟芷兮，纫秋兰以为佩。"纤纤：细微貌。

● *10* • 的的：鲜明的样子。

● *11* • 湉（tián）湉：水安流貌。虹桥：拱桥。气象兼：气象万千。

十顷平湖堤柳合，
岸秋兰芷绿纤纤。[09]
一声明月采莲女，
四面朱楼卷画帘。
白鹭烟分光的的，[10]
微涟风定翠湉湉。[11]
斜辉更落西山影，
千步虹桥气象兼。

品·评 这组诗回忆钟陵故地盛况，怀念当年江西幕府生活。先写奇景奇势，由绮席、歌舞、楼台、江船层层推开，气象极为恢弘。再写奇人奇物。连用两个与豫章相关的典故，别具匠心，而"双龙"与"一榻"，"气"与"才"的对偶，自然相照，不着痕迹。最后以"连巴控越知何事"的问语收结，写其地得江河便利，珍贵之物甚多，发人艳羡之情。后首回忆湖上风光。清黄叔灿《唐诗笺注》云："此赋湖上景色，宛成图画，风流俊逸，真是牧之本色。'斜辉'一联，炼句亦奇。"

商山麻涧 01

云光岚彩四面合，02
柔柔垂柳十余家。
雉飞鹿过芳草远，03
牛巷鸡埘春日斜。04
秀眉老父对樽酒，05
蒨袖女儿簪野花。06
征车自念尘土计，07
惆怅溪边书细沙。08

注·释

● *01* · 本诗作于开成四年（839），时杜牧越武关，经商山而至京城，任左补阙、史馆修撰。商山，又名地肺山，在今陕西省商南县东南，地形险阻，景色幽胜。麻涧，地名，在陕西商州熊耳山下。因山涧环抱，其地宜植麻，因名麻涧。过麻涧行六十里即至秦岭。见《读史方舆纪要》卷五四《陕西三》："《志》云：自（商）州西三十里逾丹水，有马兰峪。又西十里为野人峪，林谷深僻。又十里为麻涧。涧在熊耳峰下，山涧环抱，厥地宜麻，因名。自麻涧行六十里而至秦岭。"

● *02* · 岚彩：阳光透过山谷或树林的浓雾所射出的光彩。陆龟蒙《奉和袭美添渔具五篇·蓑衣》："滴沥珠影泫，离披岚彩虚。"

● *03* · 雉：野鸡。

● *04* · 埘：墙壁上挖洞做成的鸡窠。《诗经·王风·君子于役》："鸡栖于埘，日之夕矣，羊牛下来。"

● *05* · 秀眉：即眉寿。《诗经·小雅·南山有台》："乐只君子，遐不眉寿。"汉毛亨传："眉寿，秀眉也。"年老者眉上常见一两根毫特别长，旧说是长寿的征兆。

● *06* · 蒨袖：红色衣袖。蒨草可作红色染料，故云。

● *07* · 征车：远行之车。尘土：尘世，此处暗喻宦海。

● *08* · 惆怅：杜牧同时之作《除官赴阙商山道中绝句》中有"我来惆怅不自决，欲去欲住终如何"的自白，大可见出他此际进京赴官时的惆怅正来自进退出处的矛盾心理。

品·评

这是作者赴京任官行至商山麻涧，目击秀丽风景，感受淳美人情的心理描绘。继续前行就要到达京城了，奔波宦游的生涯令作者无限惆怅，而京城宦海风云更使他不胜忧虑。面对山涧自然风光和民间真朴的生活，他不禁踌躇徘徊。全诗前四句写景如画，后四句含思蕴情，"征车自念尘土计，惆怅溪边书细沙"，用细节表现心理，能发幽抉微，是妙笔奇思。

商山富水驿

01

益戆由来未觉贤，[02]

终须南去吊湘川。[03]

当时物议朱云小，

后代声华白日悬。[04]

注·释

● *01* · 本诗作于开成四年（839）杜牧除官赴阙行次商山时。富水驿，在今陕西省商南县东南富水镇。原注："驿名本与阳谏议同姓名，因此改为富水驿。"阳谏议即阳城，唐德宗时人，进士及第后隐居中条山，后召拜谏议大夫。以敢于犯颜直谏著称。

● *02* · 益戆：刚直，今愚谓之戆。益戆，即越来越戆直之人，此指汉代汲黯敢于面谏武帝事。《史记·汲黯列传》：汲黯"为人性倨，少礼，面折，不能容人之过。……天子方招文学儒者，上曰吾欲云云，黯对曰：'陛下内多欲而外施仁义，奈何欲效唐虞之治乎？'上默然，怒，变色而罢朝。公卿皆为黯惧。上退，谓左右曰：'甚矣，汲黯之戆也！'……有间黯罢，上曰：'人果不可以无学，观黯之言也日益甚矣。'"杜牧在此以汲黯比阳城。

● *03* · 吊湘川：指贾谊被贬长沙，过湘水时作《吊屈原赋》凭吊屈原事。此句以贾谊外贬比阳城由谏议大夫出为亦属湘中之地的道州刺史。

● *04* ·"当时"二句：谓朱云当时敢以小臣之地位直谏，在后代享有盛誉，光辉如日。朱云，字游，西汉人。汉元帝时博士，在朝官位很低，"小人居下"，但敢于直谏。曾因劾奏位高权重的安昌侯张禹而触犯成帝，为御史押下，犹攀殿槛大呼，以至槛折。事见《汉书·朱云传》。声华：好声誉。

●*05*• 邪佞：指裴延龄等奸佞之徒。当面唾：《战国策·赵策》："有复言令长安君为质者，老妇必唾其面。"

●*06*•"清贫"句：谓阳城生计寒俭，家无余财。《新唐书·阳城传》：城"常以木枕布衿质钱，人重其贤，争售之。每约二弟：'吾所俸入，而可度月食米几何，薪菜盐几钱，先具之，余送酒家，无留也。'"一杯钱：酒资。

●*07*•"驿名"句：谓不可轻易更改驿名，而应让"阳城"之名使赴京为官者自儆。元稹《阳城驿》："商有阳城驿，名同阳道州。阳公没已久，感我泪交流。……我愿避公讳，名为避贤邮。此名有深意，蔽贤天所尤。"朝天者：即朝官。惕然：戒慎恐惧貌。

邪佞每思当面唾，*05*

清贫长欠一杯钱。*06*

驿名不合轻移改，

留警朝天者惕然。*07*

品·评　开成四年，杜牧入长安任左补阙，此为谏官，故行至故阳城驿，便想起德宗朝敢于犯颜直谏的谏议大夫阳城。诗人连用历史上三位诤臣作比，在对他们风骨的激赏中，显示出自己的精神祈向。史称杜牧"刚直有奇节"，"敢论列大事，指陈病利尤切至"（《新唐书·杜牧传》），于此诗，可见其性格之一斑。全诗以气胜，而用典贴切、有力，正可激荡其气。至于最为后人注意的"朱云"（人名）与"白日"（天文）利用色彩关系加以对偶，是基于充分联想后成为奇巧的"假对律"（邵博《邵氏闻见后录》卷一七）。吴聿《观林诗话》称："杜牧之云'杜若芳翠岩，严光钓濑喧'，以此'杜'与'严'为人姓相对也。又有'当时物议朱云小，后代声华白日悬'，此乃以'朱云'对'白日'，皆为假对，虽以人姓名偶物，不为偏枯，反为工也。"

题武关 [01]

碧溪留我武关东，[02]
一笑怀王迹自穷。[03]
郑袖娇娆酣似醉，
屈原憔悴去如蓬。[04]
山墙谷堑依然在，[05]
弱吐强吞尽已空。[06]
今日圣神家四海，[07]
戍旗长卷夕阳中。

注·释

● *01* · 本诗为开成四年（839）作者赴京任左补阙、史馆修撰任行次武关所作。武关，在今陕西省商南县西北，为战国时秦国的南关。

● *02* · 碧溪：即商洛水。《元丰九域志》卷三："商洛，州东八十里……有商山，商洛水。"

● *03* · 怀王：指楚怀王。迹自穷：谓楚怀王在诸侯争雄中决策不当，以致走上末路，客死秦国。据《史记·屈原列传》：楚怀王中秦计，内外失据，贸然攻秦，丧师失地。后竟轻信秦昭王之约，欲亲自赴秦，屈原劝阻而不听。"入武关，秦伏兵绝其后，因留怀王，以求割地。怀王怒，不听，亡走赵，赵不内。复之秦，竟死于秦而归葬……为天下笑。"

● *04* ·"郑袖"二句：谓楚怀王近美色而远忠良，使屈原遭逐，流落沅湘。郑袖：楚怀王宠姬，与谗臣靳尚勾结，构陷屈原，诡说于怀王，使释去张仪，又逐放屈原。"屈原至于江滨，披发行吟泽畔，颜色憔悴，形容枯槁。"（《史记·屈原列传》）

● *05* · 山墙谷堑：山谷环绕如墙，溪谷深如壕沟，其地形非常险要。

● *06* · 弱吐强吞：指战国时弱国为强国所吞并的政治状况。

● *07* · 圣神：称颂皇帝英明超凡的套语。

品·评

作者行经楚怀王入秦不返之地，怀古兴感，对其听信谗臣，好色误国深致憾恨，而对屈原忠良不售、被贬放逐的遭遇至为同情。诗之前四句，语气郁愤而见骨力，但后四句抒发今非昔比之意，腔调过高，不及刘禹锡《西塞山怀古》"从今四海为家日，故垒萧萧芦荻秋"，慷慨中有沉郁之气。

寄浙东韩乂评事 [01]

一笑五云溪上舟，[02]
跳丸日月十经秋。[03]
鬓衰酒减欲谁泥，[04]
迹辱魂惭好自尤。[05]

注·释

● *01* • 本诗作于会昌四年（844），牧之时任黄州刺史。韩乂，其父韩梓材，有文学高名，没于越之府幕，乂遂称越中人。进士及第后，曾佐沈传师江西、宣城幕府。又受辟于闽中，罢府后归越。后赴京任拾遗事。为人廉慎高洁，不趋奉竞进。参《樊川文集》卷九《唐故平卢军节度巡官陇西李府君墓志铭》、卷一六《荐韩乂启》。另许浑有《晓发鄞江北渡寄崔韩二先辈》诗，其"韩先辈"亦即韩乂。牧之《荐韩乂启》有"大和八年，自淮南有事至越，见韩居于镜上，三亩宅，两顷田，树蔬钓鱼，唯召名僧为侣，余力究《易》，嬉嬉然无日不自得也"云云，参以本诗"跳丸日月十经秋"语，此寄韩乂诗当写于会昌四年。评事，大理寺评事，从八品下。其时韩乂既在浙东观察使幕府，则"评事"或为其所带之京职。

● *02* • 五云溪：即若耶溪，在浙江绍兴市南二十八里处若耶山下。代宗朝吏部侍郎徐浩以"曾子不居胜母之间，吾岂游若耶之溪"，将原名改为五云溪。事见《太平寰宇记》卷九六。

● *03* • 跳丸日月：喻时间流走之迅速。韩愈《秋怀诗》之九："忧愁费晷景，日月如跳丸。"陈陶《游子吟》："穷通在何日，光景如跳丸。"

● *04* • 欲谁泥：欲怪谁。泥，怨、怪之意，中晚唐人多用。白居易《新秋》："老去争由我，愁来欲泥谁。"姚合《别春》："留春不得被春欺，春若无情遣泥谁。"

● *05* • 自尤：自怨自责。

梦寐几回迷蛱蝶，[06]

文章应广《畔牢愁》。[07]

无穷尘土无聊事，

不得清言解不休。[08]

● *06*·“梦寐”句：表示愿效庄子，超然物外。《庄子·齐物论》：“昔者庄周梦为蝴蝶，栩栩然蝴蝶也。自喻适志与，不知周也。俄然觉，则蘧蘧然周也。不知周之梦为蝴蝶与，蝴蝶之梦为周与？周与蝴蝶，则必有分矣。此之谓物化。”

● *07*·“文章”句：谓欲学扬雄，以文章遣愁。广：扩充、提高。一作“解”。《畔牢愁》：扬雄辞赋名。《汉书·扬雄传》：“又旁《离骚》作重一篇，名曰《广骚》；又旁《惜诵》以下至《怀沙》一卷，名曰《畔牢愁》。”注引李奇曰：“畔，离也；牢，聊也。与君相离，愁而无聊也。”

● *08*·“无穷”二句：谓尘世之事烦冗无聊，需要得到韩乂雅言启迪。尘土：尘世。清言：清雅之言。《荐韩乂启》：“其为人也，贞洁芳茂，非其人不与游，非其食不敢食。”可见是牧之服膺的清雅之士。

品·评

前二韵写分别多年的情景。“一笑”二字开十年幽抱，而霜鬓渐衰，酒量已减，仕途不显，精神难振，都当自艾自责。后二韵写今后所愿：如庄周梦蝶，物我混沌；如扬雄作文，打发无聊。此犹不能超脱纷扰尘事，终极妙道尚在友人的清言之中。作者与韩乂之友情，韩乂之为人性格，诗中似未多着笔墨，然写我之种种，便清晰呈现出友人种种了。尾联“无穷尘土无聊事，不得清言解不休”造语别致，是牧之以开朗语感抒抑郁情怀的笔风，可谓特色。

书怀寄中朝往还 01

平生自许少尘埃，02
为吏尘中势自回。
朱绂久惭官借与，03
白头还叹老将来。04
须知世路难轻进，
岂是君门不大开。
霄汉几多同学伴，05
可怜头角尽卿材。06

注·释

● *01* · 中朝：即朝中。从本诗内容看，当写于出守外郡时。往还，有往还之谊者，即故旧。杜甫《送率府程录事还乡》："常时往还人，记一不识十。"

● *02* · 少尘埃：谓有高情远趣，而少世俗风习。屈原《渔父》："安能以皓皓之白而蒙世俗之尘埃乎？"惠能偈曰："本来无一物，何处惹尘埃。"

● *03* · 朱绂：即朱衣，代指刺史之职。参《新转南曹，未叙朝散，初秋暑退，出守吴兴，书此篇以自见志》"荣借旧朱衣"句注。

● *04* · 白头还叹：刘希夷《白头吟》："寄言全盛红颜子，须怜半死白头翁。"头，一作"题"。

● *05* · 霄汉：天际最高处，此喻朝廷。同学：刘禹锡《和苏郎中寻丰安里旧居寄主客张郎中》："同学同年又同舍，许君云路并华辀。"

● *06* · 可怜：称羡之词。头角：头顶左右突出，谓"头角峥嵘"，亦可谓"两角峥嵘"，多比喻人的才华或气质超乎一般。韩愈《柳子厚墓志铭》："崭然见头角。"卿材：公卿之材。语出《左传·襄公二十六年》："晋卿不如楚，其大夫则贤，皆卿材也。"

品·评

平生自许高情远趣，便自然不谙于"吏尘"之关节，因此当"同学少年多不贱，五陵衣马自轻肥"（杜甫《秋兴八首》之三）时，自己依然只是借着朱衣，僻守外郡而已。诗中有对"世路难轻进"的怨悱，有对"君门不大开"解嘲，亦有对几多同学位及公卿、直登霄汉的企羡，但仍对不蒙尘俗、谨守分际无怨无悔。诗人往复唱叹，表现出复杂的心情，语意怨而不怒，哀而不伤。

初春雨中舟次和州横江，裴使君见迎，李赵二秀才同来，因书四韵，兼寄江南许浑先辈 01

芳草渡头微雨时，
万株杨柳拂波垂。
蒲根水暖雁初浴，
梅径香寒蜂未知。
辞客倚风吟暗淡，02
使君回马湿旌旗。03
江南仲蔚多情调，04
怅望春阴几首诗。

注·释

● *01* · 此诗为杜牧开成四年（839）春作。上年秋，牧之由宣州团练判官、殿中侍御史供奉补左补阙、史馆修撰。四年初春经和州（今安徽和县）往浔阳北渡赴官，在横江写作本诗。横江，即横江浦，在今安徽和县东南，与江东南岸当涂采石镇相对，为长江之重要渡口。裴使君，裴俦，字次之，乃杜牧姐夫，时任和州刺史。秀才，唐应进士举者亦称秀才。许浑，字用晦，润州丹阳人，杜牧友人，历官监察御史，睦、郢二州刺史，有《丁卯集》传世。本年许浑正摄当涂县令，《丁卯集》中有此诗之酬和之作。先辈，程大昌《演繁露》云："唐世举人，呼已第者为先辈。"此为唐代进士互相推敬之称，后逐渐演变为应试举子的通称。

● *02* · 辞客：善为吟诵之人，此指李、赵二位秀才。吟暗淡：在微雨迷蒙中吟诗。

● *03* · 旌旗：刺史出行之仪仗，或称朱旆。许浑《酬杜补阙初春雨中舟次横江，喜裴郎中相迎兼见寄之什》："红樯迤逦春岩下，朱旆联翩晓树中。"

● *04* · 仲蔚：张仲蔚。晋皇甫谧《高士传》卷中《张仲蔚》："张仲蔚者，平陵人也，与同郡魏景卿俱修道德，隐身不仕。明天官博物，善属文，好诗赋，常居穷素，所处蓬蒿没人，闭门养性，不治荣名，时人莫识。"此处比喻许浑。

品·评

此诗题目三十四字，事关数端，人涉各方，故制题殊为不易，而作者却举重若轻。前四句，点"初春雨中，舟次横江"之意，芳草渡头，杨柳拂波，雁浴暖水，梅径香寒，笔笔都是初春景象，真能状难写之景如在目前。颈联扇开两面，分别对应二位秀才和裴使君，是实写其事；尾联落笔于友人许浑，乃想象之词，有不尽之意在于言外。全诗句意缜密，而感情温润，在赠酬之作中足称佳构。

酬张祜处士见寄长句四韵[01]

七子论诗谁似公，

曹刘须在指挥中。[02]

荐衡昔日知文举，[03]

乞火无人作蒯通。[04]

注·释

●01·本诗作于会昌五年（845），杜牧时任池州刺史。张祜，见《登池州九峰楼寄张祜》注。张祜有《江上旅泊呈池州杜员外》，此即唱和之作。长句四韵，即七律。

●02·七子：指建安七子，为孔融、陈琳、王粲、徐干、阮瑀、应玚、刘桢七人。这一并称始出曹丕《典论·论文》。曹刘：曹植和刘桢，建安时代的代表性诗人。钟嵘《诗品》："自陈思已下，桢称独步。"陈思，即曹植。张祜《江上旅泊呈池州杜员外》有"江郡风流今绝世，杜陵才子旧为郎"之夸赞，故杜牧亦对祜诗相应激奖。

●03·"荐衡"句：原注："令狐相公曾表荐处士。"这里说令狐相国向穆宗皇帝推荐你，其情如当年祢衡见知于孔融，得到荐举一样。祢衡，东汉著名辞赋家，少有才辩，尚气刚傲。文举，孔融字。《后汉书·祢衡传》："常称曰：'大儿孔文举，小儿杨德祖。余子碌碌，莫足数也。'融亦深爱其才，遂上疏荐之。"另据《唐摭言》卷一一，元和、长庆中，张祜深为令狐楚所知，楚草荐表，并附祜诗三百篇随表进献。此事后为元稹所阻。

●04·"乞火"句：蒯通，秦汉间辩士。乞火，蒯通应允推荐人时引述之事。《汉书·蒯通传》：客有谓通当向曹参举荐梁石君等处士，通曰："诺。臣之里妇，与里之诸母相善也。里妇夜亡肉，姑以为盗，怒而逐之。妇晨去，过所善诸母，语以事而谢之。里母曰：'女安行，我今令而家追女矣。'即束缊请火于亡肉家，曰：'昨暮夜，犬得肉，争斗相杀，请火治之。'亡肉家遽追呼其妇。故里母非谈说之士也，束缊乞火非还妇之道也，然物有相感，事有适可。臣请乞火于曹相国。"乃见相国曰："妇人有夫死三日而嫁者，有幽居守寡不出门者，足下即欲求妇，何取？"曰："取不嫁者。"通曰："然则求臣亦犹是也，彼东郭先生、梁石君，齐之俊士也，隐居不嫁，未尝卑节下意以求仕也。愿足下使人礼之。"曹相国曰："敬受命。"皆以为上宾。

●*05*•“北极”二句：谓虽然朝廷是你梦中向往，但长江波浪吞空成为遥远的阻隔。北极：北极星，亦称北辰，代指朝廷。西江：贵池至历阳一带的长江。参《西江怀古》题注。

●*06*•“可怜”二句：原注：“处士诗曰：‘故国三千里，深宫二十年。一声何满子，双泪落君前。’”这里说张祜的诗句在六宫广为传唱，而作者本人却无缘知遇。六宫：后宫，帝后、妃所居之处。

北极楼台长挂梦，
西江波浪远吞空。[05]
可怜故国三千里，
虚唱歌词满六宫。[06]

品·评

“诗文以起为最难，妙处全在于此，精神全在于此。”（方东树《昭昧詹言》卷一一）这首诗起调很高，对张祜给予超迈七子、俯视曹刘的评价，正是为后面写其不能“知文举”、无缘“乞火人”作出有力的铺垫。“北极楼台”和“西江波浪”一联，申绌盈缩，将张祜的心境和际遇表现得形象可感。这是理想与现实的矛盾，由此自然逗出诗末二句，感叹张祜在朝廷不获任用，其才华远远不如他所创作的诗句那样被人欣赏。

寄题甘露寺北轩 01

曾向蓬莱宫里行，02
北轩栏槛最留情。03
孤高堪弄桓伊笛，04
缥缈宜闻子晋笙。05

注·释

● *01* · 甘露寺：在京口（今江苏镇江）北固山。相传三国吴甘露年间所建，而《方舆胜览》卷三《浙西路》云："在城东角土山上，临大江，李德裕建。时甘露降，因名焉。"则当是李德裕任浙西观察使时曾加以增辟。唐宋人在此题诗甚多，如张祜《题润州甘露寺》、苏轼《润州甘露寺弹筝》等，文人登临此楼，每借神仙之曲怀想。

● *02* · 向：一作"上"。蓬莱宫：传说渤海中仙人所居之地，此喻甘露寺。

● *03* · 最留情：意谓在北轩凭栏，最能一览大江风景，激发诗情。

● *04* · 桓伊笛：此句谓甘露寺北轩乃清高之地，最适合桓伊吹笛。桓伊，晋人善吹笛者。事见《晋书·桓伊传》。

● *05* · 子晋笙：王子晋，周灵王太子，传说得道成仙，即后世之王子乔。《列仙传》卷上《王子乔》："王子乔者，周灵王太子晋也。好吹笙，作凤凰鸣。游伊洛之间，道士浮丘公接以上嵩高山。三十余年后，求之于山上。见桓良曰：'告我家，七月七日待我于缑氏山巅。'至时果乘白鹤驻山头，望之，不得到，举手谢时人，数日而去。"

●*06*·海门：在京口。《嘉定镇江志》卷六："焦山在江中，去城九里，旁有海门二山，京焦相望，凡十五里。"王昌龄《宿京江口期刘昚虚不至》："霜天起长望，残月生海门。"

●*07*·隋苑：隋炀帝时所建上林苑，又名西苑，在扬州江都北七里。《元和郡县志》谓甘露寺下临大江，晴明轩槛，上见扬州历历，故此处写远眺目及隋苑。

●*08*·荷衣：以荷叶裁制的衣服，古为隐士所服。卢象《送綦毋潜》："会有征书到，荷衣且漫裁。"李白《赠闾丘处士》："竹影扫秋月，荷衣落古池。"

●*09*·山僧：庾信《卧疾穷愁诗》："野老时相访，山僧或见寻。"说，一作"道"。

天接海门秋水色，*06*
烟笼隋苑暮钟声。*07*
他年会著荷衣去，*08*
不向山僧说姓名。*09*

品·评　这是重游甘露寺的抒情之作。前二韵写甘露寺北轩的环境和氛围。"蓬莱宫里行"五字定下基调，云其孤清高立。又托桓伊弄笛故事和子晋吹笙典实，言其缥缈近仙，皆极天然融会。后二韵写远景遐思。天接海门看秋水一色，烟笼隋苑听暮钟声声，天巧工对，丰姿清迥。这景色之中历史时空所蕴涵的意义，不禁使诗人无限感叹。人既在寺中，便自然道出欲归于隐逸的心音：他年将着荷衣远遁，彻底隐姓埋名。《五朝诗善鸣集》云："此诗佳处在骨力，不在字句之间。"所谓骨力正是牢笼风物时体现的沉静思之的力量。

正初奉酬歙州刺史邢群[01]

翠岩千尺倚溪斜，
曾得严光作钓家。[02]
越嶂远分丁字水，[03]
腊梅迟见二年花。[04]
明时刀尺君须用，[05]
幽处田园我有涯。
一壑风烟阳羡里，[06]
解龟休去路非赊。[07]

注·释

● 01 · 本诗作于大中元年（847）农历正月初。歙州，隋新安郡，武德四年，改为歙州。邢群，字涣思，河间（今属河北）人。历官大理评事、监察御史、殿中侍御史、户部员外郎、处州刺史、歙州刺史。杜牧《唐故歙州刺史邢君墓志铭》云："涣思罢处州，授歙州；某自池转睦，歙州相去直西东三百里。"此前邢群自歙州有《郡中有怀寄上睦州员外杜十三兄》诗，杜牧依韵酬和。

● 02 · 严光：东汉著名高士严子陵。

● 03 · 丁字水：《清一统志》卷二三四："严州府东阳江，在建德县东南二里，上流即衢、婺二港，至兰溪县合流，又北至县入浙江，形如丁字，亦名丁字水。"

● 04 · 二年花：腊梅花上年冬末初绽，正月犹放，跨及二年，故谓之二年花。

● 05 · 刀尺：喻为官者衡量和取舍人才的标准和权力。王建《路中上田尚书》："去路何词见六亲，手中刀尺不如人。"

● 06 · 阳羡：古县名，在今江苏省宜兴市南。杜牧有产业在此处。

● 07 · 解龟：解除所佩带之龟印，即辞官。汉制，官吏秩二千石以上，皆银印青绶，印背镶饰龟钮。赊：远也。

品·评

邢群《郡中有怀寄上睦州员外杜十三兄》诗末云"如今岁晏从羁滞，心喜弹冠事不赊"，预言杜牧不久将会右迁。次年牧之果然内擢司勋员外郎，"七年弃逐，再复官荣"（《上周相公启》）。但从此诗看，他尚心属严陵，寄情田园。以诗人平生行事衡之，"幽处田园我有涯"并非矫情之语。"一壑风烟阳羡里，解龟休去路非赊"，字字潇洒，对晚唐诗人来说，这是一种明智的出处进退的选择。

题青云馆

01

虬蟠千仞剧羊肠，02
天府由来百二强。03
四皓有芝轻汉祖，04
张仪无地与怀王。05

注·释

● *01* · 本诗作于开成四年（839）杜牧除官赴阙行次商山时。青云馆，在商州商洛县，今陕西省商南县青云镇。

● *02* · 虬蟠：如虬龙般盘伏屈曲。晋左思《吴都赋》：“轮囷虬蟠。”羊肠：盘曲蜿蜒的山间道路。剧：胜也。

● *03* · 天府：地势险要、物产丰饶之地。《汉书·张良传》：“此所谓金城千里，天府之国。”颜师古注：“财物所聚谓之府。言关中之物产饶多，可备赡给，故称天府也。”百二：语出《史记·高祖本纪》：“秦，形胜之国，带河山之险，悬隔千里，持戟百万，秦得百二焉。”百二，一说为得百中之二。裴骃《史记集解》引苏林曰：“得百中之二焉。秦地险固，二万人足当诸侯百万人也。”另一说为百之一倍。司马贞《史记索隐》引虞喜曰：“百二者，得百之二。言诸侯持戟百万，秦地险固，一倍于天下，故云得百二焉，言倍之也，盖言秦兵当二百万也。”崔道融《关下》：“百二山河壮帝畿，关门何事更开迟。”

● *04* · 四皓：秦汉时四高士，隐居商洛，汉高祖征之，坚持不出。参《题商山四皓庙一绝》题注。有芝：晋皇甫谧《高士传》卷二引四皓《紫芝歌》有“莫莫高山，深谷逶迤。煜煜紫芝，可以疗饥”句。

● *05* · 张仪：战国时魏国贵族后代。游说各国服从秦国，成功瓦解了齐楚联盟。《史记·屈原列传》：“齐与楚从亲，惠王患之，乃令张仪佯去秦，厚币委质事楚，曰：秦甚憎齐，齐与楚从亲，楚诚能绝齐，秦愿献商、於之地六百里。楚怀王贪而信张仪，遂绝齐，使使如秦受地。张仪诈之曰：仪与王约六里，不闻六百里。楚使怒去，归告怀王。怀王怒，大兴师伐秦。”

● *06* • 帐影：青云馆内帐影。元稹《秋相望》："炉暗灯光短，床空帐影深。"萝阴合：山中萝藤密布，在夜色下一片朦胧。
● *07* • 高尚者：高士。《周易·蛊》："不事王侯，高尚其事。"
● *08* • 水苗：水稻。白居易《和微之诗二十三首》（其六）："水苗泥易耨，畲粟灰难锄。"

云连帐影萝阴合，*06*
枕绕泉声客梦凉。
深处会容高尚者，*07*
水苗三顷百株桑。*08*

品·评

前二韵写商山的地灵与人杰。此处千仞虬蟠，气势非凡，而天府之利，称雄天下。这百二河山之壮，必有四皓在此长吟紫芝之歌，张仪在此拒楚以成秦之大业。后二韵写"客梦"。所谓"客梦"，即高士之想望。诗人描绘出萝阴翠色、泉水清凉的静谧安适的环境。这里无嚣喧，无角争，水苗三顷与百株桑林相连，一归于自然，何等自在！诗末点出心仪所在，将紫芝歌与山水田园歌发声合唱，逸韵悠远。

送杜颉赴润州幕 01

少年才俊赴知音，02
丞相门栏不觉深。03
直道事人男子业，04
异乡加饭弟兄心。05
还须整理韦弦佩，06
莫独矜夸玳瑁簪。07
若去上元怀古去，
谢安坟下与沉吟。08

注·释

● *01* · 本诗录之于《樊川外集》，为大和八年（834）杜牧在扬州淮南节度使幕中作。杜颉，杜牧弟，字胜之，大和六年进士。大和八年十一月，李德裕出为镇海节度使，辟杜颉试协律郎，为巡官。事迹见《樊川文集》卷九《杜君墓志铭》。润州，在今江苏省镇江市。

● *02* · 少年才俊：《杜君墓志铭》曰："年二十四，明年当举进士，始握笔，草《阙下献书》《与裴丞相度书》，指言时事，书成各数千字，不半岁传遍天下。进士崔岐有文学，峭涩不许可人，诣门赠君诗曰：'贾马死来生杜颉，中间寥落一千年。'"杜牧在《上宰相求湖州第一启》中，也以相当的篇幅赞誉弟颉，称他"聪明隽杰，非寻常人也"。知音：指李德裕。

● *03* · 丞相：指李德裕，大和七年（833）二月，德裕以兵部尚书同平章事，此为宰相之职。

● *04* · 直道事人：《论语·微子》："直道而事人，焉往而不三黜？枉道而事人，何必去父母之邦？"

● *05* · 加饭：增加饮食，乃劝人珍重之词。《古诗》："弃捐勿复道，努力加餐饭。"

● *06* · 韦弦佩：《韩非子·观行》："西门豹之性急，故佩韦以自缓；董安于之性缓，故佩弦以自急。"此句勉励杜颉修养性情，从容处世。韦，皮带。弦，弓弦。

● *07* · 玳瑁簪：以玳瑁甲制作的发簪。玳瑁系龟类动物，其甲可制饰品，相当稀珍。此嘱杜颉勿以浮华为尚。

● *08* · 上元：县名，唐代隶属润州，在今南京市。谢安坟在上元县东南十里。谢安：东晋名臣，孝武帝时为尚书仆射，领中书令，位及宰相，是淝水之战的指挥者。

品·评

读杜牧诗文，知与其弟手足情深，无论在杜颉踏上仕途之时，还是在他患眼疾之后，杜牧都倾其心力帮助他，可谓终生照顾，相濡以沫，一路携扶，同呼共吸。本诗中这种兄弟之情也溢于字里行间。首云"赴知音"，为杜颉有宰臣遇合而欣慰；次劝以正义之道事人，又嘱修养性情，从容处世，再祭出名臣谢安，以为典型，俱引导其展望向上一路。"异乡加饭弟兄心"，别情款款，是极朴实又极倾情之语。

秋晚与沈十七舍人期游樊川不至 01

邀侣以官解，[02] 泛然成独游。[03]
川光初媚日，山色正矜秋。[04]
野竹疏还密，[05] 岩泉咽复流。
杜村连潏水，[06] 晚步见垂钩。

注·释

● *01*·岑仲勉《唐人行第录》云："沈十七询，字诚之，传师子，旧、新书均附传师传。"并认为本诗"沈十七舍人"即沈询。"按《翰林学士记》，询于大中二年（848）十月以起居郎知制诰，知制诰得称为舍人。"缪钺《杜牧年谱》将本诗系于大中六年（852）。樊川，在长安城东南。裴延翰《樊川文集序》："长安南下杜樊乡，郦元注《水经》，实樊川也。延翰外曾祖司徒岐公之别墅在焉。上五年冬，仲舅自吴兴守拜考功郎中、知制诰，尽吴兴俸钱，创治其墅。出中书直，亟召昵密，往游其地。"参《柳绝句》："依依故国樊川恨"句注。

● *02*·以官解：以官务在身而不能前来。解：懈也，失约之意。

● *03*·泛然：宽松如常。白居易《池上作》："泛然独游邈然坐，坐念行心思古今。"

● *04*·矜秋：矜夸于秋色。

● *05*·疏还密：时疏时密，相间适宜。

● *06*·杜村：即杜樊乡。潏水：即泬水，发源于秦岭，分入渭水和泮水。参《水经注·渭水》。

品·评

《樊川诗集》中专写山水的作品并不多，本诗较为典型。因友人未至，泛然独游，倒能够更悠闲地欣赏含媚川光，矜秋山色了，疏密相间的野竹和穿岩绕石的泉水足以发其清兴。全诗收结在"晚步见垂钩"上，正表现出作者散淡的情怀，高逸的思致。"川光初媚日，山色正矜秋"对仗极工，炼字亦细，显示出牧之晚年诗律的特点。

自贻

01

杜陵萧次君，迁少去官频。[02]
寂寞怜吾道，[03] 依稀似古人。
饰心无彩绘，到骨是风尘。[04]
自嫌如匹素，刀尺不由身。[05]

注·释

● *01* · 自贻：自赠，诗人往往以此表达自我心境。

● *02* · 萧次君：西汉萧育，字次君，少以父萧望之任为太子庶子，官至光禄大夫执金吾。原籍东海兰陵人也，徙杜陵，遂自称"杜陵男子"。为人严猛尚威，居官多舛，累次被免，很少迁升。事见《汉书·萧育传》。

● *03* · 吾道：自己的行为目的，精神境界和道德理想。《史记·孔子世家》："子曰：'弗乎弗乎，君子病没世而名不称焉。吾道不行矣，吾何以自见于后世哉？'""吾道非邪，吾何为于此？"

● *04* · "饰心"二句：谓自己做人毫不矫饰，是彻底的自然面貌。到骨：完全，彻底。杜甫《又呈吴郎》："已诉征求贫到骨，正思戎马泪盈巾。"风尘：用风起尘扬比喻自然随俗，从不刻意行事。

● *05* · "自嫌"二句：谓自艾身如一匹白绢，只能听任别人裁剪。刀尺：评骘、衡量他人的权力。

品·评

牧之家在杜陵，故诗中以萧育自比。从"自嫌如匹素，刀尺不由身"中，固然可以听到哀怨之音，然而笔下仍透露出"杜陵男子"的风概气骨。因此"怜吾道""似古人""无彩绘""是风尘"等语，不应只看成是对坎坷困顿的倾诉，而应看作诗人不愿俯仰竞趋的自勉。

扬州三首 01

炀帝雷塘土，02 迷藏有旧楼。03
谁家唱水调，04 明月满扬州。05
骏马宜闲出，千金好暗游。06
喧阗醉年少，半脱紫茸裘。07

秋风放萤苑，08 春草斗鸡台。09
金络擎雕去，鸾环拾翠来。10

注·释

● *01* • 本诗作于文宗大和七年（833）。是年四月，宣歙观察使沈传师内召为吏部侍郎，杜牧应淮南节度使牛僧孺之辟，到扬州任淮南节度府推官，后转掌书记。

● *02* • 炀帝：隋炀帝杨广，荒淫无极，终为禁军将领宇文化及等起事杀之。雷塘：隋炀帝死后初葬吴公台，唐武德五年改葬于雷陂，见《资治通鉴》卷一九〇。雷陂即雷塘，在今江苏省扬州市。

● *03* • 迷藏：即指迷楼。《古今诗话》："炀帝时，新宫既成，帝幸之，曰：'使真仙游此，亦当自迷。'乃名迷楼。"

● *04* • 水调：原注："炀帝凿汴渠成，自造水调。"冯集梧《樊川诗集注》卷三注引《乐苑》："水调，商调曲。旧说，隋炀帝幸江都所制。曲成奏之，王令言闻而谓其弟子曰：'但有去声，而无回韵，帝不返矣。'后竟如其言。"

● *05* •"明月"句：唐人写扬州多及"明月"，物象之外，亦有暗示扬州歌妓窈窕、面貌姣好之意。

● *06* •"骏马"二句：写公子侠少纵马快意，一掷千金的放浪生活。暗游：扬州歌楼酒肆众多，诱人隐游放纵。

● *07* • 喧阗：喧闹。紫茸裘：紫色裘皮衣服，表示服饰华贵。

● *08* • 放萤：《隋书·炀帝纪》载，炀帝于大业十二年五月，在东都景华宫征求萤火，得数斛，夜出游山而放之，光满岩谷。其事在洛阳，但一说扬州有隋苑，即放萤苑，见冯集梧《樊川诗集注》卷三。

● *09* • 斗鸡台：《隋遗录》："炀帝在江都，昏湎滋深，尝游吴公宅鸡台，恍惚间与陈后主相遇，尚唤帝为殿下。"

● *10* •"金络"二句：形容男性打猎和仕女游春的场景。金络：金丝络带。鸾环：鸾形玉环。翠：翠色，此代指鸾环。仕女游春，熙攘之后，鸾环簪珥往往遗落，故拾翠多有收获。

蜀船红锦重，　越橐水沉堆。[11]
处处皆华表，　淮王奈却回。[12]

街垂千步柳，　霞映两重城。[13]
天碧台阁丽，　风凉歌管清。[14]
纤腰间长袖，　玉珮杂繁缨。[15]
柂轴诚为壮，[16] 豪华不可名。
自是荒淫罪，　何妨作帝京。[17]

● *11* •“蜀船”二句：谓蜀船运来红锦，越橐装满沉香，供炀帝享用。越：通“粤”，指秦汉时南海一带。许浑《登尉佗楼》“越人未必知虞舜”，越人，即南海人。水沉：即沉香，因入水即沉，故名。杜牧《为人题赠》：“桂席尘瑶珮，琼炉烬水沉。”顾敻《木兰花》：“博山炉冷水沉微，惆怅金闺终日闭。”

● *12* •“处处”二句：谓扬州一派繁华，无奈淮南王却羽化升天。华表：古代立于宫殿等重要场所的石柱，其上雕刻具有祥瑞或权力象征的图案。此处暗示扬州的繁华与隋炀帝欲建都其地有关。淮王：指汉淮南王刘安，好神仙，世传其白日升天，后因谋图叛逆，事败自杀。

● *13* • 重城：城市中形成的各个城区。《唐阙史》：“扬州，胜地也，每重城向夕，倡楼之上，尝有绛纱灯万数，辉罗耀列空中，九重三十步街，珠翠填咽。”

● *14* • 歌管清：张祜《觱篥》：“一管妙清商，纤红玉指长。”

● *15* • 繁缨：身上装饰用的长丝带。

● *16* • 柂（duò）轴：鲍照《芜城赋》：“柂以漕渠，轴以昆岗。”柂，舵也。轴，中心也。谓扬州城引带运河，轴立昆岗（广陵岗），地理形势非常壮观。

● *17* •“自是”二句：谓欲作帝京的实质是要满足其无休止的荒淫作乐的愿望。

品·评　隋唐时代，扬州歌楼林立，商贾如织，所谓“扬一益二”，则扬州繁华天下为最矣。王建《夜看扬州市》云：“夜市千灯照碧云，高楼红袖客纷纷。如今不似时平日，犹自笙歌彻晓闻。”张祜《纵游淮南》云：“十里长街市井连，月明桥上看神仙。人生只合扬州死，禅智山光好墓田。”都证明了当时扬州作为商业都会的影响。杜牧这三首诗，同样描绘到扬州“豪华不可名”的情景，但主旨在于谴责隋炀帝的“欲取芜城作帝家”的极度荒淫。隋炀帝欲建都其地促成了扬州的奢华繁丽，而恰恰因为沉迷于这种奢华繁丽而最终走向失道亡国，导致了“君王忍把平陈业，只搏雷塘数亩田”的历史命运。

题扬州禅智寺[01]

注·释

● *01* · 此诗作于开成二年（837）秋。据杜牧《上宰相求湖州第二启》，其弟杜顗该年正患眼疾住扬州城东之禅智寺。杜牧告假，带同州眼医石公集一起前往扬州，探视弟顗并为之治疗。禅智寺，又名上方寺、竹西寺。

● *02* · 蝉噪：王籍《入若耶溪》："蝉噪林逾静，鸟鸣山更幽。"飘萧：飘摇而带萧萧之声。

● *03* · 竹西路：在禅智寺前官河北岸。姜夔《扬州慢》"淮左名都，竹西佳处"即指此。歌吹：歌声与奏乐声。鲍照《芜城赋》："廛闬扑地，歌吹沸天。"

雨过一蝉噪，飘萧松桂秋。[02]
青苔满阶砌，白鸟故迟留。
暮霭生深树，斜阳下小楼。
谁知竹西路，歌吹是扬州。[03]

品·评

本诗以写禅寺之静美为特色，但为了写其静，不仅仅聚焦于"青苔满阶砌"、"暮霭生深树，斜阳下小楼"这类寂静的物象描写，还注意用"雨过蝉噪""松桂飘萧"的近处声响和竹西路外扬州城的"歌吹"来反衬，尤得静美之神。"蝉噪"是其亲闻，而"歌吹"乃想象之词，虚实错用，变化生趣。高步瀛《唐宋诗举要》卷四称："结笔写寺之幽静，尤为得神。"

池州春送前进士蒯希逸[01]

注·释

● 01 · 本诗作于会昌五年（845）或六年（846）春，时杜牧任池州刺史。前进士，李肇《国史补》卷下："得第谓之前进士。"蒯希逸，字大隐，会昌三年进士及第。《全唐诗》存其诗一首。

● 02 · 楚岸：池州春秋时属吴，后属楚，故谓之。

芳草复芳草，　断肠还断肠。
自然堪下泪，　何必更残阳。
楚岸千万里，[02] 燕鸿三两行。
有家归不得，　况举别君觞。

品·评

"芳草"与"断肠"复沓使用，渲染出沉郁低迷的送别气氛，接着将"残阳更催离人泪"之意翻而道之："自然堪下泪，何必更残阳"，则离情更深，意味更浓。楚岸、燕鸿，点出蒯希逸此行乃为北上。末二句替人伤怀亦自伤，笔有复义，情调怅悒。

忆齐安郡

01

平生睡足处，云梦泽南州。[02]
一夜风欺竹，[03] 连江雨送秋。
格卑常汩汩，[04] 力学强悠悠。[05]
终掉尘中手，[06] 潇湘钓漫流。[07]

注·释

● *01* · 本诗盖作于作者任池州刺史时，即会昌四年（844）九月至会昌六年（846）九月期间。齐安郡，指黄州。治所在今湖北黄冈。

● *02* · 云梦泽：古大湖名，面积广数百里，跨长江南北。此处代指黄州附近的湖泽。牧之《齐安郡中偶题二首》（其二）有“梦泽蒹葭楚雨深”句描写其泽国情景。

● *03* · 风欺竹：风劲竹摇。

● *04* · 格卑：格调不高。罗隐《哭张博士太常》：“格卑虽不称，言重亦难忘。”汩汩：水急流不断。

● *05* · 力学：努力学习忘情世俗。结合前文和尾联的内容看，这里的“力学”与“治学”无关。韩偓《格卑》有“格卑尝恨足牵仍，欲学忘情似不能”句，较能说明本诗“格卑”“力学”二句的意思。强：勉力。《孟子·滕文公下》：“强而后可。”悠悠：安闲静止。《诗经·小雅·车攻》：“萧萧马鸣，悠悠旆旌。”

● *06* · 掉手：俗语，转换、换手的意思。尘中：世俗之中，此谓仕途、官场。

● *07* · 漫流：丰沛的水流。戎昱《宿湘江》：“九月湘江水漫流，沙边唯览月华秋。”皎然《西溪独泛》：“道情何所寄，素舸漫流间。”

品·评

前二韵回忆在黄州的日子，任风任雨，安闲自在。“一夜风欺竹，连江雨送秋”一联，清峭中显露风神，句工格高。后二韵写现状与心理。格调凡俗的生活在川流不息，自己力求忘情于世俗，勉强还能安闲悠静。诗人表示终究要从仕途中彻底摆脱出来，栖身潇湘，垂钓漫流。全诗语言清拔，风格淡逸。本诗在研究牧之任黄州刺史以后的思想和心态方面，是非常值得注意的作品。

江上雨寄崔碣 [01]

注·释

● *01* · 崔碣：字东标，曾任右拾遗，河南尹，咸乾间任陕虢观察使。参《新唐书·宰相世系表》《新唐书·僖宗本纪》。

● *02* · 圆文：雨落水面漾起的圆形水纹。李峤《雨》："斜影风前合，圆文水上开。"蜀罗：蜀州丝罗，唐代为地方贡品。张祜《送走马使》："新样花文配蜀罗，同心双带蹙金蛾。"

● *03* · 暗澹：昏暗不明貌。元稹《桐花落》："暗澹灭紫花，句连蹙金萼。"

● *04* · 旧恨：唐人言"恨"，多悲愁之意。卢纶《秋中野望寄舍弟绶兼令呈上西川尚书舅》："旧恨尚填膺，新悲复萦睫。"雍陶《忆山寄僧》："新愁旧恨多难说，半在眉间半在胸。"

春半平江雨，　圆文破蜀罗。[02]
声眠篷底客，　寒湿钓来蓑。
暗澹遮山远，[03] 空蒙著柳多。
此时怀旧恨，[04] 相望意如何。

品·评

这是一首对友人的亲切怀念之歌，据说曾深得黄庭坚"酷爱而屡称之"（祝诚《莲堂诗话》卷上）。仲春时节，诗人的行舟在连绵不断的雨中飘摇，他想起友人，不禁"新悲徒自起，旧恨空浮江"（孟郊《和令狐侍郎郭郎中题项羽庙》），故借景抒怀。颈联"暗澹""空蒙"状愁最为形象，而一"远"一"多"写出悲愁之深广。末句言"相望意如何"，将诗笔从对面写来，设想当我思友人之时，友人也在怀想自己，是老杜"香雾云鬟湿，清辉玉臂寒"（《月夜》）之手法。

丹水

01

何事苦萦回，　离肠不自裁。[02]
恨声随梦去，　春态逐云来。[03]
沉定蓝光彻，　喧盘粉浪开。
翠岩三百尺，[04] 谁作子陵台？[05]

注·释

● 01 · 本诗作于开成四年（839），时杜牧越武关，经商山而至京城，任左补阙、史馆修撰。丹水，发源于陕西商县冢岭山，东入河南省境，流入均水。见《水经注 · 丹水》。

● 02 · 离肠：离别时的伤感。王昌龄《送李擢游江东》："离肠便千里，远梦生江楼。"自裁：不能自我决定。裁，定夺。此处以情不自禁状作拟人化描写。

● 03 · 春态：春天的容态。李九龄《春行遇雨》："夹路轻风撼柳条，雨侵春态动无憀。"

● 04 · 翠岩：《水经注 · 丹水》："黄水北有墨山，山石悉黑，缋彩奋发，黝焉若墨；丹水南有丹崖山，山悉赪壁霞举，若红云秀天。二岫更为奇观也。"

● 05 · 子陵台：东汉严子陵钓鱼处，在睦州桐庐县西南三十里富春江七里濑。

品·评

起笔发问："何事苦萦回，离肠不自裁"，郁悒之情溢满纸端。"恨声""春态"以下以丽句抒写不怡情怀，最后将诗旨引向归隐一端。全诗鲜丽工切，藻采艳发，却没有浮华之感，正所谓情愫流贯，意味便浓。

途中作[01]

注·释

● 01 · 本诗作于开成四年（839）杜牧赴京任左补阙、史馆修撰经南阳途中。同时之作有《村行》。

● 02 · 风澹：和风澹荡，多指春风。杨巨源《杨花落》："韶风澹荡无所依，偏惜垂杨作春好。"

● 03 · 雨余：雨后。

● 04 · 袖半垂：征人衣衫较常服为紧，衣袖亦不宽松，以便于旅行，故其状称"袖半垂"。垂袖者，唐代贵族着闲装的样子。元稹《古艳诗二首》（其一）："春来频到宋家东，垂袖开怀待好风。"

● 05 · 行乐：李白《月下独酌》："月既不解饮，影徒随我身。暂伴月将影，行乐须及春。"

绿树南阳道，　千峰势远随。
碧溪风澹态，[02] 芳树雨余姿。[03]
野渡云初暖，　征人袖半垂。[04]
残花不足醉，　行乐是何时。[05]

品·评

作者开成四年赴京任左补阙、史馆修撰经南阳途中两首五言诗都是清疏秀朗的佳选。本诗"绿树南阳道，千峰势远随"两句，大笔涂抹风景，笔力饱满，而"碧溪风澹态，芳树雨余姿"写雨后韶风，清新恬淡，亦可与"袅袅垂柳风，点点回塘雨"媲美。"野渡""征人"一联，抒发行旅情景，大可入画。尾联写"残花"，有惜春之意，自然引出行乐之想，见诗人性情一斑。

秋晚早发新定 01

解印书千轴，[02] 重阳酒百缸。[03]
凉风满红树，晓月下秋江。[04]
岩壑会归去，[05] 尘埃终不降。[06]
悬缨未敢濯，[07] 严濑碧淙淙。[08]

注·释

● *01* · 本诗作于大中二年（848）重阳杜牧即将由睦州刺史赴京任司勋员外郎时。新定，郡名，即睦州。

● *02* · 解印：谓已与新任刺史交接完毕。《史记·张耳陈余列传》："陈余脱解印绶，推予张耳。"

● *03* · 重阳酒：谓时至重阳令节，当开怀畅饮。杜甫《晚晴吴郎见过北舍》："明日重阳酒，相迎自酸醅。"

● *04* · 秋江：牧之《朱坡绝句》对睦州治所建德亦称"江城"，东阳江、新安江合于州城南十里。

● *05* · 岩壑：隐逸之处。《宋书·隐逸传赞》："岩壑闲远，水石清华。"杨炯《和石侍御山庄》："烟霞非俗宇，岩壑只幽居。"

● *06* · "尘埃"句：谓超逸尘表，不以世俗为归。语出《史记·屈原列传》："濯淖污泥之中，蝉蜕于浊秽，以浮游尘埃之外，不获世之滋垢。"韦应物《天长寺上方别子西有道》"高旷出尘表，逍遥涤心神"与牧之"尘埃终不降"意思相近。

● *07* · 悬缨：挂冠，即辞去官职。冯集梧《樊川诗集注》卷三注引陶弘景《解官表》："恒思悬缨象阙，孤耕垄下。"濯缨：《孟子·离娄上》引孺子歌曰："沧浪之水清兮，可以濯我缨；沧浪之水浊兮，可以濯我足。"

● *08* · 严濑：即严子陵钓台所在。参见《正初奉酬歙州刺史邢群》"曾得严光作钓家"句注。

品·评

前二句写郡印交替后的心情。"解印书千轴"让人想到漫卷诗书之轻松喜悦，此时正逢重阳佳节，故当以"酒百缸"一醉方休。三、四句将"秋晚早发新定"的题意一一写足，笔致爽丽，秋景如画。五、六句笔锋一转，写赴阙时的矛盾心理，表现对"烟霞非俗宇，岩壑只幽居"，"高旷出尘表，逍遥涤心神"的向往。结束处又进一层，其欲悬缨而未敢濯，慕严濑而不敢留的复杂心态，生动可感。

襄阳雪夜感怀[01]

往事起独念，　飘然自不胜。
前滩急夜响，　密雪映寒灯。
的的三年梦，[02]　迢迢一线緪。[03]
明朝楚山上，[04]　莫上最高层。

注·释

● *01* · 杜牧《上宰相求湖州第二启》云："（开成）五年冬，某为膳部员外郎，乞假往浔阳，取颤西归。"本诗即作于牧之自京往浔阳途经襄阳时。牛僧孺开成四年（839）八月以检校司空、兼平章事拜襄州刺史、山南东道节度使，其时亦正在此处。

● *02* · 的的：分明貌。

● *03* · 緪：连贯。李贺《仁和里杂叙皇甫湜》："枉辱称知犯君眼，排引才升强緪断。"

● *04* · 楚山：即岘山，襄阳春秋时属楚，故谓之楚山。《太平寰宇记》："岘山在襄州襄阳县东南九里，东临汉水，古今大路。"《水经注》："岘山，羊祜之镇襄阳也，与邹润甫尝登之。及祜薨后，后人立碑于故处，望者悲感，杜元凯谓之堕泪碑。"

品·评

此诗的感情表达相当含蓄隐晦，"独念"念何？"三年梦"所喻为何？是回想当年扬州幕府生活，还是曾经来过襄阳时经历的往事？"明朝楚山上，莫上最高层"，是一般意义的抒发感伤情怀，还是有特定的喻旨？这些都如寒灯密雪，飘忽难测。此诗情辞朦胧而美，作者未予道明的情感隐秘增加了它的魅力。

睦州四韵
01

注·释

● *01* · 本诗作于大中二年（848）杜牧任睦州刺史时。睦州，治所在今浙江建德县。

● *02* · 钓台：东汉严子陵钓鱼处，在睦州庐桐县西富春江七里濑。参见《正初奉酬歙州刺史邢群》“曾得严光作钓家”句注。

● *03* · 杜陵客：作者自谓，牧之《赠沈学士张歌人》云：“凭君更一醉，家在杜陵边。”《登九峰楼》：“为郡异乡徒泥酒，杜陵芳草岂无家。”

● *04* · 中酒：半醉。《日知录》：“中酒，谓酒半也。《吕氏春秋》谓之中饮。”

州在钓台边，[02] 溪山实可怜。
有家皆掩映，　无处不潺湲。
好树鸣幽鸟，　晴楼入野烟。
残春杜陵客，[03] 中酒落花前。[04]

品·评

首联平平而起，然“钓台”“溪山”都显示出诗人的精神祈向。“有家”“无处”一联对得工整却极自然，毫无着力雕琢之态。颈联“幽”字、“野”字亦不炼而成，渲染出一种闲处退居的气氛，最后以“中酒落花前”收结，淡泊生情。

夜泊桐庐先寄苏台卢郎中 01

水槛桐庐馆，[02] 归舟系石根。[03]
笛吹孤戍月，犬吠隔溪村。
十载违清裁，[04] 幽怀未一论。[05]
苏台菊花节，[06] 何处与开樽？

注·释

● *01* · 本诗作于大中二年（848）九月，时杜牧自睦州启程赴京，任司勋员外郎，史馆修撰。桐庐：睦州所辖县，严子陵钓台在县西三十里。见《元和郡县图志》卷二五《睦州》。苏台，代指苏州。宋吴处厚《青箱杂记》卷八："苏有姑苏台，故苏州谓之苏台。"按，姑苏台在姑苏山。《吴郡志》卷一五："姑苏山，一名姑胥，一名姑余。连横山之北，古台在其上。"卢郎中，卢简求，时任苏州刺史。参郁贤皓《唐刺史考·江南东道》。

● *02* · 桐庐馆：桐庐驿。冯集梧《樊川诗集注》卷三注引《通典》："唐三十里置一驿，非其通途大路，则曰馆。"

● *03* · 归舟：因此行赴京，是归家乡，故曰归舟。

● *04* · 清裁：清雅的风裁，对具有清望者的敬称。

● *05* · 幽怀：深衷，深心情怀。韩愈《幽怀》："幽怀不能写，行此春江浔。"一论：尽诉。

● *06* · 菊花节：重阳节。从汉代初年始，九月九日有佩茱萸、食饵、饮菊花酒的习俗，故重阳节又称"菊花节"。刘昚虚《九日送人》："从来菊花节，早已醉东篱。"

品·评

开成五年，杜牧往浔阳探视其弟杜𫖮眼疾，经过襄阳，曾与正在牛僧孺幕府中的卢简求相见，至大中二年已历九年，故诗人约而言之："十载违清裁，幽怀未一论。"本诗寄与故知，感情自然真挚，清风如兰。"笛吹孤戍月，犬吠隔溪村"一联，雅洁俊爽，萧散清迥，秀句可讽。

茶山下作[01]

注·释

● *01* · 本诗为大中五年（851）春作，时杜牧任湖州刺史。茶山，湖州顾渚山，所产紫笋茶，唐时为贡品。《西清诗话》："唐茶品虽多，唯湖州紫笋入贡。紫笋生顾渚，在常、湖二郡之间。当采茶时，两郡守毕至，最为盛会。唐杜牧诗所谓'溪尽停蛮棹，旗张卓翠苔'，刘禹锡'何处人间似仙境，春山携妓采茶时'，皆以此。"本年三月，杜牧至顾渚山督采春茶。

● *02* · 窈窕：美好貌。

● *03* · 健水鸣：茶山下箬溪水流激荡。杜牧《题茶山》："柳村穿窈窕，松涧渡喧豗。"

● *04* · 佳人携：刘禹锡《洛中送韩七中丞之吴兴口号》："何处人间似仙境，春山携妓采茶时。"

春风最窈窕，[02] 日晓柳村西。
娇云光占岫，　健水鸣分溪。[03]
燎岩野花远，　戛瑟幽鸟啼。
把酒坐芳草，　亦有佳人携。[04]

品·评

《元和郡县志》卷二五云："顾山在（长兴）县西北四十二里，贞元以后，每岁以进奉顾山紫笋茶，役工三万人，累月方毕。"作者督采春茶到此，颇有兴致。在诗中将顾渚情景描绘如画，春风日晓，娇云健水，野花幽鸟，一一写来，意象繁复；末写芳草美人，把酒纵情，在茶山春图上抹上一笔浓重的浪漫色彩。

栽竹

注·释

● *01*·遮日：竹叶婆娑，可以蔽日。杜荀鹤《夏日登友人书斋林亭》："蝉噪槛前遮日竹，鹭窥池面弄萍鱼。"

● *02*·羽林：皇帝禁卫军的名称，唐设左右羽林卫。此指竹竿树立，犹如羽林戈矛仪仗。

● *03*·烟露姿：含烟带露的姿态。

● *04*·萧骚：象声词。李中《对雨寄朐山林番明府》："遥知公退琴堂静，坐对萧骚饮兴生。"

● *05*·敲劼：两物碰击声。劼，《尚书·酒诰》："予惟曰：'汝劼毖殷献臣。'"蔡沈集传："劼，用力也。"

● *06*·尘冠：官帽。挂冠，即辞去官职。

本因遮日种，[01] 却似为溪移。

历历羽林影，[02] 疏疏烟露姿。[03]

萧骚寒雨夜，[04] 敲劼晚风时。[05]

故国何年到，尘冠挂一枝。[06]

品·评

从首联"本因遮日种，却似为溪移"二句看，"栽竹"实为"移竹"，而"为溪移"三字中或有某种喻义在。中二联是情景双绘、精致工整的对仗，"萧骚""敲劼"状"寒雨夜"和"晚风时"，可感可闻。末联云"故国何年到，尘冠挂一枝"，从"竹"的清高引出赴京散淡为政，大隐朝市的心境，意味深长。

梅

轻盈照溪水，　掩敛下瑶台。[01]
妒雪聊相比，　欺春不逐来。[02]
偶同佳客见，[03] 似为冻醪开。[04]
若在秦楼畔，　堪为弄玉媒。[05]

注·释

● *01* • 掩敛：羞涩而端庄貌。吴融《杏花》："粉薄红轻掩敛羞，花中占断得风流。"瑶台：传说中神仙居住之地。屈原《离骚》："望瑶台之偃蹇兮，见有娀之佚女。"

● *02* •"妒雪"二句：说嫉妒雪色，便欲和它相比；藐视春天，不愿意随之而来。

● *03* • 佳客：杜甫《宾至》："竟日淹留佳客坐，百年粗粝腐儒餐。"

● *04* • 醪：本指浊酒，这里将"冻醪开"作为寒冬饮酒的雅兴。

● *05* • 弄玉：《列仙传》卷上《萧史》："萧史者，秦穆公时人也，善吹箫，能致孔雀、白鹤于庭。穆公有女，字弄玉，好之，公遂以女妻焉。日教弄玉作凤鸣。居数年，吹似凤声，凤凰来止其屋。公为作凤台，夫妇止其上。不下数年，一旦皆随凤凰飞去。"

品·评

作者无意于刻画梅花的外貌形态，而重在写其神。"轻盈""掩敛"见其美质，"妒雪""欺春"显其傲骨，现身于佳客来时，开放于冻醪香中，说明其高贵不俗；在秦楼之畔，可为弄玉作媒，进一步写其有情而通感。全诗构思独特，吐属清华，在晚唐咏物之作中别具韵致。

鹦鹉

华堂日渐高，雕槛系红绦。[01]
故国陇山树，[02] 美人金剪刀。[03]
避笼交翠尾，[04] 罅嘴静新毛。[05]
不念三缄事，[06] 世途皆尔曹。[07]

注·释

● 01 · 红绦：红丝带。

● 02 · 陇山：在今陕西陇县至甘肃平凉一带。祢衡《鹦鹉赋》："唯西域之灵鸟兮，挺自然之奇姿。"《文选》卷一三李善注："西域，谓陇坻，出此鸟也。"

● 03 · 金剪刀：谓被剪去翅羽，关闭于笼中。祢衡《鹦鹉赋》："尔乃归穷委命，离群丧侣，闭以雕笼，剪其翅羽。"

● 04 · 翠尾：冯集梧《樊川诗集注》卷三注引左九嫔《鹦鹉赋》："色则丹喙翠尾，绿翼紫颈。"

● 05 · 罅嘴：裂开嘴。此指张嘴以喙整理羽毛。

● 06 · 三缄：封口三重，喻慎于言辞。汉刘向《说苑·敬慎》："孔子之周，观于太庙。右阶之前，有金人焉。三缄其口，而铭其背曰：'古之慎言人也。'"又见《孔子家语·观周》。严维《送桃岩成上人归本寺》："余生愿依止，文字欲三缄。"

● 07 · 尔曹：汝等，你们。此指言辞不谨慎者。

品·评

本诗有所寄托。作者曾任监察御史、左补阙，本诗所喻当与这些以监察、进言为职的经历有关。故国陇山树上鸟，即"京城鹦鹉"。它虽有华堂、雕槛的表面荣华，实际上在金剪刀下，离群丧侣，闭以雕笼，十分无奈。本当谨慎言语，偏偏它不肯三缄其口，这就难免被指摘和冷落的命运了。"世途皆尔曹"，是自嘲慨叹之笔。

遣兴

镜弄白髭须，　如何作老夫。[01]
浮生长勿勿，[02] 儿小且呜呜。[03]
忍过事堪喜，　泰来忧胜无。[04]
治平心径熟，[05] 不遣有穷途。[06]

注·释

● *01* ·“镜弄”二句：谓既髭须尽白，则甘当老夫。典出《南史·齐本纪下》：“郁林王讳昭业，字元尚，小字法身，文惠太子长子也。高帝为相王，镇东府，时年五岁，床前戏。高帝方令左右拔白发，问之曰：‘儿言我谁耶？’答曰：‘太翁。’高帝笑谓左右曰：‘岂有为人作曾祖而拔白发者乎。’即掷镜、镊。”

● *02* · 勿勿：即匆匆之意。见《颜氏家训·勉学》。

● *03* · 儿小：牧之有子曹师、柅柅，分别为牧之三十五岁和三十九岁时生。又“别生二男，曰兰、曰兴，一女，曰真，皆幼”。见《自撰墓志铭》,《樊川外集》有《留诲曹师等诗》，亦可参。

● *04* · 泰：易卦名。乾下坤上，为上下交通之象。与否相对，象征通畅、安宁。

● *05* · 治平：心境平和安顺。杜牧《送卢秀才赴举序》：“治心莫若和平。”心径：冯集梧注引谢朓《思归赋序》：“心之径也有域，而怀重渊之深。”在这里心径即心域的意思。熟：圆熟。

● *06* ·“不遣”句：谓不会像魏晋名士阮籍那样激愤，驾车独游，走上穷途绝路，然后痛哭而返。阮籍事见《三国志·魏书·王粲传》。

品·评

这是“浮生”进入“老夫”阶段时的心理独白。诗人说经过变动不居的人生的历练，已服膺忍过事喜、泰来忧无之理，获得心态安顺、不遣穷途的圆融智慧。作品通篇为简淡超逸的心态叙述，犹如豪荡激楚的巨澜之后，江面留下的是一片风平浪静的景致。

早秋

注·释

● *01* · 秋标：秋信，实即指初起的秋风。齐己《惊秋》："褰帘听秋信，晚傍竹声归。"

● *02* · 酷吏：与循吏相对。《史记》始设《酷吏传》，列张汤等人。此句写大暑已消，如同酷吏远去一般。刘长卿《初贬南巴至鄱阳题李嘉祐江亭》："地远明君弃，天高酷吏欺。"

● *03* · 噘：通"颦"，攒眉，感受晚花气息之状。顾况《梁广画花歌》："手把梁生画花看，凝噘掩笑心相许。"

● *04* · 铢秤：以铢为最小单位的衡器。铢，一两的二十四分之一。

● *05* · 陈陈：含深、多、久之义。

疏雨洗空旷，　秋标惊意新。[01]
大热去酷吏，[02] 清风来故人。
尊酒酌未酌，　晚花噘不噘。[03]
铢秤与缕雪，[04] 谁觉老陈陈。[05]

品·评　全诗写"早秋"的感受，形象生动，细致入微。首言疏雨将天空洗润得清新宜人，秋信送凉意使人非常敏感。此处"惊"字的用法与杜审言"偏惊物候新"仿佛，醒目振作。"大热去酷吏，清风来故人"一联造语极为独特，"酷吏"之可厌，"故人"之可喜，比之于"大热"与"清风"，笔法开放，置于"早秋"时节，又如此妥帖。继云酒酌而未酌，花颦而不颦，都在描写秋气初至的感觉。结束处再以"铢秤"和"缕雪"进一步描写细微之妙，具体可感。

过勤政楼

01

千秋令节名空在，[02]

承露丝囊世已无。[03]

唯有紫苔偏称意，[04]

年年因雨上金铺。[05]

注·释

● 01 · 勤政楼：唐玄宗开元年间所建“勤政务本之楼”。

● 02 · 千秋令节：因唐玄宗生日所建之节。《资治通鉴》卷二一三：“开元十七年八月，癸亥，上以生日宴百官于花萼楼下。左丞相乾曜、右丞相说帅百官上表，请以每岁八月五日为千秋节，布于天下，咸令宴乐。”

● 03 · 承露丝囊：节日风俗活动。刘悚《隋唐嘉话》：千秋节“群臣上万岁寿，王公戚里进金镜绶带，士庶结丝承露囊，更相问遗”。王楙《野客丛书》卷七：“按《华山记》，弘农邓绍，八月晓入华山，见童子执五彩囊盛柏叶露食之。此事在汉武帝之前。……唐人千秋节以丝囊承露，亦袭其旧，正八月初故事。”

● 04 · 紫苔：苔藓。称意：一作“得意”。

● 05 · 金铺：门饰。司马相如《长门赋》：“挤玉护以撼金铺兮。”《文选》注“金铺”云：“扉上有金花，花中作纽环以贯锁。”

品·评

这是一首讽刺意味极浓的怀古诗。凡勤政者，当能建功业于永久。然玄宗在天宝中后期恰恰忠良不进，政务松弛，而引发安史之乱，唐王朝从此衰退。诗人过楼而倍生凄凉，无限感慨都化于令节不再隆盛，苔藓爬满废门的对比和感慨之中。周珽《唐诗选脉会通评林》评曰：“夫苔必以无人行地始生，年年因雨至上于金铺，则比‘楼台深锁无人到’更深矣。回想千秋宴庆之盛时，能不起后人凭吊之悲感乎？‘偏称’二字借无情之苔为有意，描写凄凉，构思甚奇。”

过魏文贞公宅 01

蟪蛄宁与雪霜期，02

贤哲难教俗士知。03

可怜贞观太平后，04

天且不留封德彝。05

注·释

●01·魏文贞公宅：《长安志》："朱雀街东永兴坊，太子太师郑国公魏徵宅。"诗题一作题魏文贞。魏文贞，即魏徵，贞观名臣，知无不言，敢于直谏，史以"诤臣"称之，是唐太宗称为"以人为镜，可以明得失"者，卒谥文贞。

●02·蟪蛄：蝉类，以夏季为生命期，至秋即死，生存短暂。《庄子·逍遥游》："朝菌不知晦朔，蟪蛄不知春秋。"故此句说蟪蛄怎么能够和雪霜相遇呢？

●03·贤哲：贤明而智慧者，此指魏徵。俗士：平凡庸常者，此指封德彝。

●04·贞观：唐太宗年号（627—649）。这一时期太宗虚怀纳谏，举贤任能，吏治比较清明，务行宽简，与民休息，封建统治比较稳定，达到大治之境，史称"贞观之治"，成为在历史上可与汉代"文景之治"相媲美的盛世。

●05·封德彝：唐太宗时宰相，名伦，以字行。太宗即位之初，与群臣议政，魏徵主张大乱之后当行"圣哲之治"，封德彝激烈反对，认为"（魏）徵书生，好虚论，徒乱国家，不可听"。然太宗对魏徵之议采纳不疑，后终于使国力增强，社会安定，天下大治。这时封德彝已卒，唐太宗谓群臣曰："此徵劝我行仁义，既效矣。惜不令封德彝见之！"事见《新唐书·魏徵传》。

品·评

对于晚唐人来说，初唐开创一代盛世的贤哲已经过于遥远，当时的封德彝都不能见到"圣哲之治"的实现，更何况后人呢？"天且不留封德彝"一句措语、口吻都极有意味。全诗之旨其实并不在于批评封德彝这个"俗士"，而是感叹贤哲不能再世，盛世永不再现。

及第后寄长安故人
01

东都放榜花未开，[02]
三十三人走马回。[03]

注·释

● *01* · 本诗见《樊川外集》。杜牧科举及第在大和二年（828）春，时二十六岁。王定保《唐摭言》卷三“慈恩寺题名游赏赋咏杂记”条云：“大和二年，崔偃侍郎东都放榜，西都过堂，杜牧有诗云云。”

● *02* · 东都：洛阳。《旧唐书·文宗记》：“大和元年七月辛巳，敕今年权于东都置举。”唐代进士考试，一般每年举行一次，时间多于正月在长安举行，偶有在东都省试。放榜：张榜于墙公布进士及第者名单。另有“榜帖”，为泥金书帖，称“金花帖子”，可以传通各地。“花未开”语有复义：一者，张榜时令在冬春之际；二者，及第后方为出身，即取得进士资格，再通过吏部铨试（关试）后才可释褐授官，故云“花未开”。

● *03* · 三十三人：唐代进士常科，每年录取二十多或三十多人不等。陈标《赠元和十三年登第进士》：“春官南院粉墙东，地色初分月色红。文字一千重马拥，喜欢三十二人同。”与杜牧大和二年同科及第的有韦筹、厉玄等。见徐松《登科记考》卷二十。当年杜牧又制举中捷，《资治通鉴》卷二四三：（大和二年闰三月）“甲午，贤良方正裴休、李郃、李甘、杜牧、马植、崔玙、王式、崔慎由等二十二人中第，皆除官。”走马回：回长安也。进士及第后，不仅要在长安过吏部关试，拜谒座主和宰相（过堂）等仪式，多种宴集活动也在长安举行。

● *03*・秦地少年：指长安少年。此句说长安少年可多准备美酒，为我们庆贺。

● *04*・“却将”句：谓带着春天的喜讯回到关中。缪钺《杜牧年谱》谓：“唐人往往谓过关试为‘春色’。”引《唐摭言》卷一《述进士》下篇小注：“近年及第未过关试者，皆称新及第进士，所以韩中丞仪尝有《知闻近过关试，议以一篇纪之》曰：‘短行轴了付三铨，休把新衔恼必先。今日便称前进士，如留春色与明年。’”又唐人言“关”，一般指函谷关，在河南灵宝县，洛阳在其东南。唐人以长安为关内，洛阳为关外，如《贞观政要・纳谏第五》张玄素云：洛阳“但以形胜不如关内也”。

秦地少年多酿酒，*03*

却将春色入关来。*04*

品・评　科举是古代士子改变命运，实现抱负的重要途径，即使是“昔日龌龊不堪言”者，一旦登科也会“今朝放荡思无涯”，更何况杜牧以青春年华一举及第呢？这首诗写得激情洋溢，踌躇满志，在字里行间，我们能够听到“春风得意马蹄疾”的愉悦心曲。这样的诗不必用典，直接抒情便能感人，而起结两句稍含复义，又使全诗平添了几分蕴藉和风致。

念昔游（三首选二）[01]

十载飘然绳检外，
樽前自献自为酬。[02]
秋山春雨闲吟处，
倚遍江南寺寺楼。[03]

李白题诗水西寺，[04]
古木回岩楼阁风。
半醒半醉游三日，
红白花开山雨中。[05]

注·释

● *01*·《念昔游》题下原为三首，而第二首“云门寺外逢猛雨，林黑山高雨脚长”云云，写越州情景，与其他两首描写宣州生活者不同，疑非一时一地之作，故不选入。此二首当作于开成四年（839）离开宣州赴任左补阙、史馆修撰时。

● *02*·“十载”二句：牧之《自宣城赴官上京》“潇洒江湖十过秋，酒杯无日不迟留”二句与此二句意思相似，表现自大和二年（828）在沈传师幕府担任僚属，到开成四年（839）任职宣州幕府优游自在、流连酒乡、不受检束的生活。绳检：约束行为的礼法。自献自酬：献与酬原是古人饮酒时相互敬酒的礼节，这里形容自斟自饮之状。《诗经·小雅·楚茨》：“为宾为客，献酬交错。”郑笺：“始主人酌宾为献，宾既酌主人，主人又自饮酌宾曰酬。”

● *03*·江南寺：《北史·李公绪传》：“江南多以僧寺停客。”张籍《送闲师归江南》：“遍住江南寺，随缘到上京。”

● *04*·水西寺：原注：“宣州泾县。”水西寺在泾县水西山上，下临泾溪。寺建于南齐永明年间，原名凌岩寺，上元时改名为天官水西寺。李白尝游于此，有两首诗写及该寺，即《游水西简郑明府》：“天官水西寺，云锦照东郭。”《别山僧》：“何处名僧到水西，乘舟弄月宿泾溪。”

● *05*·山雨：一作“烟雨”。

品·评

这是牧之早年诗酒生活的真实写照。据宋周紫芝《竹坡诗话》，杜牧在宣城时尝连游水西寺三日，除上述第二首提及此事外，同时之作尚有五言绝句一首：“三日去还住，一生焉再游。含情碧溪水，重上粲公楼。”与五言相比，《念昔游》二首可谓笔致潇洒得多。“自献自为酬”“江南寺寺楼”“半醒半醉游”“花开山雨中”等诗句，似毫不着力，却引出全诗流动回转的旋律，透露出作者的意态逸放、气度深弘，从中可以感受到盛唐遗韵。

过华清宫绝句三首 01

长安回望绣成堆，02
山顶千门次第开。03
一骑红尘妃子笑，
无人知是荔枝来。04

新丰绿树起黄埃，05
数骑渔阳探使回。06
霓裳一曲千峰上，07
舞破中原始下来。

注·释

● *01* · 华清宫：唐行宫，贞观始建，在今陕西临潼骊山。参《华清宫三十韵》题注。

● *02* · 绣成堆：《雍大记》："东绣岭在骊山右，西绣岭在骊山左。唐玄宗时植林木花卉如锦绣，故名。"

● *03* · 千门：谓山上宫殿之多。次第：依次。卢纶《送魏广下第归扬州》："楚乡云水内，春日众山开。淮浪参差起，江帆次第来。"

● *04* · 荔枝来：李肇《唐国史补》："杨贵妃生于蜀，好食荔枝。南海所生，尤胜蜀者，故每岁飞驰以进。"

● *05* · 新丰：汉县名，故城在今陕西西安。

● *06* · 渔阳探使：原注："帝使中使辅璆琳探禄山反否，璆琳受禄山金，言禄山不反。"事见《资治通鉴》卷二一七。渔阳：郡名，即蓟州，治所在今天津，此代指安禄山发动叛乱之地。

● *07* · 霓裳一曲：即霓裳羽衣舞，参《华清宫三十韵》"霓作舞衣裳"句注。又，葛立方《韵语阳秋》卷一五："明皇每用杨太真舞，故《长恨词》云：'风吹仙袂飘飘举，犹似霓裳羽衣舞。'……其后文人往往指《霓裳》为亡国之音。"

万国笙歌醉太平，[08]

倚天楼殿月分明。

云中乱拍禄山舞，[09]

风过重峦下笑声。

● 08 · 万国：远近各方。许浑《献韶阳相国崔公》："万国已闻传玉玺，百官犹望启金縢。"

● 09 · 禄山舞：安禄山曾跳《胡旋舞》邀宠。《新唐书·逆臣传上》："时杨贵妃有宠，禄山请为妃养儿，帝许之。""晚益肥，腹缓及膝，奋两肩若挽牵者乃能行，作《胡旋舞》帝前，乃疾如风。帝视其腹曰：'胡腹中何有而大？'答曰：'唯赤心耳！'"

品·评 这是晚唐以华清宫为题材的咏史诗中最著名的一组。唐玄宗天宝年间荒于政事，杜贤用奸，宠爱杨贵妃，并甚为宠信贵妃"养儿"安禄山，沉迷昏庸之至，最终导致安史之乱爆发。第一首述玄宗不惜历险道蚕丛，快马急送荔枝，以供美人一粲，抒发"褒姬烽火一笑倾周之慨"（俞陛云《诗境浅说续编》），显示华清宫的荒唐一幕，精警深刻。二、三两首，转写玄宗之昏庸。兵变已经发生，却浑然不知，派出渔阳探使，竟又被其蒙蔽，仍沉醉太平，享受声色。"舞破中原始下来"和"风过重峦下笑声"两句，用极为冷峻之笔讽刺，感慨殊深，真能振聋发聩。

登乐游原 01

注·释

● *01* · 本诗作于大中四年（850）初秋。乐游原，见《将赴吴兴登乐游原一绝》题注。

● *02* · 澹澹：广漠貌。张九龄《登郡城南楼》："澹澹澄江漫，飞飞度鸟疾。"

● *03* · 汉家：汉朝，唐人往往以汉喻唐。

● *04* · 五陵：西汉五个皇帝的陵墓，即高帝长陵，惠帝安陵，景帝阳陵，武帝茂陵，昭帝平陵。自汉末，五陵即在不断的兵乱中被盗。

长空澹澹孤鸟没，02
万古销沉向此中。
看取汉家何事业，03
五陵无树起秋风。04

品·评

这是一首怀古诗。首二句感物兴情，托寓深广。广漠的天空中孤鸟远逝，暗示出时空最是无情，古往今来一切都将湮灭其中，永销不复。后二句就五陵景况发为议论，"言汉家盛业，青史烂然，而五陵寂寞，只余老树吟风，已可深慨，今并树无之，其荒寒为何等耶！"（俞陛云《诗境浅说续编》）唐人言汉，往往喻唐。这里对汉帝归于陵丘，陵丘也不能永固的慨叹，影盖当代，深沉镵刻，颇得风人之旨。

春申君 [01]

烈士思酬国士恩，[02]
春申谁与快冤魂。
三千宾客总珠履，[03]
欲使何人杀李园。[04]

注·释

● *01* · 春申君：名黄歇，战国楚人，游学博闻，顷襄王时，出使于秦，止秦之攻。考烈王立，以歇为相，因其封地介于蕲春、申息之间，故曰春申君。为战国四公子之一。

● *02* · 烈士：有志功业、重义轻生之人。国士恩：以国士之礼相待之恩。魏徵《出关》："岂不惮艰险，深怀国士恩。"

● *03* · 三千宾客：《史记·春申君列传》："赵平原君使人于春申君，春申君舍之于上舍。赵使欲夸楚，为玳瑁簪，刀剑室以珠玉饰之，请命春申君客。春申君客三千余人，其上客皆蹑珠履以见赵使，赵使大惭。"珠履：饰有珠子的鞋子。

● *04* · 李园：春申君门客之一。先献其妹与春申君，知其有孕，又阴谋将其妹献与楚王，春申君惑于其说，使得逞。楚王召入幸之，遂生子男，立为太子，其妹遂为王后，而李园随之显贵。楚考烈王死后，李园恐事泄露，派侠客刺杀春申君，斩其头，投之棘门外，并尽灭春申君之家。事见《史记·春申君列传》。

品·评

二十八字，字字悲怆。春申君乃欲一酬"国士恩"之烈士，然一念之差终铸成大错，以致丧身绝祀。养三千宾客，当有一日之用，而纵使其皆为蹑珠履之上客，又有谁能为之击杀李园，报仇雪恨？四句中两用设问，见作者对千古冤魂之同情，对阴谋小人之郁愤。

奉陵宫人

01

相如死后无词客，[02]

延寿亡来绝画工。[03]

玉颜不是黄金少，[04]

泪滴秋山入寿宫。[05]

注·释

● *01* · 奉陵：遣派宫人侍奉帝王陵寝。《后汉书·祭祀志下》：“汉诸陵皆有园寝，承秦所为也。……其亲陵所宫人随鼓漏理被枕，具盥水，陈严具。”唐制，凡诸帝升遐，宫人无子者，悉遣诣山陵，供奉朝夕，具盥栉，治巾枕，事死如事生。见冯集梧《樊川诗集注》卷二引《通鉴唐纪》注。

● *02* · 相如：司马相如，西汉著名辞赋家，有《上林》《长门》等作品。

● *03* · 延寿：汉元帝时宫廷画师毛延寿。据《西京杂记》卷二云，汉元帝后宫宫女甚多，遂命画师画其像，按画像召幸。诸宫女都贿赂画师，唯王嫱（昭君）不肯行贿毛延寿，因而不得召幸。后以和亲之需，出嫁匈奴。临行召见，元帝讶其美绝，为后宫第一，乃尽杀画师。本诗仅就延寿乃为宫女与帝王之媒介一端取意，实为活用原典。

● *04* · 玉颜：喻美貌，此代指奉陵宫人。《乐府解题》：陈皇后“退居长门宫，愁闷悲思，闻司马相如工文章，奉黄金百斤，令为解愁之词”。

● *05* · 寿宫：即陵寝。白居易《昭德皇后挽歌词》：“仙去逍遥境，诗留窈窕章。春归金屋少，夜入寿宫长。”

品·评

本诗以写“玉颜”宫人之怨为表，而以抒发内心不平为实。这位玉颜美貌者，与陈皇后相比，同样也有黄金，但为什么还是没有逃脱打入寿宫，泪滴秋山的命运呢？诗人认为是因为世无相如，且少延寿，无人为其奥援，通词绘形，引起人主注意。显然诗中之“奉陵宫人”实为遭受冷遇者的代名，故其怨愤之语，也就具有了相当普遍的代言意义。

读韩杜集[01]

杜诗韩集愁来读，[02]
似倩麻姑痒处抓。[03]
天外凤凰谁得髓，
无人解合续弦胶。[04]

注·释

●01·韩杜：韩愈和杜甫，唐代古文家和诗人之居巅峰者。集，一作“笔”。笔，无韵之文也。陆游《老学庵笔记》卷九：“南朝词人谓文章为笔……杜牧之云‘杜诗韩笔愁来读，似倩麻姑痒处抓’，亦袭南朝语耳。”

●02·愁来读：杜诗沉郁忧愤，韩文亦忧思感奋，故宜忧愁来时读之。

●03·麻姑：传说中的仙女。葛洪《神仙传》：“东汉桓帝时，仙人王远降于蔡经家，召麻姑至，年十八九，甚美，自云：‘接待以来，已见东海三为桑田。向到蓬莱，水又浅于往者会时略半也，岂将复还为陵陆乎？’蔡经见麻姑手指纤细似鸟爪，自念：‘背大痒时，得此爪以爬背，当佳。’”（《太平广记》卷六〇引）倩：请。

●04·续弦胶：据《海内十洲记》，凤麟洲在西海中，上多凤凰麒麟。人取凤喙麟角，合煎作胶，名之为续弦胶，此胶可续弓弩已断之弦。按，何薳《春渚纪闻》卷七等著作曾质疑此诗“髓”字恐为“喙”字之误。其实诗家基于想象，不拘泥原事，灵活用典，实不必苛求。在一定意义上，这正是杜牧死典活用的特色。

品·评

杜牧于唐代前辈作家中所推崇者乃李白、杜甫、韩愈、柳宗元四人，其《冬至日寄小侄阿宜诗》云：“李杜泛浩浩，韩柳摩苍苍。近者四君子，与古争强梁。”《雪晴访赵嘏街西所居三韵》又云：“命代风骚将，谁登李杜坛。少陵鲸海动，翰苑鹤天寒。”从此诗看，牧之颇有继武前贤，振兴吟坛之意。贺裳《载酒园诗话又编》评云：“紫微尝有句‘杜诗韩集愁来读，似倩麻姑痒处抓’，此正一生所得力处，故其诗文俱带豪健。‘天外凤凰谁得髓，无人解合续弦胶’，虽隐然自负，未之敢许也。”其实，“无人解合”一语，反映出晚唐文坛的某种状况，也透露出自我发展祈向，颇耐寻味。作为一首论诗评文绝句，本诗不仅以比喻切当巧妙而具有文学价值，对于了解一代文学以及作者的诗文观和旨趣，亦具有重要的学术史意义。

重送绝句[01]

注·释

● *01* · 本诗作于会昌四年前后。所谓“重送”，乃前已有《送国棋王逢》诗，见本书前选。

● *02* · 覆吴图 :《南史 · 萧惠基传》:“当时能棋人琅琊王抗第一品，吴郡褚思庄、会稽夏赤松第二品。赤松思速，善于大行，思庄戏迟，巧于斗棋。宋文帝时，羊玄保为会稽，帝遣思庄入东，与玄保戏，因置局图，还于帝前覆之。”

绝艺如君天下少，
闲人似我世间无。
别后竹窗风雪夜，
一灯明暗覆吴图。[02]

品·评

前二句一方面赞扬王逢棋艺精湛，一方面发抒被外放闲置的不满。后二句转写送别之情，“别后竹窗风雪夜，一灯明暗覆吴图”，因事抒怀，巧妙灵动，使全诗顿生闲逸清雅之气。末句冯集梧注云 :“‘覆吴图’未详，或云用晋杜预表请伐吴，帝与张华围棋，预表适至，张华推枰敛手事。”其实这里当是化用褚思庄覆原棋局图之事，褚思庄为吴郡人，故云“吴图”。由此正可见诗人用典不拘一格，善于变化。

少年行[01]

注·释

● *01* · 少年行：乐府杂曲歌辞。本出《结客少年场行》，唐人多用以写游侠题材，表现少年豪荡游乐之事，抒发轻死重义之情。

● *02* · 连环羁玉：将玉连环装饰在马络头上。连环羁玉，行走中有声有光，视听皆悦。

● *03* · 蔽泥：即障泥，垂于马腹两侧，用于遮挡飞尘泥土者。虬卷：拳卷的样子。

● *04* · 珠落：温庭筠《菩萨蛮》："玉纤弹处真珠落，流多暗湿铅华薄。"璀璀：鲜明貌。独孤及《和题藤架》："尊尊叶成幄，璀璀花落架。"白罽袍：用西域产的白色毛织品所制袍。参见《洛中送冀处士东游》"副之胡罽裘"句注。

连环羁玉声光碎，[02]

绿锦蔽泥虬卷高。[03]

春风细雨走马去，

珠落璀璀白罽袍。[04]

品·评

这是一个耽于游乐的贵族少年形象，是元和以后城市繁华生活的一个缩影。作者主要描写了这位少年的骏马和自身的华贵的装饰。翠色连环和绿锦障泥尽显马装之豪华，而真珠镶嵌白色罽袍，也足见少年身价之高贵。这一切作者有意在"细雨走马"的动态中表现。"声光碎"是马行时特有的听觉和视觉效果，珠落罽袍而主人浑然不知，少年一味跃马玩乐的情态可见。盛唐游侠少年多侠骨和血性，有强烈的承担意识和牺牲精神，中唐以后的游侠儿则徒存贵族式的奢华和纵游习性了，游侠"少年"只是贵族"公子"的代名而已。

沈下贤 01

斯人清唱何人和，02
草径苔芜不可寻。
一夕小敷山下梦，03
水如环珮月如襟。04

注·释

● *01* · 本诗为大中五年（851）作，牧之时任湖州刺史。沈下贤，即沈亚之，字下贤，吴兴（今浙江湖州）人，元和十年（815）进士及第，累迁殿中侍御史，因事贬南康尉，大和五年（831）量移郢州司户参军，卒于贬所。善为传奇小说，有多篇传世，其才调颇负声名，李贺称之为“吴兴才人”（《送沈亚之歌》）。

● *02* · 清唱：清新自然的诗作。殷尧藩、张祜、徐凝等诗人俱曾与沈氏唱和，李贺有《送沈亚之歌》云：“吴兴才人怨春风，桃花满陌千里红。紫丝竹断骢马小，家住钱塘东复东。”

● *03* · 小敷山：又名福山，在浙江湖州乌程西南二十里，沈亚之曾在此居住。

● *04* · 月如襟：祖咏《家园夜坐寄郭微》：“月出夜方浅，水凉池更深。余风生竹树，清露薄衣襟。”

品·评

此为杜牧任湖州刺史时凭吊沈亚之故居而作，诗中充满着对前贤才人的景慕。首二句写沈氏清唱之音已远，今再无人可和；居处到处长满苔芜，旧径已经难以寻觅。后二句写时当黄昏，走进小敷山，如入梦境。在这里不见沈氏，唯有水流琤琮，如环珮锵鸣；月光皎洁，清凉如入襟。此乃象征手法，写沈氏性情、才思、襟怀，风致绰约，哀婉清雅。

朱坡绝句 (三首选二)[01]

故国池塘倚御渠，[02]

江城三诏换鱼书。[03]

贾生辞赋恨流落，[04]

只向长沙住岁余。[05]

注·释

● *01* · 本诗作于大中二年（848）杜牧自睦州刺史迁转司勋员外郎时。朱坡：在唐长安城南，杜牧祖父杜佑别墅之所在。《新唐书·杜佑传》："朱坡樊川，颇治亭观林芿，凿山股泉，与宾客置酒为乐。子弟皆奉朝请，贵盛为一时冠。"宋代张礼《游城南记》："朱坡在御史庄东，华严寺西。"

● *02* · 御渠：亦称御沟、御河。流经皇城的河道。杜牧《朱坡》："下杜乡园古，泉声绕舍啼。"

● *03* · "江城"句：谓三次接受朝廷任命为江城刺史。黄州、池州、睦州，皆近江，故俱可称江城。鱼书：鱼符和敕书。《演繁露》卷一："唐世左鱼之外，又有敕牒将之，故兼名鱼书。"这是朝廷任命官员所给之凭证。

● *04* · "贾生"句：谓贾谊被贬为长沙王太傅作《吊屈原赋》《鹏鸟赋》，抒发被贬放而流落的怨恨。

● *05* · 住岁余：原注："文帝岁余思贾生。"《史记·屈原贾生列传》："后岁余，贾生征见。孝文帝方受釐，坐宣室。上因感鬼神事，而问鬼神之本。贾生因具道所以然之状。至夜半，文帝前席。既罢，曰：'吾久不见贾生，自以为过之，今不及也。'居顷之，拜贾生为梁怀王太傅。"

● *06* · 樵儿：上山砍柴的男儿。樵儿唱着山歌回到烟升苔密的深巷，是诗人在赴京途中的想象情景。

● *07* · 花落寒轻：杜牧《除官归京睦州雨霁》云“溪山侵两越，时节到重阳”，时值晚秋，故花落寒轻。倦客：久留他乡之人，此为作者自谓。

● *08* · 鹇鹈：《方言》：“野凫其小而好没水中者。”

烟深苔巷唱樵儿，[06]
花落寒轻倦客归。[07]
藤岸竹洲相掩映，
满池春雨鹇鹈飞。[08]

品·评　据本题第三首“乳肥春洞生鹅管，沼避回岩势犬牙。自笑卷怀头角缩，归盘烟磴恰如蜗”所描写的沿途情景，知此诗为除官归京途中作。这两首诗，前一首以贾谊自比，对长年流落僻郡，颇多牢骚。在“只向长沙住岁余”下，特加自注：“文帝岁余思贾生”，一种被朝廷遗忘之不平已溢于言表。后一首表现“倦客归来”的喜悦。作者对家乡朱坡展开了美好的想象，樵儿欢唱是人情之亲切和谐，藤岸竹洲，春池凫飞，见风光之自然多趣，与孤守江城的“流落”之“恨”形成鲜明对照。

出宫人二首 [01]

闲吹玉殿昭华管，[02]
醉折梨园缥蒂花。[03]
十年一梦归人世，
绛缕犹封系臂纱。[04]

注·释

● *01* · 唐代后宫庞大，宫女制度弊端丛生，成为朝野关注的问题，故从武德九年八月下诏："悯自深闭，久离亲族，一时减省，各从取聘，自是中宫前后所出三千余人。"《唐会要》卷三《出宫人》有详载。杜牧或就这一现象而言，非专门针对某年所出宫女而论也。

● *02* · 昭华管：笛名。《西京杂记》卷三载，咸阳宫有玉笛铭"昭华之管"，长二尺二寸，二十六孔。吹时则见车马山林，隐辚相次，停吹亦不复见。

● *03* · 梨园：唐代教习宫廷歌舞艺人之专门场所，玄宗曾选宫女数百人于梨园教习乐曲。其地一在长安光化门北禁苑中，一在蓬莱宫侧宜春院。见《旧唐书·音乐志》《雍录》。缥蒂花：《西京杂记》卷一载，汉上林宫中名果异树有缥蒂梨。

● *04* · 绛缕：《晋书·胡贵妃传》："泰始九年，帝多简良家子女以充内职，自择其美者以绛纱系臂。"本句是说，作为美人标志的系臂纱还封存在绛楼上。

● *05* • 平阳：汉武帝姊平阳公主。驰道：即御道。平阳拊背事见《史记·外戚世家》：武帝初即位，数岁无子。一次祓禊从霸上还，过平阳主家，悦其歌女卫子夫。平阳主因奏子夫奉送入宫。子夫上车，平阳主拊其背曰："行矣，强饭，勉之！即贵，无相忘。"入宫后有宠，凡生三女一男，武帝立子夫为皇后。

● *06* • 铜雀分香：铜雀，铜雀台，曹操所筑；分香，传曹操临死前嘱咐姬妾分香卖履，以示眷恋难舍。璧门：宫门之美称。

● *07* • 缀珠：装饰着珠宝的宫室。《长安志》引《三秦记》曰："未央宫渐台西有桂宫，宫内有明光殿，皆金玉珠玑为帘箔，缀明月珠。"

平阳拊背穿驰道，[05]
铜雀分香下璧门。[06]
几向缀珠深殿里，[07]
妒抛羞态卧黄昏。

品·评

自隋代末年，后庭便求采无已，入唐后亦不时增加，以至"大安宫及掖庭内，无用宫人，动有数万。衣食之费固自倍多，幽闭之冤，足感和气，亢阳为害，亦或由兹"（《唐会要》卷三《出宫人》）。诗人此诗用含蓄之笔，表达出对这些长期幽闭在深宫的女子的同情。前诗首句可谓双关，"昭华管"暗喻青春年华，而在"玉殿"中只落得"闲吹"的命运，十年一觉凄凉梦醒，方回归人伦常情之世界。后首用"平阳拊背"和"铜雀分香"两个典故写生时死际能得到帝王亲近的歌女宫人之幸运，反衬出大批宫女的寂寞无奈。在向晚时刻，她们只能向缀珠深殿，妒抛羞态而眠。一个"妒"字，写出多少痛苦！"抛羞态""卧黄昏"，情态如现。

春尽途中

注·释

● *01* • 田园：隐逸之所。《汉书·汲黯传》："黯隐于田园者数年。"陶渊明《归去来兮辞》："归去来兮！田园将芜胡不归？既自以心为形役，奚惆怅而独悲？"

● *02* • 故国：家园，此指作者家乡长安。

● *03* • 关亭：唐代近京有潼关、鸿关等，其驿亭称关亭。孙逖《冬末送魏起居赴京》："驿骑朝丹阙，关亭望紫烟。"

● *04* • 送春时：一作"送春诗"。

田园不事来游宦，*01*
故国谁教尔别离。*02*
独倚关亭还把酒，*03*
一年春尽送春时。*04*

品·评

此诗当为某次外放郡守行次关亭所作。"田园不事来游宦"是叙事语，"故国谁教尔别离"是自嘲语，首二句制题目"途中"二字。后二句说"春尽"。独倚把酒中有多少寂寞与无奈，而送春于春尽之时，能不惜叹感伤？此类小诗在《樊川诗集》中为数不少，往往较少为人注意。其实细细品味，正是这类作品，自然而然写来，性情深涵，可以长吟。

杏园

01

注·释

●*01*·杏园：故址在今陕西西安市南郊大雁塔，位于曲江池西南。唐代新及第进士于此处宴集，杏园宴后，即于慈恩寺塔下题名。会昌年间，因武宗好巡游曲江，一度禁人宴集，大中元年三月敕，进士放榜后，依旧宴集，有司不得禁制。

●*02*·骅骝：赤色骏马。贴匀：安闲貌。

●*03*·憔悴去：张相《诗词曲语词汇释》卷三举此“去”为例，认为其意“犹‘了’字”。

●*04*·插花：李山甫《曲江二首》(其一)：“争攀柳带千千手，间插花枝万万头。”

夜来微雨洗芳尘，
公子骅骝步贴匀。[02]
莫怪杏园憔悴去，[03]
满城多少插花人。[04]

品·评

唐代春天长安杏园杏花盛开，陈翥《曲江亭望慈恩寺杏园花发》云“十亩开金地，千林发杏花”，可见一斑。但诗人看去，杏园一片憔悴，究其原因，乃因攀折狼藉，而满城正有多少人杏花插头，招摇过市，这时作者不免几分“斯人独憔悴”的失落。这首诗有所寓托，正是作者不平际遇的写照。

见宋拾遗题名处感而成诗 01

窜逐穷荒与死期，02
饿唯蒿藿病无医。03
怜君更抱重泉恨，04
不见崇山谪去时。05

注·释

● 01 · 本诗作于大中四年（850）。宋拾遗：冯集梧《樊川诗集注》卷二疑为宋邧，未确定，陶敏《樊川诗人名笺补》考实宋拾遗即宋邧。拾遗，官名，分左、右，掌供奉讽谏，为近侍官。宋邧，字次都，大和四年（830）状元。开成二年（837）官左拾遗，会昌中迁补阙。性刚棱不阿，有盛名于世。参见《新唐书·陈夷行传》。题名：指大雁塔进士题名。

● 02 ·“窜逐”句：宋邧任补阙时，于中书候见宰相，与同僚谐谑，掩面谈笑，李德裕遂贬其为清河令，后终于贬所。见《剧谈录》上。穷荒：僻远之地。死期：史书未载其死期，许浑《尝与故宋补阙次都秋夕游永泰寺后湖，今复登赏，怆然有感》诗有“鹏鸟赋成人已没，嘉鱼诗在世空传”句。诗盖作于会昌五年（845）。参《丁卯集笺证》卷七。

● 03 ·“饿唯”句：谓宋邧在贬所饥饿难熬，缺医少药。蒿藿：蒿草与豆叶。

● 04 · 重泉：犹言九泉。

● 05 · 崇山：相传舜流放驩兜于崇山。参见《通典》卷一八三。崇山在湖南大庸县西南。此暗指李德裕会昌六年（846）四月被罢相，出为荆南节度使，大中二年（848）九月再贬为崖州司户，大中三年十二月卒于崖州事。

品·评

窜逐、穷荒、死期，字字触目惊心，饿唯蒿藿，病来无医，亦何等凄惨，令人血化魂销，无限悲凉，而崇山谪去，宋邧在九泉不知，当尤为其抱恨。宋氏刚棱嫉恶，乃在补阙任上被贬，与作者的性格、经历有某种相似，故诗中既有友情与同情，也隐含着个人的不平与感慨。

将赴吴兴登乐游原一绝 01

清时有味是无能，02

闲爱孤云静爱僧。

欲把一麾江海去，03

乐游原上望昭陵。04

注·释

● 01 · 本诗作于大中四年（850）初秋。本年夏，杜牧转吏部员外郎后，连续三次“以弟病，乞守湖州”（《自撰墓志铭》），有《上宰相求湖州》三启。所乞获准后，杜牧有《新转南曹，未叙曹散，初秋暑退，出守吴兴，书此篇以自见志》。本诗作于同时。乐游原，长安城南之游览胜地。《长安志》：“朱雀街第四街南升平坊东北隅，汉乐游庙，汉宣帝所立，因乐游苑为名，在高原上，余址尚存，其地居京城之最高，四望宽敞，京城之内，俯视诸掌。”

● 02 · “清时”句：谓生当清平之世，享受悠闲雅静情趣者只能是无能之辈。有味：有闲雅趣味。白居易《初夏闲吟兼呈韦宾客》：“雪鬓随身老，云心著处安。此中殊有味，试说向君看。”

● 03 · 一麾：指挥用的旌麾，古有将太守称为“把麾”者，《三国志》亦有“拥麾守郡”之说，故后人往往谓出任州刺史为“一麾”。

● 04 · 昭陵：唐太宗李世民陵墓，在今陕西省礼泉县九嵕山。

品·评

作者由吏部员外郎乞任外郡，其中既有京俸不足养家的原因，亦有“且免材为累，何妨拙有机”（《新转南曹，未叙曹散，初秋暑退，出守吴兴，书此篇以自见志》）的韬晦，而在本诗中更流露出“自伤不遇宣帝、太宗之时，而远为郡守”（马永卿《嬾真子》卷二）的心声。“清时有味是无能”词义浑涵，最耐咀嚼。此中深意，前人罕有道及，故牧之一题，遂成名句。

宫词[01]

（二首选一）

注·释

● *01* · 本诗选自《樊川外集》。题一作“宫怨”。

● *02* · 监官：宫廷内官，有专门负责监管宫女者称监官，按例由宦官担任。

● *03* · 随例：按照惯例。须朝：等待朝觐。

● *04* · 金锁：此处特指后宫门锁。王建《华清宫感旧》：“公主妆楼金锁涩，贵妃汤殿玉莲开。”崔橹《华清宫三首》（其三）：“门横金锁悄无人，落日秋声渭水滨。”

监官引出暂开门，[02]
随例须朝不是恩。[03]
银钥却收金锁合，[04]
月明花落又黄昏。

品·评

本诗表现宫女失宠后的幽寂哀怨，代柔弱者哀吟，为殉葬者悲歌，二十八字中潜含着歆动人心的凄楚情感，颇受历代诗评家好评。清王尧衢《古唐诗合解》卷五评解云：“宫人锁闭长门，亦有出来朝君之例，必须监宫者引出。以其闭门是常，故开门只是暂时耳。此时虽暂得近天颜，宫人意中，不无希宠望恩之意。谁知此朝也不过随例而已，非有特恩也。既不是恩，定须是成怨矣。宫人寂守，不觉开门后反勾动愁肠，奈何！朝罢依旧入门，监宫却收了银钥，合上金锁。此际之情，比不出宫中更惨。此门一入，又不知何日再得出来也。闭门之后，欲睡不睡，只见满宫明月，空庭落花。是向日受惯之凄凉，而今又依然在此矣。说至此，字字怨入骨髓。”

江南怀古 01

车书混一业无穷，02

井邑山川今古同。03

戊辰年向金陵过，04

惆怅闲吟忆庾公。05

注·释

● *01* · 本诗为大中二年（848）十一月杜牧自睦州刺史迁转尚书司勋员外郎赴京途经金陵作。

● *02* · 车书混一：谓国家统一。《礼记·中庸》："今天下车同轨，书同文。"《史记·秦始皇本纪》："器械一量，同书文字。"庾信《哀江南赋序》："混一车书，无救平阳之祸。"

● *03* · 井邑：乡村与市镇。制以八家一井，此指人民聚居之地。

● *04* · 戊辰年：唐宣宗大中二年（848）。按，南朝梁武帝太清二年（548）亦为戊辰年，当年侯景之乱发生，建康破亡，梁武帝和简文帝被逼杀。

● *05* · 庾公：庾信，著名南朝诗人，初仕梁，后出使西魏。西魏灭梁，被强留长安，后又仕北周。其《哀江南赋》云："粤以戊辰之年，建亥之月，大盗移国，金陵瓦解。"

品·评

此诗为感于侯景之乱而作。国家统一，是作者坚定的政治理想，故在三百年后途经金陵时，对庾公在《哀江南赋》中表现出的家国破灭之痛感同身受。在"戊辰年"与古代诗人同"向金陵过"，是一种巧合，作者正以此为情感触发点，抒发对时局的隐忧和对唐王朝晚景的哀叹。

江南春绝句

千里莺啼绿映红，01
水村山郭酒旗风。02
南朝四百八十寺，03
多少楼台烟雨中。

注·释

● *01* · 千里：一作“十里”。杨慎《升庵诗话》卷八云：“杜牧之《江南春》云‘十里莺啼绿映红’，今本误作‘千里’，若依俗本‘千里莺啼’，谁人听得？‘千里绿映红’，谁人见得？若作‘十里’，则莺啼绿红之景，村郭楼台，僧寺酒旗，皆在其中矣。”胡震亨《唐音戊签》卷五五三则云：“杨用修欲改‘千里’为‘十里’。诗在意象耳，‘千里’毕竟胜‘十里’也。”按，这里“千里”的用法和牧之《润州二首》“向吴亭东千里秋，放歌曾作昔年游”，《自宣城赴官上京》“千里云山何处好，几人襟韵一生休”，《湖南正初招李郢秀才》“千里暮山重叠翠，一溪寒水浅深清”大体相同，欲借以展开宏阔杳远的背景，抒发浩渺无尽之感慨。诗之为诗，在意境融彻，不当据实考量。

● *02* · 水村山郭：临水而居之村庄与傍山而建之城镇。

● *03* · 南朝：宋、齐、梁、陈四朝，史称南朝，与北魏等北朝政权相对。四百八十寺，言南朝佛寺之多。南朝崇佛，梁武帝尤甚。《南史·梁本纪中》：武帝“晚乃溺信佛道……制涅槃、大品、净名、三慧诸经义记数百卷。听览余闲，即于重云殿及同泰寺讲说，名僧硕学，四部听众，常万余人”。《南史·郭祖深传》：“都下佛寺五百余所，穷极宏丽。僧尼十余万，资产丰沃。所在郡县，不可胜言。”

品·评

江南地区“自江左以来，年逾二百，文物之盛，独美于兹”（《南史·梁本纪中》）。此诗举佛寺之多，实概言当时文物之盛，而今则随历史风尘而湮灭，眼前唯见山郭水村，树绿花红，烟雨飘忽。古今盛衰之感，在此表现得极为婉曲蕴藉。全诗无特别锻炼处，骨力自在，而又流美俊爽，典型地体现出杜牧绝句的特点，成为其代表作，也臻于全唐诗中的精品之列。

将赴宣州留题扬州禅智寺 [01]

故里溪头松柏双，
来时尽日倚松窗。
杜陵隋苑已绝国，
秋晚南游更渡江。[02]

注·释

● *01* · 本诗为开成二年（837）作。据缪钺《杜牧年谱》，本年春杜牧自监察御史分司东都任上告假百日，与眼医石生赴扬州探视其弟杜颚眼疾。假满百日，依例去官。秋末宣歙观察使崔郸辟请杜牧为幕吏，牧携弟一同前往宣州。这是辞别扬州之作。禅智寺，参见《题扬州禅智寺》题注。

● *02* · “杜陵”二句：谓家乡长安与扬州已经相隔遥远，而此秋晚之时，我将要渡江去更远的地方宦游。杜陵：在长安东南，汉宣帝在此筑陵，故称杜陵，此处代指乡梓。杜牧在诗中每以杜陵客自称。如《睦州四韵》：“残春杜陵客，中酒落花前。”隋苑：又名西苑，隋炀帝时建，故址在扬州西北。绝国：极远的邦国。《淮南子·修务训》：“绝国殊俗，僻远幽闲之处，不得被德承泽。”此形容故乡与扬州相距极远。

品·评

这是抒发宦游者思乡之情的作品。诗从远处落笔，说故里溪头的两株临窗松柏烙印在记忆中，当年离别时曾尽日倚窗凝望。距离家乡非常遥远的地方是此地扬州，可是现在还要渡江，到比扬州更远处宦游。诗中有乡思，也有对未来的怅惘，含思萧寥，婉曲切情。全诗无一特别锻炼处，纯以情感真切、构思精巧取胜，欧阳修《踏莎行》“平芜尽处是春山，行人更在春山外”的抒情取径与此诗相似。

齐安郡中偶题二首 [01]

注·释

● 01・本诗作于会昌元年（841）至会昌四年（844）杜牧任黄州刺史时。

● 02・梦泽：云梦泽，古大湖名，面积广数百里，跨长江南北。此处代指黄州附近的湖泽。蒹葭：芦荻，即芦苇。《诗经·秦风·蒹葭》："蒹葭苍苍，白露为霜。所谓伊人，在水一方。"

● 03・干君何事：如俗语"关你什么事？"

两竿落日溪桥上，
半缕轻烟柳影中。
多少绿荷相倚恨，
一时回首背西风。

秋声无不搅离心，
梦泽蒹葭楚雨深。[02]
自滴阶前大梧叶，
干君何事动哀吟。[03]

品·评

诗家造景，皆发乎意兴，关乎性情。这两首写景极佳，而笔笔有情。前一首如一幅黄昏风荷工笔图，画面上落日斜坠溪桥，柳影迷蒙，轻烟若有若无。水面上绿荷被西风吹动，刹那间都叶叶相倚，含恨回首。第二首是一幅暮雨写意图。楚雨、芦荻、大泽，大笔涂抹远景，接着镶上阶前梧桐滴雨的近景，以"雨"连接，故融合浑然。"多少绿荷相倚恨""秋声无不搅离心"，都是典型的移情表现，"自滴阶前大梧叶，干君何事动哀吟"二句，将秋声催动乡思，唤醒离情，写得含蓄蕴藉，婉转动人。

齐安郡后池绝句[01]

注·释

● *01* · 本诗作于会昌元年（841）至会昌四年（844）杜牧任黄州刺史时。

● *02* · 红衣：鸳鸯的彩羽。李德裕《鸳鸯篇》："双影相伴，双心莫违。淹留碧沙上，荡漾洗红衣。"

菱透浮萍绿锦池，
夏莺千啭弄蔷薇。
尽日无人看微雨，
鸳鸯相对浴红衣。[02]

品·评

此诗写夏日景物，笔意轻灵，色彩丰富，情趣盎然。满池的浮萍透出菱叶，宛如一片绿锦，黄莺在蔷薇中声声啭啼。因微雨蒙蒙，故无人赏景，鸳鸯相对戏浴得就更加欢快。"绿""弄""浴"，都是精心锻炼的字眼，十分传神，使小诗平添了许多生气。

题齐安城楼 01

注·释

● *01* · 本诗作于杜牧会昌元年（841）至会昌四年（844）任黄州刺史时。

● *02* · 呜轧：画角之声。轧，一作“咽”。角：古军乐器名。

● *03* · 微阳：夕阳余晖。潋潋：波光闪动的样子。寒汀：秋冬时节的水中小洲。

● *04* · 长亭：古代以三十里为一驿，有供人休息之驿亭。据《通典·州郡》载，从齐安郡至长安为二千二百二十五里，恰历七十五长亭。

呜轧江楼角一声，02
微阳潋潋落寒汀。03
不用凭栏苦回首，
故乡七十五长亭。04

品·评

这是一首思乡之歌。首写诗人登上齐安城楼，闻画角初动，引起低徊漫想，而夕阳西下，烟波茫茫，更牵动对家乡的思念。后二句，如俞陛云《诗境浅说续编》云：“默数归程，有七十五长亭之远；无路奋飞，安用凭栏极目耶？凡客子登高，乡山遥望，已情所难堪。今言料无归计，不用回头，其心愈苦矣。”

池州清溪[01]

注·释

● *01* · 本诗为会昌四年（844）后杜牧任池州刺史时作。清溪：李白《秋浦歌》："清溪非泷水，翻作断肠流。"王琦注：清溪在池州府城北五里，源出考溪，与上路岭水合流，经郡城至大江。

● *02* · 弄溪：赏玩溪水。王建《酬柏侍御答酒》："这度自知颜色重，不消诗里弄溪翁。"

弄溪终日到黄昏，[02]
照数秋来白发根。
何物赖君千遍洗，
笔头尘土渐无痕。

品·评

这是一首很有情味的小诗，全部神理都从诗题一个"清"字生出。因其溪"清"，故诗人整日流连，不愿离去；而水清鉴人，秋来新添的白发都了然可见。这两句是实写。后二句笔致宕开，用设问语气说，为何经清水洗涤，心中尘俗、笔下杂念，全然荡尽，情怀变得高洁，诗意也臻于清新。胡震亨《唐音戊签》卷五五三曰："咏水至此，大出人意表，奇哉！"

题池州贵池亭[01]

注·释

● *01*·本诗作于会昌五年或六年（845或846）春，时杜牧任池州刺史。据《清一统志》，贵池亭在安徽省池州市南齐山。又《九华山录》云："贵池亭，俗呼望江亭，以其见大江可望淮南也，亦见九华诸峰。"

● *02*·凌歊（xiāo）：即凌歊台。《太平寰宇记》："太平州当涂县黄山，在县西北五里，上有宋凌歊台，周回五里一百步，高四十丈。"宋武帝刘裕曾登此台，并于此处建有离宫。

● *03*·蜀江：《元丰九域志》："峡州夷陵有蜀江。"峡州，今三峡一带。

● *04*·强半：一半以上。张籍《寄故人》："故人只在蓝田县，强半年来未得书。"

势比凌歊宋武台，[02]

分明百里远帆开。

蜀江雪浪西江满，[03]

强半春寒去却来。[04]

品·评

诗人将贵池亭比喻为宋武凌歊台，突出其高峻之势。登高望远，千帆竞发，百里绵延，气势何等壮观！"雪浪"一笔为远帆增添壮行色彩，同时又使"春寒"二字有根。说蜀江浪涌而西江泱泱，情景恢弘壮阔，末谓寒意欲去还来，顿挫有致，颇有余味。

兰溪 [01]

注·释

● *01* · 本诗作于会昌元年（841）至会昌四年（844）杜牧任黄州刺史时。兰溪，题下原注："在蕲州西。"蕲州治所在今湖北省蕲春县，故一名蕲水。《新唐书·地理志》："蕲州蕲水本浠水，武德四年，更名兰溪。天宝元年，又更名。"

● *02* · 泱泱：水深且广。元结《咸池》："至道泱泱兮，由之以全。"

● *03* · 楚国大夫：屈原，曾任楚国三闾大夫。主张联齐抗秦，遭到排斥打击，被放逐。《楚辞·渔父》："屈原既放，游于江潭，行吟泽畔。颜色憔悴，形容枯槁。"

兰溪春尽碧泱泱，[02]
映水兰花雨发香。
楚国大夫憔悴日，[03]
应寻此路去潇湘。

品·评

兰是屈原作品中常加以歌颂的香草，这首诗落笔于兰溪碧水泱泱，意在表现映水兰花的芬芳和高洁。水映兰花，轻雨洒之，益使其色其味更美，这是景上叠景，情中生情之笔。作者接着用虚笔宕开一层，假想屈原当年面容枯槁，憔悴支离地走向南方潇湘的放逐之地，正是沿着兰溪艰难地前行。笔下深情款款，在对屈原的命运表达同情的同时，也不经意地流露出自己被投闲置散的屈蠖之感。

入茶山下题水口草市绝句 [01]

注·释

● *01* · 本诗为大中五年（851）春作，牧之时任湖州刺史。水口，水口镇，在湖州顾渚山，唐在此置贡茶院。草市，唐商贾及民众，往往在城外建置草屋，形成市里，以其廉价省功，即使猝遇兵火，亦不至甚伤财以害其生计。

● *02* · 溪：箬溪。《太平寰宇记》卷九四《湖州·长兴县》引顾野王《舆地志》："箬溪悉生箭箬，南岸曰上箬，北岸曰下箬。"箬水酿酒极佳。

倚溪侵岭多高树，[02]
夸酒书旗有小楼。
惊起鸳鸯岂无恨，
一双飞去却回头。

品·评

这是一幅特写。岭下溪边，突然鸳鸯惊起而飞，因水边的宁静被打破，故飞去时双双含恨回头，依依不舍。诗人没有明写酒楼之人，而鸳鸯惊飞正是因为插着夸酒招客之旗的酒楼中有人聚饮。这样酒店中人已不写而写，诗人镂空造境，虚灵隽永，颇有别趣。

初冬夜饮

01

淮阳多病偶求欢，02
客袖侵霜与烛盘。03
砌下梨花一堆雪，04
明年谁此凭阑干。

注·释

● *01* · 据本诗中所用诤臣汲黯的典故，知当为从言官任外放为郡守时所作，如是则可系于会昌二年（842）至会昌四年（844）任黄州刺史时。

● *02* · 淮阳多病：用西汉诤臣汲黯为淮阳太守事。汲黯之为人，性倨少礼，常面折他人，不能容人之过。好游侠，任气节，行修洁。其谏诤敢于犯人主之颜色。曾任东海太守，时多病，卧阁内不出。然岁余，东海竟然大治，武帝甚为赞赏。后再召黯拜为淮阳太守，黯伏谢不受印绶，武帝亦令其"卧而治之"。黯居淮阳如其东海故治，淮阳也很快政清郡治。居淮阳十岁而卒。见《汉书·汲黯传》。求欢：即夜饮。

● *03* · 客袖：唐诗言"客袖"，往往作为作者之主体形象。无可《菊》："野香盈客袖，禁蕊泛天杯。"曹松《江西题东湖》："客袖沙光满，船窗荻影闲。"侵霜：暗喻年龄渐老而白发渐生。烛盘：灯也。

● *04* · 梨花一堆雪：李白《送别》："斗酒渭城边，垆头醉不眠。梨花千树雪，杨叶万条烟。"

品·评

这是诗人在黄州刺史任上初冬独饮的孤闷心理的记录。寂寥中他小酌去烦，凭栏欣赏玉阶飞花，聊娱此夜。然淡淡愁绪随之而来，诗人不禁自问：冬春代序，四季循环，明年此夕又是谁人在此倚栏饮酒赏景呢？杜甫《九日蓝田崔氏庄》云："老去悲秋强自宽，兴来今日尽君欢。……明年此会知谁健，醉把茱萸子细看。"稍加比较可以看出两首诗写作心脉颇为相似。

隋堤柳

01

夹岸垂杨三百里，[02]

只应图画最相宜。

自嫌流落西归疾，[03]

不见东风二月时。[04]

注·释

● *01* · 本诗为杜牧大中五年（851）秋冬，自湖州赴长安任考功郎中、知制诰途中作。隋堤：即汴河堤。杜宝《大业杂记》："（隋炀帝）发淮南兵夫十余万，开邗沟，自山阳至扬子入江，三百余里，水面阔四十步，两岸为大道，种榆柳。"

● *02* · 夹岸垂杨：白居易《隋堤柳》："大业年中炀天子，种柳成行夹流水。西自黄河东至淮，绿阴一千三百里。"

● *03* · 自嫌流落：《太平广记》卷一四四引《感定录》："唐杜牧自湖州刺史拜中书舍人，题汴河云：'自怜流落西归疾，不见春风二月时。'自郡守入为舍人，未为流落，至京果卒。"此言附会感应，实不足据，称其入京官拜中书舍人，亦误。

● *04* · 不见东风：裴延翰《樊川文集序》："上五年冬，仲舅（按，即杜牧）自吴兴守拜考功郎中、知制诰。"因途经隋堤，时在秋冬，正是西风、朔风，故云"不见东风"。

品·评

这是一首触景伤怀诗。夹岸垂杨，一望无际。这本应是一幅充满春色的画图，但正值秋冬时节，眼前未免萧索寥落，故而诗人对不能从容等待来年二月晋京感伤不已，毕竟那时春风浩荡，可欣赏隋堤最美好的风光。这里作者将对仕途的惶然和人生的某种隐痛，表达得含蓄委婉。

柳绝句

注·释

●*01*·翠影：初春柳条婆娑的姿影。李山甫《曲江二首》："南山低对紫云楼，翠影红阴瑞气浮。"

●*02*·故国：此指牧之家乡长安。樊川：《旧唐书·杜佑传》："佑城南樊川有佳林亭，卉木幽邃，佑每与公卿宴集其间，广陈妓乐。诸子咸居朝列，当时贵盛，莫之与比。"

数树新开翠影齐，[01]
倚风情态被春迷。
依依故国樊川恨，[02]
半掩村桥半掩溪。

品·评

这是牧之任职外郡时怀念故乡之作，其写春柳新开绿叶，翠影映晴，风中飘曳，景色诱人。"倚风情态"为虚写，而"被春迷"三字性灵活脱，新颖有趣。"依依"为难舍之貌，所谓"恨"，即思乡之情也。最后说这片情思都化在被柳阴遮掩的村桥和溪流中，委婉含媚，风神依稀。

鹭鸶

注·释

●*01*·觜：通“嘴”，特指鸟喙。潘岳《射雉赋》：“当味值胸，裂膝破觜。”文选注：“觜，喙也。”

雪衣雪发青玉觜，[01]
群捕鱼儿溪影中。
惊飞远映碧山去，
一树梨花落晚风。

品·评

前两句用白描笔法，写溪水中映现的雪毛青喙的鹭鸶形象。不正面刻画，而侧笔写影，是作者富有诗意的观照。后二句特写其“惊飞”的情景。何事惊飞？乃晚风顿起之故。此时“远映碧山去”与“一树梨花落”两个画面，一远一近，色彩清丽，相映成趣。牧之写景咏物绝句，多以韵致悠长胜，此作亦然。

村舍燕

注·释

● *01* ·"汉宫"句：张衡《西京赋》："冠带交错，方辕接轸。封畿千里，统以京尹。郡国宫馆，百四十五。"

● *02* ·语双双：成双结对交谈。

汉宫一百四十五，[01]
多下珠帘闭琐窗。
何处营巢夏将半，
茅檐烟里语双双。[02]

品·评

汉朝宫殿如此之多，却下帘锁窗，使得燕子无处营巢，便自然飞到村舍之中，茅檐烟里。唐人孙处玄有"高风不借便，何处得迁乔"句，马周有"何惜邓林树，不借一枝栖"句，牧之此诗意旨与之大致相同，然结句描摹如画，更委婉多情，风流蕴藉。

归燕

01

注·释

● *01* • 本诗为大中四年（850）作，时杜牧初任湖州刺史。大中五年牧之有《题桐叶》诗云“去年桐落故溪上，把叶偶题归燕诗”，当正是指此诗。

● *02* • 画堂：本指汉未央宫中堂名，因有画饰，故称。后泛称有画饰之厅堂。

● *03* • 社去社来：《文昌杂录》：“燕以春社来，秋社去，谓之社燕。”

● *04* • 使君：作者自谓。

画堂歌舞喧喧地，[02]
社去社来人不看。[03]
长是江楼使君伴，[04]
黄昏犹待倚阑干。

品·评

画堂歌舞之地，春社来秋社去的燕子并不能引起人们的注意，然而它却是诗人的期待。在孤独寂寥中，是它常来江楼伴使君，无疑成为诗人情感的寄托。“叶落燕归真可惜，东流玄发且无期”（《题桐叶》），在此燕归之时，诗人黄昏时候独自凭栏，见物兴情，当生无限归思。“犹待”二字，甚为虚灵，尤可回味。

伤猿

注·释

● *01*·幽坎：葬猿之墓穴。《礼记·檀弓下》："往而观其葬焉，其坎深不至于泉。"

● *02*·晚吹：晚风。韦庄《雨霁池上作呈侯学士》："鹿巾藜杖葛衣轻，雨歇池边晚吹清。"

● *03*·袅长枝：缭绕于长树枝。沈约《十咏·领边绣》："不声如动吹，无风自袅枝。"

独折南园一朵梅，
重寻幽坎已生苔。*01*
无端晚吹惊高树，*02*
似袅长枝欲下来。*03*

品·评

这首诗伤猿如悼人，感情相当奇特。据"重寻"二字，诗人曾访祭过这个特殊的墓葬。此时独自折下一朵南园梅花，再去祭扫，而墓穴上已长满青苔。随着一阵晚风吹来，诗人不禁惊悚地将视线投向高树，惝恍中似乎看见攀绕于长枝的猿竟欲下来迎接故知。这只"猿"为何一直萦绕在诗人心中，仿佛已经逝去却永远难忘的情人？如果确实此"猿"为一个象征性的寄托，那么可以想见诗人曾经有过一段尚不为人知的浪漫经历。

题禅院

注·释

● *01* · 觥船：酒船。用西晋初毕卓好饮事。《晋书·毕卓传》："（卓）常饮酒废职。比舍郎酿熟，卓因醉夜至其瓮间盗饮之，为掌酒者所缚，明旦视之，乃毕吏部也，遽释其缚。……卓尝谓人曰：'得酒满数百斛船，四时甘味置两头，右手持酒杯，左手持蟹螯，拍浮酒船中，便足了一生矣。'"百分：酒杯斟得很满。高骈《广陵宴次戏简幕宾》："一曲狂歌酒百分，蛾眉画出月争新。"

● *02* · 不负：谓没有虚度应该饮酒的日子。十岁：一作"千载"。

● *03* · 鬓丝：霜白的鬓发。

觥船一棹百分空，*01*

十岁青春不负公。*02*

今日鬓丝禅榻畔，*03*

茶烟轻飏落花风。

品·评

诗人说昔日十载年华在买醉中潇洒度过，未尝辜负春光，今天已经两鬓染霜，愿意在僧院禅榻之上，茶烟之中，寻求带有禅悦意味的雅趣。杜牧乃大有抱负之士，却只能在"酒"与"禅"的世界中敞开襟抱，其感慨郁结是不难体会的。然而诗人将忧郁怀抱，竟写得志得意满，而境界幽净，字清句雅，颇引后人称赏，以为"樊川'鬓丝禅榻'，翩翩才致"（田雯《古欢堂集杂著》）。晏殊《喜迁莺》云"花不尽，柳无穷。应与我情同。觥船一棹百分空。何处不相逢"，则直接引用其句了。

见吴秀才与池妓别因成绝句[01]

注·释

● *01* · 本诗为会昌四年（844）后杜牧任池州刺史时作。吴秀才，未详其人。秀才，唐宋时应举者的通称。

● *02* · 羌笛：一称羌管，原出古羌族的一种乐器。

● *03* · 咽：演唱时稍作停顿，或声调婉转低回。蜀弦：冯集梧《樊川诗集注》卷三注引《古今乐录》："张永《元嘉技录》有四弦一曲，蜀国四弦是也。"刘禹锡《伤秦姝行》："蜀弦铮摐指如玉，皇帝弟子韦家曲。"

● *04* · 萧骚：象声词，此处表现江雨声。牧之《夜雨》中亦有同样用法："点滴侵寒梦，萧骚著淡愁。"

红烛短时羌笛怨，[02]
清歌咽处蜀弦高。[03]
万里分飞两行泪，
满江寒雨正萧骚。[04]

品·评

"红烛"句为吴秀才与池妓相别创造气氛。烛燃渐短，分手在即，此时羌笛诉怨，人情难堪。下句写清歌声歇，唯闻蜀弦之声，池妓缱绻情态如在眼前。三、四句写人分飞而泪两行，又由泪水飞流连类而及满江寒雨萧骚飘洒，衬托出分别者的凄恻情绪。全诗借音乐以抒怀，托景象以言情，回环顿挫，哀感顽艳。

赠朱道灵

01

刘根丹篆三千字，[02]
郭璞青囊两卷书。[03]
牛渚矶南谢山北，[04]
白云深处有岩居。

注·释

● 01・本诗当作于开成年间（836—840）作者入幕宣州时。朱道灵，名不详，据诗意，当是一位深于道术者。

● 02・刘根：东汉有道术者。事见《后汉书・刘根传》。丹篆：即丹诀，道家所谓炼丹成仙的秘诀。道家用红笔篆书的灵符亦称丹篆。

● 03・郭璞青囊：晋代有道术者。《晋书・郭璞传》："有郭公者，客居河东，精于卜筮，璞从之受业。公以《青囊中书》九卷与之，由是遂洞五行、天文、卜筮之术，攘灾转祸，通致无方，虽京房、管辂不能过也。"

● 04・牛渚矶：在安徽当涂县北三十五里，为牛渚山脚突入长江的部分。谢山：即安徽当涂县东青山，一名青林山，南齐宣城太守谢朓曾筑室于此，故唐时亦称谢公山。

品·评

在《樊川文集》中有一些与深于道术者交游的作品，反映出作者禅悦情趣之外思想的另一侧面。本诗以刘根、郭璞比喻朱道灵，可见其并非泛泛入道者。末句幽雅神远，与"白云生处有人家"相似，而"岩居"二字，正见出道灵修炼僻处，清净无为的性格。

新定途中
01

无端偶效张文纪，[02]
下杜乡园别五秋。[03]
重过江南更千里，[04]
万山深处一孤舟。[05]

注·释

● *01* · 本诗为会昌六年（846）杜牧自池州改任睦州途中作。其《送卢秀才赴举序》有“去岁九月，余自池改睦，凡同舟三千里”语，故知此诗作于会昌六年深秋。新定，郡名，即睦州，州治在建德（今浙江杭州）。

● *02* · 张文纪：东汉张纲，字文纪，生性耿直，风骨凛然。其事见《后汉书·张纲传》。

● *03* · 下杜乡园：即家乡杜陵。别五秋：自会昌二年（842）杜牧自台省出任外郡至会昌六年（846），凡五年。

● *04* · 重过江南，杜牧早年曾任职扬州、宣州，故此云“重过”。更千里：冯集梧《樊川诗集注》卷三引《元丰九域志》：“池州南至本州界二百八十里，自界首至歙州三百五里，歙州东南至本州界一百一十里，自界首至睦州二百六十里。”

● *05* · “万山”句：杜牧《祭周相公文》对由池州往睦州之艰难行程有所记载：“牧于此际，更迁桐庐，东下京江，南走千里。屈曲越嶂，如入洞穴，惊涛触舟，几至倾没。万山环合，才千余家。夜有哭鸟，昼有毒雾。”

品·评

首二句纪事，“无端偶效张文纪”见诗人在朝为直臣的耿介风骨。张纲因耿直劾奏而出为广陵太守，诗人亦因偶效张氏而外放僻郡，五秋远离京都乡关。此迁睦州，景况虽稍转好，但重过江南，千里万山，孤舟之中，能不感慨？后二句纪行，婉曲唱叹，富有远神。

汉江

01

注·释

● *01*·本诗作于开成四年（839）春杜牧经浔阳泝江北上赴长安的途中。汉江，即汉水，长江的一条支流。王维《汉江临眺》："楚塞三湘接，荆门九派通。江流天地外，山色有无中。"

● *02*·溶溶漾漾：江水盈盈、烟波淼淼之状。

溶溶漾漾白鸥飞，[02]
绿净春深好染衣。
南去北来人自老，
夕阳长送钓船归。

品·评

首句写汉水浩瀚，波光潋滟，白鸥在水面自由自在地飞翔。第二句极力写绿水之澄澈，渲染江水之"净"。第三句反观自身，在污浊的尘世南来北往，虚耗年华。结句表达出对日出而钓、日暮而归的渔夫的企羡，流露出此行晋京，任官台省却心慕隐逸的复杂心态。周珽《唐诗选脉会通评林》引徐充语曰："'人自老'三字最为感切，钓船长在，而南去北来之人，为利为名，则无定踪，皆汩没于此，真可叹也。"

重到襄阳哭亡友韦寿朋 01

故人坟树立秋风，

伯道无儿迹更空。02

重到笙歌分散地，03

隔江吹笛月明中。04

注·释

● 01·题一作"重宿襄州哭韦楚老拾遗"，冯集梧《樊川诗集注》卷四认为寿朋当为其名，楚老为其字。《剧谈录》："朱崖李相国（德裕）平泉庄，去洛城三十里，东南隅即处士韦楚老拾遗别墅。楚老风韵高致，雅好山水，相国居廊庙日，以白衣擢升谏署。"按，本诗与《全唐诗》卷四七七李涉《重到襄阳哭亡友韦寿朋》重出。然李涉约卒于大和年间，而韦楚老开成年间仍在世，韦楚老卒于李涉后，故此哭悼之作必不可能为李涉所作，当属杜牧无疑。又，《樊川文集》卷二有《洛中监察病假满送韦楚老拾遗归朝》诗，卷九《唐故平卢军节度巡官陇西李府君墓志铭》、卷十六《上宰相求湖州第二启》都提及韦楚老，可见交谊颇密。宋王谠《唐语林》卷七云："（韦楚老）初以谏官赴征，值牧（之）分司东都，以诗送，及卒，又以诗哭之。"其所云"哭韦"诗，即指此作。

● 02·伯道无儿：伯道，东晋河东太守邓攸字。永嘉末石勒之乱，攸以牛马负妻子而逃，携其儿及其亡弟子绥。途中度不能两全，弃己子而保全亡弟子。后终于无嗣，时人义而哀之曰："天道无知，使邓伯道无儿。"事见《晋书·邓攸传》。

● 03·笙歌分散：用王子晋得道成仙，好吹笙作凤凰鸣，后骑鹤降于缑氏山事，见《列仙传》卷上《王子乔》。此以王子晋吹笙成仙远去，暗喻韦楚老辞世。

● 04·隔江吹笛：晋名士向秀，与好友嵇康、吕安共居山阳，交谊甚厚。嵇、吕死后，向秀经其旧庐，恰"邻人有吹笛者，发声嘹亮。追想曩昔游宴之好，感音而叹，故作《思旧赋》"。事见《晋书·向秀传》。

品·评

作品以沉郁凄迷的意境，抒发了作者对韦楚老拾遗的悼念之情。"伯道无儿"的比喻，并不着眼于叙述韦氏身世，而在于对其人格精神的钦慕。"笙歌分散""隔江吹笛"是熟典，但随手拈来，天然无痕，在折郁凄凉中透出清婉朗润，是典型的杜牧手笔。

赤壁 01

折戟沉沙铁未销，02
自将磨洗认前朝。03
东风不与周郎便，04
铜雀春深锁二乔。05

注·释

● *01* · 赤壁：在今湖北省嘉鱼西南，周瑜大破曹操水师处。另湖北黄冈长江滨，亦有赤壁（即赤鼻矶），杜牧会昌年间（841—846）曾在黄州任刺史，故此诗当是在黄冈赤壁借景抒怀。

● *02* ·“折戟”句：谓当年的断戟沉埋在泥沙里还未完全销蚀。戟，古兵器。

● *03* · 前朝：指吴蜀联军与曹魏军队大战赤壁的时代。

● *04* ·“东风”句：汉献帝建安十三年（208），曹操大举攻吴，周瑜做好火攻曹军战舰的准备。大战之日，周瑜部将黄盖诈降，其快船接近曹军水师时，点燃易燃材料，“火烈风猛，往船如箭，飞埃绝烂，烧尽北船，延及岸边营柴”，曹军溃败。

● *05* · 铜雀：台名，曹操所建。曹操的姬妾歌妓都置于其中。二乔：东吴桥公的两个女儿。《三国志·吴书·周瑜传》：“时得桥公两女，皆国色也。策自纳大桥，瑜纳小桥。”

品·评

这首诗是晚唐咏史诗的名篇，也是“死案活翻”最成功的篇章之一。首言“折戟沉沙”，模拟出古战场环境，继而“铁未销”三字，将数百年前的一场鏖战拉到眼前。说“自将磨洗”又自然引出对“前朝”历史事件的体认。“东风”两句是全诗旨意所在。作者谙熟兵法，甚富独见，他以假想的口吻，提出了与历史结局完全不同的一种可能。贺贻孙《诗筏》云：“牧之此诗，盖嘲赤壁之功出于侥幸，若非天与东风之便，则周郎不能纵火，城亡家破，二乔且将为虏，安能据有江东哉？……唯借‘铜雀春深锁二乔’说来，便觉风华蕴藉，增人百感，此正风人巧于立言处。”

云梦泽[01]

注·释

● *01* · 云梦泽：古湖泽名。《元和郡县志》卷二十七："安州安陆县云梦泽，在县南五十里。"按，古云梦泽湖面甚广，地及湖南和湖北部分地区。

● *02* · 日旗龙旆：古代绘有日月、交龙图案的旗帜，是帝王出巡的仪仗。

● *03* · 缚楚王：此述汉高祖假言游云梦会诸侯，偷袭韩信而缚之，后将信降为淮阴侯之事。《史记·淮阴侯列传》有载。

● *04* · 五湖客：指佐助勾践灭吴兴越，事后功成身退，泛舟五湖而去的范蠡。

● *05* · 郭汾阳：即郭子仪，以平安史之乱之功封汾阳郡王，富贵寿考，世代尊荣。

日旗龙旆想飘扬，[02]
一索功高缚楚王。[03]
直是超然五湖客，[04]
未如终始郭汾阳。[05]

品·评

本诗中三个历史人物都曾经叱咤风云，辅佐帝王建有巨功，但结局却大不同。韩信先由楚王降为淮阴侯，最后竟然被杀。范蠡佐助勾践灭吴兴越，自知与君王可以同患，而难处安，故功成身退，泛舟五湖而隐。唯有郭子仪以一身系天下安危者殆二十年，功高莫比，终能富贵寿考，世代尊荣。显然作者在比较中表现出对郭子仪的祈羡，也透露出自身的"英雄"观。

泊秦淮[01]

注·释

● *01* · 此诗或为会昌六年（846）杜牧由池州刺史转任睦州，秋冬途经金陵时所作。《诗话总龟前集》卷二五引《唐贤抒情》云："杜牧之绰有诗名，纵情雅逸，累分守名郡。罢任，于金陵舣舟，闻倡楼歌声，有诗曰'烟笼寒水月笼沙'云云，风雅偏缀，不可胜纪。"秦淮，即秦淮河，在今南京市。该河横贯南京城南而流入长江。传说秦始皇东游，望气者言五百年后，金陵有王者气。于是秦始皇命工于方山掘流，入西江，曰淮水。河为秦开，故名秦淮。

● *02* · 寒水：庾信《小园赋》："荆轲有寒水之悲。"

烟笼寒水月笼沙，[02]
夜泊秦淮近酒家。

商女不知亡国恨，[03]

隔江犹唱后庭花。[04]

●*03*·商女：静女，即温柔婉淑之女。徐增《而庵说唐诗》以为“商女是以唱曲作生涯者”，一般解释者皆信而从之。按，谓“商女”为“歌女”，望文生义，实无所据。陈寅恪《元白诗笺证稿·新乐府·盐妇商》云：“此来自江北扬州之歌女，不解陈亡之恨，在其江南故都之地，尚唱靡靡遗音，牧之闻其歌声，因为诗以咏之耳。”此对诗意理解正确，然谓“商女”为“江北扬州之歌女”何据？在“商女”身份上，盖仍受而庵之说的影响。考杜牧之前，张籍曾写有“商女”诗，惜已不存，但从白居易《读张籍古乐府》“读君商女诗，可感悍妇仁”，便可知“商女”乃为与“悍妇”相对之“仁爱婉淑”之女性。李贺《静女春曙曲》中，以“商鸾”（“一只商鸾逐烟起”）形容静女，意亦近似。孙光宪《竹枝词》：“门前春水白蘋花，岸上无人小艇斜。商女经过江欲暮，散抛残食饲神鸦。”其“商女”亦“静女”之形象，与“歌女”绝无关涉。

●*04*·后庭花：《玉树后庭花》，南朝陈之宫中曲，历来被视为亡国之音。《资治通鉴》卷一七六：“仆射江总虽为宰辅，不亲政务，日与都官尚书孔范、散骑常侍王瑳等文士十余人，侍上游宴后庭，无复尊卑之序，谓之‘狎客’。上每饮酒，使诸妃、嫔及女学士与狎客共赋诗，互相赠答，采其尤艳丽者，被以新声，选宫女千余人习而歌之，分部迭进。其曲有《玉树后庭花》《临春乐》等，大略皆美诸妃嫔之容色。”

品·评

这是杜牧最著名的绝句之一。首句用互文手法，写荒凉之景，已为“亡国恨”勾魂摄魄。夜泊秦淮而近酒肆，正为听商女唱曲垫笔。“三四推原亡国之故，妙就现在所闻犹是亡国之音感叹，索性用‘不知’二字，将‘亡国恨’三字扫空，文心幻曲。”（《唐诗绎》）全诗寓兴亡之感于夜色歌声中，构思之巧，令人叹服。

秋浦途中[01]

注·释

● *01* · 本诗作于杜牧任池州刺史时。《元和郡县志》卷二八："秋浦水在（秋浦）县西八十里。"唐代池州有秋浦县，当以其地秋浦水取以立名。

● *02* · 萧萧：意同"潇潇"，雨声。淅淅：风声。

● *03* · 杜陵：即汉宣帝陵墓，在长安南五十里。此处代指其家乡长安城。

萧萧山路穷秋雨，
淅淅溪风一岸蒲。[02]
为问寒沙新到雁，
来时还下杜陵无。[03]

品·评

"萧萧""淅淅"一联写出途中特有景象，也影射出诗人被外放僻左小郡的落寞心情。时值深秋，见大雁初落寒沙，诗人从它的来往行踪联想到故乡杜陵。"为问"二句，一转一合，是奇思妙笔，多少思乡之情，都在这问而不答之中，欲还京城而不得的失落怅惘也蕴涵其中。据"新到雁"之意，作者所谓"秋浦途中"当是由黄州赴任池州时。

题桃花夫人庙 01

细腰宫里露桃新，02

脉脉无言度几春。03

至竟息亡缘底事，04

可怜金谷坠楼人。05

注·释

● *01*・题下原注："即息夫人。"息夫人，乃春秋时陈侯女，嫁息侯为夫人。其庙在湖北省陂县东三十里。《左传・庄公十四年》："蔡哀侯为莘故，绳息妫以语楚子。楚子如息，以食入享，遂灭息。以息妫归，生堵敖及成王焉。未言。楚子问之。对曰：'吾一妇人，而事二夫，纵弗能死，其又奚言？'楚子以蔡侯灭息，遂伐蔡。秋七月，楚入蔡。"

● *02*・细腰宫：即楚宫，因楚灵王爱细腰美人，故称。《墨子・兼爱中》："昔者楚灵王好细腰，灵王之臣，皆以一饭为节，胁息然后带，扶墙然后起。"徐陵《玉台新咏序》："楚王宫内，无不推其细腰；魏国夫人，俱言讶其纤手。"露桃：露井边之桃。露井，即野井。

● *03*・脉脉无言：即默默无言。

● *04*・至竟：到底。韦应物《端居感怀》："感至竟何方，幽独长如此。"底事：何事。

● *05*・金谷坠楼人：指西晋石崇爱妓绿珠。《晋书・石崇传》："崇有妓曰绿珠，美而艳，善吹笛。孙秀使人求之不得遂矫诏收崇。崇正宴于楼上，介士到门。崇谓绿珠曰：'我今为尔得罪。'绿珠泣曰：'当效死于君前。'因自投于楼下而死。"

品·评

楚文王闻息妫美而灭息，将息妫掳作夫人。息夫人为其生了两个儿子，却始终不说话，所谓"脉脉无言度几春"。诗人不禁发问，息国到底因何灭亡呢？由此引出绿珠这个具有"风节"的女性形象，加以赞扬。息夫人事唐人歌咏者多，最著名的是王维的《息夫人》："莫以今时宠，难忘旧日恩。看花满眼泪，不共楚王言。"后人多认为摩诘诗"有味外味，诗之最高者"（张谦宜《絸斋诗谈》）。其实，摩诘表现的是缄默不语的反抗，而牧之身当晚唐之际，以刚烈赴死的道义相激，有特殊的时代意义，不可轻易轩轾。

题乌江亭 01

胜败兵家事不期，[02]
包羞忍耻是男儿。[03]
江东子弟多才俊，[04]
卷土重来未可知。

注·释

● *01* · 本诗作于开成四年（839）牧之自宣城赴京任左补阙，途经乌江亭所作。乌江亭，在今安徽省和县东北乌江镇。楚汉相争，项羽兵败而不肯过江东，自刎于此地。

● *02* ·“胜败”句：谓兵家相争，胜败难以预料。

● *03* ·“包羞”句：谓男儿应具有忍受羞耻的襟怀、气度。男儿：犹言大丈夫，可成就宏大事业的真正英雄。

● *04* · 江东子弟：《史记·项羽本纪》：“项王乃欲东渡乌江。乌江船长舣船待，谓项王曰：‘江东虽小，地方千里，众数十万人，亦足王也。愿大王急渡。今臣独有船，汉军至，无以渡。’项王笑曰：‘天之亡我，我何渡为？且籍与江东子弟八千人渡江而西，今无一人还。纵江东父兄怜而王我，我何面目见之？纵彼不言，籍独不愧于心乎！’……乃自刎而死。”

品·评

《诗谱》有所谓“用其事而反用其意”之法，意在反弹琵琶以取得特殊艺术效果，本诗即一典型。“垓下之围”项羽四面楚歌，已经英雄末路，且无法挽回失败命运，乌江渡口一刎是楚汉相争胜负的最后定论。然而杜牧却出奇立异，批评项羽缺少男儿的襟怀、气度，在失败面前失去了应有的远识和坚持。诗人谓“江东子弟多才俊，卷土重来未可知”，另设想出一种历史事件的趋向，前人称此为“死案活翻”“死中求活”。在晚唐特定的时代背景下，这种历史发展多种可能性的特殊解读，无疑包含着诗人的某种理想。

题横江馆[01]

注·释

● *01* · 本诗为开成四年作（839）。横江馆，《太平府志》："采石驿在采石镇，滨江即唐时横江馆也。"

● *02* · 孙家兄弟：三国东吴孙策、孙权兄弟。《搜神记》："初，夫人孕而梦月入其怀，即而生策。及权在孕，又梦日入其怀。"兴平二年（195）孙策于袁术麾下任折冲校尉，率兵攻占横江，后又渡江转战，所向披靡，莫敢当其锋者。《三国志·吴主传》注引《江表传》："策起事江东，权常随从。"晋龙骧：西晋龙骧将军王濬，率兵伐东吴，智破铁锁，渡过江险，直取建康，孙皓无奈投降，东吴遂亡。

● *03* · 至竟：到底。《戒庵漫笔》："唐人多言至竟，如云到底也。"

孙家兄弟晋龙骧，[02]
驰骋功名业帝王。
至竟江山谁是主，[03]
苔矶空属钓鱼郎。

品·评

历史在不断发生的战争中演绎着帝业的兴起和消亡，而随着时光逝去，曾经功业显赫的一代英雄乃至帝王，也都灰飞烟灭，成为记忆。三、四两句点明题旨，在一问一答中，诗人让"帝王"与"钓鱼郎"形成强烈的身份反差，以产生一定的幽默效果，而"谁是主"的答案中蕴涵哲理，意味尤深。

寄扬州韩绰判官 [01]

青山隐隐水迢迢，[02]
秋尽江南草木凋。[03]
二十四桥明月夜，[04]
玉人何处教吹箫。[05]

注·释

● *01* · 杜牧大和七年（833）至大和九年（835）初在扬州牛僧孺幕府为淮南节度掌书记，韩绰同在幕中任判官。牧之大和九年初赴京拜监察御史，七月移疾分司东都，此时韩绰还在扬州。本诗当为大和九年在长安或分司东都以后不久作。赵嘏有《送韩绛归淮南寄韩绰先辈》诗，杜牧另有《哭韩绰》云："平明送葬上都门，绋翣交横逐去魂。归来冷笑悲身事，唤妇呼儿索酒盆。"据此知韩绰有科名，较早逝于京城。

● *02* · 迢迢：形容深远。一作"遥遥"。

● *03* · 草木凋：一作"草未凋"，杨慎《升庵诗话》卷八、段玉裁《经韵楼集》卷八《与阮芸台书》均以为"木"当为"未"，其实并无可靠的版本根据。

● *04* · 二十四桥：沈括《梦溪补笔谈》卷三："扬州在唐时最为富盛，旧城南北十五里一百一十步，东西七里三十步。可纪者有二十四桥。"《方舆胜览》云："扬州府二十四桥，隋制，并以城门坊市为名。"一说二十四桥为某一桥名，即红药桥。然从韦庄《过扬州》"二十四桥空寂寂，绿杨摧折旧官河"之语看，当以前说为是。

● *05* · 玉人：美男子。《晋书·卫玠传》："总角乘羊车入市，见者皆以为玉人，观之者倾都。"李颀《赠别张兵曹》："君为禁脔婿，争看玉人游。"教吹箫：据《列仙传》卷上，春秋时萧史善吹箫，秦穆公女弄玉爱之，结为夫妻，每日教弄玉吹箫。数年后，声似凤凰，有凤凰来止其屋，穆公特为之作凤台。

品·评

早年的淮南幕府生涯，如"十年一觉扬州梦"，是牧之永远的美好记忆。前二句以青山隐隐、绿水迢迢的情景起兴，次句想象秋末时节、江南草木谢翠的景象，与首句形成一扬一抑之势。三、四句以委婉探询韩绰近况的口吻，表达出扬州特有的浪漫风情。作者所关切的这种多情生活既包含着作者过去的记忆，也寄寓着不胜留恋向慕之意。这种感情借问语迂回传达，无限意绪化成优美意境，风调悠扬而委婉曲致。

汴河阻冻

01

注·释

● *01* · 本诗盖作于大中二年（848）杜牧自睦州刺史赴京任司勋员外郎时。汴河，又称汴渠，通济渠。《文献通考》："开封府有通济渠，隋炀帝开，引黄河水以通江淮漕运，兼引汴水。"

● *02* · 玉珂：马勒上玉制的装饰品。瑶珮：美女之装饰。张子容《春江花月夜》："交甫怜瑶珮，仙妃难重期。"此处形容汴河上结冰时发出的响声。

● *03* · 浮生：《庄子·刻意》："其生若浮，其死若休。"人生在世，虚浮无定，故称浮生。

千里长河初冻时，
玉珂瑶珮响参差。[02]
浮生却似冰底水，[03]
日夜东流人不知。

品·评

首二句感物起兴，写出千里河封的情景。后二句抒发人生感慨，说汴河冰冻时，如玉珂环佩之声不断，而水流其下，缄默潜动。浮生正如这冰底之水，无语东流，不为人知。诗人对比描写，设喻新奇，颇具哲理意味，所流露出的人生在寂寞中流逝的哀怨，亦能感人。

题元处士高亭 [01]

注·释

● *01* · 本诗题下原注“宣州”，故知与《赠宣州元处士》同作于开成三年（838）。

● *02* · “水接”句：许浑《题宣州元处士幽居》：“潺湲绕门水，未省濯缨尘。”西江：宣州之西的青弋江。

● *03* · 长笛：古乐器。汉武帝时，丘仲因羌人之制，截竹为之，称羌笛。《文选注》卷一八注：“笛，七孔，长一尺四寸，今人长笛是也。”

水接西江天外声，[02]

小斋松影拂云平。

何人教我吹长笛，[03]

与倚春风弄月明。

品·评

先云“天外声”，次云“拂云平”，可谓尺幅之中有万里之势。这两句将“高亭”二字的意味写足。三、四句将江声松影与春风明月融为一体，形成诗人演奏长笛的潇洒优雅的背景，而“何人教我”一语，委婉设问，体现出诗人与元处士亲密而高洁的情谊，也使小诗含蓄蕴藉，情韵灵动。

郑瓘协律

01

广文遗韵留樗散，[02]

鸡犬图书共一船。

自说江湖不归事，

阻风中酒过年年。[03]

注·释

● *01*·郑瓘：从诗中内容看，当是郑虔之裔孙，《新唐书·宰相世系表》载郑氏北祖房有郑瓘，曾任登州户曹参军，冯集梧《樊川诗集注》卷四认为即此人，可参考。协律，掌校正乐律。《新唐书·百官志》："太常寺协律郎，正八品上。"

● *02*·广文：郑广文，即郑虔。其诗、书、画被誉为"三绝"。事见《新唐书·郑虔传》。樗散：像樗木一样散置的无用之材，喻其不合世用。语出《庄子·逍遥游》。杜甫在《送郑十八虔贬台州司户》中曾以此写郑虔被贬放之不幸："郑公樗散鬓成丝，酒后常称老画师。万里伤心严谴日，百年垂死中兴时。"

● *03*·中酒：半醉。《日知录》："中酒，谓酒半也。《吕氏春秋》谓之中饮。"戴叔伦《寄司空曙》："林花落处频中酒，海燕飞时独倚楼。"

品·评

就像当年杜甫对郑虔寄予同情一样，牧之对郑瓘有才而不得其用也深为不平。首说"广文遗韵"，便定下哀怨基调，与鸡犬图书相共一船，见樗散牢落之不堪。后二句用"自说"述其身世，极状其人长久落魄，视角独特，语意最为沉至哀切。翁方纲《石洲诗话》卷二对末二句极为欣赏，将其与牧之《题禅院》"今日鬓丝禅榻畔，茶烟轻飏落花风"二句并论，认为："直自开、天以后百余年无人能道，而五代南北宋以后，亦更不能道矣。此真悟彻汉魏六朝之底蕴者也。"

途中一绝 [01]

注·释

● *01* · 本诗作于大中五年（851）秋作者由湖州赴考功郎中新任途中。七八月间，牧之内擢考功郎中、知制诰，八月十二日得替后暂移居霅溪馆，稍事休闲，方北上。途中作此诗，说见冯集梧《樊川诗集注》卷四引《郡雅谈录》。

● *02* · 钓竿手：隐逸者，忘机人。刘长卿《过郏三湖上书斋》："何事东南客，忘机一钓竿。酒香开瓮老，湖色对门寒。"

镜中丝发悲来惯，
衣上尘痕拂渐难。
惆怅江湖钓竿手，[02]
却遮西日向长安。

品·评

对镜而照，已习惯于霜毛变衰的悲情，南来北往，也知旅途尘痕渐拂渐多，但对诗人而言，真正难以平息的是心中出处进退的矛盾冲突。一个"江湖钓竿手"，却要赴阙就任考功郎中、知制诰，作者用强烈的对比造成自我"反讽"的效果，而强调"惆怅"二字，正透露出内心的真实的情感。

题村舍

注·释

● *01* · 稚桑：柔桑，嫩桑。杜甫《绝句漫兴》："舍西柔桑叶可拈，江畔细麦复纤纤。"到，一作"剩"。

● *02* · 乳女：尚需哺乳的女童。贯休《甘雨应祈》："柘系黄兮，瓠叶青兮。乳女啼兮，蒸黍馨兮。"

● *03* · 潜销暗铄：不知不觉地销损。这里指农民经常被巧取豪夺，苛捐杂税不堪重负。

● *04* · 万指侯家：拥有成千奴仆的王侯之家。古代以手指计算奴隶，十指为一人。《汉书·货殖传》："童手指千。"颜师古注："手指谓有巧伎者。指千则人百。"指，一作"户"。

三树稚桑春未到，[01]
扶床乳女午啼饥。[02]
潜销暗铄归何处，[03]
万指侯家自不知。[04]

品·评

前二句写冬末农家饥荒，乳女哭啼的情景，后二句将锋芒指向朱门王侯之家。民脂民膏，销损殆尽，是被谁搜括去的呢？答案已在结句之中。"自不知"，是说贵族在钟鼎宴乐之中，哪里会知道当其酒肉臭时，多有冻死骨。樊川诗集中这类直接反映和同情民生疾苦的作品不多，此诗可备一体。

题木兰庙 01

注·释

● 01 · 本诗作于杜牧会昌元年（841）至会昌四年（844）任黄州刺史时。《太平寰宇记》："黄州黄冈县木兰山，在县西一百五十里，旧废县取此为名，今有庙在木兰乡。"

● 02 ·"弯弓"句：言木兰女扮男装，代父从军。

● 03 · 几度思归：《木兰诗》："愿驰明驼千里足，送儿还故乡。"

● 04 · 拂云堆：地名，故址在黄河北岸，今内蒙古自治区，上有拂云神祠，是当时胡人祭祀求福的地方。《木兰诗》："旦辞黄河去，暮至黑山头。不闻爷娘唤女声，但闻燕山胡骑鸣啾啾。"祝：祭祀仪式。明妃：即王昭君，为和亲而远嫁匈奴。

弯弓征战作男儿，02
梦里曾经与画眉。
几度思归还把酒，03
拂云堆上祝明妃。04

品·评

作者对传说中的古代女英雄加以礼赞，字里行间流动着对弯弓征战，实现报国理想的向往之情。咏史诗必涉历史，但亦忌泥于史实。本诗唯一、三两句叙《木兰辞》中事，二、四两句全为推想，虚实变化中融入己意，使木兰的形象更艺术化，也更有魅力。魏泰《临汉隐居诗话》称此诗"殊有美思"。

入商山[01]

注·释

● *01* · 本诗为作者开成四年（839）自宣州经商山赴京任左补阙、史馆修撰时作。

● *02* · 蓝溪：即蓝水，亦即灞水。

● *03* · 流水旧声：作者南来北往，屡过商山，故有流水旧声之感。

早入商山百里云，
蓝溪桥下水声分。[02]
流水旧声人旧耳，[03]
此回呜咽不堪闻。

品·评

首二句写商山云、蓝溪水，后二句抒重经故地之情。“流水旧声人旧耳”一句用当句对，蕴涵许多意味，“此回呜咽不堪闻”七字，沉郁简古，锲入人心。牧之近体往往不避重字，此诗短短四句，两重“水”字，两重“旧”字，却不嫌冗复，反给人复沓回旋的语感。

题商山四皓庙一绝

01

吕氏强梁嗣子柔，02

我于天性岂恩仇。03

南军不袒左边袖，

四老安刘是灭刘。04

注·释

● 01 · 本诗作于开成四年（839）杜牧除官赴阙行次商山时。四皓，秦末隐于商山的东园公、甪里先生、绮里季、夏黄公四位老者，皆八十余岁，须眉皓白，时称商山四皓。高祖立，征之不出。十二年，高祖欲废太子，立赵王如意。吕后用张良计，厚礼迎四皓至。四人从太子见高祖，且直言高祖轻士而太子仁孝。由是高祖知太子得此四人，羽翼成矣，遂从吕后之愿，不易太子。事见《史记·留侯世家》《汉书·张良传》。商山，见《商山麻涧》题注。

● 02 · "吕氏"句：谓汉初诸吕非常强梁，而太子则为人柔弱。吕氏，主要指刘邦妻，亦包括外戚。《史记·吕后本纪》："吕后为人刚毅，佐高祖定天下。"又："孝惠为人仁弱，高祖以为不类我，常欲废太子。"强梁：强横。

● 03 · 岂恩仇：无恩仇。此句拟高祖口吻写之，谓太子和戚妃之子如意都是自己亲生的骨肉，哪里会有恩仇与偏废呢？

● 04 · "南军"二句：谓如果南军不愿效忠刘家朝廷的话，商山四皓扶助太子，与其说是安定刘家天下，还不如说是促其灭亡。南军：西汉禁卫军名。时南军守卫长安城南宫城，北军守卫长安城内北部。袒袖：据《史记·吕后本纪》，北军当时为吕产、吕禄掌握。吕后死，诸吕欲作乱，刘邦旧臣周勃和陈平谋诛诸吕保全了刘家基业。时周勃以太尉身份入北门军，行令军中：为吕氏右袒（露出右臂），为刘氏左袒。结果军中皆左袒，周勃遂掌握了北军，制止了兵变。

品·评

这首诗几乎通篇议论，大做翻案文章。历史上认为商山四皓羽翼太子，避免了一场宫廷危机，乃为功臣。而杜牧则以诸吕拥兵谋乱为根据，认为其根源恰恰就在孝惠帝，是他的柔弱致使诸吕过度骄恃纵肆。故诗人一反定论，提出如果当时果真天下易姓，四皓则为灭刘之罪人。这一立论意新而奇，但具有内在的逻辑性，非徒为标新而立异耳。

送隐者一绝

注·释

● *01* · 无媒：无人引荐奥援。岑参《送二十二兄北游寻罗中》："无媒谒明主，失计干诸侯。"

● *02* · 云林：山林深处。市朝：即朝市，朝廷与市肆。泛指名利之场。白居易《中隐》："大隐住朝市，小隐入丘樊。丘樊太冷落，朝市太嚣喧。不如作中隐，隐在留司官。"

● *03* ·"公道"二句：此二句或有所本。黄彻《䂬溪诗话》卷五："牧之有'公道世间唯白发，贵人头上不曾饶'，曾爱其语奇怪，似不蹈袭。后读子美'苦遭白发不相放'，为之抚掌。"

无媒径路草萧萧，[01]

自古云林远市朝。[02]

公道世间唯白发，

贵人头上不曾饶。[03]

品·评

"自古"二字是全诗之"眼"，既提起"云林远市朝"，也说明若无权贵引荐奥援，径路草丛荒凉的现象自古已然。而在这种高度世俗化的历史中，终极意义上亘古不变的是什么呢？那就是无论穷达贵贱，最后都必然走向衰老和死亡。这里作者心灵深处于退隐和出仕之间的选择取向已非常清楚了。

赠别二首 [01]

娉娉袅袅十三余，[02]
豆蔻梢头二月初。[03]
春风十里扬州路，
卷上珠帘总不如。[04]

多情却似总无情，
唯觉尊前笑不成。
蜡烛有心还惜别，
替人垂泪到天明。[05]

注·释

● *01* · 大和九年（835）杜牧由淮南节度府掌书记转监察御史，此诗系离开扬州前所作。于邺《扬州梦记》："牧少俊，性疏野放荡，虽为检刻而不能自禁。会丞相牛僧孺出扬州，辟节度掌书记。牧供职以外，唯以宴游为事。扬州，胜地也，每重城向夕，倡楼之上，常有绛纱灯万数，辉罗耀列空中。九里三十步街中，珠翠填咽，邈若仙境。牧常出没驰骋逐其间，无虚夕。……所至成欢，无不会意，如是且数年。"此诗赠别对象，当即爱妓。

● *02* · 娉娉袅袅：妙龄女子身材体态轻盈袅娜的样子。

● *03* · 豆蔻：多年生常绿草本植物，夏日花开，二月初正是孕育嫩蕊、含苞未放的时节。

● *04* · 珠帘：以珠子编成的门帘。此句谓卷起珠帘，放眼满城红粉佳丽，都不如所爱之人。

● *05* · 垂泪：指蜡泪。庾信《对烛赋》："铜荷承泪蜡。"

品·评

这两首诗是杜牧在扬州风流浪漫生活的记录，读"娉娉袅袅十三余"四句，赏其风调高华，但稍嫌其直露，缺少余韵。这首诗在后代影响很大，黄庭坚曾云："往岁过广陵，值早春，尝作诗云：'春风十里珠帘卷，仿佛三生杜牧之。红药梢头初茧栗，扬州风物鬓成丝。'"（《豫章黄先生文集》卷九）由此可见一斑。相比较而言，第二首艺术表现上构思奇拔，风调委婉。诗人说多情却似无情，尊前应笑而笑不成，一笔一转，思致新颖，儿女情态尽现却不落俗套。最后两句以烛心譬人心，以蜡泪比别泪，极为生动形象。"替人垂泪"，意新而奇，把拟人手法用到极致。在这里，诗人将无限风情染上了一层唯美的色彩。

寄远

注·释

● *01* · 碧云合：江淹《休上人怨别》："日暮碧云合，佳人殊未来。"

● *02* · 白雪：古楚国歌曲名，高雅动听。《文选》宋玉《对楚王问》："客有歌于郢中者，其始曰《下里》《巴人》，国中属而和者数千人。其为《阳阿》《薤露》，国中属而和者数百人。其为《阳春》《白雪》，国中属而和者不过数十人。引商刻羽，杂以流徵，国中属而和者不过数人而已。是其曲弥高，其和弥寡。"

● *03* · 相思千里：虞世南《结客少年场行》："结友一言重，相思千里至。"钱起《海上卧病寄王临》："相思千里道，愁望飞鸟绝。"

前山极远碧云合，[01]
清夜一声白雪微。[02]
欲寄相思千里月，[03]
溪边残照雨霏霏。

品·评

此诗意境与许浑"碧云千里暮愁合，白雪一声春思长"（《和友人送僧归桂林灵岩寺》）极为相似，可谓清雅委婉。而后二句将相思之意寓于千里明月，同时用溪边残照、细雨霏霏的情景来烘托映照，更显得悠远绝俗，寄兴遥深。此种笔墨，自可列入神韵一格。

南陵道中[01]

注·释

● 01 · 本诗选自《樊川外集》。本诗为杜牧在宣州任幕吏时作。南陵，南朝梁时置县，唐武德七年属池州，后改属宣州。

● 02 · 孤迥：孤清迥远。

● 03 · 红袖：美女，多指侍女或歌女。王建《夜看扬州市》："夜市千灯照碧云，高楼红袖客纷纷。"

南陵水面漫悠悠，
风紧云轻欲变秋。
正是客心孤迥处，[02]
谁家红袖凭江楼。[03]

品·评

此诗以倩秀之笔，写出作者客子思乡的几分孤清寂寞，几分多情驰想，笔墨如画，韵致悠长。首句如石投水面，轻轻漾出涟漪。风紧云轻，写江上初秋之景，简净生动。人在行旅，客心自然孤迥郁悒，恰有红袖凭栏，倚靠江楼，靓美多姿，真是"多情却被无情恼"了。诗人在结束处以神来之笔，用红袖为乡愁涂上了一层喜剧色彩，让人并不觉得两厢隔膜，反觉得自在可喜，神韵悠然。

金谷园[01]

注·释

● *01* · 金谷园：在洛阳西北金谷涧，石崇有别墅在此。石崇《金谷诗序》称该"别庐""清泉茂树，众果竹柏药物俱备"。石崇，字季伦，西晋豪富官僚，官累迁至侍中。与贵戚王恺、羊琇争为侈靡，王恺虽得武帝支持，仍不能敌。崇耗巨资造金谷圆，与爱妓绿珠玩乐其中。后得罪权臣孙秀，秀矫诏下其牢狱，后石崇全家亦被杀。

● *02* · 繁华事散：李清《咏石季伦》："金谷繁华石季伦，只能谋富不谋身。"

● *03* · 堕楼人：绿珠。详见《题桃花夫人庙》诗注。

繁华事散逐香尘，[02]
流水无情草自春。
日暮东风怨啼鸟，
落花犹似堕楼人。[03]

品·评

金谷园是唐人咏古诗中写作最多的题材之一。杜牧此诗一、二句景中有事，三、四句事中有景，颇得情景融摄之妙。诗中"落花犹似堕楼人"一句喻意最称精切，"伤春感昔，即物兴怀，是人是花，合成一凄迷之境"（俞陛云《诗境浅说续编》），哀感顽艳，婉曲见意。

遣怀

01

落魄江南载酒行，02

楚腰肠断掌中轻。03

十年一觉扬州梦，04

赢得青楼薄幸名。05

注·释

● *01* · 大和七年（833）秋至大和九年（835）春，牧之在扬州淮南牛僧孺幕为掌书记。此为离开扬州后对几年风流倜傥生活的回忆。本诗《樊川诗集》未收而见于《樊川外集》。

● *02* · 落魄：困顿。载酒：携酒。魄，一作“拓”。南，一作“湖”。

● *03* · 楚腰：楚灵王好宫女之细腰者，后因以称美女。参见《题桃花夫人庙》“细腰宫里露桃新”句注。掌中轻：比喻体态轻盈。传说汉成帝皇后赵飞燕，身姿轻巧，可在掌上起舞。见《飞燕外传》。肠断，一作“纤细”。

● *04* · 十年：一作“三年”。

● *05* · 青楼：汉代谓贵族住宅为青楼。曹植《美女篇》：“青楼临大道，高门结重关。”晚唐时青楼多指歌妓所在场所，如孙光宪《南歌子》：“艳冶青楼女，风流似楚真。”薄幸：薄情负心。此句说扬州一梦，落拓无聊而走向青楼，后来得到的只是青楼女子以薄情负心相责。

品·评

杜牧早年的扬州游冶生涯在文学史上留下了一段佳话，最能“自证”者也许就是这首绝句了。俞陛云《诗境浅说续编》云：“此诗着眼在‘薄幸’二字。以扬郡名都，十年久客，纤腰丽质，所见者多矣，而无一真赏者。不怨青楼之萍絮无情，而反躬自嗟其薄幸，非特忏除绮障，亦诗人忠厚之旨。”其实此诗还存在一定的真伪问题，自谓“赢得青楼薄幸名”并不完全可信。设若此作不伪，则也应当视为性情旷达的诗人的风流自赏，而这种风流自赏与中唐以后唐代文人游冶风气的形成有关，也与都市畸形繁荣所产生的刺激和影响有关，对唐代新进士阶层来说这是相当普遍的现象。而就作者来说，也能在相当程度上见出其早年狂放不羁的性格。

和严恽秀才落花[01]

共惜流年留不得，
且环流水醉流杯。[02]
无情红艳年年盛，
不恨凋零却恨开。

注·释

●*01*·严恽：字子重，吴兴（今浙江湖州）人。杜牧《唐故进士龚轺墓志》记载与严恽相识在大中四年，故本诗当为大中四年（850）秋牧之出为湖州刺史至大中五年（851）七八月间离开湖州赴京期间作。严恽原作及其事迹在皮日休《伤进士严子重诗序》中较早记载："余为童在乡校时，简上抄杜舍人牧之集，见有与进士严恽诗。后至吴，一日，有客曰严某。余志其名久矣，遽怀文见造，于是乐得礼而观之。其所为工于七字，往往有轻便柔媚，时可轶骇于常轨。其佳者曰：'春光冉冉归何处，更向花前把一杯。尽日问花花不语，为谁零落为谁开。'余美之，讽而未尝怠。生举进士，亦十余计偕，余方冤之，谓乎竟有得于时也。未几，归吴兴。后两月（咸通十一年也），霅人至云：生以疾亡于所居矣。噫！生徒以词闻于士大夫，竟不名而逝，岂止此而湮没耶！江湖间多美材，士君子苟乐退而有文者死，无不为时惜，可胜言耶！"

●*02*·流杯：三月三日上巳节有曲水流觞的雅集，"环流水醉流杯"正与此相似。

品·评

这是一首咏物唱和诗。严恽原作用拟人化手法，以惜春为意脉，表现出对美的事物凋零的感伤。本诗和答，同样写惜春，但作者表示既然时光无情，则当寄兴流杯，及时行乐，性情开朗旷达，笔致疏放流丽。严恽诗之结句"为谁零落为谁开"，如啼血斑痕，哀婉凄美，而本诗"不恨凋零却恨开"，反切入理，出人意表，情味更玩挹不尽。

秋夕[01]

注·释

- 01·本诗选自《樊川外集》。秋夕，从本诗内容看，秋夕即七夕，节令在农历七月初七。
- 02·银烛：一作“红烛”。
- 03·轻罗小扇：质地轻软的丝面小扇。唐彦谦《无题十首》其七：“夜合庭前花正开，轻罗小扇为谁裁。”
- 04·天阶：宫殿的台阶。岑参《西蜀旅舍春叹寄朝中故人呈狄评事》：“早须归天阶，不得安孔席。”天，一作“瑶”。
- 05·坐看：一作“卧看”。

银烛秋光冷画屏，[02]
轻罗小扇扑流萤。[03]
天阶夜色凉如水，[04]
坐看牵牛织女星。[05]

品·评

从全诗描写的内容看，作者所咏的当是一位失意宫女。首句一个“冷”字，点出宫女的全部感受。银烛、秋光映在夜色中的屏风上，一抹幽冷。“扑流萤”三字，最显出宫女之失落无聊，亦是遭到冷遇所致。后二句写宫女夜深人静时仍不归眠，枯坐于凉气逼人的宫殿台阶，遥看牵牛织女一年一度的相会，凄怨之情不待明言而自现。前人评此作“宫中秋怨诗也，自初夜写至深夜，层层绘出，宛然为宫人作一幅幽怨图”（《唐诗评注读本》），是切中肯綮之论。

山行[01]

注·释

●01·本诗《樊川诗集》未收，今选自《樊川外集》。

●02·坐：因为。武元衡《八月十五酬从兄常望月有怀》："坐爱圆景满，况兹秋夜长。"

远上寒山石径斜，
白云生处有人家。
停车坐爱枫林晚，[02]
霜叶红于二月花。

品·评

这是一首写景幽邃、用笔流美的小诗。远上寒山，悠然遥看，竟然有几家松火隔秋云。这对作者的远山旅行而言，是充满诗意的发现。停车之后，周遭近景，同样美丽如斯：黄昏晚霞中，枫叶红透，大可比之二月艳李秾桃而愈佳胜。读此诗如随作者行于山间石径，感受着满目秋光绚烂如画，也感受着诗人的高怀逸兴和豪荡思致。

书怀

01

注·释

● *01* • 本诗《樊川诗集》未收，今选自《樊川外集》。

● *02* • 无那：无奈。王维《酬郭给事》："强欲从君无那老，将因卧病解朝衣。"

● *03* • 旋老：近老。张乔《和薛监察题兴善寺古松》："看来人旋老，因此叹浮生。"

满眼青山未得过，
镜中无那鬓丝何。[02]
只言旋老转无事，[03]
欲到中年事更多。

品·评

首句云"过青山"是叙事，亦是写景，同时也是生命过程的象征。还未到达"青山"之巅的时候，已经两鬓染霜了，岂能不生感慨。接着诗人转过笔锋，再发近老事多，欲到中年，更不能清静的慨叹。牧之早年才华颖发，中年却不得显志，故嗟叹之中失望和希望交织，情感沉郁顿挫，笔势转折回旋。

早春题真上人院 01

注·释

● *01* · 原注："生天宝初。"此诗不见于《樊川诗集》，程大昌《演繁露续集》卷六云："唐天宝间，有真上人者，至杜牧之时，其人年已近百岁，故题其寺云云。此意最远，不言其道行，独以其年多尝见天宝时事也。"

● *02* · 寰海：四海，意即整个国家。杜甫《遣怀》："先帝正好武，寰海未凋枯。"戎马地：战场。

清羸已近百年身，
古寺风烟又一春。
寰海自成戎马地，[02]
唯师曾是太平人。

品·评

此诗构思独特，偏锋取胜。赞真上人，经历、道行、功德等一字不及，唯突出其"清羸已近百年身"。下云"古寺风烟"，四字有味。这是佛门内诵经梵呗，禅床茶铛，无为之人，清净之事所累积的经验，绝尘而淡泊，寂静而安和。与之形成强烈对比的是海内处处持续硝烟弥漫，"自成戎马地"一语道尽百年血火兵燹之难。末云"唯师曾是太平人"是超越时空的追想，充满了对开天之际太平治世的向往。

赠渔父 [01]

注·释

●01·本诗《樊川诗集》未收，今选自《樊川外集》。

●02·垂纶：垂放钓丝。李颀《渔父歌》："浦沙明濯足，山月静垂纶。"

●03·独醒人：屈原《渔父》："屈原既放，游于江潭，行吟泽畔，颜色憔悴，形容枯槁。渔父见而问之曰：'子非三闾大夫欤？何故至于斯？'屈原曰：'举世皆浊我独清，众人皆醉我独醒，是以见放。'"

芦花深泽静垂纶，[02]
月夕烟朝几十春。
自说孤舟寒水畔，
不曾逢着独醒人。[03]

品·评

"渔父词"是唐人诗歌写作的传统题材之一，此诗意味独特。朝烟夕月，数十年间，渔父独钓于斯，日复一日，唯见孤舟寒水，这岸上却不曾逢着一个独醒之人。于理当逢，事实未逢，其中对社会普遍浑浑噩噩现象的感愤之音隐约可闻。

代人寄远六言二首 [01]

河桥酒旆风软，[02]
候馆梅花雪娇。[03]
宛陵楼上瞪目，[04]
我郎何处情饶。

绣领任垂蓬髻，[05]
丁香闲结春梢。[06]
剩肯新年归否，[07]
江南绿草迢迢。

注·释

● *01* · 从第一首诗中“宛陵”地名看，本诗当为杜牧在宣州幕府为吏时所作。唐代代言体诗甚多，其中有实际代人而作者，亦有虚拟他人口吻抒自我之情者。《全唐诗》杜牧名下有数首代言之作，如《代吴兴妓春初寄薛军事》《闺情代作》《代人作》《为人题赠二首》，皆为情诗，或有实际托代对象。六言，诗体名，全篇每句六字，有古近之分，本诗为六言绝句。

● *02* · 酒旆：酒旗。风软：柔风轻吹。

● *03* · 候馆：接待宾客的馆舍。《周礼·地官》：“五十里有市，市有候馆。”

● *04* · 宛陵：汉县名，隋大业初改称宣城，为唐代宣州治所。

● *05* · 蓬髻：发髻蓬松。取意于《诗经·卫风·伯兮》：“自伯之东，首如飞蓬。岂无膏沐，谁适为容？”

● *06* · 丁香：一名百结，落叶灌木名，其子出枝蕊上，如丁子，长三四分。《本草拾遗》：“丁香击之则顺理而解为两向。”闲结：丁香结松散。所谓“丁香结”即丁香初生缄合未分拆者，故常引用为谐合难分的爱情。李商隐《代赠》：“芭蕉不展丁香结，同向春风各自愁。”

● *07* · 剩肯：真肯。

品·评

这是一首表现离人相思的诗。这位宛陵少妇因为“丁香闲结”，故请人代为写诗寄远，八句之中，爱恨交织。河桥与候馆，是当时相送分别之处，风软、雪娇之语是甜蜜的爱情记忆，但她不放心郎君，也许正在何处缱绻多情。“绣领任垂蓬髻”一句，掉回笔锋写她对郎君的眷念。结句对郎君“剩肯归否”的叩问，表现出少妇如江南绿草般的柔情和期盼。

长安秋望

注·释

● *01*·“镜天”句：天空澄澈如镜，不见一丝云影。

● *02*·南山：即终南山，秦岭山峰之一，位于长安城南。

楼倚霜树外，
镜天无一毫。[01]
南山与秋色，[02]
气势两相高。

品·评

向谓“南山与秋色，气势两相高”出自杜甫“万壑树声满，千崖秋气高”（《王阆州筵奉酬十一舅惜别之作》）句，然老杜用近体笔法，对仗整练而气韵生动；小杜用古诗韵调，自由放达而气度豪荡，可谓取径不同，各擅其美。

独酌

注·释

● *01* · 酒缸：冯集梧《樊川诗集注》卷二引《法书要录》云："江东云缸面，犹河北称甕头，谓初熟酒也。"

● *02* · 钓船雨：温庭筠《咸阳值雨》："咸阳桥上雨如悬，万点空蒙隔钓船。"

● *03* · 篷底睡：李珣《南乡子》："缆却扁舟篷底睡。"

窗外正风雪，
拥炉开酒缸。[01]
何如钓船雨，[02]
篷底睡秋江。[03]

品·评

窗外风雪时，拥炉焙酒独酌自是一种悠闲自乐的清趣，但诗人认为空蒙细雨中，趁扁舟一叶，在篷底闲睡，任其漂荡秋江，兴来自斟小酌，则更为闲雅散淡。樊川诗有大、拙、重者，也有小、巧、灵者。前者思深气盛，后者则多见性灵。本诗"何如"二句，杜荀鹤《溪兴》化成"山雨溪风卷钓丝，瓦瓯篷底独斟时"，别具兴味。

不饮赠酒

注·释

● *01* · 细算：仔细考量。罗隐《寄酬邺王罗令公五首》（其三）："敢将衰弱附强宗，细算还缘血脉同。"

● *02* · 彭殇：传说彭祖得八百岁之寿。殇，未成年而夭折者。一筹：一等。共一筹，即等量齐观。

● *03* · 底事：何事，唐人习用语。

● *04* · 尔：你。戈矛：在此意为驱散愁阵的兵器。

细算人生事，[01]
彭殇共一筹。[02]
与愁争底事，[03]
要尔作戈矛。[04]

品·评

四句全用议论。作者乃善饮者，此云"不饮赠酒"，便是奇笔。诗人的别解甚为有趣：酒本为消愁之用，然人间大事，无非生死。既然长寿与短命都可以等量齐观，那么还有何"愁"可言！"酒冲愁阵出奇兵"（韩偓《残春旅舍》），没有"愁阵"，又何须酒作戈矛？诗人看似洞悉人生，通达世情，其实愁在心底，恨压笔锋，故语语反讽，句句奇论。

独柳

注·释

● *01* · 含烟：嫩岚蒸润之情状。李白《长相思》："日色已尽花含烟，月明欲素愁不眠。"

● *02* · 回纤手：《迢迢牵牛星》："纤纤擢素手，札札弄机杼。"乔知之《折杨柳》："可怜濯濯春杨柳，攀折将来就纤手。"

含烟一株柳，[01]
拂地摇风久。
佳人不忍折，
怅望回纤手。[02]

品·评

本诗虽为小品短制，然民歌风味浓郁可喜。全诗意旨正是从题中一个"独"字生发。"一株柳"写"独"而制题，"含烟"正是春日柳树的氤氲气象。"拂地摇风"，袅娜多娇，自然引人攀折，然却说"不忍折"，诗笔一转，便回旋生姿。末句写怅望之中，见其孤独而生怜悯，其动作情状如在眼前，婉约动人。

题敬爱寺楼[01]

注·释

● *01* · 敬爱寺：在洛阳。《唐会要》卷四八："东京敬爱寺怀仁坊。显庆二年，孝敬在春宫为高宗武太后立之，以敬爱寺为名。"

● *02* · 悠悠：谓情思绵长。《诗经·秦风·渭阳》："我送舅氏，悠悠我思。"

暮景千山雪，
春寒百尺楼。
独登还独下，
谁会我悠悠。[02]

品·评

杜牧的五言绝句不多，也无多特别醒目的作品，而这首小诗较为可读。前二句写洛阳早春残雪披山的景色，笔极简练，境象开阔。写"千山雪"和"百尺楼"，制题不苟，笔力饱满，为后二句抒怀作了铺垫。转而两个"独"字，流露出诗人此时此地寂寥之情，紧接"谁会我悠悠"一笔关合，全诗形成了春雪寒彻、独立苍茫的诗境。

哭李给事中敏 01

注·释

● *01*·本诗为追悼李中敏而写。中敏“开成末，为婺、杭二州刺史，卒于官”(《新唐书·李中敏传》)，则此诗当为开成以后作。李中敏，见前《李给事中敏二首》注释。

● *02*·阳陵：汉景帝的陵墓，在今陕西省咸阳市东，汉代于此置阳陵县。

● *03*·陂陁（pō tuó）：倾斜貌。丈五坟：汉代朱云墓。诗末原注：“朱云葬阳陵郭外。”朱云，汉成帝时人，方正敢言，曾上书请斩佞臣张禹首。参《商山富水驿》有关注释。又，《汉书·朱云传》：“云年七十余，终于家，……为丈五坟，葬平陵东郭外。”

● *04*·“九泉”二句：谓中敏在此处安葬，正好可以和朱云结成志同道合的九泉之友。

阳陵郭门外，02
陂陁丈五坟。03
九泉如结友，
兹地好埋君。04

品·评

这首诗构思角度新颖独特。因前已有诗写过李中敏的事迹和人格，故此诗于这一方面不及片语，只就安葬之地发论。以“丈五坟”点出朱云这位汉代著名诤臣，用“九泉结友”的奇特想象，道出李中敏乃何等刚直不阿之士，同时也暗示出他将和朱云一样为后人所景仰。此种笔法，正可谓不着一字，尽得风流。

将赴湖州留题亭菊[01]

注·释

● *01* · 本诗作于大中四年（850）初秋。

● *02* · 陶菊：菊花之雅称。陶渊明性爱“秋菊有佳色”，有“采菊东篱下，悠然见南山”(《饮酒其五》)之名句，而“一从陶令平章后，千古高风说到今”（俞大猷《秋日山行》)，文人常以陶菊代称菊花。又，谢灵运曾在庐山东林寺凿池以种白莲，后代以“谢莲”与“陶菊”对举。如刘兼《木芙蓉》:“谢莲色淡争堪种，陶菊香秾亦合羞。”

● *03* · 楚兰：屈原为楚大夫，爱兰草之高洁。《离骚》:“余既滋兰之九畹兮，又树蕙之百亩。”

● *04* · 撷芳：采摘花草。孟郊《越中山水》:“举俗媚葱蒨，连冬撷芳柔。”

陶菊手自种，[02]
楚兰心有期。[03]
遥知渡江日，
正是撷芳时。[04]

品·评

在诗人心中，“陶菊”“楚兰”是一种高洁竣拔、卓然不群的人格精神的象征，“手自种”“心有期”，正说明这种精神与自己不附世俗、孤标傲世的性格相契合。诗中之“撷芳”亦言有重旨，意涉双关，既指摘取花草，同时也表示对先贤高尚情操的汲取和坚持。

题张处士山庄一绝

注·释

● *01* · 敲磬：形容鸟鸣如寺庙敲磬之声。贾岛《赠无怀禅师》："捧盂观宿饭，敲磬过清流。"

● *02* · 轧筝：唐代的一种筝，用竹片轧其弦发音。《旧唐书·音乐志》："轧筝，以片竹润其端而轧之。"

● *03* · 修篁：修长的新竹。任昉《秋竹赋》："临曲沼，夹修篁。"嘉树：《汉书·马融传》："珍林嘉树，建木丛生。"

好鸟疑敲磬，*01*
风蝉认轧筝。*02*
修篁与嘉树，*03*
偏倚半岩生。

品·评

"好鸟""风蝉"二句，是比兴，"疑"字，"认"字，锻炼极工，亦自然有趣，无雕凿痕迹。"修篁""嘉树"乃诗人随好鸟、风蝉鸣叫声远望所见。如此新竹珍木，不在平地，不在庭院，而长在陡峭的半岩。这一奇崛峭傲的形象，颇有诗人自我写照的意味。

有寄

注·释

● *01*·水浴秋：秋色浸染江水。

● *02*·美人：友人，或比喻某种理想。

云阔烟深树，

江澄水浴秋。[01]

美人何处在，[02]

明月万山头。

品·评

本诗中作者首先用极为精练的语言呈现出一幅云阔烟深、江澄浴秋的画面，转而在多情的问答中，让万重山峰更添伊人眉黛，使云树、江水、丛山融为一体。全诗意境既有秋水接天的辽阔峻洁，又有明月美人的清新含媚，堪称精品。

盆池

注·释

●*01*·偷他：吕岩《渔父词》："恍惚擒来得自然，偷他造化在其间。"

凿破苍苔地，偷他一片天。[01]
白云生镜里，明月落阶前。

品·评

这是一首极富情韵的抒情小品。诗人精骛八极，想落天外，说凿地成池，如偷天一片，造化人间；谓水波清澄，则以"白云生"而"明月落"来衬托。"偷天"之语在前，白云、明月的比喻和描写也就显得自然流畅，毫无凑泊趁韵之感。

文选

阿房宫赋 01

六王毕，四海一。[02] 蜀山兀，阿房出。[03] 覆压三百余里，[04] 隔离天日。[05] 骊山北构而西折，直走咸阳。[06] 二川溶溶，[07] 流入宫墙。五步一楼，十步一阁。廊腰缦回，[08] 檐牙高啄。[09] 各抱地势，钩心斗角。[10] 盘盘焉，[11] 囷囷焉，[12]

注·释

● *01*・本文作于敬宗宝历元年（825）。杜牧《上知己文章启》："宝历大起宫室，广声色，故作《阿房宫赋》。" 缪钺《杜牧年谱》："敬宗即位时，年十六，好击球，大治宫室，沉溺声色。杜牧作《阿房宫赋》，假借秦事以讽之。" 阿房宫：秦宫殿名，故址在今陕西省西安市西南。《三辅黄图》卷一："阿房宫，亦曰阿城。惠文王造，宫未成而亡。始皇广其宫，规恢三百余里。离宫别馆，弥山跨谷，辇道相属，阁道通骊山八十余里。表南山之颠以为阙，络樊川以为池。"

● *02*・"六王" 二句：谓七国争雄，最终秦灭六国，使天下归于一统。六王，战国时期韩、魏、燕、赵、齐、楚六个诸侯国。毕，终了。《史记·秦始皇本纪》："六王咸伏其辜，天下大定。"

● *03*・"蜀山" 二句：谓为了建造阿房宫，把蜀地山上的树木都砍光了。蜀山：泛指四川一带的山陵。兀：光秃。

● *04*・覆压三百余里：谓阿房宫和周围的离宫别馆组成了一个巨大的建筑群，占有三百多里的面积。

● *05*・隔离天日：形容宫殿楼阁高大而绵延，似乎遮天蔽日。

● *06*・"骊山" 二句：谓阿房宫从骊山北麓开始建造，曲折向西，一直通到咸阳。

● *07*・二川：指渭水和樊川。溶溶：水流动貌。白居易《题赠郑秘书征君石沟溪隐居》："新居寄楚山，山碧溪溶溶。"

● *08*・廊腰缦回：连接宫殿楼阁的回廊，如腰带曲折萦回。

● *09*・檐牙高啄：屋檐的尖角伸向高空，状如禽鸟仰首啄物。

● *10*・"各抱" 二句：谓宫殿楼阁随地势高下向背而建，彼此环抱连接，与中心宫殿气脉相通；檐牙屋角相向成势，如螭龙斗角。这是形容宫殿建筑结构错落有致，巧夺天工。

● *11*・盘盘焉：盘结貌。

● *12*・囷囷焉：屈曲貌。

蜂房水涡，[13]矗不知乎几千万落。[14]长桥卧波，未云何龙？[15]复道行空，不霁何虹？[16]高低冥迷，不知东西。[17]歌台暖响，春光融融；舞殿冷袖，风雨凄凄。[18]一日之内，一宫之间，而气候不齐。

● *13* • 蜂房：比喻建筑物多而密。水涡：建筑群回环之状。

● *14* • 矗：耸立貌。落：如院落之落，为建筑物单位词。

● *15* •“长桥”二句：说长桥横卧水面，犹如一条巨龙伏波。《易·乾卦》：“云从龙，风从虎。”

● *16* •“复道”二句：谓复道飞行高空，好像一道彩虹圆弧。“虹”是雨后太阳光线映照水气，出现在天空的彩晕，故作者有“不霁何虹”之问。复道：楼阁间架木构成的悬空通道。霁：雨止初晴。

● *17* •“高低”二句：谓建筑群高低错落，昏暗不明，使人难辨东西。冥迷：迷茫不清。

● *18* •“歌台”四句：谓台上歌声荡漾，感情热烈，使人有置身融和春光之感；殿中舞袖飘拂，带来阵阵凉意，仿佛秋风苦雨一般凄冷。

妃嫔媵嫱，[19] 王子皇孙，[20] 辞楼下殿，辇来于秦，朝歌夜弦，为秦宫人。[21] 明星荧荧，[22] 开妆镜也；绿云扰扰，[23] 梳晓鬟也；渭流涨腻，弃脂水也；[24] 烟斜雾横，焚椒兰也；[25] 雷霆乍惊，宫车过也，辘辘远听，杳不知其所之也。[26] 一肌一容，尽态极妍，[27] 缦立远视，而望幸焉。[28] 有不见者，三十六年。[29] 燕、赵之收藏，韩、魏之经营，齐、楚之精英，[30] 几世几年，摽掠其人，[31] 倚叠如山。[32] 一旦不能有，[33] 输来其间。[34] 鼎铛玉

● *19* · 妃嫔媵嫱：指六国的嫔妃宫女。妃，皇帝之妾。嫔，宫中女官。嫱，亦宫中女官。媵，妾；或指陪嫁女子。

● *20* · 王子皇孙：指六国诸侯的后人。

● *21* · “辞楼”四句：谓六国灭亡，诸侯王室人等被秦王俘获，辞别过去的宫殿楼台，乘车来到秦都，虽然还有歌弦之声在耳，但今非昔比，已成秦室宫人。辇：帝、后用车，此处用作动词。

● *22* · 荧荧：星光闪烁貌。

● *23* · 绿云：宫女头发黑亮，蓬松如云。

● *24* · “渭流”二句：谓渭河河面上漂浮着一层油腻，恰是从内宫流出的带有胭脂香粉的洗面水。

● *25* · “烟斜”二句：谓宫中烟雾弥漫，是宫女们点燃椒兰来熏香。椒兰，两种香料名。

● *26* · “雷霆”四句：形容秦王宫车声威。雷霆，喻宫车经过声音之大。辘辘，渐行渐远之车声。

● *27* · “一肌”二句：形容宫女们身上的每一个部分和每一种姿态，都呈现出极致之娇美。

● *28* · “缦立”二句：谓宫女们久立等候，期盼秦王能够前来，使自己得到宠幸。缦，通“慢”，舒缓貌。

● *29* · “有不见”二句：秦始皇在位凡三十六年。此谓有的宫女幽闭深宫，一辈子也没有见秦始皇一面的机会。

● *30* · 收藏、经营、精英：皆指金玉珍宝。

● *31* · 摽掠：掠夺。人：民也。唐朝避太宗李世民讳，不书“民”字，而以“人”代之。

● *32* · 倚叠：堆积。

● *33* · 不能有：不能保有，意即国破之后尽归之于秦。

● *34* · 其间：指阿房宫。

石，金块珠砾，弃掷逦迤，[35] 秦人视之，亦不甚惜。嗟乎！一人之心，千万人之心也。秦爱纷奢，[36] 人亦念其家。奈何取之尽锱铢，[37] 用之如泥沙？使负栋之柱，多于南亩之农夫；[38] 架梁之椽，多于机上之工女；钉头磷磷，[39] 多于在庾之粟粒；[40] 瓦缝参差，多于周身之帛缕；[41] 直栏横槛，多于九土之城郭；[42] 管弦呕哑，[43] 多于市人之言语。使天下之人，不敢言而敢怒，独夫之心，[44] 日益骄固。[45] 戍卒叫，[46] 函谷举，[47] 楚人一炬，可怜焦土。[48]

●35•“鼎铛”三句：谓不以珍宝为贵，把宝鼎当作铁锅，把美玉看成石头，把黄金视为土块，把珍珠贱比沙砾，丢弃得到处都是。铛，古代的一种平底浅锅。逦迤，绵延连属。

●36•纷奢：繁华奢侈。

●37•“奈何”句：对百姓搜刮起来，一点都不放松。锱铢，古代重量单位。六铢为一锱，四锱为一两。这里比喻极其微小。

●38•南亩：语出《诗经·豳风·七月》：“同我妇子，馌彼南亩。”南亩即向阳开辟之田地，此处泛指农田。

●39•磷磷：色彩鲜明的样子。

●40•庾：谷仓。

●41•周身之帛缕：全身衣服上的丝缕。

●42•九土：九州，指全国各地。

●43•呕哑：管弦声。

●44•独夫：指秦始皇。《孟子·梁惠王》朱熹《四书集注》：“四海归之，则为天子；天下叛之，则为独夫。”

●45•骄固：傲慢不逊，自以为是。

●46•戍卒叫：指陈涉、吴广率戍守渔阳的士卒起义。贾谊《过秦论》：“（陈涉）率疲弊之卒，将数百之众，转而攻秦。斩木为兵，揭竿为旗，天下云合响应，赢粮而景从。山东豪杰并起，而亡秦族矣。”

●47•函谷举：函谷关，在今河南省灵宝市西南。函谷举，指项羽攻破函谷关。

●48•“楚人”二句：谓项羽入关后，一把大火焚烧咸阳秦宫室，将其化为焦土。《史记·项羽本纪》：“项羽引兵西屠咸阳，杀秦降王子婴，烧秦宫室，火三月不灭。”

● *49* · 族秦：灭秦。族，灭族。

● *50* ·“则递”句：谓秦朝皇帝可以顺次由二世传至三世，一直到万世。递，顺次传位。《史记·秦始皇本纪》：“自今已来，除谥法，朕为始皇帝。后世以计数，二世三世至于万世，传之无穷。”

● *51* · 不暇自哀：来不及为自己哀叹。

● *52* · 鉴：借鉴，吸取教训。

灭六国者，六国也，非秦也。族秦者，[49] 秦也，非天下也。嗟乎！使六国各爱其人，则足以拒秦。使秦复爱六国之人，则递三世可至万世而为君，[50] 谁得而族灭也？秦人不暇自哀，[51] 而后人哀之；后人哀之而不鉴之，[52] 亦使后人而复哀后人也。

品·评

本文是杜牧的成名之作，在当时很有影响。王定保《唐摭言》卷六云：“崔郾侍郎既拜命于东都试举人，三署六卿，皆祖于长乐传舍，冠盖之盛，罕有加也。时吴武陵任太学博士，策蹇而至。郾闻其来，微讶之，乃离席与之言。武陵曰：‘侍郎以峻德伟望，为明天子选才俊，武陵敢不薄施尘露？向者偶见太学生十数辈，扬眉抵掌，读一卷文书，就而观之，乃进士杜牧《阿房宫赋》。若其人，真王佐才也。侍郎官重，必恐未暇披览。’于是搢笏朗宣一遍。郾大奇之。武陵曰：‘请侍郎与状头。’郾曰：‘已有人。’曰：‘不得已，即第五人。’郾未遑对。武陵曰：‘不尔，即请此赋。’郾应声曰：‘敬依所教。’既即席，白诸公曰：‘适吴太学以第五人见惠。’或曰：‘为谁？’曰：‘杜牧。’众中有以牧不拘细行间之者。郾曰：‘已许吴君矣。牧虽屠沽，不能易也。’”这一记载或许包含了一定的小说家言，但所反映的作品在当时的影响应当是真实的。此赋运用典型化的艺术手法，在不长的篇幅中，将宫殿建筑之恢宏壮观，后宫之充盈娇美，宝藏之珍贵纷奢，表现得层次分明而具体形象，由此得出秦始皇之所以统治不能久远，即在于暴民取材、不施仁爱的结论，为当代统治者提供了深刻的教训和警示。全文除了具有撼动人心的思想力量外，通篇骈散相间，错落有致，以气贯通，情理融会，在艺术上也有很高的价值。

罪言[01]

国家大事，牧不当官，言之实有罪，故作《罪言》。[02]

生人常病兵，[03]兵祖于山东，胤于天下。[04]不得山东，兵不可死。[05]山东之地，禹画九土，[06]曰冀州野。[07]舜以其分太大，离为幽州，为并州。[08]程其水土，

注·释

● *01* · 本文作于大和八年（834），作者时任淮南节度幕府掌书记。《资治通鉴》卷二四四云："杜牧愤河朔三镇之桀骜，而朝廷议者专事姑息，乃作书，名曰《罪言》。"其录本文于大和七年，殆误。

● *02* ·"国家大事"四句：说明题意。之所以"牧不当官，言之实有罪"，主要是两个原因：一、"不在其位，不谋其政"（《论语·泰伯》），这是古代社会人们尊奉的一般信条，杜牧时任牛僧孺幕府掌书记非朝廷命官，不当其位，故不能策陈国是；二、唐代制度，各级官员不得越职、越位言事，杜牧在地方幕府，策陈国是无名，故曰"言之实有罪"。

● *03* · 生人：生民，百姓。唐避李世民君讳，例称"民"为"人"。病兵：深受战争痛苦。

● *04* · 祖：《尔雅·释诂》："祖，始也。"山东：指太行山以东、黄河以北地区。胤：《尔雅·释诂》："胤，继也。"

● *05* ·"不得山东"二句：言山东在军事上的重要意义。死：尽，去。《荀子·大略》："流言止焉，恶言死焉。"

● *06* · 禹画九土：禹，传说中的古代部落联盟领袖。史载舜时洪水泛滥，夏禹受命治水，划分天下为九州。九土，即九州。具体为冀、豫、雍、扬、兖、徐、梁、青、荆。见《书·禹贡》。

● *07* · 冀州：古代九州之一。包括今山西全省、河北省西北部、河南省北部，以及辽宁省西部地区。野：分野，范围。

● *08* · 舜：传说中父系社会后期部落联盟领袖，为上古五帝之一。姚姓，有虞氏，名重华，史称虞舜。《书·舜典》："肇有十二州。"孔传："禹治水之后，舜分冀州为幽州、并州，分青州为营州，始置十二州。"分：分野，区域。离：析也。幽州：今河北省北部及辽宁省部分地区。并州：今河北省保定、正定，山西省太原、大同等地。

与河南等，常重十一二。[09]故其人沉鸷多材力，[10]重许可，[11]能辛苦。[12]自魏、晋已下，胤浮羡淫，[13]工机纤杂，[14]意态百出，[15]俗益荡弊，[16]人益脆弱。唯山东敦五种，[17]本兵矢，[18]他不能荡而自若也。[19]复产健马，下者日驰二百里，所以兵常当天下。[20]冀州，以其恃强不循理，

● 09 · 程：衡量。河南：黄河以南地区。等：等同。常重十一二：指幽、并二州面积比河南还多十分之一二。

● 10 · 沉鸷：性情深沉勇猛。《新唐书·李光弼传赞》："李光弼生戎虏之绪，沉鸷有守。"材力：勇力。《史记·殷纪》："（纣）材力过人，手格猛兽。"

● 11 · 重许可：重然诺，守信用。

● 12 · 能：通"耐"。《淮南子·地形》："食水者善游能寒。"能，耐也。

● 13 · 胤浮羡淫：习俗浮华，趋慕放荡。胤，胤嗣，继承之意。

● 14 · 工机纤杂：工于取巧，琐细繁杂。

● 15 · 意态百出：面目神情不断变化。

● 16 · 荡弊：放纵鄙陋。

● 17 · 敦五种：重视农耕。五种，即黍、稷、菽、麦、麻（一作稻）五种农作物。

● 18 · 本兵矢：以战备为本。

● 19 · "他不"句：谓其他地方浮华放荡的风气不能破坏山东传统民风，地方特点都得以保持。自若，自如，不勉强。

● 20 · 兵常当天下：兵力抵敌天下。当，抵挡。

冀其必破弱，虽已破，冀其复强大也。[21] 并州，力足以并吞也。[22] 幽州，幽阴惨杀也。[23] 故圣人因其风俗，[24] 以为之名。

黄帝时，[25] 蚩尤为兵阶，[26] 自后帝王，多居其地，岂尚其俗都之邪？自周劣齐霸，不一世，晋大，常佣役诸侯。[27] 至秦萃锐三晋，[28] 经六世乃能得韩，[29] 遂

●21·“冀州”五句：谓冀州得名缘由。其地之人恃强逞力，没有理性，故望其衰败，当其衰败到一定的程度，又希望其重新强大。因此，称其地为冀州。《释名·释州国》：“冀州亦取地以为名也。其地有险有易，帝王所都，乱则冀治，弱则冀强，荒则冀丰也。”杜牧释名，与此说较近。

●22·并州：《释名·释州国》：“并州，并，兼并也，其州或并或设，故因以为名也。”此说与“力足以并吞”有所不同。

●23·幽州：《释名·释州国》：“幽州，在北幽昧之地也。”

●24·圣人：指前文之舜、禹。

●25·黄帝：传说中我国中原各族的共同祖先，姬姓，有熊氏。曾率领部落在涿鹿击杀蚩尤，被尊为天子。

●26·“蚩尤”句：原注：“阪泉在今妫川县。”蚩尤为传说中东方九黎族首领。《史记·五帝本纪》：“蚩尤作乱，不用帝命。于是黄帝乃征师诸侯，与蚩尤战于涿鹿之野，遂禽杀蚩尤。”兵阶：战争的起因。为兵阶，即挑起战端。

●27·“自周劣齐霸”四句：谓自周王朝衰落以后，齐桓公称霸，约三十年，晋文公又带领晋崛起于各诸侯之间，像主对奴一样役使他们。

●28·秦萃锐三晋：秦国集中精锐力量对付三晋。三晋，春秋末，晋国为韩、赵、魏三家卿大夫所分，各立为国，史称三晋。

●29·六世：六代。秦自孝公、惠文王、武王、昭王、孝文王、庄襄王为六代君王。得韩：灭韩。韩国为三晋之一，地处今山西省东南角和河南省中部，介于魏、秦、楚之间，在军事上具有重要意义。公元前230年为秦所灭。

折天下脊，[30]复得赵，因拾取诸国。[31]秦末韩信联齐有之，[32]故蒯通知汉、楚轻重在信。[33]光武始于上谷，成于鄗。[34]魏武举官渡，三分天下有其二。[35]晋乱胡作，[36]

●30・折天下脊：得天下之要冲。《史记・张仪列传》："席卷常山之险，必折天下之脊。"司马贞《索隐》："常山于天下在北，有若人之背脊也。"

●31・赵：三晋之一，地处今山西省中、北部，陕西省东北部，河南省西南部。公元前 222 年为秦所灭。拾取：形容秦灭诸国，如囊中探物一般轻易。

●32・韩信联齐有之：韩信，汉初诸侯王，淮阴（今江苏淮安）人。以一系列方略辅助刘邦在楚汉战争中取得胜利，后被贬为淮阴侯，最终以谋反罪被诛。联齐有之，谓韩信破赵取齐，据有其地。

●33・蒯通：楚汉相争时的谋士，曾力劝韩信在楚汉之外自成第三势力，与刘邦、项羽三分天下，韩信未从。事见《史记・淮阴侯列传》。

●34・"光武"二句：《后汉书・光武帝纪》："（上谷太守）耿纯进曰：'天下士大夫捐亲戚，弃土壤，从大王于矢石之间者，其计固望其攀龙鳞，附凤翼，以成其所志耳。今功业即定，天人亦应，而大王留时逆众，不正号位，纯恐士大夫望绝计穷，则有去归之思，无为久自苦也。……'纯言甚诚切，光武深感，曰：'吾将思之。'行至鄗……光武于是命有司设坛场于鄗南千秋亭五成陌。六月己未，即皇帝位。"

●35・"魏武"二句：魏武帝曹操，字孟德，三国时杰出的政治家、军事家。官渡，在今河南省中牟县东北。东汉建安五年（200）曹操与袁绍为争夺中原地区进行了一场关键性战役，因交战于官渡，史称官渡之战。官渡之战的胜利为曹操统一北方奠定了基础，也成为我国历史上以少胜多、以弱胜强的经典战例之一。

●36・晋乱胡作：谓西晋政治混乱引起十六国大乱。胡，对北方少数民族的蔑称，此处特指匈奴、鲜卑、羯、羌、氐五个少数民族。

至宋武号为英雄，[37]得蜀得关中，尽得河南地，十分天下有八，然不能使一人渡河以窥胡。[38]至于高齐荒荡，[39]宇文取得，[40]隋文因以灭陈，[41]五百年间，天下

●37・宋武：宋武帝刘裕，字德舆，小字寄奴。刘裕曾率兵北伐，灭南燕，收巴蜀，封宋王，元熙二年（420）实力强大、权倾天下时一举废晋帝，建立宋王朝，定都建康。

●38・关中：函谷关以西、今陕西省一带。窥胡：窥探北魏的战局布置情况。渡河：渡过黄河。

●39・高齐：即北齐（550—577），以皇帝为高姓，故史称高齐。荒荡：北齐前后二十八年，凡历六帝，皆荒淫失道。

●40・宇文：即北周。北周为宇文氏当国。取得：指北周武帝宇文邕于建德六年（577）灭北齐，统一中国北方。

●41・隋文：即隋文帝杨坚。陈：南朝最后一朝，为隋所灭。

乃一家。[42] 隋文非宋武敌也，是宋不得山东，隋得山东，故隋为王，宋为霸。[43] 由此言之，山东，王者不得，不可为王；霸者不得，不可为霸；猾贼得之，[44] 是以致天下不安。

国家天宝末，燕盗徐起，[45] 出入成皋、函、潼间，[46] 若涉无人地，郭、李辈常以兵五十万，不能过邺。[47] 自尔一百余城，[48]

● *42* • 五百年：从“魏武官渡”天下逐渐分裂，至隋统一南北，共历三百多年。此处云“五百”，或举成数而言。

● *43* • 王、霸：古称有天下者为王，诸侯之长为霸。《左传·成公二年》：“五伯之霸也，侵而抚之，以役王命。”疏：“郑玄云：天子衰，诸侯兴，故曰霸。霸，把也，言把持王者之政教。”

● *44* • 猾贼：奸狡卑劣者。

● *45* •“国家”二句：天宝十四年（755）平卢、范阳、河东三镇节度使安禄山与亲信史思明在范阳起兵，发动叛乱，次年称帝，国号燕，故此称燕盗。

● *46* • 成皋：在今河南省荥阳市汜水镇西。函：函谷关，在今河南省灵宝市南，为秦之东关。潼：潼关，在今陕西省潼关县北，是进入长安的重要关隘，潼关破，则长安难保。

● *47* • 郭、李辈：郭子仪和李光弼等平定叛乱的主将。邺：河南省安阳县。乾元二年（759），安庆绪退守该城，郭子仪和李光弼等以重兵围攻，但因缺乏统一有效的指挥，竟未能获胜。

● *48* • 一百余城：指被安史叛军占领的山东许多城邑。

天下力尽，不得尺寸，人望之若回鹘、吐蕃，[49] 义无有敢窥者。[50] 国家因之畦河修障戍，塞其街蹊，[51] 齐、鲁、梁、蔡，被其风流，[52] 因亦为寇。以里拓表，以表撑里，[53] 混澒回转，颠倒横斜，[54] 未尝五年间不战，生人日顿委，[55] 四夷日猖炽。[56] 天子因之幸陕、幸汉中，[57] 焦焦然七十余年矣，[58] 呜呼！运遭

● *49* • 回鹘：即回纥，古代北方少数民族之一，散居漠北，以游牧为主。吐蕃：古代藏族所建立的政权，公元七至九世纪在青藏高原建立。

● *50* • 敢窥：敢于迎战。

● *51* •“国家”二句：谓朝廷以黄河为界，修筑军事屏障，并且堵塞可以通行的街道。畦，长条田块，这里用作动词。街蹊，街道。

● *52* • 齐、鲁：指淄青镇，统领今山东省大部分地区，治所在青州（今山东益都）。原为平卢镇，唐置平卢节度使，下领淄、青、登、莱、齐、棣等州，多为故齐、鲁国地，故称齐、鲁。梁：指宣武镇，据有今河南省、山东省部分地区，治所在汴州（今河南开封）。蔡：指淮西镇，据有今河南省南部地区，治所在蔡州（今河南汝南）。以上这些是唐代安史之乱之后藩镇割据严重、政治动荡激烈的地区。被其风流：受山东地区藩镇叛乱风气的影响。

● *53* •“以里”二句：谓藩镇叛乱自山东向河南拓展，山东和河南的藩镇互为表里，连衡叛上。

● *54* •“混澒”二句：浑然一片，混乱不堪。

● *55* • 顿委：萎靡狼狈。

● *56* •“四夷”句，谓回鹘、吐蕃等少数民族挑衅、入侵更加频繁，气焰更为嚣张。

● *57* • 天子幸陕：谓广德元年（763）吐蕃进犯，代宗避难陕州事。见《旧唐书·代宗纪》。幸汉中：谓德宗因李怀光叛乱，避难梁州（今陕西汉中）事。见《旧唐书·德宗纪》。

● *58* • 焦焦然：萎靡寥落貌。七十余年：自安史之乱爆发至写作本文，凡七十九年。

孝武，[59] 浣衣一肉，[60] 不畋不乐，[61] 自卑冗中拔取将相，[62] 凡十三年，[63] 乃能尽得河南、山西地，[64] 洗削更革，[65] 罔不顺适，唯山东不服，亦再攻之，皆不利以返。[66] 岂天使生人未至于帖泰耶？[67] 岂其人谋未至耶？何其艰哉，何其艰哉！

今日天子圣明，[68] 超出古昔，志于平理。[69] 若欲悉使生

● *59* • 孝武：唐宪宗。宪宗谥号为“神圣章武孝皇帝”。

● *60* • 浣衣：洗去衣服污垢。此称其衣着朴素，恭俭节用。一肉：一块肉。此称其膳食简陋，不尚奢侈。

● *61* • 不畋不乐：畋、乐皆被视为古代帝王淫放的行为。《楚辞・离骚》：“羿淫游以佚畋兮，又好射夫封狐。”

● *62* • 卑冗：地位低微。

● *63* • 十三年：自宪宗即位至元和十二年（817）收复蔡州，平定淮西，凡十三年。

● *64* • 山西：太行山以西地区。

● *65* • 洗削更革：削平藩镇，整顿改革。

● *66* •“唯山东不服”三句：指元和十一年（816）发河东、河北道诸镇加兵进讨成德镇王承宗，后因淮西与蔡州更有用兵之需，不得不缓讨成德镇王氏，后以复其官职而终。

● *67* • 帖泰：安宁、顺畅。

● *68* • 今日天子：唐文宗李昂，公元 827—840 年在位。

● *69* • 平理：犹言平治。“治”，因避高宗李治讳，唐人代之以“理”。

人无事，其要在于去兵。不得山东，兵不可去，是兵杀人无有已也。[70]今者上策莫如自治。何者？当贞元时，[71]山东有燕、赵、魏叛，河南有齐、蔡叛，梁、徐、陈、汝、白马津、盟津、襄、邓、安、黄、寿春皆戍厚兵，[72]凡此十余所，才足自护治所，[73]实不辍一人以他使，[74]遂使我力解势弛，[75]熟视不轨

● *70* • 无有已：不能停止。

● *71* • 贞元：唐德宗年号（785—804）。

● *72* •“山东”三句：先云德宗建中二年（781）幽州卢龙节度使朱滔、成德观察使王武俊及魏博节度使田悦反叛朝廷，自封为王之事，又述河南藩镇叛上之事，以见形势之严峻。事见《旧唐书·德宗纪》。齐、蔡：已见上注。梁：梁州。徐：徐州，今淮北一带。陈：陈州，治宛丘县（今河南淮阳）。汝：汝州，治所在今河南临汝。白马津：在今河南滑县。盟津：即孟津，在今河南孟州。襄：襄州，治所在今湖北襄阳。邓：邓州，治所在今河南邓州。安：安州，治所在今湖北安陆。黄：黄州，治所在今湖北黄冈。寿春：寿州治所，在今安徽寿县。

● *73* • 自护：自守保安。

● *74* • 不辍一人以他使：不能调派一兵一卒以作征伐之用。辍，中止。《礼记·曲礼下》：“辍朝而顾，不有异事，必有异虑。”这里指放下守护治所的任务而参加讨伐之战。

● *75* • 力解势弛：势力不振。解，通“懈”。

者，[76]无可奈何。阶此蜀亦叛，[77]吴亦叛，[78]其他未叛者，皆迎时上下，[79]不可保信。自元和初至今二十九年间，[80]得蜀得吴，得蔡得齐，[81]凡收郡县二百余城，所未能得，唯山东百城耳。土地人户，财物甲兵，校之往年，[82]岂不绰绰乎？[83]亦足自以为治也。法令制度，品式条章，[84]果自治乎？贤才奸恶，搜选置舍，[85]果自治乎？障戍镇守，干戈车马，果自治乎？井闾阡陌，[86]仓廪财赋，果自治乎？如不果

● *76* • 不轨者：对朝廷怀有异心割据反叛者。

● *77* • 阶此：由此。蜀亦叛：《新唐书·宪宗纪》："永贞元年八月，顺宗诏立为皇帝。癸丑，剑南西川节度使韦皋卒，行军司马刘辟自称留后。"

● *78* • 吴亦叛：《旧唐书·李锜传》："宪宗即位已二年，诸道倔强者入朝，而锜不自安，亦请入朝，乃拜锜左仆射。锜乃署判官王澹为留后。既而迁延发期，澹与中使频喻之，不悦，遂讽将士以给冬衣日杀澹而食之。监军使闻乱，遣衙将赵锜慰喻，又脔食之。复以兵注中使之颈，锜佯惊救解之，囚于别馆，遂称兵。"

● *79* • 迎时上下：观察政治动向，采取见风使舵、顺势而动的对策。

● *80* • 元和：唐宪宗年号（806—820）。

● *81* •"得蜀"二句：得，取得讨伐胜利。按，平定强藩是元和时代最伟大的事业，为"元和中兴"奠定了政治上的基础。

● *82* • 校之往年：与往年比较。

● *83* • 绰绰：宽裕舒缓的样子。《诗·小雅·角弓》："绰绰有裕。"

● *84* • 品式：区别职官等级的制度。条章：条令规章。

● *85* • 搜选置舍：搜求选拔贤才，处置惩罚奸恶。

● *86* •"井闾"句：指国家的户籍制度和农业政策。井闾，古以八家为一井，二十五家为闾，后因泛称乡里。阡陌：原指田界，后泛称田地。

自治，是助虏为虐，[87] 环土三千里，[88] 植根七十年，[89] 复有天下阴为之助，[90] 则安可以取。故曰，上策莫如自治。

中策莫如取魏。[91] 魏于山东最重，于河南亦最重。何者？魏在山东，以其能遮赵也，[92] 既不可越魏以取赵，固不可越赵以取燕，[93] 是燕、赵常取重于魏，[94] 魏常操燕、赵之性命也。故魏在山东最重。黎阳距白马津三十里，新乡距盟津一百五十里，[95] 陴垒相望，[96] 朝驾暮战，[97] 是二

● *87* • 助虏为虐：《史记 · 留侯世家》："（张）良曰：夫秦为无道，故沛公得至此。夫为天下除残贼，宜缟素为资。今始入秦，即安其乐，此所谓'助桀为虐'。""助虏为虐"系出自此。

● *88* • 环土三千里：谓河北三镇土地广阔。环土，四周土地。

● *89* • 植根七十年：至代宗朝，虽然安史之乱平定，但中央集权已经大大削弱，藩镇割据势力逐渐形成。从代宗初至写作本文大约七十年。

● *90* • 天下阴为之助：谓天下图谋不轨的力量暗中帮助一些强藩抗拒朝廷。

● *91* • 取魏：收复魏博镇。魏博，治所在魏州，今河北大名县北。

● *92* • 遮赵：成为赵的屏障。赵，成德军，治所在恒州（今河北正定）。

● *93* • 燕：卢龙镇，治所在幽州（今属北京）。

● *94* • 取重：借重，依靠。

● *95* • "黎阳"二句：《樊川文集》卷五原注："黎阳、新乡并属卫州。"黎阳在今河北浚县东北。新乡，在今河南新乡。

● *96* • 陴垒相望：陴，城上女墙。垒，防守工事。此处比喻两处所扎的军队和所布的军事营垒距离很近。

● *97* • 朝驾暮战：早晨兵车出发，黄昏就能到达前线，开始接战。

津虏能溃一，则驰入成皋不数日间，[98]故魏于河南间亦最重。今者愿以近事明之。元和中，纂天下兵，[99]诛蔡诛齐，顿之五年，无山东忧者，以能得魏也。[100]昨日诛沧，顿之三年，无山东忧者，亦以能得魏也。[101]长庆初诛赵，[102]一日五诸侯兵四出溃解，以失魏也。[103]昨日诛赵，[104]罢如长庆时，[105]亦以失魏也。[106]故河南、山东之轻重，常悬在魏，明白可知也。非魏强大能致如此，地形使然也。

● *98* • 成皋：在今河南省荥阳市西，楚汉相争时，刘邦和项羽两军曾相持于此。

● *99* • 纂天下兵：集中天下兵力。

● *100* • 得魏：《樊川文集》卷五原注："田弘正来降。"指田弘正以魏地归附朝廷。事见《旧唐书·田弘正传》。

● *101* • 诛沧：指文宗大和三年（829）平定横海军节度使李全略子李同捷叛乱之事。亦以能得魏：《樊川文集》卷五原注："史宪诚来降。"初李同捷叛，史宪诚暗中助其军饷。及沧州、景州被讨平，宪诚惧而奉表入朝，请以所管听命。

● *102* • 长庆：唐穆宗年号（821—824）。诛赵：指讨伐成德军都知兵马使王庭凑。

● *103* • 失魏：《樊川文集》卷五原注："田布死。"穆宗诏以弘正为成德军节度、镇冀深赵观察等使，然次年（长庆元年）被成德军都知兵马使王庭凑所杀，庭凑自为留后作乱。穆宗急诏田布至，迁其为检校工部尚书、魏博节度使，进讨王庭凑。因牙将史宪诚阴有异志，伺机煽乱，田布深感众人难为所用，功将无成，遂自杀。五诸侯：指奉命讨伐王庭凑的魏博、横海、昭义、河东、义武诸军。

● *104* • 昨日诛赵：指文宗二年（828），王庭凑暗中以盐粮助李同捷反叛，文宗下诏削其官爵，命诸将进讨。

● *105* • 罢如长庆时：谓文宗初对王庭凑的征讨，士气不振，与长庆之初讨伐王时状况相仿。

● *106* • 亦以失魏：《樊川文集》卷五原注："李听败。"按：听字正思，敬宗时为义成节度使，大和三年六月朝廷以听兼魏博节度使，讨伐王庭凑，因魏博部将何进滔叛乱，反袭李听。李听不备，军大败，丧师过半。

故曰取魏为中策。

最下策为浪战。不计地势，不审攻守是也。[107] 兵多粟多，驱人使战者，便于守；兵少粟少，人不驱自战者，便于战。故我常失于战，虏常困于守。[108] 山东之人，叛且三五世矣。今之后生所见，言语举止，无非叛也，以为事理正当如此，沉酣入骨髓，[109] 无以为非者。指示顺向，[110] 诋侵族脔，[111] 语曰叛去，酋酋起矣。[112] 至于有围急食尽，啖尸以战，[113] 以此为

● *107* • 不计：不推究。不审：不考察。

● *108* •"故我"二句：谓讨伐者常在进攻中失利，而叛乱者常在防守中受困。

● *109* • 沉酣入骨髓：谓山东一带的人，长期受到反叛风气的影响，错误的观念已深入骨髓。

● *110* • 指示顺向：顺着指示的方向走，喻不加思考，十分麻木。

● *111* • 诋侵：诋毁。族脔：亲族之间互相残杀。

● *112* • 酋酋：相聚貌。扬雄《太玄经》卷十《玄图》："阴酋西北，阳尚东南。"注："酋，聚也。言此时阴皆聚于西北之地，而阳满于东南也。"

● *113* • 啖尸：啖尸。

俗，岂可与决一胜一负哉。自十余年来，凡三收赵，[114]食尽且下。尧山败，[115]赵复振；下博败，[116]赵复振；馆陶败，[117]赵复振。故曰，不计地势，不审攻守，为浪战，最下策也。

●*114*• 三收赵：谓三次征讨成德军，即宪宗元和十一年（816）讨伐王承宗，穆宗长庆元年（821）讨伐王庭凑，文宗大和二年（828）再讨王庭凑。

●*115*• 尧山败：《樊川文集》卷五原注："郗尚书。"郗尚书，即郗士美。时任昭义节度使，曾拜检校工部尚书，故称。《资治通鉴》卷二三九：元和十一年"昭义节度使郗士美奏破成德兵，斩首千余级"。《资治通鉴》卷二四〇：元和十二年"三月，郗士美败于柏乡，拔营而归，士卒死者千余人"。尧山（今河北南部），与柏乡接境，故此战称为"尧山之败"。

●*116*• 下博败：《樊川文集》卷五原注："杜叔良。"《资治通鉴》卷二四二：杜叔良为横海节度使，于穆宗长庆元年（821）奉诏讨王庭凑，叔良将诸道兵与镇人（王庭凑部属）战，"遇敌辄北。镇人知其无勇，常先犯之。十二月，庚午，监军谢良通奏叔良大败于博野，失亡七千余人。叔良脱身还营，丧其旌节"。

●*117*• 馆陶败：《樊川文集》卷五原注："李听。"馆陶，县名，在今河北省南部，卫河西岸，与山东接境。

品·评

欧阳修、宋祁在《新唐书》中唯一收录的杜牧的文章即为本篇。关于写作目的，《新唐书》云："牧追咎长庆以来朝廷措置亡术，复失山东，钜封剧镇，所以系天下轻重，不得承袭轻授，皆国家大事，嫌不当位而言，实有罪，故作《罪言》。"文章详论河北三镇割据的形势及其对朝廷政治、军事的危害，并以战略家的眼光，引历代成败的事实为据，精辟分析了山东地理位置的重要性，得出"王者不得，不可为王；霸者不得，不可为霸"的结论。对于如何掌控山东，文中列出自治之上策、取魏之中策、浪战之下策。因其致力于兵书，谙熟攻守之道，故所作析论，皆切中肯綮，可施之于实战，与书生纸上论兵不可同日而语。刘熙载《艺概·文概》激赏此文云："杜牧之识见自是一时之杰。观所作《罪言》……又两进策于李文饶，皆案切时势，见利害于未然。以文论之，亦可谓不浪战者矣。"

战论[01] 并序

兵非脆也，[02]谷非殚也，而战必挫北，[03]是曰不循其道也，故作《战论》焉。

河北视天下犹珠玑也，[04]天下视河北犹四支也。[05]珠玑苟无，岂不活身；四支苟去，吾不知其为人。何以言之？夫河北者，俗俭风浑，[06]淫巧不生，[07]朴毅坚强，果于战耕。[08]名城坚垒，[09]峉嶭相贯；[10]高山大河，盘互交锁。[11]加以土息健马，[12]便于驰敌，[13]是以出则胜，处则饶，[14]不窥天下之产，[15]自可封

注·释

● 01 · 本篇与《罪言》当为同时之作，写于文宗大和八年（834）。

● 02 · 脆：脆弱，力量单薄。

● 03 · 挫北：犹言败北。

● 04 · 河北：道名。《新唐书·地理志三》："河北道，盖古幽、冀二州之境，汉河内、魏、渤海……郡国，又参有东郡、河东、上党、巨鹿之地。"治所在魏州（今河北大名）。珠玑：珠玉。此句言河北物产富饶，自给自足。

● 05 · 四支：四肢。此句言河北在军事上的重要。

● 06 · 俗俭风浑：民风朴素浑厚。

● 07 · 淫巧不生：绝无机巧奸诈。《尚书·泰誓下》："作奇技淫巧，以悦妇人。"注："営卑亵恶事，作过制技巧，以恣耳目之欲。"

● 08 · 果于战耕：在农耕和作战两个方面特别擅长。果，表示某种情况成为事实。

● 09 · 坚垒：坚固的防守工事。

● 10 · 峉嶭相贯：峉，原文作"峇"，与"峉"同。《樊川文集》卷五原注："音页。"按，一读鄂格切，山势不齐貌。嶭，原注："音五结切。"山高貌。

● 11 · 盘互交锁：纵横交错。

● 12 · 土息健马：水土利于生养健马。

● 13 · 驰敌：驰骋拒御。

● 14 · "是以"二句：谓出战则必胜，退守则资源丰富。

● 15 · 窥：此处意谓取。

殖，[16]亦犹大农之家，不待珠玑然后以为富也。[17]天下无河北则不可，河北既虏，[18]则精甲、锐卒、利刀、良弓、健马无有也。卒然夷狄惊四边，[19]摩封疆，[20]出表里，[21]吾何以御之？是天下一支，兵去矣。河东、盟津、滑台、大梁、彭城、东平，[22]尽宿厚兵，[23]以塞虏冲，[24]是六郡之师，严饰护疆，[25]不可他使，是天下二支，兵去矣。六郡之师，厥数三亿，[26]低首仰给，[27]横拱不为，[28]则沿淮已北，循河之南，东尽海，西叩洛，[29]经数

●16・封殖：修治所封之境疆，种植谷物。《左传・昭公九年》："后稷封殖天下。"注："后稷修封疆，殖五谷。"

●17・"不待"句：谓以境内自然经济资源足以丰饶，无须获取他处珍贵珠宝而致富贵。

●18・河北既虏：河北被强藩所占据。

●19・"卒然"句：谓西北少数民族突然侵扰四周边境。夷狄，对回鹘等西北少数民族的蔑称。

●20・摩封疆：在边境挑衅。

●21・出表里：出入于境内外。

●22・河东：道名，治所在太原（今山西太原）。《新唐书・地理志三》："河东道，盖古冀州之域，汉河东、太原、上党、西河、雁门、代郡及巨鹿、常山、赵国、广平国之地。"盟津：即孟津，指河阳军，治所在河阳（今河南孟州）。滑台：即义成军，治所在滑州（今河南滑县）。大梁：即宣武军，治所在汴州（今河南开封）。彭城：即武宁军，治所在徐州（今江苏徐州）。东平：即天平军，治所在今山东东平。

●23・厚兵：重兵。

●24・以塞虏冲：以抵御敌寇的侵犯。

●25・严饰护疆：严阵以待，保护北方边境安全。

●26・厥数：其数。

●27・低首仰给：依赖供应。低首，颔首静穆等待貌。

●28・横拱不为：谓不作努力，无所作为。《资治通鉴》卷二四四胡注："横拱者，言横其两肱，拱立而事其帅，他无所为也。"

●29・淮、河、海、洛：分别指淮河、黄河、东海、洛水。叩：紧靠。

千里，赤地尽取，[30] 才能应费，[31] 是天下三支，财去矣。咸阳西北，戎夷大屯，[32] 吓呼膻臊，彻于帝居，[33] 周秦单师，[34] 不能排辟，[35] 于是尽铲吴越、荆楚之饶，以啖兵戍，[36] 是天下四支，财去矣。乃使吾用度不周，[37] 征徭不常，[38] 无以膏齐民，[39] 无以接四夷。[40] 礼乐刑政，不暇修治；品式条章，[41] 不能备具。是天下四支尽解，头腹兀然而已。[42] 焉有人解四支，其自以能久为安乎？

今者诚能治其五败，则一战可定，四支可生。夫天下无事之

●*30*• 赤地尽取：赤地原指灾害之后，五谷颗粒无收。此处喻将淮、河、海、洛地区粮物搜括殆尽，丝毫不留。

●*31*• 应费：应付供给所费。

●*32*• 戎夷：指西北回鹘、党项等少数民族。大屯：大力聚集资源。

●*33*•“吓呼”二句：京城到处响彻恐吓示威之声，弥漫着难闻膻臊气味。形容少数民族入侵来势凶猛，气焰张狂。吓呼，进犯时的示威声。膻臊，入侵者身上的牛羊膻味。

●*34*• 周秦单师：唐王朝京城长安及其周围的为数不多的军队。

●*35*• 排辟：抵御、驱除。

●*36*•“于是”二句：谓敌寇深入内地，尽力搜括江南和荆楚一带的丰富物产，来满足军需。铲，形容搜括物产之彻底。啖，供给，满足。

●*37*• 用度不周：不能满足国家财政的总体安排。

●*38*• 征徭不常：征税无定制，徭役无定期。指因战争频仍，征税和徭役都比常年增加。

●*39*• 无以膏齐民：不能施恩泽于平民百姓，使其得到接济。齐民，平民。《管子·君臣下》：“齐民食于力，则作本。”

●*40*• 无以接四夷：不能处置与四方各族的冲突。四夷，对东夷、西戎、南蛮、北狄的蔑称。

●*41*• 品式条章：见《罪言》注 *84*。

●*42*• 兀然：空洞，无内容。

时，殿寄大臣，[43] 偷处荣逸，[44] 为家治具，[45] 战士离落，[46] 兵甲钝弊，[47] 车马刓弱，[48] 而未尝为之简帖整饰，[49] 天下杂然盗发，则疾驱疾战。[50] 此宿败之师也，[51] 何为而不北乎！是不蒐练之过者，[52] 其败一也。夫百人荷戈，[53] 仰食县官，[54] 则挟千夫之名，[55] 大将小裨，[56] 操其余赢，[57] 以虏壮为幸，以师老为娱，[58] 是执兵者常少，縻食者常多，[59] 筑垒未干，[60] 公囊已虚。此不责实科食之过，[61] 其败二也。夫战辄小胜，则张皇其功，[62] 奔走献状，以邀

● *43* • 殿寄大臣：《诗 · 小雅 · 采菽》："殿天子之邦。"毛注："殿，镇也。"殿寄大臣即为镇守一方的大臣，指当时节度使和观察使。

● *44* • 偷处荣逸：在荣华安逸的环境中苟且怠惰。

● *45* • 治具：经营。

● *46* • 离落：离散流落。

● *47* • 兵甲钝弊：兵器不利，铠甲破旧。弊，通"敝"。

● *48* • 车马刓弱：兵车损坏，战马衰弱。刓，刓弊，磨损。

● *49* • 简帖整饰：简帖，检查修复。《左传 · 桓公六年》："秋大阅，简车马。"整饰，即整饬，意为整顿治理。

● *50* • "天下"二句：谓一旦出现敌寇，则仓促上阵应战。

● *51* • 宿败：常败。

● *52* • 蒐练：检阅操练。《左传 · 成公十六年》："蒐乘补卒，秣马利兵。"

● *53* • 荷戈：身负兵器。薛逢《追昔行》："一朝嫁得征戍儿，荷戈千里防秋去。"

● *54* • 仰食县官：谓依赖官府供给。

● *55* • 挟：凭借。此处有冒借的意思。

● *56* • 裨：偏将。

● *57* • 操其余赢：大小将领控制了兵员空额，贪为己有。

● *58* • "以虏"二句：以敌兵强盛为幸，以我师衰老为乐。此二者是向朝廷要求增加供给，同时又能贪污空额的机会。

● *59* • 縻食者：坐食军饷，消耗军需者。

● *60* • 筑垒：建筑军事工事。

● *61* • 不责实科食：不以实情征用军饷。科，课也。

● *62* • 张皇：夸大显示。

上赏，或一日再赐，一月累封，凯还未歌，书品已崇。[63]爵命极矣，[64]田宫广矣，[65]金缯溢矣，[66]子孙官矣，焉肯搜奇外死，[67]勤于我矣。[68]此赏厚之过，其败三也。夫多丧兵士，颠翻大都，则跳身而来，刺邦而去，[69]回视刀锯，菜色甚安，一岁未更，旋已立于坛墀之上矣。[70]此轻罚之过，其败四也。夫大将将兵，柄不得专，[71]恩臣诘责，第来挥之，[72]至如堂然将阵，殷然将鼓，[73]一则曰必为偃月，一则曰必为鱼丽，[74]三军万夫，环旋翔

● *63* •“凯还”二句：《资治通鉴》卷二四四胡注：“战胜，则奏凯歌而还。书品，谓书其官品也。还，音旋。”

● *64* • 爵命：爵位。

● *65* • 田宫：《资治通鉴》卷二四四胡注：“田宫，犹言田宅也。”

● *66* • 金缯：金帛。溢：满而溢，喻其多也。

● *67* • 搜奇外死：搜奇，所获甚少。奇，奇零，谓不满整数。外死，死于外郡。

● *68* • 勤于我：为朝廷尽力、效命。

● *69* •“夫多丧”四句：谓将领战败，兵士多有死亡，守镇之城失守，脱身逃归京都，朝廷仅从轻发落，贬为刺史而已。

● *70* •“回视”四句：谓这些虽战败却仅受轻罚者对逃避朝廷刑法，心安理得，而一年不到，又被命为将军。旋，顷刻。墀，阶上地。

● *71* •“夫大将”二句：谓军队将领带兵打仗，却不能完全拥有统帅权。柄，指挥权。专，完全拥有。

● *72* •“恩臣”二句：《资治通鉴》卷二四四胡注：“恩臣，亦指宦官之怙恩者。”按：安史之乱后，朝廷出于对朝官统帅之戒备，每以宠幸之宦官监军，与统帅形成制约关系。诘责，责难。第，且。

● *73* •“至如”二句：谓临战时的军威声势之壮观。堂然将阵，布阵阵容盛大。殷然将鼓，击鼓鼓声隆隆。

● *74* •“一则”二句：谓统帅与监军在布阵上各持己见。《资治通鉴》卷二四四胡注：“偃月、鱼丽，皆阵名。偃月阵，中军偃居其中，张两角向前。《左传》：为鱼丽之阵，先偏后伍，伍承弥缝。”

徉，[75]恇骇之间，虏骑乘之，[76]遂取吾之鼓旗。此不专任责成之过，[77]其败五也。

元和时，[78]天子急太平，[79]严约以律下，[80]常团兵数十万以诛蔡，[81]天下干耗，[82]四岁然后能取，此盖五败不去也。长庆初，[83]盗据子孙，悉来走命，[84]是内地无事，天子宽禁厚恩，[85]与人休息。[86]未几而燕、赵甚乱，[87]引师起将，[88]五败益甚，登坛注意之臣，[89]死窜且不暇，[90]复焉能加威于反虏哉。今者诚欲调持干戈，洒扫垢汙，[91]以为万世

●*75*•环旋翔徉：左右回转调动队伍，谓三军无所适从。《资治通鉴》卷二四四胡注："翔徉，犹云徜徉，徘徊也。"

●*76*•"恇骇"二句：谓惊慌失措之际，敌人乘虚而入。恇骇，慌张受惊貌。

●*77*•专任责成：专门委以重任，督责完成任务。《韩非子·外储右下》："人主者，守法责成以立功者也。"

●*78*•元和：唐宪宗年号（806—820）。

●*79*•天子急太平：谓宪宗登位后一心削平藩镇，早致太平。

●*80*•"严约"句：谓严明法规以约束臣下。

●*81*•团兵：聚集兵力。诛蔡：讨伐淮西叛镇。淮西镇，治所在上蔡（今河南汝南），李希烈、吴元济相继盘踞，自为强藩，宪宗于元和九年十月起，派兵征讨淮西。

●*82*•干耗：耗尽朝廷财力。

●*83*•长庆：穆宗年号（821—824）。

●*84*•"盗据"二句：穆宗年间，平定燕、赵两镇，一向盗据之节度悉携子孙归附朝廷。走命，归命。

●*85*•宽禁厚恩：放宽约束，厚加恩惠。

●*86*•与人休息：与民休息。唐人避李世民讳，以"人"代"民"。

●*87*•"未几"句：《旧唐书·穆宗纪》："初，刘总归朝，籍其军中素难制者送归阙庭，克融在籍中。宰相崔植、杜元颖素不知兵，心无远虑，谓两河无虞，不复祸乱矣，遂奏刘总所籍大将并勒还幽州，故克融为乱，复失河北矣。"

●*88*•引师起将：起用将帅，发兵讨伐。

●*89*•登坛注意之臣：犹言登坛所拜之将。注意，留意，受恩宠。

●*90*•死窜：避死而逃窜。

●*91*•洒扫垢汙：《资治通鉴》卷二四四作"洒扫垢污"，意即清除藩镇。

●92•“士传言”二句:《左传·襄公十四年》:“士传言,庶人谤。”注:“士卑不得径达,闻君过失,传告大夫。”又:“庶人不与政,闻君过则诽谤。”

●93•谤木:传说尧立进善之旌,诽谤之木,政有缺失,民得书之于木。

安,而乃踵前非,踵前非是不可为也。

古之政有不善,士传言,庶人谤。[92]发是论者,亦且将书于谤木,[93]传于士大夫,非偶言而已。

品·评

这是一篇论辩性极强的文章。序言交代写作本文的原因,提出“循道”的主题。正文首先突出河北战略地位的重要性,作者以“四肢”作比,极言其“兵”、其“财”对唐王朝的骨干支撑作用。“是天下四支尽解,头腹兀然而已”,取譬生动形象;“焉有人解四支,其自以能久为安乎?”诘问有力,事理甚明。接着详论“五败”乃战败之祸源。在这一部分,作者将腐败的“殿寄大臣”诸如偷处荣逸、经营私家,专吃空额、中饱私囊,虚报战绩、邀功请赏种种情状描摹得淋漓尽致,同时对朝廷过于轻罚败将和不能专任责成的弊端加以深刻的揭示,最后恳切希望当今统治者能吸取教训,不要“踵前非”。“踵前非是不可为也”是作者的警世箴言,也是全文意义所寄。

窦列女传[01]

列女姓窦氏，小字桂娘。[02]父良，建中初为汴州户曹掾。[03]桂娘美颜色，[04]读书甚有文。李希烈破汴州，[05]使甲士至良门，[06]取桂娘以去。将出门，顾其父曰："慎无戚，[07]必能灭贼，[08]使大人取富贵于天子。"[09]桂娘既以才色在希烈侧，复能巧曲取信，[10]凡希烈之密，虽妻子不知者，悉皆得闻。希烈归蔡州，[11]桂娘谓希烈曰："忠而勇，一军莫如陈先奇。[12]其妻窦氏，先

注·释

● *01* · 本文作于大和元年（827）。杜牧从兄杜悰大和初为澧州刺史，牧之本年游涔阳（今湖南澧县），路出荆州松滋县，听摄令王淇为言窦氏事迹，作《传》纪之。列女，古代社会对重义轻生、保持操守的妇女的称谓，意同烈女。

● *02* · 小字：乳名，小名。

● *03* · 建中：唐德宗年号（780—783）。汴州：唐属河南道，治所在今河南开封。户曹掾：州郡协助掌籍账、婚姻、田宅等的事务官。掾，掾佐，属官。

● *04* · 美颜色：容貌姣好。

● *05* · 李希烈：燕州辽西人。德宗时为淮宁节度使，加检校礼部尚书。他与叛镇暗中交通，背叛朝廷。建中四年十二月攻入汴州，不久便自称楚帝。

● *06* · 甲士：兵士。

● *07* · 慎无戚：千万不要忧愁。

● *08* · 必能灭贼：《新唐书·李希烈传》："女顾曰：'慎无戚，我能灭贼。'"

● *09* · "使大人"句：谓能为朝廷灭叛臣而建功，其父可邀取富贵。

● *10* · 巧曲取信：机灵聪明，曲意奉承，取得信任。

● *11* · 蔡州：属河南道，治所在汝阳（今河南汝南）。大历十四年（779）至贞元二年（786）李希烈割据于此。

● *12* · 陈先奇：一作陈仙奇，为李希烈部将。

奇宠且信之，愿得相往来，以姊妹叙齿，[13]因徐说之，[14]使坚先奇之心。”希烈然之，桂娘因以姊事先奇妻。[15]尝间曰：[16]“为贼凶残不道，[17]迟晚必败，姊宜早图遗种之地。”[18]先奇妻然之。

兴元元年四月，希烈暴死，[19]其子不发丧，[20]欲尽诛老将校，以卑少者代之。[21]计未决，有献含桃者，[22]桂娘白希烈子，请

●13•叙齿：以年龄大小定相处的关系。这里的意思即今人所谓以姊妹相称。

●14•说：说服。

●15•以姊事先奇妻：将先奇妻作为亲姊对待。

●16•间曰：暗中劝说先奇夫妻不要随李希烈背叛朝廷。

●17•“为贼”句：李希烈凶残之事，多见于史书，如《旧唐书·李希烈传》载：“希烈性惨毒酷，每对战阵杀人，流血盈前，而言笑饮馔自若，以此人畏而服从其教令，尽其死力。”

●18•遗种之地：安居乐业之地。《三国志·鲁肃传》裴松注引韦昭《吴书》：“中国失纲，寇贼横暴，淮、泗间非遗种之地，吾闻江东，沃野万里，民富兵强，可以避害，宁肯相随至乐土，以观时变乎！”

●19•希烈暴死：关于李希烈的死，《旧唐书·李希烈传》云：“贞元二年三月，因食牛肉遇疾，其将陈仙奇令医人陈仙甫置药以毒之而死。妻男骨肉兄弟共一十七人，并诛之。”《资治通鉴》卷二三二：“（贞元二年）夏，四月，丙寅，大将陈仙奇使医陈山甫毒杀之。因以兵悉诛其兄弟妻子，举众来降。甲申，以仙奇为淮西节度使。”按杜牧所载，在时间和情节上与《旧书》和《通鉴》所云都有所不同。本文所记唐德宗兴元元年（784），比前述贞元二年（786）早两年。另外，本文所谓“暴死”似也与陈仙奇无关。考其时间，《册府元龟》卷一二八有授陈仙奇淮西节度诏，载为“贞元二年四月甲申诏”，与《旧传》等吻合，可证杜牧听闻有误。至于具体情节，本文所记当足备一说。

●20•发丧：人死公告丧事。

●21•“欲尽诛”二句：谓希烈子拟代其父之伪位，害怕众老将领不从，便要把老将领全部杀死，以地位低微的年轻人代替。

●22•含桃：樱桃。刘复《夏日》：“映日纱窗深且闲，含桃红日石榴殷。”

●23・遗：分送。

●24・无事于外：使外面觉得家中无异事。

●25・蜡帛书：写于丝织物上的书信，封于蜡丸之内。下文说“朱染帛丸，如含桃”，这是窦氏的计谋。

●26・殡：未葬之灵柩，出而葬之曰出殡。

●27・“以朱染”二句：用红颜色将帛丸染得像含桃一样。

●28・发丸：将帛丸打开。

●29・薛育：亦为李希烈部将。

●30・示暇于外：给外界平安无事的印象。

●31・噪于牙门：噪，群呼嚣扰。牙门，古代军门。

分遗先奇妻，[23]且以示无事于外。[24]因为蜡帛书，[25]曰：“前日已死，殡在后堂，[26]欲诛大臣，须自为计。”以朱染帛丸，如含桃。[27]先奇发丸见之，[28]言于薛育，[29]育曰：“两日希烈称疾，但怪乐曲杂发，尽夜不绝，此乃有谋未定，示暇于外，[30]事不疑矣。”明日，先奇、薛育各以所部噪于牙门，[31]请见希烈，希烈子迫出拜曰："愿去伪号，[32]一如李纳。"[33]先奇曰："尔父勃逆，[34]天子有命。"因斩希烈及妻子，[35]函七首以献，[36]暴其尸于市。[37]后两月，吴少诚杀先奇，[38]知桂娘谋，因亦杀之。

请试论之：希烈负桂娘者，但劫之耳。希烈僭而桂娘妃，[39]复宠信之，于女子心，始终希烈可也。[40]此诚知所去所就，逆顺轻重之理明也。能得希烈，权也；[41]

●32・伪号：即"大楚"之"国号"。

●33・李纳：淄青镇节度李正己之子。建中二年（781）李正己勾串田悦、梁崇义诸镇反唐，旋猝死。子纳匿丧，后向朝廷请袭父位，德宗不允，遂叛，自称齐王。建中四年，朝廷赦其罪且加其爵，纳方归顺朝廷。

●34・勃逆：悖逆。

●35・斩希烈及妻子：希烈已死，这里的斩，即斩首之意。

●36・函七首以献：将李希烈及妻儿七人的首级装在匣中，献给朝廷。

●37・暴其尸于市：陈其尸于街市，任日晒雨淋。

●38・吴少诚：原为李希烈部属，《资治通鉴》卷二三二载："（贞元二年）秋七月，淮西兵马使吴少诚杀陈仙奇，自为留后。少诚素狡险，为李希烈所宠任，故为之报仇。"

●39・僭：僭号。这里指与朝廷对立，自封大楚国号。妃：用作动词。

●40・始终希烈：对希烈有始有终。

●41・得希烈：得希烈宠信。权：变通。

姊先奇妻，[42]智也；终能灭贼，不顾其私，烈也。六尺男子，有禄位者，当希烈叛，与之上下者众矣，[43]岂才力不足邪？盖义理苟至，[44]虽一女子可以有成。

大和元年，[45]予客游涔阳，[46]路出荆州松滋县，[47]摄令王淇为某言桂娘事。[48]淇年十一岁能念《五经》，[49]举童子及第，[50]时年七十五，尚可日记千言。当建中乱，[51]希烈与李纳、田悦、[52]

●42·姊先奇妻：以先奇妻为姊。

●43·与之上下：随之俯仰，即听命于李希烈。

●44·义理苟至：如果心中有道理在。义理，道理。

●45·大和：唐文宗（827—835）年号。

●46·涔阳：洲渚名，在澧州。

●47·荆州：属山南东道。原为江陵郡，乾元元年（758）三月，改为荆州大都督府，上元元年（760）九月，复改为江陵府。松滋县：为荆州之领县，今属湖北省。

●48·摄令：代行县令之职者。

●49·五经：指《诗》《书》《礼》《易》《春秋》五部儒家经典著作。

●50·举童子：唐代为选拔才华颖异少年而特设的科举考试科目。凡十岁以下能通一经及《孝经》《论语》，予官，通七者，给予进士出身。

●51·建中乱：建中二年（781）正月，成德节度使李宝臣死，子李惟岳向朝廷请求袭其父位，魏博节度使田悦亦代为之请，德宗不允。李、田遂联合淄青节度使李正己、山南东道节度使梁崇义等起兵反唐。七月李正己死，八月子李纳亦请袭父位，德宗亦拒，李纳遂反。建中四年正月，李希烈叛，德宗派哥舒曜讨伐，未果。德宗又派泾原兵去解围，泾原兵路过长安时哗变。德宗逃往奉天。叛军推举朱泚为首领，史称泾师之变。自建中二年正月至兴元元年（784）五月，有四人称王，两人称帝，是继安史之乱后最严重的藩镇动乱。

●52·田悦：平州人，初为魏博中军兵马使，魏博节度使田承嗣卒，朝廷用其侄田悦为节度留后。曾一人兼魏博等七州节度使，与李纳等强藩勾结叛唐，称魏王，后为田承嗣第六子绪所杀。

●53• 朱泚：幽州昌平人，曾任幽州卢龙节度等使，德宗嗣位，加泚四镇北庭行军、泾原节度使。在泾原兵变中称大秦皇帝，不久战败，为部将所杀。朱滔：朱泚弟，变诈多端，为幽州卢龙军节度使，曾助田悦反叛，称冀王。朱泚死后上章待罪，后病死。僭诏书檄：超越名分，以帝王身份公开发布文书。

●54• 听说如一日前：听其所说，就像昨天的事情一样。

●55•“言窦良”二句：谓窦良出于王氏家族，是王淇叔伯姑母之子。如此交待，是为了说明以上传闻的真实性。

朱泚、朱滔等僭诏书檄，[53]争战胜败，地名人名，悉能说之，听说如一日前。[54]言窦良出于王氏，实淇之堂姑子也。[55]

品·评

在唐代众多传奇作品中，本篇以寄意深刻、情节生动、构思精巧而焕发光彩。作品记叙了唐代建中之乱时，一个民间美丽女子如何为朝廷灭贼建功的感人故事。全文以桂娘被强夺为僭号大楚皇帝的李希烈之妃的矛盾冲突开始，而“慎无戚，必能灭贼”一语已显示出桂娘过人的镇定、胆略和智慧。接着写她如何为剪除叛贼李希烈而布局行动。先是“巧曲取信”，巧妙地为自己接近陈先奇一家铺平道路，从而达到通过先奇之妻使陈氏心向朝廷的目的。全文的高潮是写李希烈暴死后，当其子为袭位继续割据一方而欲杀老将校时，桂娘通过含桃蜡帛书，巧传消息，使陈先奇一举斩希烈及妻子首级，函献朝廷。这一情节文字不多，但起伏跌宕，扣人心弦，桂娘的大义大勇和从容不迫的风度表现得淋漓尽致。文中议论也极精要有力，“权”“智”“烈”三个特点高度概括了桂娘的品质，层层提升，导出为国献身的精神价值。最后“六尺男子”与“一女子”的鲜明对比，进一步突显出“义理”的重要，这也是全文的主旨。

张保皋郑年传[01]

新罗人张保皋、郑年者，[02]自其国来徐州，为军中小将。[03]保皋年三十，年少十岁，兄呼保皋。[04]俱善斗战，骑而挥枪，其本国与徐州无有能敌者。年复能没海履其地，[05]五十里不噎，[06]角其勇健，[07]保皋差不及年。保皋以齿，[08]年以艺，常龃龉不相下。[09]

后保皋归新罗，谒其王曰："遍中国以新罗人为奴婢，愿得镇清海，[10]使贼不得掠人西去。"其王与万人，如其请。自大和后，[11]海上无鬻新罗人者。[12]保

注·释

●01·本文写作时间不详，考《新唐书·新罗传》引此文有"王遂召保皋为相，以年代守清海。会昌后，朝贡不复至"语，则应为大中年间所作。

●02·新罗：朝鲜古国，位于朝鲜半岛东南部。公元675年新罗灭百济、高句丽，统一了朝鲜半岛。

●03·"自其国"句：有唐一代，外国人如系行伍出身，来唐后往往在军队中担任一定的职务，如高仙芝（高丽）开元末即官至安西副都护、四镇都知兵马使。此云张保皋、郑年为军中小将，属低级军官。

●04·兄呼保皋：称呼张保皋为兄。

●05·没海履其地：在海中游渡如履平地。

●06·噎：气逆而呛水。

●07·角其勇健：比其勇猛健劲。

●08·齿：年龄。

●09·龃龉不相下：意见不合，相互抵触，不甘示弱。

●10·镇清海：镇守清海。清海，《樊川文集》卷六原注："新罗海路之要。"

●11·大和：唐文宗年号（827—835）。

●12·鬻：卖。

皋既贵于其国，年错寞去职，[13]饥寒在泗之涟水县。[14]一日言于涟水戍将冯元规曰：[15]“年欲东归乞食于张保皋。”[16]元规曰：“尔与保皋所挟何如，[17]奈何去取死其手？”年曰：“饥寒死不如兵死快，[18]况死故乡邪！”年遂去。至谒保皋，保皋饮之极欢。饮未卒，其国使至，[19]大臣杀其王，国乱无主。保皋遂分兵五千人与年，持年泣曰：“非子不能平祸难。”年至其国，诛反者，立王以报。王遂征保皋为相，以年代保皋。[20]

天宝安禄山乱，[21]朔方节度使安思顺以禄山从弟赐死，[22]诏郭汾阳代之。[23]后旬日，复

●*13*•错寞：即落寞之意。李白《赠别从甥高五》：“三朝空错莫，对饭却惭冤。”

●*14*•泗：泗州，毗邻徐州，唐代时辖临淮、徐城、涟水、宿预、虹县、下邳六县，在今江苏北部。

●*15*•戍将：驻守军官。

●*16*•乞食：犹言谋差使。

●*17*•挟：挟嫌，怀恨。

●*18*•兵死：战死。杜荀鹤《山中寡妇》：“夫因兵死守蓬茅，麻苎衣衫鬓发焦。”快：痛快，干脆。

●*19*•国使：此指新罗国内乱发生后前来通报者。

●*20*•以年代保皋：《新唐书·新罗传》：“以（郑）年代守清海。”

●*21*•天宝：唐玄宗年号（742—755）。安禄山乱：即安史之乱。

●*22*•朔方：唐方镇名，治所在灵州（今宁夏灵武西南）。安思顺：安禄山堂弟，坐死事见《资治通鉴》卷二一七：“初，户部尚书安思顺知禄山反谋，因入朝奏之。及禄山反，上以思顺先奏，不之罪也。哥舒翰素与之有隙，使人诈为禄山遗思顺书，于关门擒之以献，且数思顺七罪，请诛之。丙辰，思顺及弟太仆卿元贞皆坐死，家属徙岭外。杨国忠不能救，由是始畏翰。”

●*23*•郭汾阳：郭子仪。安史之乱爆发后，临危受命任朔方节度使，平定叛乱，“再造家国”，其功至伟，升中书令，进封汾阳郡王。

诏李临淮持节分朔方半兵东出赵、魏。[24] 当思顺时，汾阳、临淮俱为牙门都将，[25] 将万人，不相能，[26] 虽同盘饮食，常睇相视，[27] 不交一言。及汾阳代思顺，临淮欲亡去，[28] 计未决，诏至，分汾阳兵东讨，临淮入请曰："一死固甘，乞免妻子。"汾阳趋下，持手上堂偶坐，曰："今国乱主迁，非公不能东伐，岂怀私忿时耶！"[29] 悉诏军吏，出诏书读之，如诏约束。及别，执手泣涕，相勉以忠义。讫平剧盗，[30] 实二公之力。

知其心不叛，知其材可任，然后心不疑，兵可分。平生积忿，[31] 知其心，难也；忿必见短，

●24• 李临淮：李光弼。郭子仪拜朔方节度使之次年，荐光弼为河东节度使，分朔方兵万人与之。光弼率兵出井陉，战常山，会合郭子仪军大破史思明，收复大片失地，后因功封临淮郡王。持节：节，即符节，某种权力和身份的凭证。这里持节分兵具有授权的意义，然实无节，但持铜符，以示受命朝廷。赵：指镇州，今河北省正定县。魏：魏州，今河北省大名县东北。

●25• 牙门：古代军门。因军帐或军营前立牙旗，故称。都将：军中领兵官的泛称。

●26• 不相能：不亲善、不和睦。《史记·萧相国世家》："（萧）何素不与曹参相能。"

●27• 睇：斜视。

●28• 亡去：逃走。

●29• 岂怀私忿：两《唐书》于此事无只字记载，《资治通鉴》卷二一七载："上命郭子仪罢围云中，还朔方，益发兵进取东京；选良将一人分兵先出井陉，定河北。子仪荐李光弼，癸亥，以光弼为河东节度使，分朔方兵万人与之。"《通鉴考异》引杜牧本文后曰："于时玄宗未幸蜀，唐之号令犹行于天下，若制书除光弼为节度使，子仪安敢擅杀之！杜或得于传闻之误也。今从《汾阳家传》及旧《传》。"按：《通鉴考异》读解有误。杜牧本文"一死固甘，乞免妻子"云云是李光弼心理，非郭子仪所思。《旧唐书·李光弼传》载有"十三载，朔方节度安思顺奏为副使、知留后事。思顺爱其材，欲妻之，光弼称疾辞官"之事，由此可知安思顺待光弼甚厚。安史之乱爆发，思顺作为安禄山堂弟已命悬一线，那么，作为思顺之副使，惧怕牵连，或属真实。至于郭、李是否素有过节，当再考证，《通鉴考异》断言"杜或得于传闻之误"，也只能聊备一说而已。

●30• 讫平剧盗：直到安史叛乱被平定。讫，通"迄"。剧盗，强悍之寇贼。

●31• 积忿：积怨。

知其材，益难也，此保皋与汾阳之贤等耳。[32]年投保皋，必曰："彼贵我贱，我降下之，不宜以旧忿杀我。"保皋果不杀，此亦人之常情也。临淮分兵诏至，请死于汾阳，此亦人之常情也。保皋任年，事出于己，年且寒饥，易为感动。汾阳、临淮，平生抗立，[33]临淮之命，出于天子，榷于保皋，[34]汾阳为优。此乃圣贤迟疑成败之际也，彼无他也，仁义之心与杂情并植，[35]杂情胜则仁义灭，仁义胜则杂情销。彼二人仁义之心既胜，复资之以明，故卒成功。

●32•"此保皋"句：谓张保皋与郭子仪都能够在与他人有个人积怨的情况下认识别人的忠心，在挟嫌必见其缺点的情况下，知其勇武善征之才干，故两人都同样贤明。

●33•抗立：对立。

●34•榷于保皋：与保皋比较而言。榷，衡量。

●35•杂情：原指纷乱的情绪。李商隐《寄裴衡》："杂情堪底寄，唯有冷于灰。"此处特指个人恩怨之情。

世称周、邵为百代人师，[36]周公拥孺子而邵公疑之。[37]以周公之圣，邵公之贤，少事文王，[38]老佐武王，能平天下，周公之心，邵公且不知之。苟有仁义之心，不资以明，虽邵公尚尔，[39]况其下哉。《语》曰："国有一人，其国不亡。"夫亡国非无人也，丁其亡时，[40]贤人不用，苟能用之，一人足矣。

● 36 • 周、邵：周公旦和召公奭。旦，姬姓，周武王之弟，因采邑在周（今陕西岐山北），称周公。曾助武王灭商。武王死后，为年幼的成王摄政，相传制礼作乐，建立典章制度，颇多政治建树。召公一作邵公、召康公，因采邑在召（今陕西岐山西南），称召公。与周同姓，为周之支族，武王之臣。成王时任太保，与周公旦分陕而治。百代人师：千秋百代的师表。

● 37 • 拥孺子：扶持成王。

● 38 • 文王：武王父姬昌。《诗经·大雅·文王》："文王在上，于昭于天。周虽旧邦，其命维新。有周不显，帝命不时。文王陟降，在帝左右。"

● 39 • 尚尔：尚且如此。

● 40 • 丁：当。

品·评 这是一篇以传记为表，以议论为里的妙笔奇文。作者以较少的笔墨记叙了新罗张保皋与郑年的事迹，重在褒扬他们能够在国难当头之际，不计前嫌，共赴危难，拯救邦国。紧接着掉转笔锋描述郭子仪与李光弼的关系，"虽同盘饮食，常睇相视，不交一言""及汾阳代思顺，临淮欲亡去"以及"入请乞免妻子"等情节，将二人"不相能"的状态表现得生动具体，而最后"执手泣涕，相勉以忠义"的场景，歆动人心，十分传神。在此基础上，作者赞颂张保皋与郭子仪在"仁义"与"杂情"并生时，能以"仁义"胜"杂情"，复资之以"明智"，故终于取得成功。结尾部分再次以周公旦与召公奭这两位古代圣贤"存疑"为例，进一步说明"仁义"与"明智"的重要。在朝廷内部矛盾、朝廷与藩镇冲突尖锐，时局日益纷乱的晚唐社会，本文强调国家观念、仁义之心、明智之举，有深刻的现实意义。"国有一人，其国不亡"，更如乱世之际的一声呐喊，道出忧国救亡的赤子心音。

上池州李使君书[01]

景业足下。仆与足下齿同而道不同[02]，足下性俊达坚明[03]，心正而气和，饰以温慎[04]，故处世显明无罪悔[05]；仆之所禀，阔略疏易[06]，轻微而忽小[07]。然其天与其心[08]，知邪柔利己[09]，偷苟谗谄[10]，可以进取[11]，知之而不能行之。非不能行之，抑复见恶之，不能忍一同坐与之交语。故有知之者，有怒之者，怒不附己者，怒不恬言柔舌道其盛美者[12]，怒守直道而违己者。知之者，皆齿少气锐[13]，

注·释

● *01* · 池州李使君：即池州刺史李方玄。《新唐书·李方玄传》云："方玄，字景业，第进士。裴谊奏署江西府判官。有大狱，论死者十余囚，方玄刺审其冤，悉平贷之。累为池州刺史。钩检户籍，所以差量徭赋者，皆有科品程章，吏不得私。常曰：'沈约年八十，手写簿书，盖为此云。'终处州刺史。"与杜牡交游甚密。作为先后两任池州刺史，他们曾重起池州萧丞相楼。《池州重起萧丞相楼记》云："刺史李方玄具材，刺史杜牧命工……以会昌五年五月毕。"方玄卒后，杜牧《祭故处州李使君文》有"语公之余，且及其私，许以季女，配我长儿。莫云稚齿，可以指期，各负少壮，轻后会时"之回忆文字，最见二人交谊之深。

● *02* · 齿同而道不同：年龄相同而行为方式与处世的态度不同。

● *03* · 俊达坚明：俊爽通达，坚韧明朗。

● *04* · 饰以温慎：外貌也温和谨慎。杜牧《唐故处州刺史李君墓志铭》："时之秀俊，半归李氏门下。景业复聪明少锐，俭苦温谨。"

● *05* · 罪悔：严重过失。

● *06* · 阔略疏易：粗放简易。

● *07* · 轻微而忽小：不拘小节。

● *08* · 天与其心：天生禀性。

● *09* · 邪柔：奸邪不正。

● *10* · 偷苟谗谄：卑鄙苟且，拍马谄媚。

● *11* · 进取：指晋升官位。

● *12* · 恬言柔舌：甜言蜜语。

● *13* · 齿少气锐：年少气盛。

读书以贤才自许，但见古人行事真当如此，未得官职，不睹形势，絜絜少辈之徒也[14]。怒仆者足以裂仆之肠，折仆之胫，知仆者不能持一饭与仆[15]。仆之不死已幸，况为刺史，聚骨肉妻子[16]，衣食有余，乃大幸也，敢望其他？然与足下之所受性，固不得伍列齐立[17]，亦抵足下疆垄畦畔间耳[18]，故足下怜仆之厚[19]，仆仰足下之多[20]。在京城间，家事人事，终日促束[21]，不得日出所怀以自晓[22]，自然不敢以辈流间期足下也[23]。

去岁乞假，自江、汉间归京[24]，乃知足下出官之由，勇于为义[25]，向者仆之期足下之心，果为不缪[26]，私自喜贺，

●14•絜絜少辈之徒：纯洁而不受世俗影响的年轻一代。絜絜：净洁貌。

●15•“怒仆者”三句：谓恼恨我的人足以撕裂我的肠，折断我的腿，而对我有好感的人却不能给予我一顿饭。

●16•聚骨肉妻子：与亲人团聚在一起。

●17•伍列齐立：并立一队。

●18•“亦抵”句：前句谦称不能与李氏相提并论，此句婉转地表示自己大致也能接近方玄的境地。疆垄畦畔：田地边界。

●19•怜：爱。

●20•仰：尊敬。

●21•促束：紧张忙碌。

●22•日出所怀以自晓：每天都主动敞开自己的心怀。自晓：自明心迹。

●23•辈流：同辈人。

●24•“去岁”二句：《上宰相求湖州第二启》：“会昌元年四月，兄慥自江守蕲，某与颢同舟至蕲。某其年七月却归京师。明年七月，出守黄州。”慥，杜牧堂兄。颢，杜牧胞弟，时患眼疾，牧开成五年乞假赴浔阳探视，会昌元年归京。江、汉：江水和汉水。

●25•“乃知足下”二句：此次“出官”及“勇于为义”在《唐故处州刺史李君墓志铭》中有所透露：“后尚书冯公宿自兵部侍郎节镇东川，（方玄）以监察里行为观察判官。不一岁，御史府取为真御史，分察盐池左藏吏盗隐官钱千万，狱竟迁左补阙，遇事必言，不知其他。丞相固言以门下侍郎出镇西蜀，奏景业以检校礼部员外郎参节度军谋事，仍赐绯鱼袋。征拜起居郎，出为池州刺史。”

●26•不缪：不谬。

足下果不负天所付与、仆所期向，二者所以为喜且自贺也，幸甚，幸甚。夫子曰："吾少也贱，故多能鄙事。"复曰："不试，故艺。"[27]圣人尚以少贱不试，乃能多能有艺，况他人哉。仆与足下年未三十为诸侯幕府吏[28]，未四十为天子廷臣[29]，不为甚贱，不为不试矣。今者齿各甚壮[30]，为刺史各得小郡[31]，俱处僻左[32]，幸天下无事，人安谷熟，无兵期军须[33]、逋负诤诉之勤[34]，足以为学，自强自勉于未闻未见之间。仆不足道，虽能为学，亦无所益，如足下之才之时[35]，真可惜也。向者所谓俊达坚明，心正而气和，饰以温慎，此才可惜也。

●*27*•"夫子曰"几句：见《论语·子罕》："太宰问于子贡曰：'夫子圣者与？何其多能也？'子贡曰：'固天纵之将圣，又多能也。'子闻之，曰：'太宰知我乎！吾少也贱，故多能鄙事。君子多乎哉？不多也！'牢曰：子云：'吾不试，故艺。'"不试：不为世所用。艺：有某方面的一技之长。

●*28*•"仆与足下"句：据《唐故处州刺史李君墓志铭》，"景业少有文学，年二十四，一贡进士，举以上第……后以协律郎为江西观察支使裴谊观察判官"。杜牧《与浙西卢大夫书》云："某年二十六，由校书郎入沈公幕府。"诸侯：指节度使或观察使。

●*29*•"未四十"：方玄任监察御史和左补阙，杜牧任左补阙和史馆修撰，俱是三十多岁。

●*30*•齿各甚壮：古以三十为壮，三四十为人之壮盛时期，称壮年。

●*31*•各得小郡：方玄时任池州刺史，杜牧时任黄州刺史。

●*32*•僻左：偏僻不便之地。

●*33*•兵期军须：征战所需要的军需供给。

●*34*•逋负：拖欠赋税。《史记·汲郑列传》："（郑庄）及晚节，汉征匈奴，招四夷，天下费多，财用益匮。庄任人宾客为大农僦人，多逋负。"诤诉：诉讼。

●*35*•时：时运。

年四十为刺史，得僻左小郡，有衣食，无为吏之苦，此时之可惜也。仆以为天资足下有异日名声[36]，迹业光于前后[37]，正在今日，可不勉之。

仆常念百代之下[38]，未必为不幸，何者？以其书具而事多也[39]。今之言者必曰："使圣人微旨不传，乃郑玄辈为注解之罪。"[40]仆观其所解释，明白完具[41]，虽圣人复生，必挈置数子坐于游、夏之位[42]。若使玄辈解释不足为师，要得圣人复生，如周公、夫子亲授微旨，然后为学。是则圣人不生，终不为学；假使圣人复生，即亦随而猾之矣[43]。此则不学之徒，好出大言，欺乱常人耳。自汉

●36•资：赋予。

●37•迹业：《尚书·武成》："至于大王，肇基王迹。"迹，业迹，业绩。

●38•百代：文明开化以来。元稹《人道短》："尧舜留得神圣事，百代天子有典章。"

●39•书具：典籍完备。事：历史事件。

●40•"使圣人"二句：微旨：微言大义。郑玄：字康成，东汉北海高密（今山东高密）人，曾师事马融等名儒，遍注群经，集经学之大成，成为汉代的通儒，对后世影响深远。自天宝后期始，治经者不遵古注，自名其学之风甚烈。如《新唐书·啖助传》云："啖助在唐，名治《春秋》，摭讪三家，不本所承，自用名学，凭私臆决，尊之曰'孔子意也'，赵、陆从而唱之，遂显于时。呜呼！"杜牧对此种学风深表不满。

●41•完具：完整，完备。

●42•"必挈置"句：谓孔夫子如能再生，必将安置郑玄等经学家于子游、子夏之位。《论语·先进》："文学：子游、子夏。"言偃，吴人，字子游，少孔子四十五岁，长于礼学。子夏，卫国人，少孔子四十四岁。为学强调"博学而笃志，切问而近思，仁在其中矣"。在孔子思想继承和传播方面，子夏功莫大焉。

●43•"假使"二句：谓假使孔子再生，在不良学风之下，不学之徒也会随之播弄，将学术氛围搞乱。猾：播弄。

已降，其有国者成败废兴，事业踪迹，一二亿万，青黄白黑，据实控有，皆可图画，考其来由，裁其短长，十得四五，足以应当时之务矣[44]。不似古人穷天凿玄[45]，蹑于无踪[46]，算于忽微[47]，然后能为学也。故曰，生百代之下，未必为不幸也。

夫子曰："三人行，必有我师焉。"[48]此乃随所见闻，能不亡失而思念至也。楚王问萍实，对曰："吾往年闻童谣而知之。"[49]此乃以童子为师耳。参之于上古，复酌于见闻，乃能为圣人也。诸葛孔明曰[50]："诸公读书，乃欲为博士耳。"此乃盖滞于所见[51]，不知适变，名为腐儒[52]，亦学者之一病。

● *44* • "足以"句：谓足以经世致用，服务当前。

● *45* • 穷天凿玄：穷究于远古，穿凿于玄虚。

● *46* • 蹑于无踪：追踪于飘渺。

● *47* • 忽微：极其细微。忽、微，极小的计量单位。《汉书·律历志》："无有忽微。"注引孟康："忽微，若有若无，细于发者也。"

● *48* • "夫子曰"句：见《论语·述而》。

● *49* • "楚王"三句：典出刘向《说苑·辨物》："楚昭王渡江，有物大如斗，直触王舟，止于舟中。昭王大怪之，使聘问孔子。孔子曰：'此名萍实。'令剖而食之：'惟霸者能获之，此吉祥也。'……孔子归，弟子请问，孔子曰：'异时小儿谣曰：楚王渡江得萍实，大如拳，赤如日，剖而食之，美如蜜。此楚之应也。'"萍：南方池泽中常生之蓬草，萍实乃其果实。

● *50* • 诸葛孔明：诸葛亮，字孔明，三国蜀相。辅佐刘备，使蜀与魏、吴成鼎足之势，功业卓著。

● *51* • 滞于：拘泥于。

● *52* • 腐儒：迂腐儒生。杜甫《江汉》："江汉思归客，乾坤一腐儒。"

仆自元和已来，以至今日，其所见闻名公才人之所论讨，典刑制度[53]，征伐叛乱，考其当时，参于前古，能不忘失而思念，亦可以为一家事业矣。但随见随忘，随闻随废，轻目重耳之过，此亦学者之一病也。如足下天与之性，万万与仆相远。仆自知顽滞[54]，不能苦心为学，假使能学之，亦不能出而施之[55]，恳恳欲成足下之美[56]，异日既受足下之教，于一官一局而无过失而已[57]。自古未有不学而能垂名于后代者，足下勉之。

● *53* · 典刑：常刑。《尔雅 · 释诂》："典，常也。"

● *54* · 顽滞：愚钝不慧。

● *55* · 出而施之：表达出来，施教于人。

● *56* · 恳恳：诚恳貌。

● *57* ·"于一官一局"句：此借围棋术语谓每一步、每一阶段都不要走错。官：官子，一局围棋最后阶段在彼此围地交界的空位所下的子。局：棋盘，习称一盘棋为一局。

● 58 • 悁忿：恨怒之情。
● 59 • 是晚：但晚，每晚。

大江之南，夏候郁湿，易生百疾。足下气俊，胸臆间不以悁忿是非贮之[58]，邪气不能侵。慎防是晚多食[59]，大醉继饮，其他无所道。某再拜。

品·评 本文先论性格。作者将自己阔略疏易、轻微忽小，不肯走奸邪不正之道而行卑鄙苟且、拍马谄媚之事的“天心”和盘托出，同时也称赞友人李方玄俊达坚明、心正气和的性情。接着以较大的篇幅论治学，这是全文的重点所在。作者对天宝后期以来治经者不遵古注、自名其学的无根之学深致不满，对不学之徒摇唇鼓舌、播弄是非的不良之风气更以“欺乱”斥之。他提倡以尊经实学和经世致用的态度对历史成败废兴、事业踪迹，据实控有，加以研究，以“应当时之务”。李慈铭《越缦堂读书记》对本篇的治学观十分赞赏，云：“此等议论，唐中叶以后，人所罕知。樊川文章风概，卓绝一代，其学问识力，亦复如是。予向推为晚唐第一人，非虚诬也。宋子京深喜樊川之文，《新唐书》中传论，多取其语；其自作文字，亦力仿之。故于啖助等传论末学之弊，其识议亦与樊川同，非韩欧文章家所知也。”

与人论谏书[01]

某疏愚于惰[02]，不识机括，[03]独好读书，读之多矣。每见君臣治乱之间，兴亡谏诤之道，[04]遐想其人，舐笔和墨，[05]则冀人君一悟而至于治平，[06]不悟则烹身灭族，[07]唯此二者，不思中道。自秦、汉已来，凡千百辈，不可悉数。然怒谏而激乱生祸者，累累皆是；纳谏而悔过行道者，不能百一。[08]何者？皆以辞语迂险，[09]指射丑恶，[10]致使然也。夫迂险之言，近于诞妄；指射丑恶，足以激怒。夫以诞妄之说，激怒

注·释

● *01* · 本篇作于牧之会昌二年（842）至会昌四年（844）任黄州刺史期间，相与讨论的对象未详。

● *02* · 疏愚于惰：因怠惰而疏简愚钝。

● *03* · 机括：本义指弩上发箭的机件，即弩牙与箭括，后常常用来比喻治事之权柄，从政之道术。

● *04* ·“每见”句：意谓在君与臣、治与乱的问题上，在以谏诤决定兴亡的道路上，有不可悉数的进谏者。

● *05* · 舐笔和墨：以舌舔笔颖，研墨而蘸，以待书写。

● *06* · 治平：治国平天下。

● *07* · 烹身灭族：古代酷刑，用鼎镬煮人并灭其家族，此处指亡君亡国。

● *08* ·“然怒谏”四句：谓用激动生硬的方法进谏者比比皆是，而纳谏悔过归于正道者却百中无一。

● *09* · 迂险：迂阔险怪。

● *10* · 指射丑恶：类比得过于丑陋凶恶，或将后果向极端方向过于夸张。

●*11*• 以卑凌尊：以较低的地位凌慢居高位者。

●*12*•“是以”八句：以杀人愈多、畋猎愈甚、宫室愈崇、小人愈宠说明辞语迂险、指射丑恶的“怒谏”，其效果适得其反。

●*13*•“是以”二句：所以常常在所谏之事基础上，更变本加厉地去做。

●*14*• 汝为我死：你以为我会死。

●*15*• 第一少食：犹今言最好少吃。

之辞，以卑凌尊，[11]以下干上。是以谏杀人者，杀人愈多；谏畋猎者，畋猎愈甚；谏治宫室者，宫室愈崇；谏任小人者，小人愈宠。[12]观其旨意，且欲与谏者一斗是非，一决怒气耳，不论其他，是以每于本事之上，尤增饰之。[13]

今有两人，道未相信，甲谓乙曰：“汝好食某物，慎勿食，果更食之，必死。”乙必曰：“我食之久矣，汝为我死，[14]必倍食之。”甲若谓乙曰：“汝好食某物，第一少食，[15]苟多食，必

●*16*•循常之说：按照常情提出的看法。
●*17*•“汉成帝欲御楼船过渭水”几句：此处所云汉成帝实当为汉元帝，其事在永光元年（前43）春。事见《汉书·薛广德传》。牧之文章引用典故时亦不免小误。“不庙矣”下原注：“不得入庙祠也。”“晓人不当如是耶”下原注：“谓谏诤之言当如猛之详善。”晓人：使人明晓。

生病。”乙必因而谢之减食。何者？迂险之言，则欲反之，循常之说，[16]则必信之，此乃常人之情，世多然也。是以因谏而生乱者，累累皆是也。

汉成帝欲御楼船过渭水，御史大夫薛广德谏曰：“宜从桥，陛下不听，臣自刎以血污车轮，陛下不庙矣。”上不说。张猛曰：“臣闻主圣臣直，乘船危，就桥安，圣主不乘危，御史大夫言可听。”上曰：“晓人不当如是耶？”乃从桥。[17]近者宝历中，敬宗皇帝欲幸骊山，时谏者至多，上意不决，拾遗张权舆伏紫宸殿下叩头谏曰：[18]“昔周幽王幸骊山，为犬戎所杀；[19]秦始皇葬骊山，国亡；[20]玄宗皇帝宫骊山，而禄山乱；[21]先皇帝幸骊山，而享年不长。”帝曰：“骊山若此之凶耶？我宜一往，以验彼言。”后数日，自骊山回，语亲倖曰：[22]“叩头者之言，安足信哉！”[23]汉文帝亦谓张释之曰：“卑之，无甚高论，令可行也。[24]”今人平居无事，友朋骨肉，切磋规诲之间，[25]尚宜旁引曲释，[26]亹亹

●*18*•张权舆：宝历元年（825）任左拾遗，史书列其为李逢吉党，见《旧唐书·裴度传》。此处所记张权舆进谏事，又见《资治通鉴》卷二四三、《唐语林》卷五《补遗》。

●*19*•“昔周幽王”二句：《资治通鉴》卷二四三胡注引《史记·周本纪》：“褒姒不好笑，幽王欲其笑万方，故不笑。幽王为烽燧大鼓，有寇至则举烽火。诸侯悉至，至而无寇，褒姒乃大笑。幽王说之，为数举烽火。其后不信，诸侯益亦不至。……西夷犬戎攻幽王。幽王举烽火征兵，兵莫至。遂杀幽王骊山下。”

●*20*•“秦始皇”二句：《史记·秦始皇本纪》：“始皇享国三十七年。葬郦邑。”郦邑，即骊山。

●*21*•宫骊山：指华清宫。宫，此处用作动词，建宫之意。禄山乱：即安史之乱。白居易《长恨歌》：“骊宫高处入青云，仙乐风飘处处闻。缓歌慢舞凝丝竹，尽日君王看不足。渔阳鞞鼓动地来，惊破霓裳羽衣曲。九重城阙烟尘生，千乘万骑西南行。”

●*22*•亲倖：即亲信，宠臣。

●*23*•安足信哉：《资治通鉴》卷二四三胡注：史言敬宗荒纵而愎谏。

●*24*•“汉文帝”四句：谓汉文帝要求张释之不要高谈阔论，而要用浅显的语言阐述便于施行的事。事见《汉书·张释之传》。

●*25*•规诲：规劝教诲。

●*26*•旁引曲释：旁征博引，迂徐达意。

绎绎，[27]使人乐去其不善，而乐行其善，况于君臣尊卑之间，欲因激切之言，而望道行事治者乎？[28]故《礼》称五谏，而直谏为下。[29]

前数月见报，上披阁下谏疏，[30]锡以币帛，[31]僻左且远，[32]莫知其故。近于游客处一睹阁下谏草，明白辩婉，[33]出入有据，吾君圣明，宜为动心，数日在手，味之不足，且抃且喜且慰，[34]三者交并，不能自止。吾君闻谏，既且行之，仍复宠锡，诱能谏者，[35]斯乃尧、舜、

●*27*・亹亹绎绎（wěi wěi yì yì）：和调悦听，有条有理。

●*28*・望道：根据道理。

●*29*・五谏：向君主进谏的五种态度和方式。《后汉书・李云传》："礼有五谏，讽为上。"唐李贤注云：五谏谓讽谏、顺谏、规谏、指谏、陷谏也。讽谏者，知患祸之萌而讽告也。顺谏者，出辞逊顺，不逆君心也。规谏者，视君颜色而谏也。指谏者，直指其事而谏也。陷谏者，言国之害，忘生为君也。本文所谓"直谏"，与李贤注之"指谏"意同。

●*30*・阁下：对人的敬称。

●*31*・锡：通"赐"。

●*32*・僻左：偏僻不便之地。《樊川文集》卷十六《上吏部高尚书状》："三守僻左，七换星霜。"

●*33*・辩婉：辩正，婉曲。

●*34*・抃：抃悦，拍手喜悦。

●*35*・诱：鼓励。

禹、汤、文、武之心也，[36]闻于远地，宜为吾君抃也。阁下以忠孝文章立于朝廷，勇于谏而且深于其道，果能动吾君而光世德。[37]

某蒙阁下之厚爱，冀于异时资阁下知以进尺寸，[38]能不为阁下之喜，复自喜也？吾君今日披一疏而行之，明日闻一言而用之，贤才忠良之士，森列朝廷，[39]是以奋起志虑，各尽所怀，则文祖武宗之业，[40]穷天尽地，日出月入，皆可扫洒，以复厥初。[41]某纵不得效

●36·“斯乃”句：尧、舜、禹、商汤及周文王、周武王，皆所谓上古圣贤之君。

●37·动吾君而光世德：感动皇上而使道德焕发出力量和光彩。

●38·“冀于”句：是希望对方今后对自己有所奖拔。

●39·森列朝廷：遍立朝廷。

●40·文祖武宗之业：前代圣明君主的文武大业。

●41·以复厥初：厥初，其初。本义指先民初生的时代，所谓“厥初生民，时维姜嫄”(《诗经·生民》)。这里指回到尧舜清平时代。

●42• 一官一局：此借围棋术语谓每一步、每一阶段都不要走错。官：官子，一局围棋最后阶段在彼此围地交界的空位所下的子。局：棋盘，习称一盘棋为一局。

●43• 仁圣天子：指唐武宗。《旧唐书·武宗纪》：会昌二年李德裕、崔珙、李绅、牛僧孺等上章，“请加尊号曰仁圣文武至神大孝皇帝”。

用，但于一官一局，[42]筐箧簿书之间，活妻子而老身命，作为歌诗，称道仁圣天子之所为治，[43]则为有余，能不自慰？故获阁下之一疏，抃喜慰三者交并，真不虚也，宜如此也。无因面赞其事，书纸言诚，不觉繁多。某再拜。

品·评 本文是用书信体的形式专门讨论谏诤的方法，涉及谏诤心理、态度和语用效果等各个方面。从行文的语气和内容来看，讨论的对象是比他资望稍高、时在京为官的友人。文章首先提出谏诤的目的在于“冀人君一悟”，继而指出自秦汉以来，“怒谏而激乱生祸者，累累皆是；纳谏而悔过行道者，不能百一”的事实。作者概括其原因“皆以辞语迂险，指射丑恶，致使然也”。为印证这一观点，作者先以虚拟的“今有两人，道未相信”的对话劝辩为例，再以历史上汉元帝“乘舟”与“从桥”、唐敬宗可否幸骊山之辩，以及汉文帝谓张释之的精辟之语，具体生动地说明“辞语迂险，指射丑恶”进行谏诤的负面作用，强调务实可行的重要性。在此基础上，作者又宕开一笔，用“今人平居无事，友朋骨肉，切磋规诲之间，尚宜旁引曲释，亹亹绎绎，使人乐去其不善，而乐行其善”来进一步佐证言语态度和表达方式的意义。最后对友人“以忠孝文章立于朝廷，勇于谏而且深于其道”加以赞赏，显示出全文的立意和作者愿以文笔贡献朝廷的感情。这篇文章旁征博引，迂徐委备，在唐代论说文中当称佳作。

答庄充书[01]

某白庄先辈足下：[02]

凡为文以意为主，气为辅，以辞彩章句为之兵卫，[03]未有主强盛而辅不飘逸者，兵卫不华赫而庄整者。[04]四者高下圆折，[05]步骤随主所指，如鸟随凤，鱼随龙，师众随汤、武，[06]腾天潜泉，[07]横裂天下，[08]无不如意。苟意不先立，止以文彩辞句，绕前捧后，是言愈多而理愈乱，如入阛阓，[09]纷纷然莫知其谁，暮散而已。是以

注·释

● *01* · 庄充，杜牧友人，行迹不详。从本文所述看，庄充先致书杜牧，请为其文章作序，杜牧作此书答之，婉言拒绝。

● *02* · 先辈：李肇《唐国史补》卷下：“进士为时所尚久矣……互相推敬，谓之先辈。”足下：古代下称上或同辈间相称的敬辞。据本文之意，此处当是同辈间的推敬语。

● *03* ·“凡为”三句：这里强调作文时命意的重要。首先要确立作者的立意，辅之以气，然后加以修辞，才能够写出好的作品。主、辅、兵卫，三者具有核心、辅佐、侧翼不同的关系。张裕钊《与吴至父书》：“古之论文者曰：文以意为主，而词欲能副其气，气欲能举其辞。譬之车然，意为之御，辞为之载，而气则所以行也。”

● *04* · 华赫：华丽光彩鲜明动人。

● *05* · 四者：指上述意、气、辞彩、章句。高下圆折：行动的步骤和状态。

● *06* · 师众：军队。汤武：商汤与周武王。相传汤伐夏桀，武王伐殷纣，诸侯响应，所向披靡。《易·革》：“汤武革命，顺乎天而应乎人。”

● *07* · 腾天潜泉：上天入地。

● *08* · 横裂天下：纵横四方。

● *09* · 阛阓：阛，市巷。阓，市之门外。后人多以阛阓为市肆之称。

● 10 • 意全：立意鲜明而正确。

● 11 • 古作者不为难到：谓不难达到古代杰出作者的境界。

● 12 • 惕息：恐惧不安貌。

● 13 • 宗师：受人尊崇，堪为人师表者。

● 14 • 诗：《诗经》。

● 15 • 书：《尚书》。

● 16 • 春秋左氏：即《左传》。

● 17 • 百家之说：指先秦诸子百家之学说。

意全胜者，[10] 辞愈朴而文愈高；意不胜者，辞愈华而文愈鄙。是意能遣辞，辞不能成意，大抵为文之旨如此。

观足下所为文百余篇，实先意气而后辞句，慕古而尚仁义者，苟为之不已，资以学问，则古作者不为难到。[11] 今以某无可取，欲命以为序，承当厚意，惕息不安。[12] 复观自古序其文者，皆后世宗师其人而为之，[13]《诗》[14]《书》[15]《春秋左氏》[16] 以降，百家之说，[17] 皆是也。古者其身不遇于世，寄志于言，求言遇于后世也。[18] 自两汉已来，富贵者千百，自今观之，声势光明，[19] 孰若马迁、[20] 相如、[21] 贾谊、刘向、扬雄之徒？斯人也，[22] 岂求知于当世哉？故亲见扬子云著书，欲取覆酱瓿，[23] 雄当其时，亦未尝自有夸目。[24] 况今与足下并生今世，欲序足下未已之文，[25] 此固不可也。苟有志，古人不难到，勉之而已。某再拜。[26]

● 18 •“寄志于言”二句：《左传》：“太上立德，其次立功，其次立言。”

● 19 • 声势光明：此以声光，形容在文学史、思想史上的影响。

● 20 • 马迁：司马迁。

● 21 • 相如：司马相如。

● 22 • 斯人：指上述五人。

● 23 •“故亲见”二句：《汉书·扬雄传》：“雄以病免，复召为大夫。……时有好事者载酒肴从游学，而巨鹿侯芭常从雄居，受其《太玄》《法言》焉。刘歆亦尝观之，谓雄曰：‘空自苦！今学者有禄利，然向不能明《易》，又如《玄》何？吾恐后人用覆酱瓿也。雄笑而不应。’”酱瓿：盛酱之瓦罐。

● 24 • 夸目：夸耀。

● 25 • 未已之文：没有完成的文章。意为既是未竟之事，便难以定论。

● 26 • 再拜：古代书信后表敬之语。

品·评

晚唐前期文坛，在写作上出现了两个方面的倾向：一是过分强调“文以载道”，衡文以“圣人之道”为主；一是过分表现唯美，齐梁余波又开始产生影响。杜牧在文中认为“为文以意为主，气为辅，以辞彩章句为之兵卫。”这种“意”，是“铺陈功业，称较短长”（《上安州崔相公书》）的事功内容与个人真实情感的统一，以其辅之以气，并加以适当的修辞，便能够写出具有思想价值和艺术价值的文章。与曹丕《典论·论文》提出的“文以气为主”说相比，杜牧的“文主意”说，无疑更符合文学创作的实际。除了“先意气而后辞句”外，作者在本文中提出的“慕古而尚仁义”以及“资以学问为文”等观点，对于文章写作也有一定的意义。

太常寺奉礼郎李贺歌诗集序[01]

大和五年十月中，[02]半夜时，舍外有疾呼传缄书者。某曰："必有异。"亟取火来，及发之，果集贤学士沈公子明书一通，[03]曰："吾亡友李贺，元和中义爱甚厚，[04]日夕相与起居饮食。[05]贺且死，尝授我平生所著歌诗，离为四编，[06]凡千首。[07]数年来东西南北，良为已失去。[08]今夕醉解，[09]不复得寐，即阅理箧帙，[10]忽得贺诗前所授

注·释

● *01* · 本文为大和五年（831）十月杜牧应李贺友人沈述师的请求，为李贺遗存歌诗所写的序文。李贺（790—816），字长吉，郡望陇西（今属甘肃），福昌（今河南宜阳）人。为唐宗室郑孝王亮后裔，久已没落。乃中唐著名诗人，曾以歌诗谒韩愈，深受赏重。元和五年入京应进士试，有毁之者谓其父名晋肃，晋、进同音，子当避讳，不得举进士，后终未登一第。六年仕为奉礼郎，位卑职冷，贫病交迫，元和十一年病卒。《樊川文集》卷一〇录此文，题为《李贺集序》，本题据《全唐文》卷七五三录。

● *02* · 大和：唐文宗李昂年号（827—835）。大和五年杜牧在宣歙观察使（治宣州宣城县，今安徽宣城）沈传师幕中为僚佐。

● *03* · 集贤学士：集贤，乃集贤院，唐学馆（院）之一。开元十三年，诏改集仙殿为集贤殿，改丽正书院为集贤书院。学士为学馆中掌管学艺，撰述编纂以辅文治者。沈子明：即沈述师，为沈既济第三子，沈传师之二弟。

● *04* · 元和：唐宪宗李纯年号（806—820）。

● *05* · 相与：共同。王维《归嵩山作》："流水如有意，暮禽相与还。"

● *06* · 离为四编：分为四编。

● *07* · 凡千首：按，今李贺传世歌诗仅有二百余首，与此处所云差距甚大。晁公武《郡斋读书志》卷一八云："或说贺卒后，为不相悦者尽取其所著投圊中，以故世传者不多。"

● *08* · 良为：确实以为。

● *09* · 醉解：酒醒。

● *10* · 箧帙：箧，小箱子。帙，书一函称一帙。这里所谓箧帙，代指箱中所藏文稿。

我者。思理往事，凡与贺话言嬉游，一处所，一物候，[11] 一日夕，一觞一饭，显显焉无有忘弃者，[12] 不觉出涕。贺复无家室子弟得以给养恤问，[13] 常恨想其人、咏其言止矣。[14] 子厚于我，[15] 与我为《贺集》序，[16] 尽道其所来由，亦少解我意。”[17] 某其夕不果以书道不可，[18] 明日就公谢，[19] 且曰：“世为贺才绝出前。”[20] 让。[21] 居数日，某深惟公曰：[22] “公于诗

●11•物候：应节候推移而变化之自然界现象。杜审言《和晋陵陆丞早春游望》：“独有宦游人，偏惊物候新。”

●12•显显焉：清晰明显貌。

●13•“贺复”句：谓李贺又没有妻室子女需要照顾抚恤，如果有的话，我对亡友的感情也能够寄托和抒发了。

●14•“常恨”句：谓常常怅然怀想李贺，总不禁要咏叹他的言谈举止。

●15•子：对杜牧之尊称。厚于我：对我很友好。

●16•与：同意。

●17•“尽道”二句：充分说明李贺诗集之所以存于我处的来龙去脉，也可以稍稍慰藉我的心情。

●18•“某其夕”句：谓那天晚上，我来不及复信说明不能作序的理由。不果：结果没有实现愿望。

●19•明日就公谢：第二天到沈述师处婉言推辞。

●20•“世为”句：谓世人认为李贺才华高绝，超逸前人。这是委婉地说自己这样的才情是不配为李贺诗作序的。

●21•让：推辞。

●22•“某深”句：我将内心想法对沈述师说。

为深妙奇博，且复尽知贺之得失短长。今实叙贺不让，必不能当君意，如何？”[23] 复就谢，极道所不敢叙贺，公曰：“子固若是，是当慢我。”[24] 某因不敢辞，勉为贺叙，然其甚惭。[25]

皇诸孙贺，[26] 字长吉，元和中韩吏部亦颇道其歌诗。[27] 云烟绵联，不足为其态也；[28] 水之迢迢，不足为其情也；[29] 春之盎盎，不足为其和也；[30] 秋之

●23·“公于诗”几句：比较详细地说明不愿作序的理由。意思是述师于诗是极富造诣的，因此也就非常清楚地了解李贺诗的创作得失。如果自己不加推辞轻易为李贺诗作序，必然不能使你满意，那将怎么办呢？当君意：符合你的意愿。

●24·“子固”二句：谓如果你还是坚持这样，就是看不起我了。固，必而不改；慢，轻视。

●25·甚惭：非常惭愧。这里再一次谦称自己尚不配为李贺诗作序。

●26·皇诸孙：皇室裔孙。《旧唐书·李贺传》谓贺本“(唐）宗室郑王之后。”

●27·韩吏部：韩愈，官累至吏部侍郎，故世称韩吏部。韩愈“颇道其歌诗”的具体事迹不详。五代王定保《唐摭言》卷一〇载：“贺年七岁，以长短之歌名动京师。时韩愈与皇甫湜见贺所业，奇之，而未知其人，因相谓曰：‘若是古人，吾曹（有）不知者；若是今人，岂有不知之理！’会有以缙肃行止言者，二公因连骑造门请其子。既而总角荷衣而出。二公不之信，因面试一篇。贺承命，欣然操觚染翰，旁若无人，仍目曰《高轩过》，曰‘华裾’云云。二公大惊，遂以所乘马命联镳而还所居，亲为束发。”按，《唐摭言》所载有不实之处，钱仲联先生《李贺年谱会笺》辨之甚详，可参读。

●28·“云烟”二句：喻李贺诗如云卷烟腾，万里连绵。不足为其态：难以形容李贺诗的形态。

●29·“水之”二句：喻李贺诗感情悠远浩荡。

●30·“春之”二句：喻李贺诗情绪热烈饱满。

明洁，不足为其格也；[31] 风樯阵马，不足为其勇也；[32] 瓦棺篆鼎，不足为其古也；[33] 时花美女，不足为其色也；[34] 荒国陊殿，梗莽丘垄，不足为其恨怨悲愁也；[35] 鲸呿鳌掷，牛鬼蛇神，不足为其虚荒诞幻也。[36] 盖《骚》之苗裔，[37] 理虽不及，辞或过之。[38]《骚》有感怨刺怼，言及君臣理乱，时有以激发人意。[39] 乃贺所为，无得有是。[40]

●*31*•“秋之”二句：喻李贺诗风格简洁明快。

●*32*•“风樯”二句：喻李贺诗气势盛大。风樯，起桅扬帆、乘风疾驶的船。樯，桅杆。阵马，战场上冲锋陷阵的马。

●*33*•“瓦棺”二句：喻李贺诗古朴典重。瓦棺篆鼎：陶土制成之棺，刻有秦篆之鼎，皆远古之器物，以借喻古朴。《礼记·檀弓上》：“有虞氏瓦棺，夏后氏塈周，殷人棺椁。”

●*34*•“时花”二句：喻李贺诗秾丽靓美。时花，流行的花卉品种。

●*35*•“荒国”三句：谓李贺诗的内容多涉怀古，抒发恨怨悲愁。荒国，荒废的都城；陊殿，破败的殿堂；梗莽丘垄，草木丛生的坟墓。

●*36*•“鲸呿”三句：谓李贺笔下牢笼怪异，充满荒诞。鲸呿：鲸张开大口。鳌：海中的大鳖。掷：跳跃。牛鬼蛇神：牛变鬼，蛇为神，皆喻虚幻荒诞。

●*37*•“盖《骚》”句：谓李贺诗继承了屈原《离骚》的精神。苗裔：后代子孙。

●*38*•“理虽”二句：谓李贺诗虽然思想的表达，道理的阐发，不如《离骚》，但辞彩之繁华或有超过之处。理，即“文以载道”之“道”也。

●*39*•“《骚》有”三句：谓《离骚》中的感愤、哀叹、讽刺、怨恨，都包含了君臣关系、国家治乱等思想内容，有可以激发人心的内在力量。理乱，即治乱。唐人避高宗李治讳，改“治”为“理”。

●*40*•“乃贺”二句：是对李贺诗的批评，说他的作品缺少的正是能够感动人心、激发情志的思想力量。

贺能探寻前事，所以深叹恨今古未尝经道者，如《金铜仙人辞汉歌》、[41]《补梁庾肩吾宫体谣》，[42]求取情状，离绝远去笔墨畦径间，亦殊不能知之。[43]贺生二十七年死矣，世皆曰："使贺且未死，少加以理，奴仆命《骚》可也。"[44]

贺死后凡十某年，京兆杜某为其序。[45]

●41·《金铜仙人辞汉歌》：李贺名篇之一。咏魏人迁移汉宫铜人事，抒发朝代陵替、盛衰兴亡的感慨。

●42·《补梁庾肩吾宫体谣》：今存李贺诗集题为《还自会稽歌》。其《序》云："庾肩吾于梁时，尝作宫体谣引，以应和皇子。及国势沦败，肩吾先潜难会稽，后始还家。仆意其必有遗文，今无得焉，故作《还自会稽歌》，以补其悲。"

●43·"求取"三句：谓李贺诗描摹内在情感和外在状态，意象在文字之外，但其中也有使人难以理解处。笔墨畦径：写作的路径。

●44·"世皆曰"四句：如果李贺尚未辞世，在文辞之外更增加一些思想的力量，诗歌创作水平超过《离骚》，那也是未尝不可能的。奴仆命《骚》：将《离骚》作为奴仆驱使。意思即水平可以在《离骚》之上。

●45·京兆：京都。

品·评

全文先以较大的篇幅详细交代了为李贺诗作序的缘起，接着通过一系列生动的比喻，对李贺诗的艺术特征和独特风格进行了多方面的、形象的描绘，充分肯定了李贺诗歌意象丰富具足，感情悠远浩荡，风格简洁明快，情绪热烈饱满，气势沛然盛大，内质古朴典重，形态秾丽靓美，思维想象飞动。刘克庄曾盛赞樊川此序"极骚人墨客之笔力，尽古今文章之变态，非长吉不足以当之"（《后村诗话新集》卷六）。值得注意的是，作者一方面肯定李贺诗乃"《骚》之苗裔"，能跳出窠臼，自铸新辞，创造艺术形象；另一方面，也指出其诗"理"有所"不及"，缺少"感动激发人意"的力量。这里所说的"理"，即文学作品的思想内核，是从君臣理乱的现象引发出的对历史的深刻思考。今天看来，作者的这一评说也还是恰如其分的。唐代名人作序多为褒奖之词，如本文客观中肯者并不多见，这也正体现出杜牧的文学见识和为文风采。

题荀文若传后[01]

荀文若为操画策取兖州，比之高、光不弃关中、河内；[02]官渡不令还许，比楚、汉成皋。[03]凡为筹计比拟，无不以帝王许

注·释

●01·荀文若，即荀彧（163—212），字文若，东汉颍川颍阴（今河南许昌）人。少有才名，初依袁绍，初平二年（191）乃去绍从曹操，操视其为留侯张良，任为汉侍中，守尚书令。其后操征伐在外，军国事皆与彧筹画，居功甚高，操表封其为万岁亭侯，并屡增封加爵。后因反对操进爵国公，饮药而卒（一说忧郁而卒），时年五十。

●02·“荀文若为操”二句：《后汉书·荀彧传》：“操欲遂取徐州，还定吕布。彧谏曰：昔高祖保关中，光武据河内，皆深根固本，以制天下。进可以胜敌，退足以坚守，故虽有困败，而终济大业。将军本以兖州首事，故能平定山东，此实天下之要地，而将军之关河也。若不先定之，根本将何寄乎？宜急分讨陈宫，使虏不得西顾，乘其间而收熟麦，约食稸谷，以资一举，则吕布不足破也。……操于是大收熟麦，复与布战。布败走，因分定诸县，兖州遂平。”画策：出谋划策。兖州：东汉置，治所昌邑，在今山东金乡县西北。高、光：汉高祖刘邦和光武帝刘秀。关中：东至函谷关，南至武关，西至散关，北至萧关，相当今陕西省。河内：黄河以北地区，相当于今河南省。

●03·“官渡”二句：《后汉书·荀彧传》：“操保官渡，与绍连战，虽胜而军粮方尽，书与彧议，欲还许以致绍师。彧报曰：‘今谷食虽少，未若楚汉在荥阳、成皋间也。是时刘、项莫肯先退者，以为先退则势屈也。公以十分居一之众，画地而守之，扼其喉而不得进，已半年矣。情见势竭，必将有变，此用奇之时，不可失也。’操从之，乃坚壁持之。遂以奇兵破绍，绍退走。”官渡：在今河南中牟县东北。许：故址在今河南许昌一带。成皋：在今河南荥阳汜水镇西。此处荀彧所云刘邦军绝食于荥阳，汉、楚双方斗智斗勇于荥阳、成皋间，最后汉趁楚军士卒半渡汜水，反击之而大破楚军事，见《史记·高祖本纪》。

之，[04] 海内付之。事就功毕，欲邀名于汉代，[05] 委身之道，可以为忠乎？[06] 世皆曰曹、马，[07] 且东汉崩裂纷披，都迁主播，[08] 天下大乱，操起兵东都，[09] 提

●04・以帝王许之：谓认可曹操为帝王。

●05・“事就功毕”二句：谓建安十七年曹操欲进爵国公事。《后汉书・荀彧传》：“十七年，董昭等欲共进操爵国公，九锡备物，密以访彧。彧曰：‘曹公本兴义兵，以匡振汉朝，虽勋庸崇著，犹秉忠贞之节。君子爱人以德，不宜如此。’事遂寝。操心不能平。”邀名：求名。

●06・“委身之道”二句：谓作为以身事曹操者，却如此反对操进爵国公，邀名于汉代，能够说对操有忠心吗？委身：托身，以身事主。

●07・世皆曰曹、马：世人都将曹操与司马懿相提并论。司马懿（179—251），字仲达，史称“少有奇节，聪明多大略，博学洽闻”(《晋书・宣帝纪》)。初被曹操辟为文学掾，曹操称魏王后，任司马懿为太子中庶子，佐助曹丕，得到曹丕信任。明帝时任大将军。曹芳继位后，司马懿与曹爽共同辅政，后发动政变诛杀曹爽一族，掌握了魏国大权。司马懿病逝后，其孙炎以晋代魏，追尊懿为晋宣帝。

●08・都迁主播：指汉献帝继位次年即随董卓迁播于洛阳与长安之间，后又随曹操至许昌事。播：流播，浪迹。

●09・操起兵东都：东都，指洛阳。此谓189年曹操从陈留郡己吾县（故城在今河南宁陵西南）起义兵，向洛阳进发讨伐董卓。《三国志・魏书・武帝纪》：“（董卓）废帝为弘农王而立献帝，京都大乱。卓表太祖（即曹操）为骁骑校尉，欲与计事。太祖乃变易姓名，间行东归。……太祖至陈留，散家财，合义兵，将以诛卓。冬十二月，始起兵于己吾，是岁中平六年也。”

献帝于徒步困饿之中，[10]南征北伐，仅三十年，始定三分之业。[11]司马懿安完之代，窃发肘下，夺偷权柄，残虐狡谲，岂可与操比哉。[12]若使操不杀伏后，[13]

● *10* •“提献帝”句：谓曹操挟天子以令天下之始。《三国志·魏书·武帝纪》：“（建安元年春正月）太祖将迎天子，诸将或疑，荀彧、程昱劝之，乃遣曹洪将兵西迎。……天子假太祖节钺，录尚书事。洛阳残破，董昭等劝太祖都许。九月，车驾出轘辕而东，以太祖为大将军，封武平侯。自天子西迁，朝廷日乱，至是宗庙社稷制度始立。”《后汉书·孝献帝纪》：“是时，宫室烧尽，百官披荆棘，依墙壁间。州郡各拥强兵，而委输不至，群僚饥乏，尚书郎以下自出采稆，或饥死墙壁间，或为兵士所杀。”

● *11* •“仅三十年”二句：自汉灵帝中平元年（184），曹操拜骑都尉参加颍川与黄巾之战，至建安二十年（215）刘备袭刘璋，取益州，遂据巴中，次年春二月，曹操还邺，献帝进曹操爵为魏王，始定魏蜀吴三分天下之业，前后三十一二年。此言三十年，举其整数。

● *12* •“司马懿”五句：安完之代，谓局势比较稳定。窃发肘下，谓暗中向魏帝发难。关于其残虐狡谲，《晋书·宣帝纪》有云：“帝内忌而外宽，猜忌多权变。魏武察帝有雄豪志，闻有狼顾相。欲验之。乃召使前行，令反顾，面正向后而身不动。又尝梦三马同食一槽，甚恶焉。……帝于是勤于吏职，夜以忘寝，至于刍牧之间，悉皆临履，由是魏武意遂安。及平公孙文懿，大行杀戮。诛曹爽之际，支党皆夷及三族，男女无少长，姑姊妹女子之适人者皆杀之，既而竟迁魏鼎云。”

● *13* •杀伏后：据《后汉书·皇后纪》，伏皇后讳寿，琅邪东武人。父完，兴平二年（195）献帝立伏氏为皇后，迁完为执金吾，后迁屯骑校尉。“董承女为贵人，操诛承而求贵人杀之。帝以贵人有妊，累为请，不能得。后自是怀惧，乃与父完书，言曹操残逼之状，令密图之。完不敢发，至十九年，事乃露泄。……遂将后下暴室，以幽崩。所生二皇子，皆鸩杀之。”

不诛孔融，[14]不囚杨彪，[15]从容于揖让之间，虽惭于三代，天下非操而谁可以得之者？[16]纣杀一比干，武王断首烧尸，而灭其国。[17]桓、灵四十年间，杀千百

●*14*·诛孔融：孔融（153—208）字文举，鲁人，幼有异才。汉献帝时征融为将作大匠，迁少府。融自恃世族，负有高气，对曹操多有非议，后不为操所容，杀之。

●*15*·囚杨彪：父杨震，汉末名儒，曾任司徒。彪亦名宦。《后汉书·杨彪传》："建安元年，从东都许。时天子新迁，大会公卿，兖州刺史曹操上殿，见彪色不悦，恐于此图之，未得宴设，托疾如厕，因出还营。彪以疾罢。时袁术僭乱，操托彪与术婚姻，诬以欲图废置，奏收下狱，劾以大逆。将作大匠孔融闻之，不及朝服，往见操曰：'杨公四世清德，海内所瞻。《周书》父子兄弟罪不相及，况以袁氏归罪杨公……'操不得已，遂理出彪。"

●*16*·"从容于揖让"三句：谓如果曹操能够讲礼仪、行文治，则虽然功业不及夏、商、周三代，但天下必然非他莫得。从容于揖让之间：这是不以武威征服，而以文德服人的婉转说法。

●*17*·"纣杀一比干"三句：《史记·殷本纪》："纣愈淫乱不止。微子数谏不听，乃与大师、少师谋，遂去。比干曰：'为人臣者，不得不以死争。'乃强谏纣。纣怒曰：'吾闻圣人心有七窍。'剖比干，观其心。箕子惧，乃详狂为奴，纣又囚之。殷之大师、少师乃持其祭乐器奔周。周武王于是遂率诸侯伐纣。纣亦发兵距之牧野。甲子日，纣兵败。纣走入，登鹿台，衣其宝玉衣，赴火而死。周武王遂斩纣头，县之白旗。杀妲己。释箕子之囚，封比干之墓，表商容之闾。封纣子武庚、禄父，以续殷祀，令修行盘庚之政。殷民大说。于是周武王为天子。"

比干，毒流其社稷，可以血食乎？[18]可以坛墠父天拜郊乎？[19]假使当时无操，献帝复能正其国乎？假使操不挟献帝以令，天下英雄能与操争乎？若使无操，复

●*18*•"桓、灵"四句：谓东汉桓帝、灵帝在位四十年间，杀害了千百个刚正忠臣名士，毒害了国家社稷，这二帝死后岂可得到祭祀？《后汉书·党锢列传》称桓帝、灵帝之间，"主荒政谬，国命委于阉寺，士子羞与为伍，故匹夫抗愤，处士横议，遂乃激扬名声，互相题拂，品核公卿，裁量执政，婞直之风，于斯行矣"。在此情势下，桓、灵时大兴党锢之祸，直臣名士被杀戮或被牵连陷害者无数。血食：受祭祀。《史记·封禅书》："周兴而邑邰，立后稷之祠，至今血食天下。"

●*19*•"可以"句：谓桓、灵二帝使国家政治如此黑暗，怎能在祭坛上享帝位而祭祀天地呢？坛墠：祭祀场所。《礼记·祭法》："王立七庙，一坛一墠，曰考庙，曰王考庙，曰皇考庙，曰显考庙，曰祖考庙，皆月祭之。"父天：天子以天为父。拜郊：古代天子大祀形式。《礼记·郊特牲》："天子适四方，先柴。郊之祭也，迎长日之至也，大报天而主日也。兆于南郊，就阳位也。扫地而祭，于其质也。器用陶匏，以象天地之性也。于郊，故谓之郊。"

●20·“教盗穴墙发柜”五句：用“盗”作比喻，驳斥曹操挟天子以令诸侯即如盗国之说。谓教唆盗贼穿墙撬柜，窃取了许多金玉财宝，已经不像对盗贼那样数其罪过，真能不算盗贼么？那何况曹操本非盗（为何以盗待之）！挈：举其过。

●21·文若之死，宜然耶：谓荀彧不明事理，一味反对曹操进爵魏国公，其死也无足可惜。宜然：应当如此。

何人为苍生请命乎？教盗穴墙发柜，多得金玉，已复不与同挈，得不为盗乎？何况非盗也。[20]文若之死，宜然耶。[21]

品·评　这是一篇题于《荀彧传》后的简短的议论文。荀彧是曹操的谋臣，在曹操的崛起过程中有举足轻重的地位，但终因反对曹操进爵魏国公而自杀身亡，因此论者往往给予荀彧以深厚的同情。而本文却独抒己见，首先认为荀彧在出谋划策上“无不以帝王许之，海内付之”，最终在“事就功毕”时却反对曹操“欲邀名于汉代”，是行为与理念不相符。接着作者将曹操、司马懿相比，认为曹在功业和品行上皆远胜司马，而论桓、灵二帝并不该在祭坛上永享天子之座，则反衬出曹操应有的地位。全文几乎尽用设问句式，表达出强烈的感情和独特的史识，各句间具有内在逻辑自洽性，颇能服人。这种推翻陈说，创立新见风格，与其咏史诗善于翻案、善于立论的特点是完全一致的。清赵翼《瓯北诗话》卷十一云：“杜牧之作诗，恐流于平弱，故措辞必拗峭，立意必奇辟，多作翻案语，无一平正者。方岳《深雪偶谈》所谓‘好为议论，大概出奇立异，以自见其长’也。”这一评论移之本文，也是完全适当的。

送卢秀才赴举序 [01]

治心、治身、治友，[02] 三者治矣，有求名而名不随者，未之闻也。治心莫若和平，[03] 治身莫若兢谨，[04] 治友莫若诚信。[05] 友治矣，非身治而不能得之；身治矣，非心治而不能致之。三者治矣，推而广之，可以治天下，恶其求成进士名者而不得也？况有千人皆以圣人为师，[06] 眠而食，一无其他，唯议论是

注·释

● *01* · 本文作于大中元年（847），时杜牧新任睦州刺史。卢秀才，名不详。据本文可知卢秀才年未三十，长期业丐资家。杜牧自池州刺史改任睦州时，与之同舟三千里，又留睦州两月余，大中元年早春送其赴举，有绝句《送卢秀才一绝》。

● *02* · "治心"句：治，指进行某种工作并达到高境界，与"修"意近。

● *03* · 和平：心平气和，不急不躁。

● *04* · 兢谨：谨慎戒惧，不越规矩。

● *05* · 诚信：诚实守信，不虚不伪。

● *06* · 以圣人为师：徐干《中论·治学》："贤者不能学于远，乃学于近，故以圣人为师。昔颜渊之学圣人也，闻一以知十，子贡闻一以知二。斯皆触类而长之，笃思而闻之者也。"

●*07*·唯议论是司：犹言一切自有公论。

●*08*·不肖：不才之人，不正派之人。《商君书·画策》："不明主在上，所举必不肖。"

●*09*·不肖未所喜惧：谓不正派的人对刚成名的进士是不会有什么喜好或惧恨之感的。

●*10*·饶：饶州，地约为今江西上饶地区。隋为鄱阳郡，唐武德四年置州，属江南西道。见《元和郡县图志》卷二八。

●*11*·"即主"句：谓承担家庭生活重任。

●*12*·沧海：大海。

司。[07]三人有私，十人公私半，百人无有不公者，况千人哉。古之圣贤，业大事巨，道行则不肖惧，[08]道不行则不肖喜，故有不公。今进士者，业微事细，如成其名，不肖未所喜惧，[09]宁不公邪？故取之甚易耳。

卢生客居于饶，[10]年十七八，即主一家骨肉之饥寒，[11]常与一仆东泛沧海，[12]北至单于

● *13* · 单于府：单于都护府之简称，唐高宗永徽元年置，在唐代是北部地区最重要的军事和行政机构。
● *14* · 丐得：求取。
● *15* · 明敏：聪慧机敏。知所去就：知道应该向哪里、去干什么。去，离开。就，到，趋归。
● *16* · 业丐：做乞丐。业，从事于。
● *17* · 辍之：停止乞讨。
● *18* · "余知"句：谓必将进士登第而再也不用乞讨营生了。

府，[13] 丐得百钱尺帛，[14] 囊而聚之，使其仆负之以归，饶之士皆怜之。能辞，明敏而知所去就，[15] 年未三十，尝三举进士，以业丐资家，[16] 近中辍之。[17] 去岁九月，余自池改睦，凡同舟三千里，复为余留睦七十日。今之去，余知其成名而不丐矣。[18]

品·评

卢秀才是一个家境贫困、生活潦倒的底层士人。年十七八岁，就挑起生活重任，东泛沧海，北至边陲，以业丐资家。他善文辞，颇聪明，尝三举进士而不第，作者对卢氏寄予深厚的同情。全文除一部分叙述卢氏生平经历的语句外，满篇尽为勉励、宽慰之词，虽不无理想色彩，但感情真挚感人。"治心莫若和平，治身莫若兢谨，治友莫若诚信"之说，生动警策，是修齐治平的深刻之道。

送薛处士序[01]

注·释

● *01*·处士：未仕或不仕之人。薛处士，名未详。杜牧《上知己文章启》："处士之名，即古之巢、由、伊、吕辈，近者往往自名之，故作《送薛处士序》。"

● *02*·市人：市民。杜甫《述古》："贤人识定分，进退固其宜。市人日中集，于利竞锥刀。"

● *03*·大知：大智慧。

● *04*·自负：自恃。

● *05*·谤国：指责国家不能任用自己。

● *06*·大君子：有大才大德之人。

处士之名，何哉？潜山隐市，皆处士也。在山也，且非顽如木石也；在市也，亦非愚如市人也。[02]盖有大知不得大用，[03]故羞耻不出，宁反与市人木石为伍也。国有大知之人，不能大用，是国病也，故处士之名，自负也，[04]谤国也，[05]非大君子，[06]其孰能当之？薛君之处，盖自

●07・指制：出谋划策，掌运制约。

●08・弛张不穷：《礼记·杂记下》："张而不弛，文武弗能也；弛而不张，文武弗为也；一张一弛，文武之道也。"

●09・上之命：朝廷征召之命。

●10・问政：请教从政之道、为政之术。

●11・索：引证。

●12・矫：矫情。故意做作，掩盖本真。

负也。果能窥测尧、舜、孔子之道，使指制有方，[07] 弛张不穷，[08] 则上之命一日来子之庐，[09] 子之身一日立上之朝。使我辈居则来问学，仕则来问政，[10] 千辩万索，[11] 滔滔而得。若如此，则善。苟未至是，而遽名曰处士，虽吾子自负，其不为矫欤？[12] 某敢用此赠行。

品·评

本篇赠序，一反通常内容以揄扬鼓励为主的惯例，而从"处士之名，何哉"展开分析，说明处士不应顽如木石，混迹市人，而应该保持入世之情，进取之心。作者尤其反对名曰处士，自负矫情，鼓励薛处士"上之命一日来子之庐，子之身一日立上之朝"，使问学者得治学之道，问政者得从政之术，成为真正的"大知"之人。全文短小简练，而风格犀利骏发，颇能体现樊川文章的特色。

图书在版编目（CIP）数据

杜牧集 / 罗时进注评. -- 南京 : 凤凰出版社, 2024.10
ISBN 978-7-5506-3637-8

Ⅰ. ①杜… Ⅱ. ①罗… Ⅲ. ①杜牧（803-852）一文学欣赏 Ⅳ. ①I206.2

中国国家版本馆CIP数据核字(2024)第101382号

书　　名　杜牧集
注　　评　罗时进
责任编辑　张永堃　李　霏
书籍设计　曲闵民
责任监制　程明娇
出版发行　凤凰出版社(原江苏古籍出版社)
　　　　　发行部电话025-83223462
出版社地址　江苏省南京市中央路165号,邮编:210009
照　　排　南京凯建文化发展有限公司
印　　刷　苏州市越洋印刷有限公司
　　　　　江苏省苏州市吴中区南官渡路20号,邮编:215104
开　　本　787毫米×1092毫米　1/32
印　　张　11.25
字　　数　215千字
版　　次　2024年10月第1版
印　　次　2024年10月第1次印刷
标准书号　ISBN 978-7-5506-3637-8
定　　价　58.00元
　　　　　(本书凡印装错误可向承印厂调换,电话:0512-68180638)